W0264944

La memoria

512

DELLA STESSA AUTRICE
in questa collana

Giorno da cani
Morti di carta
Riti di morte
Serpenti nel Paradiso
Un bastimento carico di riso
Il caso del lituano

nella collana «Il contesto»

Una stanza tutta per gli altri
Vita sentimentale di un camionista
Segreta Penelope

Alicia Giménez-Bartlett

Messaggeri dell'oscurità

Traduzione di
Maria Nicola

Sellerio editore
Palermo

1999 © Alicia Giménez-Bartlett
2001 © Sellerio editore via Siracusa 50 Palermo
e-mail: info@sellerio.it
www.sellerio.it
2007 Tredicesima edizione

Giménez-Bartlett, Alicia <1951>

Messaggeri dell'oscurità / Alicia Giménez-Bartlett ; traduzione di Maria Nicola - Palermo : Sellerio, 2001.
(La memoria ; 512)
Tit. orig.: Mensajeros de la oscuridad
EAN 978-88-389-1701-1.
I. Nicola, Maria.
863.64 CDD-20

CIP - *Biblioteca centrale della Regione siciliana «Alberto Bombace»*

Titolo originale: *Mensajeros de la oscuridad*

Messaggeri dell'oscurità

1

Tutto successe per colpa della dannata televisione. Be', questo è un po' esagerato, diciamo che la mia implicazione in quella diabolica faccenda avvenne a causa, e qui non cambio nemmeno una virgola, della dannata televisione. Anche se forse dovrei essere più onesta e confessarlo: in fondo, fui io la principale responsabile. Responsabile di cosa? Di essere apparsa sul maledetto schermo. Perché? Forse per non aver saputo resistere al suo magnetico influsso sulle volontà. Questa fu una delle ragioni, ma non la principale. La verità è che mi lasciai tentare, con la pretesa, per di più, di fare bella figura. Un bel giorno il commissario mi chiamò nel suo ufficio e attaccò una delle sue prediche: i tempi sono cambiati, l'immagine della polizia non può essere presa alla leggera, certe cose ogni giorno diventano più importanti... Capii subito che quanto stava per chiedermi non rientrava nelle mie mansioni. Non che ci sia niente di meraviglioso nelle mie capacità deduttive, solo che quando il commissario vuol farti fare qualcosa che ti tocca per dovere, il suo stile è sbraitare un ordine e finito lì. E infatti, era come avevo pensato. Dopo le prime divagazioni teoriche, mi informò che in un programma televisivo volevano intervistare qualcuno del reparto. Avevano lasciato scegliere a lui chi dovesse partecipare e, naturalmente, il suo ragionamento non era stato per niente originale, proprio il ragionamento che sono stufa di sentirmi ripetere, che mi scoccia, che mi offende, che mi trapana il cervello, che mi riduce i neuroni in polvere siderale, vale a dire: «Una donna fa sempre buona impressione». Sembro convinta di quel che dico, vero? E invece, malgrado tutto accettai. La vanità, sempre in agguato dietro l'angolo, mi persuase che avrei fatto bene ad accettare e che, misurando le parole, forse sarei riuscita a dare del Corpo di polizia un'impressione non troppo meschina.

E così fu. Il giorno della mia apparizione divistica, venne a prendermi un autista della televisione e ci avviammo verso gli studi di Sant Cugat. Lì sarei stata intervistata da Pepe Pedrell, un giornalista che si era conquistato una certa fama grazie ai suoi incontri televisivi con personaggi insoliti. Niente è più insolito di un poliziotto disposto a far conversazione e, come Pedrell si affrettò a ricordare, ancora di più se si trattava di una donna. Ormai pienamente convinta dell'eccezionalità delle mie gonadi, e dopo una generica chiacchierata, passammo all'intervista propriamente detta.

Può anche darsi che i personaggi invitati in trasmissione non fossero dei più comuni, ma certamente le domande non brillavano per originalità. Io, all'inizio, rispondevo con una certa timidezza, ma dopo cinque o sei risposte cominciai a sentirmi a mio agio in quell'habitat a me così estraneo. Quel silenzio tutt'intorno, l'attenzione concentrata sulle mie parole... non so cosa mi prese, ma devo ammettere che mi sentii come Gloria Swanson all'apice della carriera, e come un'autentica diva mi comportai. Cercai di essere brillante, rilassai l'espressione del viso, civettai con la telecamera e con il conduttore, cercai di mostrarmi umana, sincera, affettuosa col delinquente, rigorosa nell'applicazione della legge... Mi trovavo così bene e mi sentivo così immedesimata nella parte, che quando la telecamera si spense avrei dato qualunque cosa per avere ancora spazio, un briciolo di protagonismo in più, almeno una scena madre alla Margherita Gautier, quando esala fra sbocchi di sangue delicate parole d'amore.

Una volta a casa, mi pentii. Non era stata tutta una solenne stronzata? Non avevo esagerato? Non mi ero inventata un carisma di cui in realtà mancavo totalmente? In collera con me stessa per essermi lasciata lusingare e per avere in un certo senso perduto la mia dignità, me ne andai a letto fra minacciose nubi di malumore. Del tutto ingiustificato, però. Una reazione stupida che avrei potuto risparmiarmi, visto che il giorno dopo, al mio arrivo in commissariato fui accolta da autentico entusiasmo popolare. Tanto per cominciare, i piantoni sulla porta mi applaudirono. Mi voltai per vedere se mi seguisse qualche personalità, ma l'applauso era proprio per me. «Caspita, ispettore, certo che una bella donna come lei...!». Mi intenerii come una scema: «Bella?». «Un gran pezzo di donna, se permette». A loro ero piaciuta. Ma non erano gli unici. Via via che avanzavo lungo il corridoio mi fermavo ad ogni passo per raccogliere dimostrazioni di entusiasmo. I complimenti avevano curiosamente un taglio tecnico e professionale, uno stile che dimostrava fino a che punto la gente comune dominasse il linguaggio dei media. «Che padronanza dell'inquadratura!» mi sparò un collega ispettore. «La telecamera la adora!» disse una segretaria. E, al colmo del virtuosismo, la signora delle pulizie esclamò: «Come domina lei l'obiettivo ce n'è poche!». Senza dubbio tutti erano a parte dei segreti della dea televisione. Lo stesso commissario mi chiamò nel suo ufficio per congratularsi con me, compiaciutissimo dell'immagine del Corpo che avevo saputo trasmettere e, tirando sempre acqua al suo mulino, osservò: «Io l'avevo capito subito che lei era la persona ideale». Confusa e con un lieve capogiro mi infilai nel mio ufficio fuggendo all'improvvisa notorietà. Ma lì mi aspettava Garzón con un sorriso sornione che collegava le due orecchie come un acquedotto. «Dovremo metterle tre stelle sulla porta del camerino?» domandò, e poi continuò sullo stesso tono: «Parlo col suo agente o posso rivolgermi direttamente a lei?». Quando lo vidi avviato verso una terza domanda fiorita di sarcasmo, sbottai in un: «Non rompa, Garzón!», che era la formula magica tante volte utilizzata per mettere a tacere le sue prese per il culo. Allora il mio caro amico e collega si mise a ridere e si congratulò sinceramente, con la frase che mi fece più piacere di tutte: «È andata molto bene», mi disse. E io, lusingata e rincretinita, gli credetti.

Non furono quelli gli ultimi momenti di gloria. Tre giorni dopo, l'ondata del mio successo si manifestò sotto forma di tempesta epistolare. In seguito all'intervista cominciarono ad arrivare al commissariato montagne di lettere. Si distinguevano perfettamente dal resto della corrispondenza perché il mio nome compariva sulle buste come: «Petra Delicado Gonzálvez», col secondo cognome sbagliato, così come era apparso sullo schermo: in realtà io mi chiamo González. Presi l'abitudine, finché durò quell'alluvione, di riservare alle lettere l'ultima ora della giornata, quando ormai non avevo più niente da fare. Garzón veniva nel mio ufficio a riordinare le carte, mentre io mi dedicavo a quell'incombenza. Lo faceva perché provava una gran curiosità, e io, di tanto in tanto, per saziargliela, gli leggevo qualche pezzo qua e là o commentavo le stranezze che via via mi cadevano sotto gli occhi. A dir la verità ero spaventata dalle reazioni che può suscitare la maledetta scatola mediatica, e dalla gran disparità di sentimenti che un'apparizione televisiva può risvegliare in chi la vede da casa. Quel pomeriggio, con Garzón seduto all'altra scrivania e assorto nelle sue cose, lessi ad alta voce il seguente frammento: «Mio padre ha subito diversi processi giudiziari per furto ed è stato in carcere. La polizia non l'ha mai trattato bene. Vedendo lei in televisione sono sicura che forse ora sarebbe diverso. Un sincero abbraccio: Mari Carmen».

Garzón mi guardò.

– Non ci posso credere – disse.

– Nemmeno io – risposi.

Per fortuna c'erano altre lettere meno colpevolizzanti. «La sua camicetta era graziosissima», mi diceva una signora. E un signore di Bilbao affermava: «Conduco una statistica privata sulla frequenza con cui gli intervistati nei programmi televisivi usano l'espressione "di conseguenza". È spaventoso, mi creda. Devo farle i miei complimenti perché lei non l'ha usata nemmeno una volta». Il viceispettore si fece una risata mentre pinzava documenti senza pietà.

– La gente è strana, vero, Garzón?

– Il mondo è bello perché è vario, ispettore.

Fra tutta la corrispondenza accumulata spiccava un pacchettino. Non ci feci troppo caso perché ne avevo già ricevuto uno il giorno prima. Una vecchietta mi aveva mandato in regalo un fazzoletto ricamato con le sue mani. Mi aveva commossa. In ogni caso un pacchetto attira sempre l'attenzione, perciò dopo aver aperto qualche altra lettera gli diedi la precedenza. Di piccole dimensioni e avvolto in normalissima carta da pacchi, ostentava nell'indirizzo l'inequivocabile errore che lo classificava fra le missive dei miei ammiratori. Tolto l'imballaggio, comparve una scatoletta di plastica nera. La aprii e vidi che il suo contenuto era accuratamente ricoperto da uno strato di ovatta. Un gioiello? Lo scostai e... quello che vidi mi fece ritrarre istintivamente le dita come quando, voltando una pietra, si trova un brutto insetto ripugnante. Muta, sempre più a disagio, cercai di identificare quel che avevo davanti. Era un sacchettino di plastica trasparente, nuovo e senza sgualciture, che racchiudeva qualcosa di simile a... Cominciai ad avvertire una leggera nausea che mi stringeva lo stomaco.

– Garzón, può venire un momento? – mormorai.

Garzón, distratto, rispose con un muggito interrogativo.

– Mmm?

– Garzón, venga, per favore.

Si tolse gli occhiali di tartaruga e si avvicinò svogliatamente alla mia scrivania.

– Le dispiace dare un'occhiata a questa cosa? – dissi, sentendomi mancare.

Il viceispettore si avvicinò senza troppo interesse e guardò. Lo osservai e vidi nella sua reazione la stessa inconsapevole ripugnanza che la mia faccia doveva aver espresso qualche secondo prima.

– Che roba è? – domandò, con le sopracciglia aggrottate dallo schifo e dalla perplessità.

– Non lo so, era in un pacchetto che ho appena aperto.

Passarono alcuni interminabili minuti. L'oggetto esercitava su di noi un'evidente fascinazione. Era... era qualcosa di difficile da descrivere, non aveva una forma precisa, era come un brandello allungato di una materia evidentemente organica. Di un colore fra il ceruleo e il violaceo, galleggiava in un liquido incolore. Garzón fece un movimento verso la scatola, che io interruppi con apprensione: – Non lo tocchi! – Ma lui si limitò a sfiorarla lievemente con una biro. Il sacchettino si mosse e il suo misterioso contenuto dimostrò di avere peso ed elasticità. Il viceispettore ripeté l'operazione. Poi, grattandosi con insistenza la guancia, sentenziò:

– Petra, o io sto diventando completamente pazzo oppure questa roba non è altro che un pene umano.

Fui presa da un leggero tremore.

– Di questo si tratta, vero? di un pene amputato. Lo avevo pensato anch'io.

Di colpo il viceispettore Garzón cadde in preda a un'agitazione incontenibile. Correndo a destra e a sinistra senza apparente motivo, balbettava:

– Ma non è possibile! Bisogna fare qualcosa! Di chi è questo pene? Magari è ancora possibile reimpiantarlo!

Era come se avesse subito un'improvvisa perdita del senso logico. Lo fermai:

– Ma cosa sta dicendo, Fermín?

Lui era sempre più agitato.

– Certo, Petra, l'ho letto un mucchio di volte sui giornali: anche se viene tagliato via possono farlo funzionare di nuovo!

Lo presi per un braccio e lo obbligai a guardarmi:

– Insomma, torni alla realtà! Questo è possibile solo se la cosa è appena avvenuta. E poi, Fermín, reimpiantarlo a chi?

Fu come se, passato lo sbalordimento, tornasse alla ragione. Si calmò e guardò di nuovo quella triste spoglia.

– Ma siamo sicuri che sia quello che sembra a noi?

Senza dubbio il buon Garzón era vittima di una sindrome che io ben conoscevo. Molte volte ero rimasta scioccata leggendo sui giornali quali reazioni susciti negli uomini un'evirazione traumatica. Le équipe mediche si galvanizzavano, era una corsa contro il tempo per portare a termine l'intervento di reimpianto; perfino i miei colleghi, normalmente abbastanza passivi quando si trattava di un delinquente, prendevano parte alla gara per salvare il membro reciso. Deve essere un retaggio atavico che unisce i maschi, una solidarietà innata di fronte al totemico strumento.

– Andiamo piano, viceispettore –. Cercai la carta da imballaggio che avevo buttato nel cestino e la esaminai. Nessun mittente. Il mio nome e il mio indirizzo erano scritti con asettici caratteri da computer. Mi soffermai di nuovo sull'errore nel mio cognome. In effetti, quel regalino sorprendente veniva da qualche spettatore della mia intervista. Posai accuratamente l'involto sul tavolo. – Che gliene pare, viceispettore, andiamo a fare una visitina al nostro commissario? Di sicuro gli piacerà dare un'occhiata a questo piccolo omaggio.

– Miseria. Spero che non stia prendendo il suo caffè pomeridiano, è la volta che si strozza.

Il commissario non ebbe bisogno del caffè per strozzarsi. Lo invitammo a venire nel mio ufficio, per evitare di toccare la scatola, e quando l'ebbe davanti la sua reazione immediata fu identica alla nostra, un moto di repulsione. Eppure, un attimo dopo, il suo commento oscillò singolarmente fra la mistica e il turpiloquio.

– Dio onnipotente! – esclamò. – Sembra un cazzo!

Giunti a questo punto, nessuno osava più dire niente. Quel pacchetto troneggiante sulla mia scrivania esercitava un influsso intimidatorio. Alla fine il commissario fece quel che doveva: chiese che venisse qualcuno dal laboratorio d'analisi. Poco dopo uno dei nostri uomini si portò via la scatola prendendola con le pinze, e anche la carta da imballaggio. Non ci sarebbe voluto molto per avere i primi risultati sulle impronte. Una volta liberi da quell'imbarazzante oggetto, un'aria di mistero invase la stanza. Eravamo perplessi.

– Ma dove sarà il resto?

– Quale resto?

– Il resto dell'uomo.

Il commissario e il viceispettore furono percorsi da un visibile brivido.

– Può essere morto, oppure ancora vivo.

– Può essere un pazzo che si è automutilato vedendola in televisione.

Diedi un balzo.

– Perché qualcuno avrebbe dovuto fare una cosa simile?

– Perché quel qualcuno è matto e si è innamorato di lei. Capisce che è un amore impossibile e le manda il suo pene: è l'unico modo per far sì che quella parte del suo corpo sia vicina all'amata.

Guardai il commissario più volte. Mi era sempre parso un uomo comune, preoccupato unicamente dalle beghe interne del servizio. E invece no, il commissario Coronas aveva, come quasi tutti, un romanzo nel cassetto che affiorava quando lo richiedeva l'occasione. Cercai di metterla sul ridere.

– Commissario, capisco che per innamorarsi di me bisogna essere un po' matti, ma non fino a questo punto!

– Non dica fesserie, Petra, ci sono un sacco di squilibrati in giro. È una cosa che ho sempre pensato: lei ha idea del potere che esercita la televisione? Nessuno può immaginare le reazioni di chi riceve messaggi e immagini nell'intimità della propria casa, dov'è possibile abbandonarsi a ogni genere di follia.

– Sì, e in più bisogna riconoscere che lei stava benissimo con quella giacca blu scuro, – aggiunse Garzón.

Vidi che, sempre sulla base di retaggi atavici, l'evirazione maschile gettava comunque un'ombra di generico sospetto sulla donna.

– Signori, questo non mi sembra molto professionale.

Il commissario reagì.

– No, non lo è, dicevo per dire. Veniamo ai fatti. Fra poco riceveremo una relazione preliminare dalla scientifica. Domattina lei, Garzón, andrà a parlare col magistrato, è necessario aprire un'indagine. Stasera metta sottosopra il pronto soccorso di tutti gli ospedali: è molto probabile che qualcuno sia capitato lì mezzo dissanguato.

– Ah sì? Dopo essere andato alla posta a spedire il pacchetto?

– Non mi confonda le idee, per il momento. Questo è quel che bisogna fare. A proposito, fra un'ora voglio sulla mia scrivania le pratiche degli incarichi che state svolgendo, tutti e due. Li affiderò ad altri colleghi, mentre voi, per ovvi motivi, vi occuperete di questa faccenda.

– Sissignore, – si affrettò a dire Garzón in stile militaresco. Già da un po' desiderava che questo caso non ci sfuggisse dalle mani.

E dopo aver mandato all'aria la pacifica organizzazione della nostra vita, il commissario Coronas fece per andarsene, soddisfatto del suo energico intervento. Ma poi tornò indietro come se si fosse dimenticato di aggiungere al mio destino un'ulteriore complicazione.

– Ah, e finché le cose non si chiariscono, le metto una scorta davanti a casa, Petra.

A quel punto non ci vidi più.

– Cosa?! Ah, no, commissario, neanche per sogno, non ne vedo la necessità!

– Lei non la vede ma io sì. Non dimentichi che è lei la destinataria del pacchetto. Non mi piacerebbe affatto che un pazzo furioso, capace di castrarsi in un attacco di follia, le facesse la posta.

– Ma commissario, è ridicolo! So benissimo cavarmela da sola, e poi...

– Non ci sono ma che tengano. Io do un ordine, lei lo accetta e basta.

Uscì, con aria da padre autoritario che veglia per il bene dei suoi figli. Rimasi sola con Garzón. Il furbastro riusciva a trattenere a stento il sorriso, felice che qualcuno finalmente mi avesse messa a posto.

– Tutto questo è assurdo! – esclamai.

– Il commissario ha ragione, – disse il viceispettore a bassa voce.

– Come, ha ragione? Tutta questa storia del pazzo autolesionista se l'è inventata lui, non ha né capo né coda. Sa cosa sta succedendo in realtà? Che sta diventando di moda il paternalismo verso le povere donne indifese, e mezze sceme, per di più.

Garzón si stava limando le unghie sui pantaloni. Sembrava lo scolaretto che assiste all'ennesima ramanzina del maestro nevrotico.

– A lei, Fermín, tutto questo sembra divertente perché non la riguarda. Sono io che dovrò sopportare la rottura di scatole di un paio di agenti davanti alla porta. Perché è così che si fa, vero?

– Dipende da come gli gira, al commissario. Può destinarle perfino un ispettore. Magari anche uno squadrone di ussari che levino le spade in suo onore ogni volta che esce di casa –. Scoppiò a ridere senza ritegno.

– Molto divertente. Ma adesso faccia il favore di muoversi e di eseguire gli ordini. E si prepari, Garzón, perché ce ne sarà di lavoro per lei, provvederò personalmente.

Garzón uscì senza prendermi minimamente sul serio. A quel punto la mia autorità era completamente calpestata.

Me ne andai a casa su tutte le furie. Così è la vita del salariato che occupa un posto intermedio nella scala del potere. Giri gli occhi un secondo e si abbatte su di te il peso dei superiori in nome delle più svariate ragioni: per motivi di grado, di sicurezza, di correttezza... per qualunque cosa, bisognava chinare il capo. L'unica soluzione è prendersela con chi sta sotto. Classico, triste: un meccanismo quasi demenziale.

Mi preparai un bel bagno agli aromi di frutta e accesi la radio a tutto volume. L'idea che qualcuno stesse sorvegliando la porta di casa mia mi dava sui nervi.

Era un fatto psicologico, lo sapevo bene, ma proprio per questo il mio fastidio aveva radici profonde. Odiavo fin da piccola la sensazione di non essere mai completamente sola. Desideravo che i miei genitori andassero a teatro o a cena con amici per avere la casa tutta per me. A scuola, quando una di quelle suore barbose ci ricordava la costante presenza dell'Angelo Custode, io mi sentivo morire. Ricordo perfino che certe sere, prima di andare a letto, aprivo la finestra e scuotevo fuori la giacca del pigiama come per scacciare un moscone. Con quel metodo ingenuo e infantile nutrivo la speranza di convincere l'angelo a volarsene via. Un tratto nevrotico? Lo so, ma se a quarant'anni non ti sei riconciliata con le tue stranezze significa che gli altri sono riusciti a diluire il tuo cervello nella mediocrità, e io ero certa che questo non fosse il mio caso.

Due mesi prima avevo cambiato donna di servizio. L'impagabile Azucena aveva dovuto andarsene. Lei stessa mi aveva presentato la sua sostituta, Julieta, una ragazza di una ventina d'anni. Nulla era sostanzialmente cambiato nella mia vita, tranne l'alimentazione. Julieta, l'avevo già constatato dal suo aspetto nel breve tempo in cui la vedevo, era una specie di hippy tardiva fissata con l'alimentazione naturale, l'ambientalismo e chissà quali altri innocui settarismi moderni. Scomparvero dai fornelli le sostanziose lenticchie stufate di Azucena, e dal microonde i salamini arrosto. Julieta cominciò timidamente con frittatine alle erbe aromatiche e, visto che io non le dicevo niente, mise a frutto le sue abilità macrobiotiche. Ormai, rientrando, trovavo indefinibili zuppe di alghe, con bigliettini di Julieta che decantavano le virtù dietetiche delle sue creazioni. Non osavo chiederle di cambiare perché, per essere sincera, i suoi piatti mi piacevano e, per di più, avevo notato dalla taglia dei vestiti che mi stavo trasformando in una silfide senza nessuno sforzo particolare.

Quella sera trovai nel microonde una specie di piccolo basco marroncino su un letto di patate. Andai a vedere il messaggio che Julieta mi aveva lasciato sulla porta del frigo, sotto una calamita. Almeno avrei capito cosa stavo per mangiare. «Questo è un hamburger di glutine di grano. Il glutine è la carne dei vegetariani, ricca di proteine e di energia. Spero che le piaccia». Era il colmo. Mi proposi di telefonarle il giorno dopo e di chiederle esplicitamente di comprare una succosa bistecca con l'osso. Ma forse la mia era solo una reazione dovuta al malumore. Cercai di tranquillizzarmi, feci scaldare lo pseudo-hamburger e mi sedetti a mangiare. Perfino col malumore dovetti riconoscere che era buono. Annaffiato con un bicchiere di Rioja mi parve addirittura delizioso. Forse non era così una cattiva idea convertirsi al vegetarianismo e lasciare in pace le povere mucche. Sì, decisamente mi ero lasciata trascinare dal malumore. Ma ne avevo i motivi. La scena vissuta in commissariato mi appariva assurda e spettrale. Perché Garzón e Coronas avevano cominciato a parlare del caso come se il caso esistesse? Niente faceva supporre che quello fosse un caso. Avevo ricevuto un pene da un donatore anonimo. Ma, eravamo sicuri che quello fosse un pene vero e non una ricostruzione fatta con qualche materiale idoneo allo scopo? Poteva trattarsi di un semplice scherzo di cattivo gusto, o forse qualcuno conservava quel pene in ibernazione e... Insomma, continuando a pensare a quell'episodio avrei finito col riempirmi la testa di assurdità perché, questo era chiaro, il punto di partenza era assurdo. O non è assurdo, forse, ricevere un presente come quello?

Aprii un libro e mi sdraiai sul sofà, però non riuscivo a concentrarmi. Spensi tutte le luci e guardai dalla finestra con discrezione. Sì, porca miseria, eccoli lì, due sbirri seduti in macchina! E ben davanti alla porta, mancava solo che mettessero un cartello. Quel commissario era un nevrastenico, aveva visto troppi film di serie B. Non avevo il diritto di rifiutare una scorta notturna? Avrei fatto bene a consultare il codice di procedura, anche se dubitavo seriamente che esistesse alcuna legislazione in merito, non era una situazione comune. Accesi di nuovo la luce, ma a un tratto vidi che arrivava un'altra macchina, e istintivamente la spensi; forse mandavano rinforzi. Era un falso allarme, la macchina proseguì e si perse dietro l'angolo. Accesi di nuovo la luce. Tornai al libro, decisa a leggere con più tranquillità malgrado il furore che mi agitava. Suonò il telefono.

– Ispettore, sta bene?

– Con chi parlo?

– Ah, mi scusi! Sono io, cioè, sono il sergente Marqués. Siamo qui davanti, e visto che accendeva e spegneva tanto la luce pensavamo che ci stesse facendo dei segnali.

Inspirai profondamente e contai fino a tre.

– Sergente, mi faccia il favore, venite tutti e due alla porta, vi apro.

– Ai suoi ordini, ispettore, ma è sicura di star bene?

– Sì, diavolo, certo che sto bene!

Adesso sapevo che il passatempo preferito di tutti i poliziotti, indipendentemente dal compito e dal grado, erano, effettivamente, i film di serie B. Quando vidi il sergente e il suo aiutante l'incazzatura si stemperò, e in realtà quasi mi commossi. Erano due ragazzi giovani e spilungoni con aria da cherubini più che da sbirri. Mi guardarono con rispetto. Marqués cominciò a scusarsi ma io lo interruppi. Li invitai a entrare.

– Chi vi ha dato ordine di sorvegliare il mio domicilio?

– Il commissario in persona, ispettore.

– E se io vi dicessi di andarvene non potreste farlo, vero?

Si guardarono l'un l'altro senza capire.

– No, certo, – proseguii. – Sentite, adesso vi dico cosa faremo. La verità è che non sto correndo nessun pericolo reale. Il commissario vi ha dato quest'ordine per un eccesso di prudenza e per attenersi scrupolosamente alle forme, ma io vi assicuro che non esiste alcun rischio. Di modo che toglietemi la macchina da davanti alla porta, parcheggiatela un po' più in là e rilassatevi. Potete anche mettervi a dormire.

– Di questo non se ne parla, – esclamò convinto il

sergente. – Al massimo lo faremo a turno.

– Molto bene. E cosa fa di solito quello che rimane sveglio?

– Io ascolto la hit parade in cuffia, – disse timidamente il più giovane, che risultò chiamarsi Palafolls.

– Io preferisco pensare ai fatti miei, – puntualizzò Marqués.

– Perfetto, allora ognuno per sé, e non preoccupatevi se accendo o spengo la luce, se ci sono rumori strani o cigolano le porte. D'accordo?

– E se sentiamo un grido, ispettore? – domandò il più giovane in perfetta innocenza. Marqués gli rifilò una mal dissimulata gomitata nelle costole e io risposi con una pazienza da maestra d'asilo.

– Non preoccupatevi, se vedo un topo cercherò di trattenermi –. Feci due passi in direzione della porta e, temendo di essere stata antipatica, aggiunsi: – Posso offrirvi qualcosa, un bicchiere di latte, un caffè?

– No, grazie, ispettore, non vogliamo disturbare.

Uscirono mansueti come bambini che avessero bussato per una questua. Temetti perfino che nel frattempo gli avessero rubato la macchina. Coronas aveva fatto la sua bella figura. Naturalmente, non mi aveva messo sulla porta un paio di poliziotti esperti da prima linea. In questo modo faceva il suo dovere e chi s'è visto s'è visto; perché sembrava evidente che con quel bel paio avrei potuto prendermi più pugnalate della Madonna dei Sette Dolori, lui si sarebbe sgravato di ogni responsabilità. Mi misi a letto, a disagio, ma ero così stanca che subito mi addormentai.

Mentirei se dicessi che il giorno dopo non arrivai in commissariato con un nodo allo stomaco dalla curiosità. Avevamo davvero un caso o era stato tutto un fuoco di paglia? Non appena mi dissero che il commissario mi stava aspettando nel suo ufficio capii che molto probabilmente sì, il caso c'era. Nell'ufficio mi aspettava anche Garzón.

– Si sieda, ispettore, – ordinò Coronas con fare da ministro plenipotenziario. – Adesso abbiamo i primi dati delle indagini preliminari. Esponga i fatti, Fermín.

Garzón aprì una cartellina come se avesse bisogno di leggere, ma subito si dimenticò di tutta la commedia e passò a dare le sue spiegazioni.

– Per cominciare bisogna dire che l'oggetto contenuto nella scatola è realmente un pene. Il magistrato ha aperto un procedimento giudiziario e fra un'ora il dottor Joaquín Montalbán si metterà al lavoro all'Istituto di Anatomia Forense. Ha detto che, se vogliamo, possiamo assistere a un primo esame per raccogliere le impressioni più generali. Quanto alle impronte, nell'involucro esterno ce ne sono fin troppe, assolutamente inutilizzabili ai fini dell'indagine, ma sulla scatoletta neanche una, tranne quelle che ha lasciato lei, ispettore, quando l'ha presa in mano nell'aprire il pacco. Il suo nome e l'indirizzo del commissariato sono in normalissimi caratteri da computer, probabilmente clonato, e la stampa è stata effettuata con una stampante a getto d'inchiostro, come ce ne sono migliaia. Il pacco, affrancato per un valore molto superiore al necessario, è stato infilato in una normale buca delle lettere, e poi consegnato all'Ufficio delle Poste Centrali, di cui porta il timbro. Probabilmente il gran numero di francobolli si deve al fatto che il mittente non voleva rivolgersi a un ufficio postale per la spedizione, ovviamente per non essere riconosciuto, e affinché sul pacchetto non figurasse il timbro di un ufficio decentrato, che avrebbe specificato un luogo di provenienza. Mettendo molti francobolli era sicuro che il pacchetto sarebbe arrivato e non si esponeva a nessun rischio. Mi segue, ispettore?

– Come un cane, – mormorai.

– Vale a dire... – continuò Garzón, ormai completamente immedesimato nel ruolo di oratore, – che abbiamo totale premeditazione da parte del mittente. Cosa che, a dir la verità, non promette niente di buono.

– Negli ultimi giorni c'è stato qualche omicidio con evirazione?

– Negli ultimi giorni no, e nemmeno negli ultimi mesi, ispettore. Se c'è qualche morto evirato dobbiamo ancora scoprirlo. Abbiamo consultato anche i registri dove vengono annotati gli arti amputati, ma non risulta niente. Per essere ben sicuri, stanotte, io e gli uomini gentilmente messi a mia disposizione dal commissario ci siamo fatti tutti gli ospedali della città, e di evirazioni accidentali o chirurgiche, nemmeno l'ombra.

Coronas intervenne, visibilmente soddisfatto dallo stile dialettico del mio collega.

– Date le strane caratteristiche iniziali del caso, il magistrato prega di mantenere la maggiore discrezione. In altre parole, se vedete un giornalista per la strada, cambiate marciapiede, e se vi viene ancora dietro, raccontategli una palla qualunque. I giudici sono stufi che i giornali alimentino curiosità morbose.

– Può darsi che non sia facile toglierseli di torno.

– Eppure provateci. Avete portato le cartelle degli incarichi che avevate per le mani? Vi dirò su quali potete continuare a lavorare e quali verranno passati ad altri. Cercherò di lasciarvi abbastanza liberi, non voglio che questa storia diventi più grossa di quello che è. Come vi stavo dicendo, è di quelle che possono attirare l'attenzione pubblica; e una storia interessante che non si risolve è l'occasione perfetta per chi vuole darci contro. È chiaro? Allora intesi.

– E la scorta notturna che mi ha messo, commissario?

– La lasci lì ancora qualche giorno. Sembra quasi che le dia fastidio!

– Psicologicamente mi dà fastidio.

– Se entro una settimana le cose saranno più tranquille, gliela toglierò. Nel frattempo lasci perdere la psicologia e sotto col lavoro.

Lasciai che si vedesse la mia irritazione. Allora Coronas aggiunse:

– E non sia così testarda e così individualista! Questo in un poliziotto è molto negativo.

Garzón, in corridoio, non riuscì a nascondere il piacere infantile di vedermi vittima di un cazziatone. E, per di più, testarda e individualista erano due epiteti che lui avrebbe sottoscritto in ogni momento. Era felice. Lo aggredii.

– A parte ridere sotto i baffi, non ha un piano da comunicarmi?

Non si prese neppure il fastidio di negare. Tirò fuori un'agendina bisunta che aveva sempre in tasca e lesse:

– Alle undici si effettuerà l'autopsia della spoglia. Crede che dovremo assistere?

– Certamente. Nel frattempo andiamo a far colazione.

Garzón ed io eravamo sempre contenti di collaborare, ma questa volta notavo in lui la stessa resistenza che sentivo in me. Non c'era niente in particolare che potesse inasprire la situazione, ma come per un temporale ancora lontano, a entrambi doleva qualche osso. Senza dubbio i motivi erano da ricercarsi nel simbolico e nell'irrazionale. E cosa potevamo volere di più simbolico di quell'autentico reperto freudiano conservato sotto spirito? Quel maledetto pacchettino minacciava di risvegliare i nostri più reconditi fantasmi; cosa che, per poco che fossimo intelligenti, dovevamo evitare a tutti i costi. Ma era un po' presto per parlarne a freddo, non sarebbero mancate le occasioni per approfondire.

Facemmo colazione nel bar di fronte all'Istituto di Anatomia. Il viceispettore era convinto che il caso fosse già risolto.

Com'era sua abitudine, si mise senza nessuna logica a fare il punto della situazione.

– Questo è un pazzo che ha flippato per lei, ispettore, vedrà. Qualche parente o vicino di casa lo troverà mezzo dissanguato. Lo porteranno all'ospedale, ci avvertiranno dal pronto soccorso e tutto finirà lì. Non sarà una storia lunga.

Io ero troppo abituata alle sue ricostruzioni preliminari per cercare di contraddirlo.

– Sembra che lei abbia molta esperienza in fatto di peni senza padrone, – commentai.

– In questo no, ma in tipi solitari sì, ispettore. Mi creda, c'è molta gente fuori di testa in giro, uomini e donne che hanno un lato oscuro. Si immagini sola in una stanza, sola con le sue ossessioni, con le sue allucinazioni... fin dove può arrivare? Magari, vista dal di fuori, certa gente ha un aspetto perfettamente normale. E invece no, non tutti i pazzi sono comodamente archiviati nei reparti psichiatrici.

Garzón si accorse del mio raccapriccio. Mi conosceva abbastanza per sapere che quel tipo di cose mi impressionava. E io lo conoscevo abbastanza per sapere che, anche dopo essersene accorto, avrebbe continuato come se niente fosse. E continuò:

– Ho avuto esperienze non da poco in questo senso. Una notte, a Salamanca, ci chiamarono i vigili. Qualcuno aveva telefonato perché da ore sentiva dei colpi nel muro e non riusciva a dormire. Ma le guardie temettero qualcosa di strano e ci chiesero di andarci anche noi. Dovemmo forzare la porta dell'appartamento, perché si udivano come dei gemiti. Cazzo, ispettore, fui io il primo a entrare e quella era una scena dantesca! Il muro era pieno di macchie di sangue, e in mezzo alla stanza c'era uno, nudo, con la testa spaccata. Bastò una breve ispezione per convincerci che non vi era stata aggressione. Quel tizio era un povero pazzo, ispettore, e in preda a un attacco di follia aveva passato la notte a dare testate contro il muro. Fu qualcosa di orrendo, davvero.

Mi accorsi che il boccone di croissant non mi andava né su né giù. Dovetti bere un buon sorso di caffè per riuscire a deglutire. Garzón mi osservava malefico, e vedendo che avevo superato il suo racconto senza perdere la compostezza, insistette:

– E ricordo un'altra volta in cui mi toccò aiutare un suicida solitario che...

Ottenne quel che voleva, mi saltarono i nervi.

– Senta, Fermín, se vuole che mi immagini un tizio seduto di fronte alla mia immagine televisiva farsi a fettine rantolando, bene, c'è riuscito, me lo sto immaginando. Il povero squilibrato si innamora di me a prima vista, lascia da parte il sacchetto dei popcorn e si mette al lavoro. Poi, convinto che io possa apprezzare la cortesia, fa questo complicatissimo pacchettino senza lasciare una sola impronta, e se ne esce a infilarlo nella buca. E tutto questo perdendo litri di sangue! Il che è ancora più eroico e prova la profondità del suo amore.

– Stavo solo facendo congetture, ispettore, non si agiti. Ma non creda che tutto quel che dico siano fesserie! Se mi figuro un uomo solitario e infelice è perché penso all'immagine che lei ha dato nell'intervista.

– Che immagine ho dato?

– Soprattutto materna.

– Materna?!

– Tutta quella comprensione per i delinquenti e per quelli che soffrono, il suo sorriso tranquillo, l'affermazione che la polizia non è più quella di un tempo, che ora si preoccupa soprattutto di essere al servizio del cittadino, di vegliare su di lui... Materna, ispettore, materna.

– Crede che abbia esagerato?

– Non voglio dire questo, a me è piaciuta. Voglio dire che il tipo che le ha mandato quel regalo deve averla percepita come una madre protettiva. È una cosa che bisogna tener presente.

Pagai il conto mostrando indifferenza, ma ero leggermente turbata. Quel che diceva Garzón non era poi così assurdo. Mi infastidiva enormemente riconoscerlo, ma era vero, una madre protettiva non era un'interpretazione sbagliata. Cosa avesse potuto suggerire al nostro amico rimaneva un mistero. Si trattava di un ex detenuto che, avendo conosciuto una polizia ben diversa da quella mia versione edulcorata, voleva darmi una lezione? Ma, perché un pene tagliato, e di chi? Se né all'obitorio, né negli ospedali vi erano morti o vivi privi di membro virile, quello da dove saltava fuori? Sembrava un rompicapo in cui disponessimo di un solo pezzo, anche se fondamentale. Solo l'autopsia avrebbe potuto gettare un po' di luce.

Quando arrivammo all'Istituto di Anatomia il dottor Montalbán ci stava già aspettando. Era un uomo maturo, sereno, con una faccia bonaria che l'avrebbe reso più adatto per la specializzazione in pediatria che in medicina legale. Ma forse, guardandolo con attenzione negli occhi, si poteva cogliere in lui quel non so che di logoro e amaro proprio di coloro che vedono ogni giorno gli uomini alla fine e non al principio.

Ci fece entrare nell'anticamera della sala anatomica, dove ci vennero forniti camici e mascherine. Garzón, con la sua, sembrava un sommozzatore. Ci raccogliemmo intorno al tavolo di dissezione, e il dottor Montalbán, data l'insolita situazione, ironizzò con buon gusto:

– Vediamo cos'ha da dirci il nostro piccolo cadaverino.

Aprì la scatola con le mani guantate e procedette a sistemare la bustina di plastica sulla superficie asettica. Il pacchetto ondeggiò in modo inquietante. Dal vassoio degli strumenti Montalbán scelse delle forbici e, mettendo la busta su una piccola bacinella, ne tagliò uno dei lati dall'alto in basso. Automaticamente il liquido fuoriuscì. Una volta che si fu raccolto nel recipiente, si sentì un odore forte e sgradevole.

– Formalina, – sentenziò prontamente il medico legale.

– Allora non è alcol?

– Formalina. Formaldeide al quaranta per cento. È la cosa migliore per conservare qualunque preparato anatomico.

Proseguì nel suo lavoro. Raccolse campioni dei tessuti e li dispose in piccoli recipienti che sarebbero stati inviati al laboratorio per determinare il gruppo sanguigno e il DNA. Il pene, sotto le sue mani esperte, sembrava adesso un grosso verme senza vita. Montalbán lo esaminò da vicino e ne sollevò la base con delle pinze.

– Si tratta del membro di un uomo giovane, ed è curioso perché... – Rimase zitto.

Gli occhi cespugliosi di Garzón mi guardavano impazienti. La mascherina mi impediva di vedere la sua espressione. Montalbán continuò a eseguire un gran numero di manovre minuziose. Alla fine mi azzardai a domandare:

– Cosa c'è di curioso, dottor Montalbán?

Pareva pronto a esprimere un verdetto.

– È curioso, ma non ci sono dubbi: io direi che questo pene è stato asportato con procedimenti chirurgici ortodossi. Vedo perfettamente la linea sottile del bisturi, l'inizio dell'incisione ad angolo vivo, la fine precisa. Poi tutta la ferita è stata tamponata.

– Niente di accidentale, allora.

– Assolutamente no. Altrimenti l'unica possibilità è che sia stato reciso di netto con uno strumento molto affilato, ma anche questo sarebbe impossibile. È tagliato esattamente alla base. In un'aggressione non sarebbe mai stato possibile. L'angolo di inserzione del membro sulla pelvi avrebbe impedito di esercitare la forza necessaria. Mi spiego?

Vi fu un silenzio dubbioso.

– Vediamo, immagini un tagliere e un grosso coltello tipo mannaia da macellaio. Sistemando il pene sulla superficie e dando un forte impulso alla lama si potrebbe ottenere un taglio con queste caratteristiche; ma mi dica, in quale posizione dovrebbe essere un uomo perché si possa fare una cosa simile? È quasi impossibile: il taglio si produrrebbe più in basso, mai a questa altezza.

– Sì, – risposi con convinzione. Guardai Garzón. Aveva la fronte imperlata di grosse gocce di sudore. – Ha capito, viceispettore? – domandai cortesemente.

– Sì, – mormorò lui con un filo di voce.

– Questa circostanza e la natura dell'incisione indicano con strettissimo margine di errore che la vittima è stata evirata chirurgicamente, – proseguì Montalbán. – Il procedimento seguito è stato probabilmente quello di legare con un laccio la base del pene per bloccare l'afflusso di sangue. Forse è per questo che presenta un segno bluastro alla base. Dopo l'incisione, è necessario praticare un nodo ai legamenti per evitarne la retrazione e più tardi introdurre un catetere nell'uretra perché cicatrizzi aperta. Alla fine la ferita deve essere cauterizzata.

– La complessità della manovra sembra indicare che solo un medico avrebbe potuto farlo.

Montalbán si allontanò dal tavolo e si liberò della mascherina, ci fece segno di togliercela anche noi per poter parlare a faccia scoperta. Dopo il disvelamento vidi l'espressione meditabonda del medico e il volto pallido e sconvolto del mio collega.

– Andiamo, ispettore, io non ho detto questo. Sapere se l'abbia fatto davvero un medico è completamente al di fuori delle mie competenze. Potrebbe essere stato un infermiere, uno studente di medicina, un biologo abituato alle preparazioni da laboratorio... perfino qualcuno estraneo agli ambienti medici che ci sappia fare. Le assicuro che nell'esercizio della mia professione ho visto cose stupefacenti in questo senso. Una volta mi capitò il caso di un capostazione che aveva dovuto tagliare il braccio di uno scambista. C'era stato un incidente e il braccio di quell'uomo era stato quasi strappato via. Il capostazione, vedendo che i soccorsi avrebbero impiegato troppo tempo ad arrivare, completò l'amputazione del braccio, evitò la setticemia, fermò l'emorragia e conservò l'arto in frigorifero. All'arrivo dell'ambulanza non restava altro da fare che provvedere al trasporto. Vidi quel lavoro, eseguito senza nemmeno gli strumenti adatti, e rimasi allibito. Era perfetto, nessun chirurgo l'avrebbe fatto meglio. Bisogna dire che l'amputazione è una manovra relativamente facile, ancora più facile quanto più è ridotta la parte che viene amputata. Un'altra cosa è l'innesto, capite?

– Tuttavia, lei ritiene che il taglio sia stato fatto con un bisturi.

– Sono quasi sicuro che siano stati usati strumenti chirurgici, ma nemmeno questo significa che sia stato un chirurgo a usarli. Vi sono negozi di materiale sanitario aperti a chiunque.

– E cosa mi dice della formalina?

– Lo stesso. Non esiste un preparato commerciale, ma le farmacie la vendono sfusa.

– Senza ricetta, senza che si sappia l'uso che se ne vuol fare?

– Avete dei figli che vanno a scuola? Evidentemente no. I miei hanno comprato migliaia di volte flaconcini di formalina dietro indicazione dell'insegnante. Dissezionano rane nel laboratorio di scienze, conservano cavallette per dei mesi... Qualunque scuola o istituto, qualunque professore o studente, chiunque può essere consumatore abituale di formalina. Ovviamente, le farmacie non gliene vendono una botte per tenerci un cadavere dentro, ma una modica quantità sì, una quantità molto maggiore di quella contenuta nel nostro sacchettino.

– C'è qualcos'altro che potrebbe essere di uso medico, dottore, la stessa bustina di plastica, la scatoletta che la conteneva?

Montalbán negò con la testa. Mi girai verso Garzón e vidi che vacillava.

– Si sente male, Fermín?

– Credo di sì, – rispose con voce esanime. – Se volete scusarmi... la aspetterò al bar, ispettore, ho un po' di nausea.

Rimasi sconcertata nel vederlo uscire. Montalbán sorrise.

– Cosa gli succede? – dissi, – è un uomo abituato a queste cose, ha visto un'infinità di autopsie, forse...

Il medico mi interruppe, comprensivo e paterno.

– Non so se se ne rende conto, ispettore, ma il pene rappresenta per gli uomini qualcosa di molto particolare. Le immagini mentali della sua perdita vengono vissute in modo molto nitido. Provi a parlare di evirazione davanti a un uditorio maschile e vedrà che istintivamente tutti chiudono le gambe.

– Mi fa piacere che lo dica, dottore, avevo finito per pensare che fossero fantasie frutto del mio eccesso di zelo femminista.

– Può darsi che sia vero anche questo.

Mi guardò maliziosamente e si mise a ridere. Mi piaceva quel medico legale. Era un uomo eclettico, sereno, ponderato. Se non avesse avuto sette figli e un'adorabile moglie gli avrei proposto di sposarmi.

– C'è un'altra cosa molto importante, dottore. È in

grado di stabilire se questo membro sia stato asportato a un uomo vivo o a un cadavere?

– Certo che si può stabilire. Ritengo che l'uomo a cui è stato tagliato fosse ancora vivo al momento del fatto. Vi si può riscontrare infatti quella che noi chiamiamo reazione vitale: c'è stata coagulazione e retrazione dei tessuti. Non sappiamo se sia morto durante o dopo l'evirazione, ma in partenza non si trattava di un cadavere, di questo può essere sicura.

– Quindi è esclusa l'ipotesi che sia stato rubato in un'aula di anatomia.

– Pensava a uno scherzo da studenti?

– È un'ipotesi che va presa in considerazione.

– Sì, ma la scarti pure, i cadaveri usati ad anatomia sono dei vecchiumi che a volte rimangono per anni immersi in vasche di formalina. Sono induriti come suole di scarpe e hanno un colore molto particolare, qualcosa che ricorda la pergamena. Le assicuro che non ne verrebbe fuori mai un pene così, fresco come una rosa.

– Crede sia stato tagliato da poco?

– Non saprei dirglielo esattamente: la formalina fissa i tessuti e ciò toglie valore al reperto. L'unica cosa certa è che è stato messo in formalina poco dopo essere stato asportato, diciamo entro le ventiquattro ore. A partire da quel momento comincia la decomposizione e qui non ne vedo alcun segno.

– C'è altro che possa aggiungere a questo parere, dottore?

– Non molto. Entro un paio di giorni avremo delle analisi più precise condotte al microscopio; chissà che non venga fuori qualcosa che a me è sfuggito. In più sapremo il gruppo sanguigno e il DNA. Avete qualche indiziato?

– No, assolutamente nessuno.

– Allora, per il momento, questi dati vi serviranno a poco. Sa bene che sono utili solo se usati comparativamente per determinare l'identità di qualcuno, ma se non ci sono né una vittima né un possibile carnefice... avremo un pene e un'identità biologica fantasma: non molto, vero? Anche se più avanti forse vi potranno servire, quando troverete un cadavere o avrete una lista di sospetti.

– Questo non è molto incoraggiante.

– Le confesso che è la prima volta che faccio un lavoro come questo, ispettore. Mi sembra tutto davvero strano.

– Lo è: abbiamo poche piste e non sembra ragionevole che non si trovi negli ospedali un uomo a cui sia stato asportato il pene per motivi terapeutici.

– L'ablazione del pene è un'operazione rarissima. In genere la si fa solo in caso di cancro localizzato. Ha domandato se ne sia stata effettuata una negli ultimi mesi?

– Il viceispettore ha cercato in tutti gli ospedali senza nessun risultato. Semplicemente, un intervento del genere non c'è stato.

– È molto infrequente, come le ho detto.

– Dottor Montalbán, dove vanno a finire le parti asportate durante gli interventi chirurgici?

– In una fossa comune. È obbligatorio registrarle su un foglio apposito che viene trasmesso all'ufficio anagrafe, anche se talvolta qualcosa può sfuggire. Avete guardato anche lì?

– Sì, sapevamo dell'esistenza del registro e l'abbiamo consultato, ma senza alcun risultato. Se fosse saltato fuori un pene in quegli elenchi avremmo sospettato che qualcuno l'avesse registrato senza poi effettuare l'incinerazione, ma non è così.

– Insisterò specificamente perché venga effettuata la ricerca di cellule cancerose nei tessuti. Non mi viene in mente altro, anche se per la verità non mi sembra che possa servire a molto. Un bell'imbroglio vi è capitato!

– Ci può giurare, dottore, di quest'individuo sappiamo solo che era di sesso maschile.

– E magari è un pene posticcio impiantato a Casablanca, – disse fra le risate. Poi, enigmatico e più serio, aggiunse: – Povero viceispettore, se è così sensibile all'argomento, sarà dura per lui! Si immagina le battute che gli toccherà sopportare finché dureranno le indagini?

– Io mi asterrò dal fargliene.

– Sarà gentile da parte sua.

Osservai la sua faccia bonaria. Perché un uomo così simpatico doveva occuparsi di morti quando avrebbe fatto la delizia di qualunque paziente? Ah, la vita è così, tutto sembra fatto apposta per funzionare al contrario.

Trovai Garzón al bar di fronte che cercava di riprendersi dal trauma genitale. Gli riassunsi quel che mi aveva detto Montalbán e presi anch'io un caffè. Aveva un aspetto migliore, per lo meno la sua faccia aveva ritrovato il colore abituale. Cercai di non dare importanza alla sua defezione.

– Si sente meglio, Fermín? Non mi stupisce che le sia venuto un capogiro, là dentro faceva un caldo...

Ma lui non sembrava aver bisogno di un alibi, perché disse:

– Il caldo non c'entra, è stato quel benedetto medico con le sue spiegazioni. Come si può essere così crudi? «Si immagini un tagliere...». Dio mio, non era mica necessaria un'immagine così esatta!

– Be', ma io così ho capito molto bene.

– Certo, lei sì!

Si avvicinò il cameriere con un vassoio e cantilenò ossequioso: – Qualche pasta, signori, un cannolo caldo appena fatto?

Il viceispettore fece un gesto di rifiuto e distolse la vista.

– Non me ne parli! Per almeno un mese non riuscirò a mangiare né salsicce né asparagi né cannoli, niente che abbia una forma allungata!

– Non starà esagerando?

– Mi fa venire la pelle d'oca questa storia. Un cadavere è un'altra cosa; ma pensare alla possibilità che uno se ne vada in giro senza cazzo per la città... o che sia morto dissanguato perché gliel'hanno tagliato... cosa crede che abbiamo davanti, ispettore?

– Sinceramente, non lo so. Il parere del medico legale mi ha lasciata sconcertata.

– Anche a me. La cosa più logica era pensare che gliel'avessero tagliato con la violenza. Ero arrivato a immaginare qualche ragazza che avesse avuto il coraggio di castrare il suo violentatore. Per questo nessuno dei due avrebbe denunciato la cosa alla polizia, sarebbero stati colpevoli entrambi. E poi la tipa, in una dimostrazione plateale, l'avrebbe spedito a lei.

– Vede bene che questo è impossibile.

– E se la ragazza era infermiera e minacciandolo col coltello l'ha costretto a seguirla in qualche posto dove potesse operarlo?

Non credevo alle mie orecchie, Garzón era completamente partito.

– Ha mai pensato di dedicarsi alla letteratura poliziesca?

Chiese una ciambella al cameriere senza rispondermi.

– Tutto questo casino mi ha fatto venir fame.

– Mangi e lasci stare le fantasie. Non c'è niente da fare finché non avremo i risultati delle analisi.

Ma non fu così facile farlo star zitto, gli piaceva elucubrare. Pensò alla teoria del violentatore, pensò a un serial killer che avesse appena cominciato. Mi tempestò di mistiche considerazioni sui matti che si credono angeli asessuati. Sono convinta che, alla fine, stava dando libero sfogo ai suoi neuroni solo per distrarsi, ma mi ero proposta di lasciarlo fare e così feci. Se davvero l'argomento delle castrazioni lo faceva soffrire, era meglio che scaricasse la tensione in modo inoffensivo.

Guidando verso il commissariato riflettei anch'io su quella faccenda. Anche a me piacevano le scommesse, ma ero molto più scettica di Garzón. L'ipotesi della vendetta mi pareva improbabile. Chi mai con i tempi che corrono rischierebbe di finire in galera per una questione di principio? Cos'è in fondo la vendetta se non una soddisfazione emotiva che prescinde dal denaro e dal mondo delle cose? Troppo fuori moda, perfino romantico al giorno d'oggi. E la storia del serial killer? Neanche per idea, quelle erano cose da sceneggiatori hollywoodiani dal cervello prosciugato. Il mio scetticismo feroce mi spingeva a concepire il crimine come qualcosa che permette di ottenere un beneficio tangibile, o come un fatto accaduto accidentalmente che deve essere nascosto. Tutta la letteratura del viceispettore, tutta quella concezione estetica del male mi sembrava inconcepibile in uno schifo di società come la nostra. Se davvero fossero esistiti assassini così poetici da voler diventare come gli angeli, o fanciulle giustiziere, allora sarebbe stato meglio mettersi dalla loro parte invece di fare i poliziotti. Ma avevo una gran paura che i colpevoli andassero ricercati nelle fila della normalità. Anche se a dire il vero, perfino a me cominciava a sembrare eccessiva la pretesa di trattare a tutti i costi in modo razionale una faccenda così oscura. Forse il viceispettore aveva ragione ed esisteva un mondo nascosto, sotterraneo, un universo solitario e raccapricciante che apparteneva al lato oscuro dell'uomo? Oppure la società non era altro che un insieme di pratiche comuni, un compendio di comportamenti omologabili? No, può darsi che mi desse più tranquillità affermarlo, ma non era così. Dovevo considerare la mia vena razionalista come la base di ogni deduzione, ma senza scartare quella tenebra perturbante di cui parlava Garzón.

Assorta nei miei pensieri ero arrivata fino a casa,

avevo aperto la porta e avevo perfino sistemato le mie cose sul tavolo della cucina per lavorare ancora un po'. C'erano altre faccende di ordinaria amministrazione da sistemare, ma mi rendevo conto che il pene asportato cominciava ad agire come un punto focale capace di attirare tutta la mia attenzione. Succede sempre così con i casi che suscitano la vera passione investigativa: cominci come se si trattasse di un lavoro come un altro e all'improvviso c'è qualcosa che si stacca dall'insieme, una specie di virus, una scintilla di fuoco intenso che finisce per consumarti dalla testa ai piedi. Solo allora capii che mi trovavo di fronte a una di quelle situazioni ed ebbi un brivido. C'è qualcosa di stimolante e di pericoloso in questa sensazione. E io la sentii fino in fondo, viva e dolorosa come un fiammifero che bruciasse lentamente sulla mia pelle.

Lavorai e lavorai cercando di non pensare a niente, e ci riuscii, visto che quasi mi dimenticai di cenare. Erano le undici quando decisi di prepararmi una frittata al formaggio e di bermi un bel bicchiere di yogurt. Stavo sbattendo le uova con impeto guerresco e all'improvviso mi ricordai di loro. Erano ancora lì? Andai alla finestra, diedi un'occhiata ed eccoli, i due paladini padroni e signori della mia sicurezza. Provai subito il fastidio psicologico-urticante di non sentirmi sola. Una simile precauzione continuava a sembrarmi il colmo del ridicolo. Immaginai quei due poveretti a bere Coca-Cola dalla lattina e a guardare verso la mia porta con sempre minore interesse. Chissà se il commissario gli aveva detto la ragione precisa per cui adesso erano appostati davanti a casa mia? Provai curiosità. Uscii in strada e feci loro cenno di avvicinarsi. Scesero immediatamente dalla macchina e vennero con passo leggero, con la mano destra sospettosamente infilata dentro la giacca. Si erano spaventati, avrei dovuto immaginarlo.

– Sta bene, ispettore?

– Benissimo, e voi?

Rimasero indecisi dinanzi alla mia risposta informale.

– Avevo pensato che magari avreste voglia di prendere un caffè.

Si guardarono l'un l'altro con soddisfazione.

– Se lei è così gentile da invitarci...

Visti sotto la chiara luce della cucina mi parvero ancora più giovani. Il sergente era robusto e dai lineamenti scolpiti nella pietra. Palafolls non doveva avere più di ventun anni, data la delicatezza del suo bel viso. Preparai un caffè mentre chiacchieravamo del più e del meno. Si vedeva che erano contenti del mio invito. Posai tre tazze fumanti sul tavolo e un appetitoso plumcake industriale. Per seguire il modello tipico di ospitalità di un superiore con i suoi subordinati adesso avrei dovuto chiedere a quei ragazzi delle loro famiglie, delle fidanzate e di tutta la loro vita personale. Ma non avevo nessuna voglia di infilarmi in quei meandri paternalisti, e così, senza altri preamboli, sparai:

– Sapete esattamente perché siete qui?

Il sergente Marqués mi fissò negli occhi come per chiedermi di non creare dei problemi.

– Noi eseguiamo gli ordini del commissario, che...

– Lo so, lo so! Ma ditemi, il commissario vi ha raccontato qualcosa del caso a cui sto lavorando?

– Be', sì, ispettore. Ci ha detto che uno che lei ha messo in galera è appena uscito. Dice che è meglio che teniamo d'occhio casa sua per qualche giorno, dovesse mai venire qui a farle qualche scherzo.

– Già, – dissi pensierosa. Era chiaro che, in fondo, per Coronas quello non era un caso davvero importante. Secondo lui tutto si sarebbe presto chiarito nel migliore dei modi. Era ovvio che, nel frattempo, intendeva condurre la cosa con discrezione. Così avrebbe evitato curiosità e chiacchiere interne, assicurandosi il segreto anche all'esterno. Molto abile, il commissario. Bene, almeno quel paio di agenti era servito per farmi un quadro generale di ciò che ci si aspettava da noi. Sarebbe stato meglio porre un freno alla passione investigativa e spegnere le fantasie di Garzón. Nessuno ci avrebbe messo fretta, di modo che, superata la fase dell'impegno personale, non avremmo dedicato troppo tempo a quel caso. Mi sentii più tranquilla.

– Prendete un altro po' di dolce.

– No, grazie, ispettore, lei è molto gentile ma dobbiamo tornare al lavoro.

– Be', ma state lavorando anche adesso! Seduti qui con me mi state sorvegliando da vicino.

Questa frase dovette farli sentire ridicoli. Tirarono per le lunghe nell'andarsene. Io ero soddisfatta di quel che avevo appurato, o forse, ora che ci penso, cercavo di trovare qualcosa che dissipasse la mia ossessione per il caso del pene.

Andai a letto che era già molto tardi e continuai a leggere ancora per un po'. Fui sorpresa nel sentire suonare il telefono verso le due del mattino. Alzai il ricevitore. Dopo il terzo «pronto» nessuno aveva risposto. Rimasi in silenzio attaccata al microfono. Poco dopo, chiunque fosse riattaccò. Un errore? Rimasi lì a pensare senza sapere bene a cosa. Poi mi alzai al buio e andai alla finestra. I miei salvatori erano sempre parcheggiati nello stesso posto. Vidi la piccola luce di un fiammifero acceso, e la punta incandescente di una sigaretta. Che non avessi davvero bisogno di loro?

2

Nei giorni successivi nessuno parlò più del pene reciso. Ci occupavamo degli altri incarichi che ci erano stati assegnati in margine a quel caso e cercavamo di non menzionarlo mai nei nostri discorsi. Tuttavia, sia io sia Garzón attendevamo il risultato delle analisi con una punta d'impazienza. Glielo leggevo chiaramente in faccia. Correva subito a guardare i messaggi che si accumulavano in nostra assenza, e se qualcuno lo chiamava al telefono si precipitava a rispondere con visibile celerità. Di tanto in tanto passava nel mio ufficio e domandava: «E allora, qualche novità?» senza esplicitare l'oggetto del suo interesse. «Niente, niente, va tutto benissimo», rispondevo io con enfasi fittizia. Ma entrambi sapevamo che quella diabolica reliquia era all'origine delle nostre controllate inquietudini.

Eppure tutte quelle aspettative si rivelarono esagerate. Quando finalmente il dottor Montalbán ci fece avere i risultati, ci ritrovammo in mano il DNA di un soggetto e il suo gruppo sanguigno, zero positivo, ma assolutamente niente di più. Non erano state trovate tracce di sostanze estranee né segni di alcuna malattia. In una parola, il fantasma era ancora acquattato nell'ombra. Dalla delusione del viceispettore capii fino a che punto l'*affaire* avesse tenuto occupata la sua mente. Buttò bruscamente il pacchetto di sigarette sulla scrivania.

– C'è da diventare matti! Tanti progressi scientifici per cosa? Non servono assolutamente a niente.

– Se ne rallegri, se così non fosse risolverebbero tutto giudici e medici. Di cosa vivremmo noi due?

– Potremmo mettere su un ristorante.

Lo guardai con poca convinzione.

– Si svegli, Fermín, siamo condannati a questo lavoro!

– Io non lo direi con tanta sicurezza. Se lo immagina come dev'essere bello gestire una trattoria? Robusti tavoli di legno, un camino in un angolo per l'inverno e piatti di rustica terraglia. Una buona cantina piena di vini e deliziose specialità da spilluzzicare: salamini piccanti, peperoncini sott'olio, frittatine, insalate miste...

– Non sarà che lei ha fame?

– Ma perché non prende mai sul serio le mie aspirazioni?

– Sinceramente... non mi aveva mai detto che stava pensando di fare l'oste.

– Solo perché so che non lo farò, però mi piacerebbe... le assicuro che mi piacerebbe davvero. C'è un che di sano e positivo nel dare da mangiare agli altri. Vivremmo in un ambiente allegro, umano. Casseruole che fumano, gente che ride in buona compagnia...

– Ha nostalgia del mondo normale?

– Certo che ce l'ho! Sono troppi anni che vivo circondato di ladri e mafiosi. Sempre l'oscurità, il male, il delitto, l'orrore. E come se non bastasse, adesso anche questa storia macabra del pene.

– Macabra è la parola giusta, ha proprio ragione.

– E cosa possiamo fare noi, ispettore?

– Non molto, temo. Faremo un altro giro degli ospedali, più che altro per avere la coscienza a posto, raccomandando di tenere gli occhi bene aperti e il nostro numero di telefono a portata di mano. Staremo dietro a tutti i cadaveri che salteranno fuori e... nient'altro.

Garzón non era soddisfatto, vedeva avvicinarsi sempre più il momento in cui quell'embrione di caso sarebbe stato sonoramente chiuso d'ufficio. Niente corpo, niente caso, per prudenza il pene sarebbe rimasto ancora un po' all'Istituto di Anatomia Forense, caso mai fosse possibile un'identificazione, e poi il magistrato avrebbe chiuso l'inchiesta e tutto sarebbe stato dimenticato. Anche a me dava profondamente fastidio che questo potesse succedere, mi hanno sempre mandata in bestia le situazioni inspiegabili. E poi, il mio coinvolgimento nei fatti era molto particolare, non bisognava dimenticare che ero io la destinataria di quel lugubre pacchetto. Il viceispettore aveva la delusione dipinta sulla faccia, l'inquietudine riflessa negli occhi.

– C'è un assassino che se la spassa tranquillamente e a noi tocca occuparci di faccende di ordinaria amministrazione.

– È questo che la preoccupa veramente, o le dà soltanto fastidio lasciare un lavoro a metà?

– Non mi è mai piaciuto uscire dal cinema a metà

film, o dover cambiare programma all'ultimo momento.

– Sì, anche a me, ma non bisogna confondere questa sensazione con l'inquietudine per un possibile assassinio. Al momento, non ci sono morti su cui indagare.

– E se cominciasse a ricevere pacchetti con altri pezzi dello stesso individuo?

– Quando mi arriveranno le orecchie comincerò a sospettare.

– Questo è molto divertente, ispettore, ma la logica ci insegna che le cose non succedono per caso, c'è sempre un concatenarsi di conseguenze dopo un'azione di partenza.

– Bel ragionamento, Garzón, ma non possiamo perderci in un mare di congetture. E poi, chi le ha detto che la vita è logica?

– Eppure deve esserci una spiegazione. E se dietro tutto questo ci fosse un traffico di organi? Non potrebbe essere stato un pentito a mandarle questo piccolo campione? E cosa ne dice di un medico solitario, squilibrato e strambo che ha voluto togliersi la soddisfazione di un'operazione truculenta?

Schiacciai la sigaretta nel portacenere decisa a porre fine a quell'escalation di spropositi. Sorrisi con una smorfia per dire:

– E se una signora, stanca di preparare la cena al marito, avesse deciso di cucinargli un salsicciotto diverso dal solito e gliel'avesse tagliato? E se l'invio del pacchettino fosse il risultato di una di quelle scommesse maschili che cominciano con: «Ci scommetto la minchia che...»?

Il viceispettore mi guardò con odio selvaggio.

– Le ho già detto che non la trovo molto divertente oggi. Credo che andrò a ridere da un'altra parte. Col suo permesso, me ne vado a lavorare alle nostre cose.

Si allontanò più orgoglioso di un generale da operetta. Non mi aspettavo quella reazione, e dire che avevo tutti gli elementi per prevederla. Garzón era, fino al midollo, un uomo passionale, e naturalmente si annoiava, caspita se si annoiava, come uno sventurato animale condannato a starsene chiuso nella gabbia di uno zoo invece che nella vastità della savana. Una vita fatta prevalentemente di routine l'aveva trasformato in un avido cacciatore di sensazioni sull'orlo della pensione. Per questo, dopo aver assaggiato il miele del mistero non voleva saperne di tornare alla solita minestra. Come poteva anche solo pensare di mettere su un ristorante? Quel sogno di serenità quotidiana si sarebbe dissolto come una bolla di sapone quando un cliente gli avesse ordinato lo stesso piatto per la seconda volta. No, Garzón aveva la stoffa dell'uomo d'azione, ma io non ero passata come lui attraverso mille esperienze poliziesche, e i casi semplici e di ordinaria amministrazione li vivevo ancora come una benedizione del cielo. Gli sarebbe passata.

Tornò la tranquillità nel nostro lavoro. Qualche volta nei giorni seguenti il commissario si informò se ci fossero novità, ma non capitava mai nulla che potesse avere a che fare col pene misterioso. Furono trovati un paio di cadaveri fuori città, ai quali i nostri uomini si affrettarono ad abbassare i pantaloni con impudicizia, ma entrambi erano integri come mamma li aveva fatti. Io finii per dimenticarmi un po' di quella storia e giunsi a pensare che certo di peni ne erano caduti di più nelle guerre goyesche. Smisi di ricevere corrispondenza relativa a quella trasmissione e, per colmo di fortuna, il commissario ritirò finalmente la scorta davanti a casa mia. Una sera Marqués e Palafolls vennero a salutarmi dicendo che era stato un piacere proteggermi.

Con soddisfazione li vidi allontanarsi e me ne andai a dormire tranquilla per la prima volta in parecchi giorni.

Se fossi stata panettiera o cuoca, o sarta o portinaia, l'aspirazione a vivere in pace sarebbe stata ragionevole e normale. Però ero un poliziotto, l'avevo deciso in un momento di pazzia, e quindi non posso lamentarmi se quella calma non durò. Una mattina di novembre, con tutta la fredda bruma concentrata sulla punta rossa del mio naso, arrivai in ufficio per mettermi al lavoro. Constatai con scarsa gioia l'insufficiente calore irradiato dal termosifone e, dopo aver guardato dalla finestra senza alcun motivo, com'ero solita fare prima di mettermi all'opera, mi diressi decisa verso la scrivania. Ed eccolo lì, in cima al mucchietto della posta quotidiana, come se nessuno si fosse stupito che arrivasse in commissariato un pacchetto come quello. Lo vidi da lontano e non ebbi il coraggio di avvicinarmi. Quattro passi mi separavano dal fatidico pacchetto, ma ormai ero così sicura del suo contenuto che, come in un incubo, le mie gambe rallentarono e non avrei più saputo dire se stessi camminando oppure no. Sempre come in un incubo, mi passai una mano sulla faccia, e alla fine, improvvisamente indignata con me stessa per quella reazione, coprii la breve distanza con la determinazione di un generale del Terzo Reich. Non c'era il minimo dubbio: il mio nome, l'indirizzo, i caratteri con cui erano stampati, la forma del pacco, le sue dimensioni, il colore della carta da imballaggio. Se avessi seguito i miei riflessi patologici non sarei mai riuscita a raccogliere e nemmeno a toccare quell'affare, ma dovevo farlo. Lì, sulla mia scrivania, si trovava senza dubbio il reperto numero due. Erano le orecchie, finalmente? mi domandai. O questa volta si sarebbe trattato di un organo interno: un fegato, un pancreas, un cuore? Mi stavo addentrando tutta sola in un crescendo di orrori. «Basta!» esclamai fra me e me, «devo agire». Agii, lasciandomi trasportare dall'essere autoritario che tutti abbiamo dentro di noi, o come un militare, o come le due cose insieme, se queste non fossero già di per sé la stessa cosa. «Che i tuoi movimenti siano preceduti da un rotolare di teste», pensai e, in preda a un impeto dittatoriale, uscii in corridoio gridando:

– Chi cazzo ha portato qui questa roba?

I decapitandi ci misero un bel po' a rendersi conto della situazione, e quando mi rivolsi all'agente di turno in portineria ne ricavai una risposta commovente nella sua normalità.

– Il postino, ispettore, – rispose come se parlasse a una paziente appena evasa da un ospedale psichiatrico.

– Il postino? – insistei.

– Sì, il postino, stamattina presto. Sul pacchetto c'era il suo nome ed è passato senza problemi per il metal detector, quindi io...

– E lei non sa che questo pacchetto è diverso dagli altri?

Scosse il capo come uno strano bambino in divisa. Rimasta a corto di argomenti, gli ordinai, con la massima pazienza:

– Mi chiami il viceispettore Garzón.

Garzón entrò nel mio ufficio tranquillo e serafico come se tornasse da un picnic, ma immediatamente lo vide. Gli occhi gli si allargarono e brillarono di una luce piena di entusiasmo. Non ebbi il minimo dubbio: il mio vice era contento di riprendere in mano quella storia.

– Quando è arrivato? – domandò.

– Con la posta di stamattina.

Non si concesse nemmeno una domanda in più.

– Lo apra, – disse, assorto come un giocatore di scacchi.

– Fermín, non crede che sarebbe più indicato portarlo al laboratorio e farlo aprire lì?

– E se contiene solo ritagli di giornale? No, non se ne parla, è arrivato a suo nome, lo apra.

L'impazienza e la divorante curiosità lo spinsero a impugnare il comando che il panico mi sottraeva. Mi tremavano le mani mentre strappavo le strisce di nastro adesivo. La mia immaginazione galoppava fino all'assurdo: un fegato, un dito, magari una trachea sanguinolenta? Tolsi la carta. La scatoletta aveva esattamente la stessa forma, lo stesso colore. Rimasi per un momento in sospeso e vidi il viceispettore, fuori di sé, che precedendomi toglieva il coperchio.

– Dio santo! – mormorò.

Io non avevo parole. Non era un esofago né un naso né una milza, era, rattrappito e triste, un pene molto simile al precedente.

– Dio santo! – ripeté il mio collega.

Trascorse un intero minuto prima che riuscissimo a staccare lo sguardo dall'oggetto della nostra attenzione. Finalmente il viceispettore partì sgommando a tutta velocità.

– Gliel'avevo detto, ispettore, gliel'avevo detto, non poteva finire qui!

– Non riesco a immaginare cosa stia succedendo.

– Questo è il lavoro di un serial killer, di uno psicopatico, di una bestia immonda, di un degenerato. Ero sicuro che il caso era soltanto cominciato, Petra, e noi qui a fare gli impiegatucci e a occuparci di cazzate. Adesso basta, bisogna fare in fretta! Io mi incarico dei preliminari col magistrato e il commissario, lei va subito a informarsi se è stato trovato qualche morto o se c'è qualche denuncia di scomparsa.

Uscì sparato dal mio ufficio portandosi via il sinistro pacchettino. Comandava lui, perché io ormai ero praticamente una zombie. Cosa me ne importava! Devo riconoscere che mi ero spaventata, che il coinvolgimento personale mi frenava e mi riempiva di dubbi, perché non solo stavano comparendo incomprensibili peni tagliati, ma qualcuno li stava mandando proprio a me. Perché?

Alle sette di quello stesso giorno, sbrigate le formalità iniziali, Garzón ed io ci trovammo all'Istituto di Anatomia. Lui era riuscito a convincere il dottor Montalbán a mettere da parte tutto il resto e a far subito l'autopsia del nostro pene. Aveva mosso mari e monti, il viceispettore. Perfino Coronas, persuaso dalla sua insistenza e concitazione, aveva acconsentito a rilevarci da ogni altro incarico. Da parte sua, il magistrato continuava a insistere: confidenzialità e discrezione, non potevamo permetterci un solo titolo sui giornali, che avrebbe scatenato un putiferio, né una «breve» di cronaca, per non parlare della televisione. Restava ancora da vedere fino a che punto saremmo stati capaci di controllare l'incombente alluvione di curiosità morbosa.

Montalbán era più serio della prima volta. Si rendeva conto dell'importanza che quella faccenda poteva assumere. Era consapevole inoltre del fatto che, in un'oscurità così fitta, il suo referto assumeva particolare rilevanza. In effetti, le mie prime ricerche sui morti e gli scomparsi avevano avuto esito negativo. Era stata denunciata l'assenza di un paio di donne, automaticamente escluse, e di un vecchio squilibrato che si pensava non avrebbe tardato a ricomparire. Morti: una ragazza di overdose e nessun altro. Per questo il medico legale si concentrò come se, invece di tagliuzzare un pene senza vita, stesse eseguendo un trapianto della valvola mitrale. Io, più tranquilla, assistevo all'intervento senza sperare troppo in nuove rivelazioni.

– Come l'altra volta, – disse dopo il primo esame oculare. – Questo è il pene di un uomo giovane conservato sotto formalina. Confezionato sottovuoto esattamente con lo stesso procedimento dell'altro –. Esaminò l'incisione all'estremità e decretò: – Anche questo asportato con metodi chirurgici, mediante un bisturi.

– Non vede nessuna differenza?

– Sì, quelle morfologiche proprie di un altro individuo. Le vedrete anche voi, vado a prendere l'altro pene amputato, l'abbiamo ancora qui –. In una delle vetrine della sala vi erano dei preparati sotto formalina in recipienti tutti più o meno simili. Lui prese il pene e ce lo portò. – Vedete? Il precedente è un po' più lungo, questo ha un diametro maggiore... ma, in sostanza, se guardate la linea del taglio voi stessi potete vedere che è stata fatta esattamente allo stesso modo. Non ci sono differenze sostanziali. Adesso vediamo se... – All'improvviso qualcosa richiamò la sua attenzione. Si chinò sul piccolo reperto. – E questo? Cos'è?

Il viceispettore saltò su come un ragazzo impaziente.

– Cosa c'è, dottor Montalbán?

Ma il medico non lo sentiva nemmeno. Insisté:

– Ha trovato qualcosa di interessante?

Dovetti dargli una gomitata perché la smettesse di assillarlo.

– Credo che... be', senza alcun dubbio questo è un punto di sutura. Guardate.

Sollevò con le pinze l'estremità inferiore del membro. Vi si vedeva un minuscolo punto di filo trasparente che cominciava e finiva lì.

– Sì, è un punto di catgut.

– Cos'è il catgut? – domandò Garzón.

– Un filo chirurgico diverso da quello di seta, più moderno. I punti si riassorbono, non è necessario toglierli. Si usa in ogni genere di operazioni.

Capii che il mio collega stava per fare un'altra domanda e lo pregai di tacere con un dito sulle labbra. Era da tempo che non lo vedevo così esaltato e così rompiscatole. Ma non era il momento per gli interrogatori, il dottore era ancora tutto preso dal suo lavoro, accigliato e con un'espressione per niente soddisfatta.

– Quel che non capisco è... insomma, non capisco come mai un punto dato proprio qui; voglio dire, è un punto isolato e lì dove si trova non serve a niente, è del tutto inutile. Non riesco a immaginare il motivo per cui l'abbiano fatto: non sutura, non unisce niente, non chiude nessuna incisione, nessuna piccola lacerazione... Diciamo che la sua presenza non ha alcuna ragione medica –. Alzò gli occhi e la sua vista ci mise un attimo ad adattarsi alla distanza normale. Pareva incuriosito quanto noi. – Lei cosa ne pensa, ispettore?

– Non lo so, dottore, non lo so. Mi dica, per il catgut vale lo stesso discorso che per la formalina o i bisturi? Si può comprare facilmente?

– Ma... scarti le farmacie, senz'altro, ma come materiale chirurgico... Anche se, a dir la verità, credo che sarebbe un po' più complicato... a meno che... Non lo so, ispettore, questo è un bel problema! Pensare che qualcuno si faccia un corredo completo di materiale medico, che pratichi un'incisione perfetta, che dia un punto di sutura e tagli i capi del filo esattamente secondo le regole, io credo che forse...

– Forse queste coincidenze tutte insieme possono far pensare che non si tratti di un caso e che ci sia di mezzo un medico, non è vero?

– Un medico è dire troppo, ve l'ho già accennato la volta scorsa. Io allargherei il campo e vi includerei chiunque abbia rapporti con la professione: infermieri, studenti, assistenti di sala operatoria... e anche medici, sì.

L'orgoglio corporativo lo spingeva ad accampare una serie di riserve, ma aveva ragione, non potevamo fissarci su una congettura viziata fin dal principio. Intervenne Garzón.

– Mi dica, se non ci sono ragioni mediche per la presenza di questo punto, perché avrebbero dovuto darlo, secondo lei?

– Non saprei, Garzón, forse si è trattato di una prova, forse...

– Di una disattenzione?

– No, per niente. Noi medici possiamo essere disattenti, e senza dubbio anche voi avrete sentito raccontare storie di bende o forbici dimenticate dai chirurghi nel corpo di un paziente, ma questa non è la norma. E poi, in questo caso l'ipotesi è assurda, se il punto è stato dato lì è perché lì lo si voleva dare, non chiedetemi la ragione. Quanto all'esecuzione... è perfetta, niente da dire.

Ci guardammo tutti e tre con aria costernata. Erano tutti lì i passi avanti compiuti con quell'autopsia? Era presto per dire se circoscrivendo le indagini all'ambiente medico avremmo avuto risultati significativi, però un progresso l'avevamo fatto.

– Lei come si muoverebbe, dottore? C'è un modo per sapere se queste evirazioni siano state praticate in un ospedale?

– Non ne ho idea. Posso solo dirvi che a Barcellona ci sono molti ospedali, una gran quantità di specialisti, un esercito di chirurghi, una legione di infermieri... Se avete già avvertito i reparti di andrologia e di pronto soccorso suppongo che rimangano poche vie ancora aperte.

– Daremo un'occhiata in giro, parleremo con i primari, con i caposala di chirurgia, con chi si occupa di far seppellire i resti amputati... Qualcosa verrà pur fuori.

Montalbán mi guardò con comprensione.

– Non vi invidio, cari miei; è come entrare in un bosco di notte con l'unica guida di un fiammifero.

Ma mentiva. Aveva tutta l'aria di essere così incuriosito che ci avrebbe volentieri accompagnati in quella spedizione, invece di rimanersene fra i suoi barattoli di marmellata cadaverica. Infatti, quando uscimmo ci pregò di comunicargli qualunque sospetto o novità.

Garzón era assorto come un mistico. Non mi guardava né si accorgeva di niente. A un tratto disse quel che pensava.

– Capirei se uno psicopatico tenesse un corpo in formalina e ce ne mandasse un pezzetto ogni tanto, ma che ci arrivi un altro pene non ha proprio nessuna logica.

– La mente gioca dei brutti tiri. Lei aveva quell'idea in testa e il nuovo pacchetto gliel'ha mandata all'aria. Ma questo significa soltanto che la sua idea era sbagliata.

– No, ispettore, questo innalza il grado di complessità, quindi è molto meno probabile. Si rende conto di quanto sia difficile uccidere due uomini senza che saltino fuori i corpi e senza che nessuno denunci la loro scomparsa? E se questi uomini mutilati sono ancora vivi, mi può spiegare perché non si fanno sentire?

– Ci deve essere qualcosa di infamante nella loro evirazione, forse una punizione, una minaccia, un regolamento di conti. Se parlano, li ammazzano; questo spiegherebbe il loro silenzio.

– Una castrazione chirurgica come vendetta non mi sembra tanto normale. Quanto alla punizione... è già più verosimile. Sembra qualcosa di stampo mafioso.

– Ma la mafia agisce in Spagna?

– La mafia italiana, no; ma qualche trust di droga...

– In questo caso, perché li manderebbero a me i loro trofei?

– Forse nel tentativo di sottolineare la punizione, di renderla più umiliante. Magari vogliono fare in modo che i castratori tengano la bocca chiusa.

– E dove lo trovano un medico per fare queste schifezze?

– Ha sentito cos'ha detto il dottore, non è necessario che sia precisamente un medico; e poi, se è vero quel che stiamo dicendo, entreremmo in un'altra dimensione. Quella gente dispone di mezzi, soldi, contatti internazionali; trovare un infermiere non sarebbe un problema.

– Troppo sofisticato.

– Non creda. È l'unico modo per non farli morire

dissanguati, per non farceli trovare mezzi morti da qualche parte. Li sequestrano, o li raggirano se sono dell'organizzazione, e dopo averli narcotizzati, li sottopongono all'operazione. Quando si svegliano e sono fuori pericolo, li lasciano andare.

Tutti i miei neuroni entrarono in stato d'allarme. Sì, perché no? Era un'ipotesi più che accettabile.

– Suona bene, viceispettore, è plausibile. Si metta in contatto con la Squadra Narcotici e si faccia raccontare come stanno le cose nel loro settore: movimenti degli ultimi mesi, gruppi attivi a Barcellona, rivalità conclamate, qualche soffiata che abbiano ricevuto... Non dimentichi di chiedere la massima discrezione.

– Dovrò pur raccontare l'indispensabile.

– Glielo racconti, ma che non esca di lì.

– Molto bene, ispettore, non c'è problema. La faccenda comincia a farsi interessante. Se lo immagina se, per una volta, avessimo in mano un grosso caso? Il fatto è che quelli della Narcotici vorrebbero metterci il naso.

L'orgoglio professionale maschile mi ha sempre riempita di curiosità. Gli uomini danno un'importanza esagerata ai livelli gerarchici, non tollerano di scendere di un solo gradino. Era anche vero che il viceispettore aveva bisogno di qualche soddisfazione personale. Dalla traumatica morte di Valentina, la sua fidanzata, non si era più ripreso. Appariva tranquillo e rilassato, questo sì, ma senza nessun entusiasmo. Io cercavo di farlo parlare delle sue cose e di incoraggiarlo, ma inutilmente: la sua vita privata languiva sotto i minimi storici. Conduceva un ordinato trantran, a volte andava al cinema, aveva un paio di amici... Aveva ripreso i contatti con Pepe, il mio secondo ex marito, e passava molte delle ore libere al banco del suo bar. Pepe si era risposato, ma sua moglie era un'odiosa giornalista rampante che non aveva troppo tempo da dedicargli. Se non altro era stato abbastanza lungimirante da rendersi conto che non gli conveniva abbandonare il suo lavoro né allontanarsi dall'ambiente dell'Efemérides, il suo curioso locale. Era da tanto che non ci vedevamo, benché Garzón cercasse sempre di trascinarmi a bere un bicchiere con lui, cosa che non avevo mai fatto. Senza saperne bene la ragione cercavo di sottrarmi al passato. Mescolata ai ricordi vi era la mia immagine precedente, e non mi piaceva confrontarmici, nemmeno con il distacco che il tempo porta con sé. Adesso ero una donna serena e misurata, dotata di uno scetticismo feroce che mi serviva da protezione e da faro esistenziale. In ogni caso, ero contenta che Garzón si sentisse stimolato da quel gran movimento di peni. Era di questo che aveva bisogno per ritrovare la sua autostima, un bell'incarico importante, smascherare una banda di narcotrafficanti, dare la caccia a un assassino sanguinario? A dire il vero non era molto: c'è chi ha bisogno di un amore appassionato, di avere un corpo perfetto o di muovere miliardi a Wall Street.

Passai il pomeriggio incontrando tre direttori sanitari che avevamo già visto un mese prima. Mi mostrarono tutto quel che volevo e con la loro insistenza finirono per convincermi che era virtualmente impossibile che qualcuno del personale ospedaliero avesse utilizzato una sala operatoria per i suoi scopi. Visitai anche l'inceneritore dei rifiuti organici di ciascun ospedale, ed ebbi modo di constatare con quanto ordine, prontezza e accuratezza nella registrazione venivano svolte le operazioni di routine. Chiesi di essere presentata ai primari dei reparti di andrologia e urologia, le specialità più vicine alle parti anatomiche in nostro possesso. Nessuno di loro manifestò il minimo dubbio sull'equilibrio e la normalità delle persone che lavoravano sotto di loro. Anche se quella visita risultò fin dall'inizio infruttuosa, non potevo esimermi dal ripeterla in tutti gli ospedali della mia lista. Ma non tutti nello stesso giorno, pensai, decidendo di concedermi un po' di respiro, e mi diressi verso casa prima del solito. Sognavo un po' di lettura, un dito di brandy, un pasto leggero e il completo affondare del mio corpo e del mio spirito fra le molle del divano.

Infilai l'ultima curva prima di arrivare a casa, contenta dell'indulgenza che mi ero concessa, cosa che non sono solita fare. Ma la gioia e i sogni di pace sfumarono non appena avvistai una macchina ben nota proprio davanti alla porta. Erano loro? Non lo erano? Il cuore prese a battermi forte, ma non per molto, perché all'improvviso mi si fermò quasi del tutto nel vedere la mia domestica Julieta in compagnia di Marqués e Palafolls. Chiacchieravano, cianciavano e ridevano, si divertivano, nella miglior tradizione ottocentesca della schermaglia fra soldatini e servette. Lei teneva la porta spalancata e si metteva in mostra sulla soglia. Loro, fuori, si appoggiavano alternativamente su un piede e sull'altro mangiandosela con gli occhi. Non si accorsero nemmeno del mio arrivo e solo lo sbattere della portiera, quando scesi dalla macchina, li riscosse dalla loro contemplazione.

– Signora Delicado! – esclamò Julieta, che era l'unica voltata verso di me. Allora i due ragazzi si girarono e scattarono sull'attenti come alla parata della Hispanidad.

– Agli ordini, ispettore! – abbaiarono all'unisono.

Io ero di un umore pessimo.

– Ciao, Julieta. E voi, cosa diavolo ci fate qui?

– Siamo appena arrivati, ispettore. Stavamo facendo qualche domanda sulla sicurezza della casa, non si sa mai...

– Salite in macchina e andatevene.

– Vede, ispettore, il commissario Coronas ci ha ordinato di...

– Me ne frego dei suoi ordini! Adesso fate quello che vi ordino io.

La ferocia del mio tono e quell'impensabile insubordinazione nei confronti del commissario tolsero loro ogni velleità di rispondere.

– Agli ordini! – ragliarono in un attacco di follia militaresca.

Scapparono. Io cercai di calmarmi un minimo e affrontai la faccia terrorizzata di Julieta, che non mi aveva mai vista nell'esercizio delle mie funzioni.

– Gesù! – mormorò e, non volendo mettersi nei guai, corse in cucina a tutta velocità. In tre passi mi piantai davanti al telefono e feci il numero. Non ci mise molto a rispondere.

– Commissario Coronas? Sono Petra Delicado.

– Buongiorno, Petra, come sta?

– Incazzata nera, come vuole che stia. Può spiegarmi perché mi ha messo di nuovo la scorta notturna?

– Sapevo che si sarebbe arrabbiata, ma non ho potuto fare altrimenti. Lei ha ricevuto un altro pacchetto, e sa bene cosa dice il regolamento sulla sicurezza degli agenti.

– Il regolamento, Coronas, il regolamento? Vuole che le spieghi con cosa ci puliamo il culo tutti i giorni?

– Non c'è bisogno di essere volgari.

– Lo sa cos'è uno sciopero bianco, commissario? Vuole davvero costringermi, per una cazzata del genere, a passare i prossimi mesi applicando il regolamento alla lettera?

– Va bene, Petra, va bene, lei è testarda come un mulo. Le toglierò la scorta se vuole, ma dovrò informare i miei superiori, perché non voglio avere nessuna responsabilità su di lei.

– D'accordo, la ringrazio.

– E adesso mi chieda scusa per il tono che ha usato.

– Mi scusi, commissario, ero un po' nervosa.

– Meno male che lo era solo un po'! La smetta di rompermi le scatole, farò dire ai ragazzi che possono andare a casa.

Cazzo. Se avesse saputo che i ragazzi erano già a chilometri di distanza... Tirai un sospiro di stanchezza e di sollievo. Allora sentii bussare timidamente alla porta del soggiorno. Era Julieta, che metteva la testa dentro.

– Signora Delicado? Io ho finito. Le ho lasciato la cena nel microonde: un fagottino di spinaci e un'insalata di soia.

– E tu perché continui a darmi da mangiare erbaggi? Non puoi comprare una bella bistecca?

– Sì, signora, sì, sì, domani lo faccio, non si preoccupi.

Era terrorizzata. Magari temeva che tirassi fuori l'arma d'ordinanza e le sparassi. Da quanto tempo durava la comunella con i miei guardiani? Era tutto così ridicolo. Ridicola la decisione di Coronas, ridicolo il caso che si prospettava, ridicola la mia esplosione di collera. Non sarebbe stato facile rimettermi da quell'incazzatura. Ci provai somministrandomi un whisky terapeutico.

I giorni seguenti si svolsero fra accertamenti che finirono per diventare una routine. Malgrado l'aiuto prestatoci dai colleghi della Narcotici non si intravedevano schiarite. Il procedimento di tagliare un pene e mandarlo alla polizia non sembrava caratteristico della gente con cui avevano a che fare. Come vendetta era improbabile, e come regolamento di conti appariva cervellotico e senza precedenti, troppo sofisticato. Quando spacciatori o trafficanti decidevano di dare una lezione, non mettevano certo di mezzo la polizia né ricorrevano a chirurghi per fare il lavoro sporco. Quanto alle bande rivali... per violento che fosse lo scontro, mai avrebbero inviato delle prove alle forze dell'ordine. E nemmeno quadrava quel giochetto misterioso dei pacchettini spediti in serie rimanendo acquattati nell'ombra. No, quelli non erano tipi da *Delikatessen* del delitto e avrebbero sempre avuto una propensione per la bassa macelleria. Comunque, passammo tutte le ore libere con i colleghi della Narcotici, assistendoli nelle verifiche di schedario, nell'esame delle foto segnaletiche e degli ultimi arresti. Senza alcun risultato. Scendemmo perfino in strada per interrogare dei ragazzi che potevano essere sospetti. Mi resi conto che alla Narcotici stavano facendo l'impossibile per venirci incontro e darci una mano, ma che svolgevano le indagini senza convinzione. Gliene fui grata e li invidiai, almeno loro avevano un campo d'azione ben delimitato, un terreno solido, reale su cui poggiare i piedi. Cercavano droga e avevano a che fare con individui che agivano con un movente economico. Noi non godevamo di simili vantaggi. Di fatto, potevamo trovarci fra le mani qualunque cosa, da un pazzo omicida a un'organizzazione dagli scopi sinistri.

Parallelamente a queste indagini, Garzón ed io procedevamo, un po' a singhiozzo, con gli interrogatori in ospedale. Ci eravamo già fatti degli amici nell'ambiente medico. Tanto che il mio vice, dotato di una faccia tosta considerevole, si era fatto visitare di straforo da uno specialista per curarsi il mal di schiena. Ma dal punto di vista poliziesco non ne veniva fuori un bel niente. Come poteva essere altrimenti? Parlavamo con chirurghi che escludevano qualunque possibilità di errore o di insubordinazione, con infermiere che davano assoluta conferma dell'ordine imperante nei reparti a loro carico, con sorveglianti che sostenevano di aver sempre fatto il loro dovere. E sembrava logico, oltretutto: qual è il medico svitato che si infila di nascosto in sala operatoria per eseguire un'evirazione? E chi avrebbe convinto a far da palo? E cosa ne avrebbe fatto del «paziente» una volta portata a termine l'ablazione? Ma soprattutto, perché? I medici non se ne vanno in giro a tagliare cazzi e a mandarli alla gente come se fossero inviti per il tè.

Ormai stava diventando un'abitudine, i preliminari dei casi difficili mi mettevano di pessimo umore. Sapevo, ne avevo sempre la chiara consapevolezza, che erano passi tanto imprescindibili quanto inutili, ma mai mi parvero inutili come quella volta. Col nostro caravanserraglio di medici e drogati non riuscivamo a far altro che a divagare, giacché entrambe le linee investigative si basavano su ipotesi non dimostrate. Il mio malumore non esplose più sotto forma di accessi d'ira, ma parlavo poco e nemmeno ascoltavo i discorsi di Garzón, quando facevamo una pausa per prenderci un caffè. Lui se ne accorgeva e, saggiamente, mi lasciava in pace. Per questo, dopo una lunga *via crucis* sempre uguale, entrò una mattina nel mio ufficio con una faccia contentissima per dire:

– Ispettore, mi hanno appena comunicato una cosa che le interesserà. Ieri sera è stata denunciata la scomparsa di un ragazzo. Che gliene pare? – Mi guardava come se mi avesse appena regalato un mazzo di fiori.

– Per Dio, Garzón, se la sentono...! Mi dica dove e chi ha sporto denuncia –. Balzai immediatamente in piedi e cercai con impazienza la giacca.

– Lo vede? Sapevo che aveva solo bisogno di entrare in azione, – disse lui.

– Io pensavo che quel bisogno ce l'avesse lei.

– Per me, più che di un bisogno si tratta di un piacere.

3

Lo scomparso si chiamava Ricardo López e abitava a Hospitalet. Era una settimana che mancava da casa, ma sua madre non si era rivolta subito alla polizia perché il ragazzo ogni tanto si allontanava senza dare spiegazioni. Ci guardava serena quando andammo a farle visita. Era vedova e aveva altri sette figli. Lavorava di sera come donna delle pulizie e di giorno si occupava della casa e cercava di tenere i figli fuori dall'emarginazione. Era un impegno di tutto rispetto: i ragazzi più grandi, influenzati dall'ambiente e oppressi dalla povertà, conducevano ormai vite segnate dal disordine e dal succedersi di piccoli reati. Una storia fin troppo tipica e risaputa, un bell'esempio della meravigliosa società in cui viviamo, pensai.

Tutte quelle premesse non facevano presagire che ci muovessimo nei parametri di singolarità che esigeva il caso, ma ugualmente facemmo a quella donna un interrogatorio minuzioso: il carattere di suo figlio, le amicizie, gli ambienti che frequentava, le circostanze particolari che poteva aver notato nei giorni precedenti la scomparsa. La madre rispondeva come da lontano, senza disperazione né dolore. Non aveva tempo per soffrire, non poteva permettterselo. Le difficoltà della vita quotidiana, i colpi ricevuti, la miseria morale... Supposi che fosse assurdo domandarle se ultimamente avesse notato qualcosa di strano nel ragazzo. Come poteva trovare il tempo per le sottigliezze psicologiche con otto figli da mantenere? Disse però che Ricardo era il più indipendente, che non aveva un lavoro fisso, che spesso spariva per un paio di giorni e poi tornava dicendo che aveva dovuto risolvere delle faccende private. E infine disse qualcosa che risvegliò la nostra attenzione: negli ultimi tempi il ragazzo era stato a contatto con dei barboni. Quel particolare sembrava l'unico capace di mandarla fuori di sé.

– Mi sono ammazzata di lavoro perché andasse in giro pulito, perché non gli mancassero mai i soldi per un panino e per fargli trovare un piatto caldo quando tornava a casa, e a lui cosa viene in mente di fare? Andarsene con quei pidocchiosi, uomini più vecchi di lui che si accampano in uno spiazzo vicino al Besós. Ci va con gli amici, fanno parlare quei disgraziati e si divertono con le storie che raccontano. Non mi stupirei che se ne fosse andato in un'altra città a fare anche lui la vita del barbone.

I López non erano al gradino più basso della scala sociale: sotto di loro c'erano ancora parecchi gradini prima dell'abisso totale. Ispezionammo la casa in cerca di qualche capello, possibilmente di Ricardo, che Garzón presto trovò.

– Forse abbiamo già quel che cercavamo, – disse asciutto, e infilò i capelli in una bustina sterile.

– Questo servirà per trovare mio figlio?

– Ci aiuterà...

Una volta fuori da quella casa opprimente ebbi la sensazione che a quella donna non interessasse troppo ritrovare suo figlio. Lo feci notare a Garzón e lui mi accusò di essere ingiusta.

– La realtà dei poveri non funziona secondo i nostri schemi. La signora López ama i suoi figli, ma inconsciamente cerca di soffrirci il meno possibile. Perché dovrebbe spingere a fondo i suoi sentimenti se poi alla fine sono quasi sempre dolorosi?

– Caspita, Garzón, si direbbe che lei abbia fatto per tutta la vita l'assistente sociale!

– Può darsi che mi sbagli, ma sono convinto di aver visto molti poveri più poveri di lei.

– Vuole che facciamo una gara?

– Le propongo una cosa, ispettore, se a lei va bene. Dopo aver consegnato questi capelli al dottor Montalbán potremmo andare a fare una visita a quegli spiazzi di vagabondi di cui parlava la signora. So dove sono.

– Questo l'avranno già fatto i colleghi che si occupano della scomparsa.

– Sarebbe interessante che facessimo anche noi un giro da quelle parti. L'ambiente dei barboni e dei mendicanti ci era sfuggito. Non le pare che sarebbe straordinariamente facile ubriacare uno di quei poveri disgraziati, o narcotizzarlo, e poi fare qualche piccolo esperimento su di lui tagliandogli il pene?

– E la vittima non correrebbe a denunciarlo appena si sveglia?

– Denunciare! Questa sarebbe la cosa più improbabile. La maggior parte di loro sono soggetti disturbati, ispettore. E anche se così non fosse, il loro non è un mondo basato sul diritto. Vivacchiano come possono. Quanti ne ha conosciuti lei di questi poveracci, ispettore?

– Insomma, proprio conoscerli...! Ho visto uomini coperti di stracci dormire nelle stazioni della metropolitana; alcuni mi hanno chiesto l'elemosina... eppure sono sicura che nemmeno lei è abituato a invitarli a casa sua il sabato sera.

– Io ho parlato con loro, ispettore, li ho visti nel loro ambiente tante volte durante la mia carriera di poliziotto.

– Mi congratulo, Fermín, lei ha vinto il primo premio. Però potrebbe spiegarmi cosa pensa di fare concretamente? Non credo che il suo scopo sia soltanto di aprirmi gli occhi sulle realtà della vita.

– No, credo che dobbiamo visitare i dormitori pubblici, parlare con i responsabili e chiedere se negli ultimi due mesi abbiano accolto qualche giovanotto con strane ferite al pene o sintomi di aver perso molto sangue, debolezza...

– Mi sembra ragionevole. Bisognerà informarsi presso il governo autonomo su quanti di questi centri esistono in città.

– Questi dati li abbiamo già, Petra. Alcuni dipendono dai Servizi Sociali, altri dal Comune, e poi ci sono diversi parroci che danno una mano ai senza tetto mediante la carità. Lei deve solo seguirmi e stare tranquilla.

Il colmo. Il mio vice, con fare paternalista, cercava

di dimostrarmi che non ero altro che una signora con la puzza sotto il naso per cui gli unici barboni sono i *clochards* di Parigi. Come mai gli uomini hanno tanto bisogno di insegnare a vivere alle donne? Ma non intendevo creare problemi per una questione così poco importante. Della teoria del viceispettore mi sembrava buona la prima parte: quella dei senza fissa dimora era una categoria sociale sufficientemente indifesa perché qualcuno di loro, avendo subito un'aggressione, la tenesse nascosta. Ma le ipotesi sugli esperimenti chirurgici appartenevano al regno della fantasia. E poi rimaneva l'incognita di sempre: perché diavolo mi era stato inviato il corpo del delitto sotto forma di delicato omaggio?

Lasciammo i capelli di Ricardo López all'Istituto di Anatomia affinché il dottor Montalbán ne determinasse il DNA, e poi partimmo per il nostro giro turistico negli ambienti dell'emarginazione. Ci rivolgemmo a dormitori e mense della Caritas e dei Servizi Sociali, a istituti di beneficenza, andammo nei luoghi dove sogliono riunirsi i barboni. Dedicammo tutta la giornata a questo compito, ma non registrammo al nostro attivo un solo dato interessante. Nessun ferito, nessun malato era passato di lì. Nessuno aveva fatto confidenze sospette a operatori o assistenti sociali.

Dopo aver esaurito l'inchiesta, dopo aver abbandonato quegli ambienti così deprimenti, cominciai a perdere il controllo che mi ero autoimposta nei confronti del mio vice. Presi fiato più volte e sospirai.

– Porca puttana, che vita fa certa gente!

Ma Garzón fece finta di non aver sentito. Lo spettacolo dell'emarginazione mi era parso atroce. I particolari di quanto avevo visto mi martellavano nella mente. Gli stanzoni dei dormitori, con letti tutti identici e ruvide coperte, i modesti tentativi di decorazione, consistenti in fiori di plastica e quadretti di paesaggi idilliaci, parlavano da soli. Tutto faceva pensare a uomini giunti all'ultimo stadio, in completo contrasto con la società del benessere: nient'altro che uno scarto. Quel che non conta. Quel che nemmeno esiste. La doccia obbligatoria, la luce che si spegne per tutti nello stesso momento… Chiunque finisse a dormire lì era costretto a prendere atto del proprio fallimento, mentre il mondo gli diceva che era stata colpa sua. È tutto falso, pensai, un inganno schifoso cui siamo giunti a credere noi per primi: la società equa, l'uguaglianza delle opportunità…

Camminavamo a passo lento per le vie strette del centro. Garzón disse:

– Insomma, niente di interessante, l'unico ad avere problemi di salute fra gli ospiti di questi alberghi a cinque stelle è un vecchio che ha vomitato sangue giovedì. Di uccelli tagliati o di giovani malconci, neanche l'ombra.

– Senta, Garzón, lasciamo perdere per oggi. Perché non viene a casa mia? Ci sarà ben qualcosa da mangiare.

Il viceispettore impiegò dieci minuti a decidere se la minestra di riso integrale che aveva preparato Julieta fosse di suo gusto o no. Finì per dire che era buona e si servì un'altra volta. Io avevo perso l'appetito, giocherellavo col cucchiaio.

– Ma non mangia? Forza, questo piatto mi ricorda quelli di Pepe all'Efemérides.

– Come sta Pepe? È felice?

– A dire il vero non lo so, che domanda! Immagino di sì.

– Tutti passiamo la vita intera a fuggire, vero, Fermín? Lavoriamo per sfuggire alla povertà, abbiamo degli amici per sfuggire alla solitudine... Scappiamo, ci sottraiamo... ma se un giorno o l'altro qualcosa non funzionasse potremmo finire lì anche noi, in uno di quei brutti posti che abbiamo visto.

– Si tranquillizzi, è altamente improbabile.

– Non mi preoccupo per me, dico in generale.

Sospirò profondamente e mi guardò con una faccia da nonnetta protettiva.

– Lo sapevo, lo sapevo che avrebbe reagito così. Ha preso le mie parole per una spacconata, ma in fondo è molto sensibile ai problemi sociali.

– Lo sa che non sono una debole, che come poliziotto mi sto abituando al peggio; ma qui è diverso, qui non c'è delitto né lotta, e nemmeno folclore. Quelli sono uomini finiti, accantonati e dimenticati. La cosa incredibile è che tutti lo sappiamo e non ce ne importa niente.

– E cosa dovremmo fare, ispettore? Non è in nostro potere cambiare la situazione.

– Ma almeno potremmo sentirci in colpa!

– Non ci si può sentire in colpa per tutta la vita, piuttosto preferisco passare all'azione e offrirmi come volontario in un ricovero.

– Il volontariato e la carità non sistemano niente. E poi ci vuole il carattere adatto per farlo: io non resisterei un minuto al fianco di questa gente.

– E allora, che cazzo vuole che facciamo, la rivoluzione per conto nostro?

– Io non voglio niente, Fermín, voglio sentirmi in colpa in santa pace!

– Molto bene, si senta in colpa, s'incazzi e faccia come vuole! Io prendo un altro po' di questa brodaglia.

Riprese a mangiare, irritato. Io mi alzai e andai alla finestra. Il vento staccava le foglie dagli alberi. Intorno ai lampioni la luce si faceva brumosa. Accesi una sigaretta e, voltando le spalle al mio collega, appoggiai la fronte al vetro. A un tratto, sentii la voce rauca del viceispettore.

– Cos'ha preparato la sua domestica per dessert, – domandò, – un favo di miele con le api ancora dentro? Una composta di bacche selvatiche? Ci sarà almeno qualche radice candita...

Mi venne voglia di ridere e di piangere nello stesso tempo. Perduta la fede negli argomenti razionali, Garzón cercava di sollevarmi il morale con le sue scemenze da bambini. Gliene fui intensamente grata, gli avrei volentieri stampato un bacio in mezzo alla pelata. Mi voltai bruscamente.

– Un cazzo, ha preparato!

– Di pastorello agreste?

Scoppiammo a ridere. Tornai al tavolo, fingendo di essere ancora arrabbiata.

– Sì, rida pure, Fermín, tanto il giorno che meno ce

lo aspettiamo ci ritroviamo a dormire su una branda e a mangiare la minestra dei poveri. Non dimentichi che siamo tutti e due soli al mondo.

– Possibile, ma io esigerò i pezzi più grossi nella minestra, e una branda con materasso ad acqua e baldacchino di stracci. Ci sono sempre delle categorie, anche nell'indigenza!

Se la rideva come un Falstaff divertito. Era contento perché con i suoi innocenti petardi era riuscito a dissipare le nubi della mia tristezza. Senza pensarci troppo gli dissi di punto in bianco:

– E lei, è felice?

Mi pentii di quella domanda non appena vidi il suo volto, contratto dal riso, distendersi all'istante in una dolente serietà. Poi si riprese e disse:

– Sono solo, ispettore, non ho un amore, non sono ricco, non sono bello e neppure giovane. Se ci penso mi viene un attacco di malinconia. Ma sa cosa le dico? Ci sono giorni in cui sto da Dio: chiacchiero con gli amici, litigo con lei, il lavoro in certi momenti mi assorbe completamente... E poi a me piace mangiare... e bermi un bel bicchiere di Rioja... Poi mi piace curare le mie piante... – Rimase zitto con lo sguardo perso nei quadretti bianchi e rossi della tovaglia. Quindi, con un tono di voce più basso e con pause più lunghe continuò la sua esitante enumerazione: – Ci sono partite di football interessanti... Il sole invernale quando usciamo per la pausa pranzo... Mi piace abbastanza andare al mare...

Lo interruppi prima che ricorresse alle sigarette e al caffè come ultime cartucce filosofiche.

– Lei è un uomo pieno di vita e di risorse; non ne ho mai avuto il minimo dubbio, Fermín.

Mi rispose con un sorriso compiaciuto.

– Mica poi tanto. Del resto, non so cosa stiamo a fare qui io e lei a lamentarci delle nostre ferite mentre due giovanotti se ne vanno in giro senza cazzo, oppure sono perfino già morti.

– Perché me lo ricorda?

Si rianimò all'improvviso.

– La prenderebbe come una mancanza di rispetto se le cantassi una canzoncina sulla minchia?

– Fra noi può dire tutto quello che vuole, Fermín, faccia pure.

– Dice così:

Uno che nasce al Lago d'Orta
tiene la minchia molto corta,
e quelli nati a Canossa
sempre la tengono molto grossa…

Le mie risate riempirono la cucina. Provai, nello stesso tempo, un certo sollievo, perché la canzonaccia avrebbe potuto essere molto peggio. Bene, il viceispettore rispolverava un vecchio rituale per mettere in fuga gli spiriti maligni della malinconia, proprio gli stessi da lui evocati conducendo l'indagine in quella direzione. Complimenti. Si alzò in piedi, sorridente e sicuro.

– E adesso che ho dimostrato le mie capacità canore, me ne vado, caro ispettore. Domani dobbiamo alzarci presto.

– Non prende nemmeno un goccetto?

– No, domattina voglio passare a ritirare le analisi di laboratorio il prima possibile, siamo già abbastanza in ritardo.

– Crede che servirà a qualcosa?

– Me ne stupirei. Quegli uomini non erano malati, ispettore. Sono stati castrati a viva forza da un macellaio che ha lavorato di fino. Da qualche parte ci sono due ragazzi sottoterra e non sono cadaveri completi.

– Questa è un'affermazione troppo azzardata.

– Riesco ancora a credere che un uomo possa star zitto per paura dopo che gli hanno amputato il coso; ma che ce ne siano due in simili condizioni non mi convince.

– Se la paura è molto intensa…

– Dovrebbe essere una paura tremenda. L'unica cosa che posso dire con sicurezza è che chi ha fatto una cosa simile è un vero bastardo.

– Non ci sono dubbi.

Quando se ne uscì avvolto nel suo impermeabile, l'aria della strada gli scompigliò i capelli. Rimasi a guardarlo dalla finestra. Ne aveva di energia, il mio vice. Le disgrazie di questo mondo non lo trovavano certo impreparato. Se la vita decideva di dargli una zampata, lui non avrebbe offerto il petto, avrebbe lottato.

Cominciai a sparecchiare la tavola con la mente popolata da mille immagini diverse, e da frammenti di vecchie canzoni goliardiche. Allora suonò il telefono. Pensai che il viceispettore mi stesse chiamando dal suo cellulare per qualche precisazione.

– Pronto?

Nessuno rispose.

– Pronto? – ripetei in tono agitato. – Chi è?

In quel momento una voce d'uomo alterata e ansiosa, piena di esitazioni, disse:

– No, no.

Rimasi gelata e immobile.

– Chi parla? Chi è?

La voce ripeté, questa volta con più enfasi:

– No, no, no!

– No cosa? Cosa vorrebbe dirmi?

Sentii chiaramente il rumore del ricevitore che veniva messo giù. Misi giù anch'io, molto lentamente, col fiato corto e gli occhi fissi su qualcosa che non vedevo. La mia prima reazione fu di spegnere la luce e affacciarmi alla finestra. Sbirciai lungo la via solitaria, negli spazi fra le macchine parcheggiate. Era una singolare coincidenza che il telefono avesse squillato subito dopo che Garzón se ne era andato. Qualcuno doveva averlo visto uscire e aveva chiamato. Ma cosa significava quella negazione ripetuta angosciosamente? Mi stavano minacciando? No, pur nella sua concisione, quella telefonata non era stata fatta in tono minaccioso, semmai disperato. Era una delle vittime della castrazione che mi chiedeva aiuto? Era qualcuno che si trovava sequestrato? Poteva essere qualcosa di completamente estraneo alla storia dei peni? Oppure qualcuno che mi aveva visto in televisione stava cercando di farmi degli scherzi di pessimo gusto? No, nessuno scherza troppo con la polizia. Allora, correvo un reale pericolo? Le domande mi travolsero come un fiume in piena e straripparono. Mi premetti le tempie, accesi la luce e mi versai un po' di vino. Avrei fatto meglio a pormi domande che mi riguardassero più da vicino e la cui risposta dipendesse da me. Dovevo dare comunicazione di quella telefonata? Parlarne per lo meno con Garzón? Dovevo dirgli che credevo di aver ricevuto un'altra telefonata sospetta in precedenza, da parte di qualcuno che era rimasto zitto? Dio mio, questo non solo avrebbe significato il ritorno immediato di Marqués e Palafolls davanti alla mia porta, ma anche il telefono sotto controllo! E se quella telefonata non avesse voluto dire niente?

Decisi di mettermi a letto, cercando di dimenticare tutto e di dormire almeno un po'. Però, prima di ritirarmi nella mia stanza sentii l'improvviso bisogno di mettere il chiavistello alla porta. Be', se facevo una cosa simile voleva dire che quella chiamata non mi era parsa del tutto insignificante, e che quindi dovevo darne comunicazione ai superiori. Avrei fatto il mio odiato dovere.

Il giorno seguente Garzón arrivò in commissariato a metà mattina, con notizie scoraggianti, anche se positive. Ricardo Lopéz era ricomparso. Era tornato a casa spontaneamente dopo essere stato in giro per diversi giorni facendo l'autostop. La madre era subito corsa da noi per ritirare la denuncia. Adesso erano lì tutti e due e ci toccava interrogare il ragazzo e magari anche portarlo dal medico legale perché verificasse che nessuno gli avesse amputato qualcosa. Si trattava di un compito difficile, visto e considerato che era maggiorenne, e così imbarazzante che forse sarebbe stato meglio aspettare i risultati dell'analisi del DNA che dovevano arrivare. Comunque ci toccò fargli qualche domanda al riguardo e lui, com'era logico, non la prese per niente bene. A chi diavolo può venire in mente di fare domande a un poveretto sull'integrità dei suoi attributi? Mi bastò vedere la reazione di stupore del ragazzo, il modo in cui trasalì e ci guardò come due degenerati, per capire che la sua interezza l'avrebbe reso degno di comparire in un trattato di anatomia. Non riusciva a capire cosa volessimo, e mi guardava come se stessi approfittando della mia autorità per dare una sbirciatina al suo giovane pendaglio. Dovetti trattenermi perché mi venne una gran voglia di mandarlo a quel paese. Diedi una gomitata a Garzón e gli sussurrai di lasciarlo andare. Il ragazzo si incamminò con fare sostenuto verso la porta, ma quando fu sul punto di raggiungerla qualcosa lo fece fermare e tornare indietro. Allora, pieno di rabbia e di orgoglio ferito, mi guardò e, con aria di sfida, si aprì la cerniera dei pantaloni e, portandosi una mano ai genitali, li tirò fuori a pugno.

– E adesso è contenta? – disse. – Nessuna ha mai osato dubitare che io ce l'abbia al posto giusto.

Garzón balzò in piedi con chiare intenzioni repressive, ma io lo presi per un braccio con fermezza e gli ordinai di lasciarlo uscire. L'improvvisato esibizionista risistemò il pacchetto e se ne andò più altero e soddisfatto di un conquistatore vittorioso a una parata militare. Allora, il viceispettore, molto imbarazzato, mi chiese scusa, probabilmente in nome del genere maschile nel suo insieme.

– Stia tranquillo, Fermín, ormai non mi scandalizzo più di niente... anche se, a pensarci bene, non capisco perché quel ragazzo se la sia presa con me. Era lei a interrogarlo, è stato lei a parlare tutto il tempo! Io mi limitavo a far presenza.

– Be', ispettore, è abbastanza logico che se la prendesse con lei: lei è una donna e...

– Ma se non ho aperto bocca!

– Be', il ragazzo si è vergognato.

– Adesso non capisco nemmeno lei. Un secondo fa era pronto a spaccargli la faccia, e adesso lo giustifica.

– È comprensibile che lei non capisca, perché queste sono cose delicate.

– Certo. Cose molto elevate, quasi mistiche: il meraviglioso «logos» incarnato, penetrante e impenetrabile.

Non sembrava affatto divertito. Bisognava muoversi coi piedi di piombo su un terreno così pericoloso, ma perfino con le maggiori precauzioni mi era difficile decifrare quello strano codice non scritto.

Comunque, orgoglio maschile a parte, eravamo rimasti senza vittima né indiziato, e avevo una gran paura che continuando sulla pista dei barboni e dei diseredati non ci saremmo mossi nella giusta direzione. Rimasi per ore chiusa nel mio ufficio, a spremermi le meningi. Era questo che cercava di dirmi la misteriosa voce al telefono, che quella non era la strada giusta? Era un amico o un nemico? Forse un confidente mezzo morto dalla paura? Però, per terrorizzato che fosse, un informatore sarebbe stato un po' più esplicito... Ripetere sempre la stessa negazione non aveva molto senso né chiariva minimamente le cose. E se fosse stato lo stesso assassino castratore a perpetrare le sue nefandezze, a mandarmi i peni per pacco postale e poi a telefonarmi a casa? Bah! I misteri non si servono su un vassoio per poi nasconderne la soluzione. E poi, i serial killer con un po' di furbizia esistono solo nella finzione.

Comunque fosse, dovevo decidermi a raccontare la cosa a Garzón e a informare Coronas. Se mi avessero messo il telefono sotto controllo e se il fantasma mi avesse chiamata anche una sola volta, sarebbe stato automaticamente localizzato. Avremmo avuto la possibilità di stabilire se fosse un testimone atterrito o, con un po' di fortuna, lo stesso assassino. Sempre che riuscissimo a pinzarlo; perché poteva darsi che facesse la chiamata da una cabina o da un cellulare. Allora, non solo non sarebbe stato altrettanto a portata di mano, ma si sarebbe accorto della manovra e avrebbe smesso di chiamarmi. E poi, pensavo davvero che ci avrebbe provato di nuovo? No, per poco che fosse prudente, non l'avrebbe rifatto. Era inutile tenere segreta la cosa. Alzai il ricevitore e chiesi udienza al commissario, poi avvisai Garzón perché si presentasse anche lui nel suo ufficio.

La lavata di capo che mi fece Coronas fu colossale, forse perfino sproporzionata e ingiusta, ma non priva di pennellate barocche che la rendevano divertente.

– Vuole diventare una martire o magari risolvere il caso da sola come nei film? Si metta bene in testa che in questo preciso momento potrei darle una lezione da rovinarle la carriera. Occultare informazioni utili ai fini dell'indagine ai propri superiori o collaboratori è considerata una grave infrazione.

– Ma commissario, non siamo nemmeno sicuri che quella telefonata c'entrasse qualcosa col caso dei peni.

– Senta, Petra, lasciamo perdere le cazzate, è ragionevole supporre che c'entri eccome. E poi, che motivo c'era di tanta reticenza? Davvero le dà così fastidio avere due agenti davanti alla porta?

– Non riesco a dormire sapendo che sono lì.

– E allora prenda un sonnifero! Anzi, si compri un bel pigiama spesso, perché se continua a farmi girare i coglioni, quei due io glieli metto nel letto!

– So difendermi benissimo da sola.

– Se questa sceneggiata me la stesse facendo un uomo, lei direbbe che è il solito maschio prevaricatore. Ma è ovvio, qui si invertono i termini e il prevaricatore sono io. Guardi, o la pianta immediatamente con le rivendicazioni femministe o da questo momento in poi lei il caso se lo scorda. Veda un po' lei.

– Non era mia intenzione creare dei problemi.

– Perfetto! Allora le mettiamo il telefono sotto controllo e la scorta davanti casa tutte le sere. Così magari riusciamo a chiarire una volta per tutte chi ha deciso di complicarle la vita. D'accordo?

– Agli ordini, commissario.

Garzón camminava al mio fianco nel corridoio, senza dire una parola. Accorgendosi che nemmeno io avevo voglia di parlare, alla fine sbottò, con aria offesa:

– Non mi sarei mai aspettato che non dicesse niente nemmeno a me.

Mi fermai, voltandomi completamente verso di lui.

– Viceispettore, ho sopportato la filippica di Coronas perché non c'era scelta, ma l'avverto che per oggi non intendo incassare nessun altro rimprovero.

Rimase zitto. Allora ripresi a camminare mormorando con voce appena udibile:

– Per la miseria, manco avessi fatto due chiacchiere col mostro di Milwaukee!

Garzón mi raggiunse e, in un intenerimento improvviso, propose:

– Senta, perché non andiamo a cena all'Efemérides? È tutto il giorno che stiamo chiusi in questo cesso di commissariato!

Mentre raggiungevamo il bar del mio secondo ex marito, calcolai mentalmente quanto tempo era passato dall'ultima volta che l'avevo visto. Rimasi inorridita nello scoprire che erano trascorsi tre anni. Tre? E io neanche una volta avevo sentito la sua mancanza. Per essere onesta, non mi ero mai ricordata di lui in tutto quel periodo. Sapevo, tramite Garzón, che viveva con una giornalista, che era apparentemente felice e che le sue convinzioni di fondo erano rimaste le stesse. Non avrei avuto difficoltà a passare ogni tanto dal suo locale per fare una chiacchierata. Fra noi non vi erano rancori né scorrettezze da rivangare. Semplicemente non mi era venuto in mente né era venuto in mente a lui. Tuttavia, quella sera, il solo fatto di avvistare la sua figura dietro il bancone mi riempì di pensieri confusi. Era come se in quel frattempo fosse cresciuto e si fosse trasformato. È ridicolo, lo so, nessuno cresce più dopo i venticinque anni, ma c'era qualcosa di diverso nel suo atteggiamento, una maggiore robustezza nelle spalle, un che di più maturo nei lineamenti. Comunque fosse, fui colta da una tremenda nostalgia. La vita era passata a folle velocità per me, ma per Pepe era come se si fosse fermata, donandogli delle cose. Gli occhi che prima guardavano con candore ora mostravano sicurezza. Mi parve terribile riconoscere del disappunto nei miei sentimenti. Sì, è difficile accettare che qualcuno che abbiamo lasciato vada avanti senza problemi per la sua strada. Al tempo stesso, provavo una sciocca tenerezza, una specie di orgoglio materno. Era bello, forte e sano, e splendeva come un gioiello che non sarebbe più stato mio.

Fu sorpreso e contento di vedermi. Mi abbracciò forte, chiamò Hamed. In realtà non sapeva più cosa fare per dimostrarmi la sua euforia. Garzón propose un brindisi e fu immediatamente stappata una bottiglia di spumante. Poi parlammo e ridemmo e scherzammo tutti insieme. Fu un felice ritrovarsi, senza alcun momento o pausa imbarazzante. Mi accorsi che era il viceispettore a reggere abilmente il peso di quell'incontro. Tirava fuori con disinvoltura gli argomenti più disparati, tesseva le lodi dell'amicizia e dei tempi felici, per poi introdurre divagazioni più o meno casuali sul cuore umano e i suoi misteri.

Aspettammo che i clienti fossero serviti e ci mettemmo a tavola anche noi. Andammo a sederci in un angolo. Pepe e Hamed si muovevano avanti e indietro. Pepe di tanto in tanto mi guardava e sorrideva. Mi preoccupai. Cosa vedeva in me? I segni di tre anni di invecchiamento sulla mia pelle. La stanchezza di chi non ha più grandi progetti per il futuro. Come se non bastasse avevo addosso il mio tailleur grigio di tutti i giorni. Gli sorrisi a mia volta. Aveva gli occhi grandi, lo sguardo pulito, una bocca allegra e sensuale. Con tutta probabilità quella zoccola di giornalista lo trattava meglio di me. Anche se non è che ci volesse molto, io l'avevo trattato davvero male. Anzi, non l'avevo trattato affatto, l'avevo sposato e mi ero preoccupata esclusivamente di rimettere insieme i cocci della mia vita. Una volta che questa si era sistemata, mi ero accorta che non c'era più posto per lui. Povero Pepe, e dire che non mi serbava neppure rancore! È vero che vivere con lui non era stato niente di eccezionale, che a volte diventava strafottente, che aveva voglia di giocare quando io avevo bisogno di serietà e viceversa; ma non dovevo neppure dimenticare che avevo un mucchio di anni più di lui. Certo però che anche la nuova moglie… non che fosse molto più giovane di me. Ma di sicuro lei aveva voglia di giocare al momento giusto.

All'una di notte la clientela si diradò e i nostri amici vennero a sedersi con noi. Aprimmo un'altra bottiglia di spumante e pronunciammo un'altra serie di brindisi campati in aria. E poi Garzón, dimostrando ancora una volta la sua grande sensibilità, si allontanò con Hamed verso il bancone col pretesto di fargli delle domande sull'arte orientale. Rimasi sola con Pepe, senza sapere con certezza se ne avessi davvero voglia. Sebbene chiunque avrebbe giurato di sì, perché come spinta da una molla, gli domandai a bruciapelo:

– Sei felice?

Pepe se ne uscì in una risata.

– Cazzo, Petra, si tira avanti!

– Già.

– Una volta ti saresti arrabbiata se ti avessi mai fatto una domanda del genere. Mi avresti detto che la felicità è un concetto borghese, che non si vende al supermercato, che…

– Doveva essere una bella scocciatura essere sposato con me.

– Non so, durò così poco… Come quei cicloni tropicali che arrivano, tirano giù tutto e se ne vanno.

– Lasciando solo desolazione e brutti ricordi.

– Ma niente affatto, lasciando la sensazione di aver vissuto qualcosa di sconvolgente!

– Però la casa ormai è in pezzi.

– Questo sì: non c'è altro da fare che costruirsene una nuova.

– Più solida e migliore.

– Ma è la prima casa quella che dà più felicità, quella che si ricorda per sempre.

Annuii cercando di sembrare sarcastica.

– E con la giornalista va bene?

– Sì, anche se non ci vediamo molto. Lei è sempre in giro per lavoro e io sono sempre qui. Immagino di essere uno di quegli uomini che hanno cronicamente bisogno di una mamma.

– Tutti cercate la mamma, la differenza è che tu lo riconosci.

– Ma solo sotto pressione psicologica.

Ridemmo di gusto, in perfetta sintonia, sotto una piccola nube d'emozione che aleggiava sulle nostre teste.

– Garzón mi ha detto che siete alle prese con un caso complicato.

– Ti ha raccontato nient'altro?

– Te lo puoi immaginare! Questa storia lo sta ossessionando.

– Non me ne parlare, è come se ogni volta glielo tagliassero a lui!

– È naturale.

– Non mi sembra così naturale, io la prendo con molta calma!

– È il caso dei tuoi sogni?

– Insinuarlo sarebbe un'iniquità.

Protese entrambe le mani come per protestare la sua innocenza.

– Non mi era neanche venuto in mente di pensar male! Ma dimmi, tu, sei felice?

Mi predisposi a una piccola recita per dissipare la malinconia.

– Certo che lo sono! Come puoi vedere, vivo in un'orgia perpetua di cazzi tagliati, sangue versato, anime dannate... e condisco il tutto con qualche grammo di depravazione.

– Nell'insieme non sembra niente male.

– Posso dirti una cosa? Sei bello. Sei sempre stato un bel ragazzo.

Avvicinai la faccia alla sua e lo baciai sulle labbra. Erano calde, asciutte, morbide e accoglienti come un batuffolo di cotone profumato. Sorrise serenamente.

– Verrai più spesso qui?

– Appena non gireranno più tutti quei cazzi nel mio ufficio.

Mi congedai da tutti con allegria. Completamente falsa. Ero triste. Il tragitto verso casa mi parve lento e faticoso. Pensavo. Al passato, alla fugacità degli amori e delle passioni. Ebbi per un attimo una visione globale della mia vita, e per un istante mi sentii come annientata. Però, sarebbe potuta andare diversamente? Sì, come tutte le cose, la mia vita avrebbe potuto essere diversa, perfino opposta. Ma era lo stesso, ci sono sempre dei fatti che ti inducono a cambiare e ogni cambiamento è vissuto come una perdita. Vivere è una perdita continua, finché alla fine si perde tutto.

Nemmeno la visione di Marqués e Palafolls davanti casa mia, chiusi nella loro auto come un paio di ostriche solitarie, riuscì a dissipare la mia dolorosa concentrazione. Entrai come uno sbuffo di vento decisa a mettermi a letto senza concedermi ulteriori opportunità di pensieri depressivi. Diedi uno sguardo generale al soggiorno. Il pacchetto era sul tavolo. Riconobbi all'istante il suo aspetto caratteristico. Non c'erano dubbi, era identico ai precedenti. Feci quella scoperta senza allarme né eccessive reazioni, quasi senza sorpresa. Ma, fra la relazione immediata e la presa d'atto della realtà, intercorrono istanti in cui si concepiscono strane idee. «C'è qualcuno che vuole assassinarmi?» pensai.

Nel prendere in mano il pacchetto tornai con i piedi per terra ed entrai nel mondo materiale. Era a mio nome e l'indirizzo era il mio. Il timbro postale c'era. L'anonimo mittente doveva avermi seguita fino a casa. Senza dubbio era la stessa persona che aveva telefonato. Sapeva dove trovarmi. Ero sotto la mira di qualcuno che cercava di provocarmi. Quel tipo realizzava le sue castrazioni solo per potermi mandare quei macabri pacchettini?

Telefonai a Julieta. Il pacchetto era stato regolarmente consegnato dal postino. Niente di sospetto. Cosa dovevo fare? Aspettare fino al mattino dopo con quella cosa sul tavolo? Aprirlo? Lasciarlo così com'era? Desideravo togliermelo di torno il più presto possibile e non me la sentivo di aprirlo da sola, quindi scelsi di seguire la procedura legale e portai il pene in procura, dove l'avrebbero fatto pervenire al magistrato che conduceva l'istruttoria. Tornata a casa, comunicai la notizia a Garzón. In seguito lui mi confessò di non aver chiuso occhio per tutta la notte a causa di quella telefonata. Domandai ai miei angeli custodi se avessero visto qualcosa di anormale in strada e loro ne furono sorpresi. Marqués si azzardò a manifestare la sua curiosità, ma io potei dirgli soltanto di tenere gli occhi bene aperti. Erano contenti del mio nuovo atteggiamento, li faceva sentire meno inutili davanti alla mia porta.

Al mattino presto trovai Garzón ad aspettarmi all'Istituto di Anatomia per l'ormai nota operazione. Doveva essersi messo al lavoro alle cinque del mattino, perché aveva già verificato che non c'erano stati ritrovamenti di cadaveri mutilati. In una parola, ancora una volta ci trovavamo davanti un pezzo scompagnato. Il dottor Montalbán cominciava a essere allarmato. All'inizio la cosa poteva anche divertirlo, ma ormai aveva assunto l'aspetto di un attacco frontale, come tutto quello che non ha spiegazione.

– È sicura di non aver messo dentro qualche delinquente implicato nella prostituzione o nell'abuso di minori?

Ero sicura che i pochi delinquenti finiti dentro per causa mia non avrebbero mai potuto farmi una cosa simile. Entravo sempre in ottimi rapporti con i colpevoli, che potendo mi avrebbero anche invitata a pranzo a casa loro. Come ben diceva Garzón, pendevo dal lato materno, quando non mi lasciavo trascinare dai miei istinti selvaggi.

– Devono esserci tre cadaveri, ispettore, – diceva Montalbán. – Sembra impossibile che siano stati castrati tre uomini vivi senza una denuncia o senza che in qualche modo siano stati notati.

– E se sono morti, dove saranno? – chiedeva Garzón.

– I pacchetti vengono da Barcellona, ma da dove possiamo cominciare per cercarli? Magari sono stati incinerati nel forno di un'industria, seppelliti in un giardino in periferia. Non possiamo nemmeno pensare di cercarli alla cieca.

L'effervescenza delle ipotesi nelle menti di quei due, li aveva allontanati dal momento presente. Mentre loro perdevano tempo in chiacchiere, la scatoletta contenente il nuovo pene giaceva in attesa sul tavolo da dissezione.

– Signori, per favore. Perché non procediamo all'autopsia, dottor Montalbán?

Il medico, accortosi di essersi lasciato trasportare da una passione investigativa che eccedeva il suo compito specifico, si fece ancora più serio e, inforcando gli occhiali, si concentrò sull'inerme corpicino reciso.

Dopo tre ore e mezzo di silenzioso esame, durante il quale noi due ci tenemmo prudentemente a tre passi di distanza, Garzón non riuscì più a trattenersi e sbottò:

– C'è qualcosa di nuovo, dottore?

Montalbán alzò gli occhi senza ancora metterci a fuoco e, levato un dito nell'aria, sentenziò:

– C'è qualcosa di sorprendente, ma datemi ancora due minuti.

Anch'io ero tesa come una corda di violino. Perché negarlo? E vedendo che il dottore si attardava nel suo esame, diedi di gomito al mio vice e gli proposi di uscire a fumare una sigaretta.

Nel corridoio potei constatare che aspetto avesse un uomo sull'orlo del crollo nervoso. Il mio collega letteralmente bolliva. Dalle sue orecchie uscivano i vapori dell'impazienza, mordeva il filtro macchiandosi le labbra di nicotina e passeggiava su e giù con furibonde e sterili falcate. Non potendo sostenere oltre la tensione, si mise a criticare.

– Non crede che questo medico sia un po' lento?

– Non lo so, Fermín, forse è il tempo che ci vuole.

– Andiamo, il tempo... Non sta mica sezionando la mummia di Ramsete. Cosa vuole, per una minchia del cavolo...

Prima che potessi mandarlo a quel paese, Montalbán si affacciò sulla porta.

– Venite pure.

Ci dirigemmo verso il tavolo, intorno al quale ci disponemmo trepidanti.

– Nel complesso le caratteristiche già rilevate si ripresentano al cento per cento: pene di uomo giovane, reciso chirurgicamente con ogni cura e quasi immediatamente immerso in formalina. Non credo che l'amputazione risalga a molti giorni fa, anche se è difficile determinarlo a causa della fissazione dei tessuti. Tutto questo è identico a quanto abbiamo riscontrato nelle altre occasioni. A ciò devo aggiungere che sul reperto non ho trovato punti di sutura, necessari o superflui, eppure ho rilevato una cosa ancora più insolita.

– E sarebbe? – domandò Garzón senza dargli il tempo di finire.

– Una goccia di qualcosa che sembra cera fusa, non ho idea di che tipo di cera, a forma di croce.

– Cristo santo! – buttò lì il mio collega tanto per rimanere in tema.

– Una goccia versata sulla pelle ormai morta, dato che non si osservano effetti di ritrazione né irritazione o arrossamento. Vedete? Aderisce perfettamente, ma se la tocco si stacca.

In effetti, verso la metà del pene, in un punto così strategico da non sembrare casuale, c'era qualcosa di simile a una lenticchia rosso scuro che, vista con attenzione, imitava la forma di un minuscolo crocifisso.

– Io non sarei così sicuro che sia cera, – disse Garzón.

– Ve la metto sottovuoto così potrete mandarla al laboratorio della scientifica.

Garzón ed io ci guardammo sconsolati.

– Lei ci capisce qualcosa, ispettore?

– Nemmeno una parola, glielo giuro.

Montalbán, togliendosi i guanti sterili, dichiarò:

– Per me tanto il punto di sutura quanto la crocetta sono dei segni lasciati appositamente, e non conseguenze accidentali dell'evirazione. È evidente che quella goccia sia stata messa lì di proposito, e non sia caduta per caso. Per non parlare della forma! Qui non c'è niente di casuale.

– Sarebbe in grado di confermarlo?

Si agitò un po' nel suo camice bianco e alla fine esclamò:

– No, certo che no! Niente è categorico in un esame anatomico, ma ci sono cose la cui evidenza suscita sospetti ragionevoli.

– Benissimo, dottore, ammettiamo che siano dei segni, ma segni di cosa? Cosa ci può essere in comune tra un punto di sutura e una goccia di cera a forma di croce? E poi, cosa si vorrebbe ottenere con questi segni: darci degli indizi o gettarci in una confusione ancora maggiore?

Il medico legale si mise sulla difensiva e concluse:

– E io cosa vuole che le dica? L'unica cosa che so è che nessuno dei due elementi può trovarsi lì per puro caso. È plausibile che si verifichino minime distrazioni da parte dell'assassino quando si ha a che fare con un corpo nella sua interezza. L'anatomia ha innumerevoli ramificazioni in cui uno può perdere di vista qualcosa, ma in un piccolo pene due elementi così concreti... No, è ovvio che sono stati messi lì per qualche ragione e, dato che non siete stati voi a trovare il pene, bensì l'avete ricevuto a domicilio, è pensabile che abbiano un significato. O no?

La logica del medico era impeccabile, tanto da farmi pensare che non sarebbe stata una cattiva idea chiedergli di scambiarci il posto: lui a capo delle indagini e io a fare a pezzi i morti. Ma prima che potessi dirglielo, ci congedò con una sinistra profezia:

– Ho una gran paura, ispettore, che questo non sarà l'ultimo omaggio che riceverà. Se quello stronzo che si diverte a castrare la gente ha trovato un modo sicuro per disfarsi dei corpi...

L'idea era insostenibile, dissi a Garzon quando ci ritrovammo da soli. Nessuno ammazza tre persone senza che ne vengano alla luce i cadaveri, né sia denunciata la loro scomparsa.

– Una vendicatrice di donne stuprate, Petra, l'ho detto fin dall'inizio!

– Ma la smetta, non può essere! Una vendicatrice che interviene chirurgicamente, ma le pare?

– Potrebbe essere una chirurga.

– E la croce di cera?

– Magari è anche sacerdotessa.

Guardandolo con furia crescente mi resi conto che mi stava prendendo in giro.

– Lasci perdere gli scherzi, Fermín, e porti questo benedetto campione ad analizzare.

Partì, e questo significò altre ventiquattr'ore di attesa e di tensione.

4

Montalbán ci aveva azzeccato in pieno. Era cera, cera normalissima, sebbene mescolata con incenso o con qualche altra sostanza aromatica. L'analisi rivelò anche la presenza di un pigmento responsabile del suo aspetto rossastro. Niente che non si potesse trovare in un qualunque negozio di candele. Magnifico, eravamo al punto di prima, anche se con un pene in più nella nostra bizzarra collezione. Era grottesco vederli tutti insieme, ciascuno nel suo vasetto, come conserve per l'inverno. Tre tristi minchie. Nemmeno un cadavere sospetto, né una telefonata dagli ospedali, né una denuncia di scomparsa che ci indicasse una via da seguire. I tre castrati passeggiavano per il mondo tranquilli o inorriditi della loro sorte, ma in ogni caso senza farsi sentire. C'era da diventare matti, o per lo meno da preoccuparsi seriamente. Coronas aveva dato i primi segni di nervosismo domandandoci per quanto tempo ancora saremmo riusciti a tener fuori la stampa da quella vicenda. Io ero convinta che si svegliasse ogni mattina con la paura di aprire il giornale e trovarsi davanti un titolo raccapricciante del tipo: «La polizia riceve tre peni. Nessuno sa cosa farsene», o magari peggio, dato che il tema si prestava a qualunque volgarità. Temendo le ingerenze del commissario, dissi a Garzón che ci conveniva rimanere il meno possibile in ufficio.

– Facciamoci un giretto per negozi di candele, Fermín, – proposi.

Lui rispose con sarcasmo:

– Mm, non c'è niente che mi stimoli di più.

Visitammo la zona pedonale nel centro storico della città. Erano appena le undici del mattino, ma le vie formicolavano di vita. Si vedevano signore che andavano per negozi, guardavano le vetrine e si fermavano a prendere il caffè in qualche bar. C'era uno splendido solicello che si insinuava fra i vecchi edifici stretti l'uno contro l'altro. Un suonatore ambulante diffondeva nell'aria una dolce melodia di flauto. Tutto mi parve armonioso e tranquillo. In effetti, mentre noi ce ne stavamo ogni mattina rinchiusi nei nostri lugubri uffici, c'era gente libera di godersi il lato luminoso della vita. Seguii con lo sguardo un'elegante madre di famiglia più o meno della mia età che entrava trasognata in un negozio di abbigliamento per bambini. Certo, quella era felicità, starsene seduta a vedere come crescono i dentini ai tuoi figli invece di andartene in giro come una disperata alla ricerca di qualcuno che taglia i cazzi alla gente! Avevo sbagliato tutto nella vita, ma era un po' tardi per cercare di rimediare. Con la coda dell'occhio constatai che Garzón non era del mio stesso umore. Lungi dall'ammirare le meraviglie cittadine o dall'addentrarsi in riflessioni sul destino, non la smetteva di martellarmi parlando di cera e di candele, e non precisamente nella migliore disposizione d'animo.

– Miseria, ispettore, è incredibile! Di posti assurdi ho dovuto visitarne parecchi, ma un negozio di ceri... A Salamanca ce n'era uno dove andavano solo le bigotte. Ho la sensazione di sparare alla cieca, e per di più sotto gli occhi di qualcuno che mi sta a guardare e mi prende pure per il culo.

– Calma, Garzón, c'è sempre la possibilità, se non scopriamo niente, di comprare un cero e accenderlo a santa Rita.

Lanciò uno sbuffo nella mia direzione.

– Scherzi finché vuole, ma questo è un petardo che ci scoppierà fra le mani.

– Anche per accendere la miccia del petardo una candela ci farà comodo.

Pur sentendomi assai poco incline agli scherzi, prendere in giro il viceispettore quando se ne stava con le orecchie basse era una cosa che mi tirava sempre su di morale.

Avevo messo in cima alla lista il più grande negozio del settore, un vasto e singolare esercizio in cui non solo si vendevano candele ma anche statuette e oggetti decorativi di cera. Tuttavia, il grosso della merce era costituito da candele. Ce n'erano di tutti i tipi, forme e colori: grandi ceri decorativi, candele profumate, candele antizanzare e mangiafumo, candeline di compleanno, candele con decori natalizi e addirittura per Halloween, candele speciali per nozze e comunioni, candele con lo stemma del Barça e altre con quello del Real Madrid, ceri da giardino e ghirlande di fiori secchi in cui potevano essere inserite delle candele. Un intero mondo fantastico concepito esclusivamente per andare in fumo. Sapevo che esistevano negozi moderni di quel genere, ma non vi ero mai entrata; eppure, di noi due, il più sorpreso era Garzón. Dopo aver gettato un'occhiata in giro, sbottò:

– Questa società di merda sta per crollare da un momento all'altro.

Cercai di capire meglio guardandolo con attenzione.

– Per forza c'è qualcosa che non va, in un mondo dove uno può comprare quaranta tipi diversi di una cosa che non serve a niente, – aggiunse.

Non seppi cosa rispondere, o per meglio dire, non riuscii a dir niente di intelligente sul complesso problema che, come se niente fosse, aveva tirato in ballo il viceispettore. Non era il momento di perdersi in discorsi sull'estetica del superfluo come opzione esistenziale, e soprattutto intuivo che ogni risposta sarebbe stata accolta come una castroneria. Quindi mi limitai a dire:

– A quanto pare la libertà del mondo capitalista consiste in questo.

– Bello schifo! – mormorò Garzón.

Ci avvicinammo a una delle vistose commesse che ci accolsero sorridendo, e tirammo fuori lo scatolino col minuscolo crocifisso di cera. Non appena la informammo che eravamo poliziotti decise di chiamare il responsabile. Probabilmente lo tenevano nascosto perché non stonasse con la modernità dell'ambiente. Era un uomo con l'aria severa di un commerciante del secolo scorso, e in fatto di cera sembrava sapere tutto lui. Prese in mano il campione e lo osservò da vicino con attenzione. Gli dicemmo che conteneva una parte di incenso o di essenza aromatica. Assentì ed emise il suo verdetto.

– Nostra non è. Conosco bene tutti i tipi di cera che trattiamo e di questo genere non ne abbiamo. Io direi dal colore violaceo che potrebbe essere una candela liturgica. Tanto più se come mi dite contiene incenso. Prima i parroci usavano soltanto cera vergine, ma ora i fabbricanti propongono anche delle novità.

Ci diede l'indirizzo di un negozio specializzato in candele per il culto nei pressi della cattedrale. Ci andammo. Tutto lì era finalizzato all'uso religioso. E dando un'occhiata in giro si poteva constatare come la modernizzazione postconciliare della Chiesa fosse ben lontana dall'essere compiuta. Il locale era di quadratura molto più ridotta del precedente e aveva un aspetto ben più modesto. Eppure, la quantità e la varietà di candele era veramente impressionante. Candeloni enormi di diametro considerevole, ceri con strane iniziali in rilievo, candele mortuarie, lumini votivi e ceri da processione. Dietro al banco ci attendevano due signore che avevano abbondantemente superato la cinquantina. Una di loro dichiarò di essere la titolare e rimase sbalordita nell'apprendere che eravamo poliziotti. Di sicuro non ci contava fra i suoi clienti abituali. Scrutò la goccia con attenzione ed esitò più di un minuto prima di rispondere senza il minimo dubbio:

– Sì, dev'essere un tipo di cera che vendiamo noi. È una candela votiva che in realtà non si vende tanto. Le produce un fabbricante di Ávila con metodi artigianali. Di fatto, dubito che possa trovarne in altri negozi di Barcellona. Riconosco la cera dal colore e dal fatto che, in effetti, contiene un po' di incenso che bruciando libera il suo aroma. Ne ordiniamo quattro o cinque scatole l'anno, non di più.

– E chi le compra?

– Be', se vuole che le dica la verità, le vendiamo quasi tutte alle Dame Nere. Faccio l'ordinazione apposta per loro, non è un articolo molto richiesto. Prima le compravano anche le Schiave di Gesù, ma adesso loro preferiscono altri modelli.

– E queste Dame Nere cosa sarebbero? – domandò Garzón forse con scarsa diplomazia.

– Una congregazione dedita all'insegnamento. Hanno una scuola in via Augusta. Per combinazione hanno la cappella dipinta sui toni del lilla e la particolare sfumatura fra il viola e il porpora di queste candele fa una gran bella figura nelle loro cerimonie. Se volete posso darvi l'indirizzo esatto.

– Sì, mi farebbe un favore. E, mi dica, non ricorda di averne vendute a qualcun altro?

Negò con la testa. La commessa, che assisteva alla conversazione, tossicchiò nervosa.

– Io sì, – ebbe il coraggio di sussurrare.

La padrona si voltò verso di lei e le domandò, imperiosa:

– Tu, cosa?

– Sì, Mercedes, io ne ho vendute due scatole intere a un giovanotto, che non saranno nemmeno due mesi.

– Ma non me l'hai detto. E allora, ne hai ordinate altre a Ávila?

– No, ancora no.

– Male. Un giorno di questi verrà suor Ernestina e non la potremo accontentare.

– Ma io...

Capii che stavamo per essere testimoni di una lunga diatriba e le interruppi.

– Ricorda quel giovanotto?

– Quello che comprò le candele? No. Ricordo che era giovane perché aveva lasciato la motocicletta sulla porta e rimasi a guardare le manovre che faceva per legare le scatole sulla moto quando se ne andò.

– E dell'aspetto, niente?

– Non granché: era un ragazzo giovane, magro, di una ventina d'anni, con un'aria da studente o qualcosa di simile. Entrò e mi chiese delle candele votive. Gli mostrai il campionario e scelse quelle. Me ne chiese due scatole intere e gliele diedi.

– Quante candele ci sono in ogni scatola?

– Cinquanta.

– E non si stupì?

– No, perché?

– Be', tutto sembra indicare che i suoi clienti in genere appartengano al mondo religioso.

La titolare intervenne, un po' piccata.

– Nemmeno per sogno! Qui dentro può entrare chiunque.

– Certo, ma uno studente non dev'essere il vostro cliente tipo.

– A volte li mandano dalle scuole.

– A vent'anni nessuno va più a scuola.

– Possono essere collegi universitari, parrocchie dove lavorano giovani volontari, associazioni religiose, cappellani di conventi... La gente pensa che il culto sia una cosa da vecchi, ma la verità è che oggi, grazie a Dio, la liturgia ha grande successo fra la gioventù.

Capii che avevo posato il piede su un terreno pericoloso.

– Comprendo quel che vuol dire. In ogni caso, non gli è stato chiesto a cosa dovessero servire quelle candele?

– No, – fece a bassa voce la commessa. Fu la padrona a replicare:

– Senta, questo non è un negozio di armi: per comprare candele non ci vuole una licenza speciale.

– Lo so, mi scusi, lo so. Sto solo cercando di farmi un'idea della situazione. La prego di capire che mi trovo fuori dal mio ambiente.

Intervenne, non so se opportunamente, il viceispettore.

– La mia collega vuol dire che se magari a uno gli viene in mente di fare una messa nera e ha bisogno di candele da accendere al demonio, lui viene qui e voi gliele date.

Le due donne, come in un sincronizzato *pas de deux*, fecero un balzo indietro. La commessa si mise una mano sulla bocca e la padrona esplose:

– Caro signore, abbia almeno la delicatezza di non pronunciare certe parole qui dentro!

– Va bene, ma sappiate che stanno succedendo cose molto gravi che hanno a che fare con le vostre candele. Di modo che se questo stesso giovane o qualunque altra persona dovesse tornare a prenderne delle altre, abbiate l'amabilità di avvertirci immediatamente. Altrimenti, ci vedremo costretti ad arrestarvi per complicità.

Rimasi a bocca aperta davanti alla violenza di quell'attacco. Cosa gli era preso? Prima che alle due devote signore prendesse un coccolone, domandai:

– Riconoscerebbe quel cliente se dovesse vederlo di nuovo?

La terrorizzata commessa assentì, incapace di aprire bocca. Probabilmente si vedeva già chiusa in cella con una palla attaccata al piede. Il viceispettore aveva esagerato, e glielo dissi non appena fummo di nuovo in strada.

– Si può sapere come mai...?

Non mi lasciò finire. Scalpitava come un cavallo furioso.

– Naturalmente, avrei dovuto immaginarlo. Appena uno si avvicina un minimo alla Chiesa... zac, eccolo lì, l'oscurantismo dell'Inquisizione.

– Non crede di esagerare un pochino, viceispettore?

– Per niente. Ma non ha sentito? Dame Nere, Schiave di Gesù, Serve dello Spirito Santo... tutte cose offensive per le donne, sembra impossibile che lei non se ne renda conto. E soprattutto, questo tono lugubre, funereo... il divino sangue, le piaghe di Cristo...

Finse un brivido dalla testa ai piedi e non riuscii a trattenere una risata.

– A me sembra abbastanza pittoresco, – dissi. – Tutte queste storie hanno un che di affascinante, perfino la liturgia ecclesiastica in se stessa. È uno spettacolo pieno di colore, di magnificenza.

– Lei lo dice perché è vissuta dall'altra parte della barricata, ma io ho dovuto viverci in mezzo. Prima, in famiglia. Il Natale, la Quaresima, i primi venerdì del mese, la Pentecoste, il Venerdì Santo... non si finiva mai. Avevamo il calendario minato! E a ogni passo che facevi ti capitava fra capo e collo un interdetto: non mangiare carne, non mostrare allegria, non andare al cinema... Spaventoso, assolutamente innaturale! E poi, come la ciliegina sulla torta, mi capita fra capo e collo una moglie com'era la mia, e lì, cosa vuole che le dica, qualcosa devo averle già raccontato.

– Tutto questo è molto giusto, Fermín, ma non credo che c'entri molto col caso che ci riguarda.

– Ha ragione, ma il fatto è che quando c'è di mezzo la Chiesa divento matto. Mi hanno fatto passare troppi anni di umiliazioni! E poi, è dal cattolicesimo che vengono tutti i mali di questo paese.

– Certo, Fermín, visto che si sente ispirato e ha già le mani in pasta, perché non andiamo a trovare queste famose suore e le domande non le fa lei?

– E cosa dovrei domandare?

– Se hanno mai ricevuto qualche uccello per posta.

– Non lo dica, perché sono capace di farlo!

Visto che, in effetti, non ero molto tranquilla su quel che avrebbe potuto dire Garzón, decisi di andare da sola a far visita alle Dame Nere. Mi ricevette la superiora, che non sembrava aver molto da nascondere. Non avevano mandato nessuno a comprare quelle candele, e non avevano nessun ragazzo che lavorasse all'interno della scuola o dell'intera struttura. Il sacerdote che celebrava le messe nella cappella lo conoscevano bene, e oltrepassava la sessantina. Tutte le alunne erano bambine e, com'era logico, la comunità era esclusivamente femminile. All'interno dell'istituto compariva qualche uomo solo quando c'erano dei lavori da fare o, di tanto in tanto, per la manutenzione degli impianti del gas e della luce. Non ci misi molto ad arrivare alla conclusione che se si era perso in giro qualche cazzo lì non l'avremmo trovato di sicuro. La madre superiora non solo non mi nascose niente, ma collaborò quanto poté: domandò alle sue sottoposte se un ragazzo avesse provveduto alla consegna di merci senza che lei ne fosse informata e mi condusse nella cappella in modo che potessi contemplare le candele incriminate. Me ne regalò perfino una come campione. Bisogna proprio dire che rovesciò l'istituto come un calzino per togliermi anche il minimo dubbio. E tutto senza farmi una sola domanda... fino alla fine; perché quando io già mi credevo graziata dall'imbarazzante quesito, proprio all'ultimo momento, questo saltò fuori. «Ma cos'è che state cercando, ispettore? Abbiamo qualcosa da temere?». Era naturale, nemmeno la pratica quotidiana della spiritualità può annullare del tutto la curiosità umana. Però, cosa potevo risponderle? «Non si preoccupi, Madre, voi non avete gli attributi che interessano al nostro maniaco»? Preferii metterci un po' d'immaginazione e le dissi che avevamo trovato delle scatole di candele contenenti droga. Si mostrò interessatissima e disposta a collaborare se avesse notato qualcosa di strano. Meglio così, dovevo solo ricordarmi di non confessarlo a Garzón, chissà quale anatema avrebbe gettato sulla mia innocente bugia.

Insomma, quello era un imbroglio diabolico, e la comparsa del giovane acquirente di candele era venuta a complicare ancora di più tutta la storia. Visitare a una a una tutte le parrocchie e le cappelle della città era fuori discussione. Fu così che decidemmo di rivolgerci direttamente alla Curia nella speranza che qualche monsignore ci aiutasse a trovare una soluzione. Pensai che forse sarebbe stato possibile far passare una circolare interna o qualcosa di simile, ma su questo punto ci scontrammo con la Chiesa, incidente che al mio personale Sancio non risultò affatto nuovo.

Informato sulle nostre intenzioni, il commissario Coronas per prima cosa ci raccomandò di usare tatto e di andare coi piedi di piombo. Non aveva il minimo interesse ad attirarsi le antipatie della gerarchia ecclesiastica. «Bella roba», pensai. «In teoria sembra che tutti sappiano come ci si deve comportare: cautela con la Chiesa, tatto e cautela. E tuttavia, non si capisce con quale tatto si possa chiedere a qualcuno se ha un sospetto assassino castratore nelle file della sua organizzazione». Presto o tardi saremmo stati costretti ad aprire il fuoco.

Ci ricevette un vicario abbastanza giovane ed energico. Dava la sensazione che, fra tutte le sue possibili qualità, avesse scelto il modernismo e l'adeguatezza ai tempi come biglietto da visita per farsi strada nella società. Lui sì che cominciò a informarsi sulle caratteristiche del caso prima ancora che aprissimo bocca. Com'era da immaginare, rimase inorridito, o almeno così volle apparire. Una volta che ebbe dato fiato alla sua indignazione per la violenza del mondo attuale, si diede scrupolosamente da fare per opporre ogni possibile ostacolo alla nostra indagine. Far passare una circolare domandando ai parroci se avessero notato qualcosa di sospetto nei ragazzi della parrocchia era del tutto impensabile. Una simile misura avrebbe suscitato allarme fra gli stessi sacerdoti, originando disordini e inutili illazioni. Inoltre ebbe la faccia tosta di osservare che tale misura non sarebbe stata molto efficace dal punto di vista investigativo. E anche quando gli prospettammo l'idea di inserire qualche infiltrato nei gruppi giovanili, o di effettuare degli interrogatori a tappeto, lui oppose un netto rifiuto. In poche parole, dal punto di vista ecclesiastico avevamo le mani legate e di certo non sarebbe stato lui a sciogliere un solo nodo. C'era da dire che in tutto questo il monsignore ci stava mettendo i bastoni fra le ruote col sorriso sulle labbra, pieno di sollecitudine nei nostri confronti. Ammirai la sua enorme abilità diplomatica, il modo convincente con cui dava a vedere di fare tutto il possibile per aiutarci. Perfino quel mangiapreti di Garzón conservava un rispettoso silenzio. Cercai di opporre, tuttavia, una flebile resistenza.

– Allora, mi dica cosa ci resta da fare se non possiamo contare sulla collaborazione ufficiale della Chiesa.

– Mi permetta di dirle che la sua visione delle cose è stata ingiusta fin dal principio, ispettore. Solo perché avete messo in correlazione un determinato tipo di candele col caso di cui vi occupate, avete deciso di far ricadere i sospetti sul nostro gregge.

– Le ricordo che sono candele per uso religioso, e che ne sono state comprate un centinaio in circostanze poco chiare.

– Ispettore, la prego, cerchiamo di mettere in funzione la logica più elementare. Non tutte le cose vengono destinate all'uso per il quale sono state concepite. È come quando lei sale su una sedia per arrivare a una certa altezza e raggiungere un libro su un ripiano troppo alto. Le sedie non sono, tuttavia, delle scale, o mi sbaglio?

Lo pregai di darmi una spiegazione che chiarisse meglio la sua contorta perifrasi.

– Quel che voglio dire è che le candele avrebbero potuto essere comprate per un uso non cattolico. E noti che dicendo «non cattolico», in quest'espressione includo la possibilità che si tratti di riti propri di altri culti come l'induismo o il buddhismo, senza contare la grande quantità di sette che esistono e che attirano un numero sempre maggiore di adepti proprio fra la gioventù. Infatti, non so se ne siete al corrente, questo è un problema che preoccupa oltremodo il Santo Padre.

– No, non lo sapevamo.

– Vi dico che è così. E poi, ispettore, non tutti coloro che usano candele sono devoti. Sarebbe come pretendere che tutti coloro che mangiano selvaggina siano cacciatori o che tutti i viaggiatori di un autobus si intendano di meccanica. La vita nasconde dei misteri dietro le semplici apparenze. Cosa mi dice di quegli uomini solitari che si creano un mondo tutto loro chiusi in un'insana disperazione? Tutto è un mistero, signori miei.

Uscendo di lì mi sentivo confusa. Fra parabole, misteri, similitudini, esortazioni e allusioni al Papa non ero più sicura di niente, nemmeno di quel che avevamo chiesto all'inizio di quel colloquio. Anche Garzón doveva avere un lieve capogiro, perché non aprì bocca per quasi un quarto d'ora, mentre camminavamo un po' sperduti.

– Questo qui ci ha presi in giro! – esclamò rendendosene finalmente conto. – Quel finocchione non ha nessuna intenzione di collaborare e come se non bastasse ci snocciola un discorso della montagna.

– E il peggio è che ha ragione.

– Come, ha ragione?

– Sì, viceispettore, in poche parole ha detto che manchiamo degli indizi sufficienti per aprire una linea investigativa e mettere tutto a soqquadro. È una regola che compare in qualsiasi manuale e che noi stiamo dimenticando.

– E la croce di cera sul pene? E il ragazzo laico che compra due scatole di candele?

– Non è sufficiente per indicarci una direzione.

Garzón in fondo era d'accordo con me, ma gli scocciava da morire non aver saputo tenere testa al monsignore, e ancor di più essersi quasi lasciato convincere dalle sue belle parole. Cercai di tranquillizzarlo.

– Lo sa come sono le religioni, Fermín, usano parole volatili e concetti ambigui. Non si esprimono mai chiaramente. Confucio diceva: «Quando il fiore del loto si aprirà, quello sarà il momento in cui l'uomo guarderà dentro di sé».

– E cosa voleva dire con questo?

– Di preciso niente, ma suona bene e sembra molto profondo. Non abbiamo un po' tutti bisogno di bellezza e profondità?

– Sì, capisco a cosa si riferisce. È come tutto l'armamentario dell'indulgenza plenaria, dell'espiazione, le virtù teologali, le beatitudini... Dio Santo! Non ho mai capito cosa volessero dire, ma quando le sentivo nominare mi mettevano una gran soggezione.

– Infatti.

– E allora, cosa facciamo?

– Non lo so, Garzón: per il momento andiamo a mangiare un boccone, ché a me queste cose spirituali mi fanno sempre venir fame per compensazione.

– Se vuole andiamo all'Efemérides. Il martedì Hamed fa il cuscus. Lì potremo tirare le somme con la massima tranquillità.

– Sì, però non davanti a Pepe, si ricordi che la sua attuale moglie è giornalista.

– Sembra impossibile che dopo essere stata addirittura sposata con quel ragazzo gli dia così poca fiducia.

– Al contrario, proprio per questo mi fido ancora meno. Non lo sa lei il proverbio: «Di un marito non ti fidare, che sia presente, passato o da sposare»?

– Credo che questo proverbio se lo sia inventato lei.

– E questo lo rende meno vero?

Il cuscus di Hamed era stato direttamente ispirato dal profeta. Garzón ed io gli rendemmo giustizia annaffiandolo con una caraffa di vino rosso. Dopo mangiato, le impressioni di quella mattinata assunsero maggiore nitidezza. Qualunque ipotesi di battere le parrocchie di tutta la città come se fossero bar malfamati era da scartare. Tanto più sapendo che l'arcivescovo non avrebbe fatto niente per aiutarci. Non potevamo persuaderlo a nulla finché ci fossimo mossi in un'indeterminatezza tale da rendere difficile perfino la stesura di un testo qualsiasi. Che richiesta potevamo fare? «Vi preghiamo cortesemente di metterVi in contatto col commissariato qualora doveste riscontrare segni di castrazione in qualcuno dei ragazzi»? Anche pensarlo era stata una fesseria. Sarebbe stato possibile solo quando avessimo avuto qualche indizio in più nello stesso senso. Allora sì che avremmo rastrellato le parrocchie una per una, a costo di perdere tutto il nostro tempo e quel po' di buonumore che ci era rimasto.

Nel frattempo Garzón si sentiva sempre più oppresso dalle astratte forze della reazione ecclesiastica. Lanciava anatemi eretici e maledizioni bibliche che c'entravano assai poco con quella particolare occasione; ma non sarei stata certo io a reprimere ulteriormente la sua libertà. Al momento del caffè si avvicinarono Pepe e Hamed con una bottiglia di liquore.

– Perché sei arrabbiato, Fermín? – domandò il marocchino col suo accento delizioso.

– Ce l'ha con le religioni in generale, – tagliai corto per evitare il peggio.

– Ah, la religione! – esclamò Hamed, condensando in quelle parole tutta una filosofia di coesistenza pacifica.

– La religione è l'oppio dei popoli, si diceva una volta, – buttò lì Pepe. – E perfino la cocaina del borghese, – completò fra le risate di tutti. – E come mai parlavate di religione?

– Perché ha a che fare con un caso segreto di cui non possiamo ancora raccontarti niente.

– Pepe e Hamed la sanno lunga sulle religioni, lo sapeva, ispettore? Certe sere ci facciamo delle lunghe e profonde chiacchierate.

– Non mi dica! E, confessatemi, cari esperti, quale sarebbe la religione capace di portare l'uomo a commettere i peggiori eccessi, i più gravi crimini e le più folli aberrazioni?

Nelle pupille di entrambi si accese una luce di curiosità.

– Che tipo di aberrazioni?

– Vi ho detto che non possiamo spiegarvi niente di preciso, però voi potete risponderci.

Si guardarono l'un l'altro come se non sapessero da dove cominciare. Alla fine, Pepe partì.

– L'integralismo musulmano ha un punteggio abbastanza alto: tagliare la mano a un ladro non è niente male, vero?

– Anche il cattolicesimo dice «se l'occhio ti tenta, cavatelo», obiettò Hamed.

– Immagino che tutto dipenda dal grado di fanatismo con cui si applicano i precetti di qualunque religione.

– Il buddhismo mi sembra la più pacifista, – dichiarai.

– Non essere troppo letterale; anche chi va in cerca della perfezione deve affrontare una tremenda lotta interiore. Pensa alle discipline dello yoga, al tantrismo, alla meditazione. Prima di dominarle puoi esserne distrutto. Si tratta dell'applicazione di una severissima regola mentale.

– Sarà, ma per me tutte le religioni non servono ad altro che a rompere i coglioni alla gente, – sentenziò Garzón, fra l'ilarità generale.

– Una cosa ben diversa è Dio, non siete d'accordo? – disse melodiosamente Hamed. – Credo che tutti abbiamo Dio dentro di noi. E infatti ci sono cose nella vita che, all'improvviso, ci appaiono miracolose, fuori di questo mondo, soprannaturali. Io, per esempio, ho sempre considerato soprannaturale la bellezza e l'innocenza dei bambini appena nati.

Seguì un silenzio meditativo.

– A me è sempre sembrato miracoloso il cosmo, l'ordine matematico delle stelle, – disse Pepe.

– Io sono sensibile alla creazione artistica. A volte, ascoltando Mozart, ho pensato che Dio esiste, – confessai.

– Be', io... – disse Garzón un po' timoroso, – lo so che vi metterete a ridere, ma ho pensato per tutta la vita a quanto sono meravigliosi i legumi secchi: ceci, fagioli, lenticchie... così duri e così privi di succhi e di sapore, così poco appetitosi, insomma. Finché, fra le mani amorevoli dell'uomo, grazie alla sapienza di un buon cuoco, si tramutano in un'autentica delizia che non ha niente a che vedere con quello che erano prima.

Nessuno rise. Di fatto, quella di Garzón era la più autentica delle intuizioni su Dio. Vi era contenuta una molteplicità di significati: la piccolezza, la condizione terrena, le scarse possibilità di trasformazione dell'uomo attraverso l'esperienza, l'accettazione della propria piccolezza, il rispetto della natura. Un essere umano senza volontà di sfida, senza ambizioni fuori dalla sua portata.

– Quello che ha detto è estremamente bello, viceispettore.

Contro ogni pronostico lui si commosse e, perché non ce ne accorgessimo, fece finta di andare in collera.

– Ma perché cavolo siamo finiti a parlare di queste scemenze? Stavamo parlando di religioni sanguinarie, no? E allora continuiamo su quella strada.

Pepe lo assecondò.

– Può darsi che le religioni siano uno schifo, ma il fatto è che adesso ci sono anche le sette, che fanno girare i coglioni ancora di più.

– Il Papa ne è molto preoccupato, – disse Garzón.

Pepe lo guardò senza capire e continuò:

– Da un po' di tempo a questa parte le sette proliferano come funghi fra i più giovani, ve lo assicuro, ce ne accorgiamo anche qui dentro.

– E come? – domandai.

– Vengono dei ragazzi che sono completamente rincretiniti. Anche dei tipi normalissimi che conoscevamo già da prima. Gli fanno un tale lavaggio del cervello che cambiano completamente.

– E a che sette appartengono?

– Bah, non hanno mai molta voglia di dare informazioni precise! Ma non cambia niente, tutti ti parlano della loro nuova vita, dell'incontro con la verità, di quanto avessero sbagliato in passato... Sempre la stessa frittata.

– Tutto questo perché i giovani hanno bisogno di spiritualità e questa società non è in grado di dargliela: siamo immersi fino al collo nel materialismo, – disse Hamed.

– Questa società è un disastro. Un bel giorno ci sarà una grande esplosione e di noi non rimarranno nemmeno le unghie, – borbottò Garzón.

– Caspita, Fermín, ultimamente si è fatto prendere dalla vena antisociale! Finirà per fondare anche lei una nuova religione. Magari è un profeta e non lo sa nemmeno lei.

Mi guardò storto.

– Lei mi sfotte sempre, meglio che lasciamo perdere.

Usciti dall'Efemérides, vagammo a piedi per le strade. Quel vagabondare senza meta rappresentava molto bene lo stato di incertezza del nostro lavoro: oscillavamo fra un indizio e l'altro senza trovare un punto su cui valesse la pena far leva. Garzón mi dimostrò che la pensava esattamente come me.

– Mi domando cosa le allegheranno col prossimo pene. Un fiore che ci faccia visitare tutti i fiorai delle

Ramblas? Un distintivo militare che ci mandi in giro per caserme? Mi sembra evidente che non possiamo saltellare qua e là: punti di sutura che rimandano all'ambiente medico, una croce di cera che ci indirizza verso la religione... Sono stufo di sbattermi inutilmente e per di più con la sensazione di essere preso per il culo.

– Immagino che abbia ragione, ma se i punti di sutura e la cera fossero collegati fra loro? E se fossero come i gradini di una scala che chi ci manda i pacchettini vorrebbe farci salire?

– Chi le manda i pacchettini può essere un tarato qualunque, non credo che voglia portarci da nessuna parte. E poi, che tipo di collegamento potrebbe esserci? Un medico sacrestano? No, ispettore: quando il monsignore parla di pazzi soli e disperati, anche se mi scoccia riconoscerlo, ha di sicuro ragione.

– Ha parlato anche di sette, proprio come ha fatto Pepe questa sera. Vuole che diamo un'occhiata a questo settore prima di abbandonare il mondo religioso?

– Per me... Finché non le arriva un altro uccellino che ci spedisce in America o nella stratosfera...

– E perché dovrebbe arrivarmi un altro uccello? Non le sembra un po' morboso pensarlo?

– Ma se non le arrivasse il caso può dirsi chiuso, ispettore. Con gli elementi che abbiamo non possiamo fare un passo di più.

Il fatalismo pessimista del viceispettore contrastava col suo umore abituale, ottimista e battagliero. Lo attribuii a quel suo lato anticlericale che non conoscevo troppo bene. Forse l'argomento lo riportava a un passato di umiliazioni. Lo lasciai in pace.

Telefonai a Jorge Rius, capitano dei Mossos d'Esquadra, corpo cui la magistratura è solita affidare le questioni riguardanti le sette religiose in territorio catalano. Lui ci diede un appuntamento nel suo ufficio. Spulciammo cartelle, schedari, esaminammo i casi che avevano richiesto degli interventi, le persone soggette a sorveglianza... Lavorammo intensamente per quasi cinque ore. Ci fu passato senza difficoltà tutto il materiale, comprese le fotocopie di documenti e di schede dei sospetti. In realtà, si trattava in massima parte di casi archiviati e di soggetti che si ritenevano fuori circolazione, oppure di denunce isolate che non configuravano ancora dei reati. I soggetti schedati rientravano in genere in un profilo comune, per lo più uomini che erano stati implicati in casi ormai chiusi, dai quali erano usciti senza condanne a carico. Ripassammo la lista con attenzione ma non trovammo niente che ci colpisse in particolare. Di fatto, Rius mi venne incontro in tutte queste operazioni con assoluta diligenza, ma con non meno assoluta mancanza di fede. Tutto ciò che gli avevo raccontato sul nostro caso l'aveva fatto dubitare fin dall'inizio che i suoi archivi e la sua esperienza potessero esserci di qualche utilità. Quella storia di peni asportati, punti di sutura e gocce di cera sembrava andare oltre le sue possibilità. Diede fondo alle sue ultime risorse fornendoci il nome e l'indirizzo di una persona estranea alla polizia, alla cui vasta esperienza si rivolgevano quando avevano bisogno di qualche informazione sulle sette religiose. Il capitano riteneva che potesse darci qualche dato generale da cui partire. Fui d'accordo con lui.

Uscimmo di lì carichi di tabulati e dossier da spulciare. Garzón avrebbe rivisto la lista dei sospetti e avrebbe fatto qualche verifica. Poi avrebbe ricominciato il suo solito giro per informarsi sui ritrovamenti di cadaveri e sulle denunce di scomparsa. Io, invece, sarei andata a trovare il famoso esperto in sette religiose per capire in che modo potesse esserci utile il suo sapere.

Benissimo, piazza della Virreina, nessuna difficoltà per arrivarci. Cercai il numero civico e, con mio completo sconcerto, mi ritrovai di fronte alla grande chiesa che campeggia proprio in mezzo alla piazza. Una presa in giro? Un errore? In ogni caso era troppo per la mia comprensione. Una cosa è trovarsi ad avere a che fare con la Chiesa di tanto in tanto, e un'altra è andarci a sbattere a ogni piè sospinto come se fossimo sugli autoscontri. Entrai nel tempio, domandai a un sacrestano, e questi mi disse che la persona che stavo cercando era il parroco, che abitava nell'edificio annesso sul retro. Non avevo previsto che il mio esperto fosse un membro del clero, anche se a ben pensarci il tutto rientrava nei labili confini della spiritualità.

Padre Manuel Villalba era quanto di più simile poteva esserci al tipico vicario di campagna inglese. Bell'uomo, brizzolato, slanciato e quarantenne accostava con disinvoltura il classico collarino bianco con un vecchio maglione di lana grigia. Mi invitò a entrare nella sua piccola casa piena di libri e, confermando la mia prima impressione, mi offrì una tazza di tè.

– La polizia mi ha avvertito della sua visita.

– A me invece no.

Alzò le sopracciglia in un armonioso arco e si mise a ridere.

– Di cosa non l'hanno avvertita?

Cercai di riparare alla mia estrema goffaggine e balbettai:

– Voglio dire che...

– Vuol dire che nessuno le aveva detto che ero un prete, vero?

Non mi lasciava molte vie d'uscita.

– Non volevo dirlo, ma mi è scappato.

La sua risata risuonò di nuovo, una risata cortese, con un accenno di musicalità gregoriana.

– Be', adesso lo sa. Sono un parroco come tanti, e ho una gran paura di dover ridimensionare quel che le avranno detto in commissariato. In realtà non sono un esperto in sette religiose. Diciamo che possiedo delle conoscenze generali che ho acquisito ai fini del mio apostolato. Siamo giunti a prendere coscienza della grande influenza delle sette sulla gioventù e... insomma, tutti i problemi possono essere affrontati meglio quando se ne sa qualcosa.

– Credo che il Papa sia molto preoccupato di questo fenomeno.

Mi guardò con una punta d'ironia.

– Ah, vedo che è informata sulle preoccupazioni del Papa!

– Come lei dice, conoscendo i problemi si può fare qualcosa per risolverli.

– E il Papa costituisce un problema per lei?

Me ne uscii in una risata sincera.

– Ho paura di no.

– Tanto meglio! Lei non sa quanto sia pesante dover difendere il proprio capo in ogni situazione.

Mi piaceva quel prete, era fuori dal cliché: aria simpatica, modi affabili, intellettuale, fine umorismo... se fosse stato protestante avrei potuto anche sposarlo.

Un'ipotesi seducente: tranquille serate davanti al caminetto, un po' di conversazione spirituale, un po' di pace come antidoto agli orrori del mio mestiere...

Padre Villalba si sedette davanti a me e cominciò a parlare.

– Mi hanno raccontato qualcosa sul caso di cui lei si sta occupando, ispettore, e le assicuro che nello specifico non la posso aiutare. Ignoro se in Spagna esistano sette sataniche o d'altro genere che prevedano sacrifici rituali o cose simili. La mia preparazione si limita alle sette più conosciute nel nostro paese, alcune in attività, altre sciolte in seguito a procedimento giudiziario. Posso dirle però, che se davvero si tratta di sette, si troverà alle prese col mondo giovanile. Una percentuale elevatissima degli adepti di ciascuno di questi gruppi è costituita da giovani che non hanno superato i trent'anni. Un altro dato importante è che si troverà a muoversi in ambienti di classe medio alta con un buon livello culturale.

– E questo com'è possibile?

– Vede, è così. In genere si tratta di soggetti con qualche problema emozionale, forse di carattere introverso o con un background psicologico complesso. Comunque sia, sono ragazzi che cercano qualcosa di più, e i membri delle sette sanno molto bene come contattarli e far loro il lavaggio del cervello: riunioni, visite, letture... una vera e propria riprogrammazione intellettuale. L'obiettivo è quasi sempre lo stesso: dimostrare al neofita che da una parte c'è la setta salvatrice e dall'altra la società normale, corrotta e nemica. È davvero un'evoluzione rapida quella che viene vissuta da questi giovani, al termine della quale si può veramente dire che il soggetto si trova completamente al di fuori delle istituzioni correnti: né famiglia, né stato, né leggi. A volte si ritirano a vivere in comunità, se la setta le prevede, altrimenti continuano a vivere nel loro ambiente con apparente normalità, ma, questo sì, circondati da un segreto totale. Raramente si può conoscere qualcosa di una setta attraverso le confessioni di un suo adepto, anche dopo che questo l'ha abbandonata con l'aiuto di esperti psichiatri.

– Sembra terribile.

– Lo è, specialmente perché succede sotto i nostri occhi e nessuno se ne accorge. La Spagna è ancora un paese in cui dal punto di vista penale e fiscale le sette sono poco controllate.

– So che lei non può assicurarmi niente, ma mi dica: ritiene possibile che una setta pratichi sui suoi adepti una vendetta crudele come l'evirazione, sia pure per un motivo molto grave? Che so, il tradimento del segreto o il tentativo di uscire dalle sue fila?

– Non lo so, ispettore, sinceramente. In teoria sembra una cosa atroce e impossibile, ma le assicuro che i capi carismatici di quasi tutte le sette giungono a esercitare sui loro affiliati un controllo assoluto, terrorizzante, e in genere non sono individui raccomandabili. Spesso si tratta di megalomani, di personalità dai tratti psicotici, di gente con pochi scrupoli cui piace esercitare un potere illimitato sugli altri e, per di più, arricchirsi. Le modalità con cui le sette raccolgono fondi comprendono sistemi aberranti che possono giungere alla prostituzione dei fedeli. In questo senso mi sentirei di affermare che tutto è possibile, sebbene...

– Sebbene cosa?

– Sebbene non esistano precedenti in Spagna. Le sette attive nel nostro paese non sono sanguinarie, per il momento. Negli Stati Uniti è un altro discorso, ma qui...

– Non è mai tardi per cominciare.

– Può darsi, ma mi azzardo ad avanzare un'altra ipotesi: avete pensato che l'esecutore di questi atti orrendi possa essere un adepto squilibrato che stia agendo per proprio conto?

– Sì, ci abbiamo pensato; abbiamo concepito l'idea del pazzo isolato che da solo affronta l'orrore. Però, mi dica, secondo lei come si spiega che le vittime non compaiono né sotto forma di cadaveri né di persone scomparse né di feriti negli ospedali? Non è possibile, padre. Quei ragazzi mutilati devono essere vivi da qualche parte, ma se ne stanno zitti e fanno la loro solita vita. Come può, qualcuno che li abbia mutilati contro la loro volontà, riuscire ad assicurarsi il loro silenzio? È semplicemente impossibile.

– Suppongo che lei abbia ragione. Si tratta senza dubbio di un diabolico mistero in cui non posso aiutarla molto. Posso solo fornirle un dossier con tutta la documentazione sulle sette operanti in Spagna. È una specie di lista che ho compilato tempo fa per la polizia e che continuo ad aggiornare quando emergono nuovi dati. Venga nel mio studio, ispettore.

Mi condusse in una stanza che comunicava con la sacrestia; era ampia e accogliente. Cercò fra i raccoglitori scrupolosamente ordinati. Io, intanto, mi guardavo intorno senza dissimulare la mia curiosità. Mi avvicinai agli scaffali pieni di libri: *Classificazione degli angeli*, *Antropologia spirituale*... Mi voltai d'impulso verso di lui.

– Lei è felice? – domandai.

Si fermò di colpo, mi sorrise.

– È questa l'impressione che ha di me?

– Vede, a giudicare dalla quiete di questa casa, dall'atmosfera di studio e raccoglimento, dai temi astratti a cui lei può dedicarsi con completa concentrazione, senza essere disturbato dagli assilli della vita... sì, direi che questa dev'essere una forma di felicità.

Scosse la testa più volte, con la faccia colorata da un leggero rossore.

– Be', non so se questo sia molto lusinghiero, sa? È un po' come se dicesse: «Caspita, com'è fortunato questo qui, può perdere il tempo in stupidaggini senza che nessuno glielo rimproveri e per di più non ha bisogno di lottare per sopravvivere!».

Feci un disperato gesto di difesa.

– Le assicuro che non intendevo... – dissi.

– Lo so, lasci perdere, stavo scherzando, ma risponderle sul serio mi è tremendamente difficile... La felicità non è un concetto spirituale.

– È un concetto borghese.

– Ma più che lecito, non creda. Posso solo dirle che chi vede come vanno le cose attorno a sé non può essere mai completamente felice. E, anche se non sembra, io da qui ne vedo di cose. E poi, noi non possiamo permetterci il calore della felicità borghese: una famiglia, il possesso di piccole cose... – Lo imbarazzava parlarne e decise di metterla sullo scherzo. – Oh, ma che razza di poliziotto è lei? Nessuno di quelli che sono venuti a trovarmi mi ha mai chiesto una cosa del genere.

– Sono un poliziotto a cui non dispiacerebbe entrare in un convento. La disciplina ce l'ho già, mi manca solo la pace.

– Non ci pensi nemmeno, ispettore! Non farebbe che rimpiangere un briciolo d'azione; e poi le suore pregano troppo e la maggior parte dei conventi cercano di risparmiare sul riscaldamento. È assai poco confortevole, mi creda.

Guardai con simpatia quell'atipico prete dotato di senso dell'umorismo. Lui mi porse uno spesso dossier.

– Qui ha tutte le informazioni; spero che possano servire a qualcosa. Se ha qualche dubbio, mi chiami.

Ero convinta che, se padre Villalba fosse stato un

pastore protestante, io gli sarei piaciuta. Questo bastava per soddisfare la mia vanità. È chiaro che certe categorie di uomini costituiscono una sfida per le donne: preti, omosessuali, impotenti o politici al potere, basta che il loro ruolo ponga particolari ostacoli alla seduzione femminile e che vi aggiunga un pizzico di trasgressione ideologica da parte del maschio.

Ero ancora profondamente immersa in queste meditazioni, quando mi ritrovai in commissariato davanti a Garzón, che tornava con la coda fra le gambe dalle sue indagini.

– Né sospetti di cui si possa sospettare, né cadaveri, né scomparsi, né castrati negli ospedali... zero totale!

– Come la prenderebbe se le chiedessi di continuare a lavorare fino all'alba?

– Malissimo.

– E se la invitassi a cena a casa mia e poi facessimo una delle nostre sedute di *brainstorming*?

– Dandoci dentro col whisky di malto?

– Ma naturalmente!

– Allora andiamo. Ho una fame che mi mangerei anche uno di quei cazzi sott'olio che le mandano.

– Non sia disgustoso, Garzón!

Se la rideva come un Mefistofele con parecchi chili di troppo. Propose di prendere una birra sulla via di casa e ci fermammo davanti a un bar di *tapas* pieno di gente fin sul marciapiede. A Garzón piaceva il tipico bailamme ispanico dei banconi affollati, delle strette di mano fra un bicchiere e l'altro, del declamare stentoreo dei camerieri: «Desidera? Subito! Due di patate, due di trippa!» e altre strofe poetiche sullo stile. Io non sono mai stata amante delle folle, e così, quando Garzón se ne andò in bagno lasciandomi il suo voluminoso impermeabile, che quasi mi seppelliva sotto il suo peso, ebbi la tentazione di uscirmene di corsa in cerca di un posto più tranquillo. Ma mi trattenni. Occupai con la borsa e il giornale, a mo' di bandierina dei pionieri, un tratto del bancone, e me ne uscii da quella bolgia in direzione del distributore di sigarette. Quando tornai, chiedendo mille volte scusa a destra e a manca, stava tornando anche Garzón. Ordinammo le birre. Aprii il pacchetto di sigarette e, prendendo la borsa per tirar fuori l'accendino, ci trovai dentro un foglietto bianco che prima non c'era. Era un foglio di quaderno piegato a metà, che aprii con la punta delle dita. C'era scritta una sola parola in stampatello: «Sì». Chiamai il cameriere.

– Ha visto se qualcuno ha toccato la mia borsa?

Mi guardò senza capire.

– No, signora. Le manca qualcosa? Forse non avrebbe dovuto lasciarla lì, con tanta gente…

Ma io già non lo ascoltavo più, ero partita di corsa come una pazza senza dire una parola a Garzón. Uscii in strada, guardai in tutte le direzioni, inutilmente, rientrai e chiusi la porta dietro di me. Alzai la voce:

– Signori, siamo della polizia, vi prego di scusarci ma dovete favorirci i documenti. Non c'è da preoccuparsi, è un normale controllo.

Si era fatto un silenzio di tomba. Cercai Garzón con lo sguardo e lo trovai esattamente dove l'avevo lasciato, con la bocca aperta e la mano protesa verso il boccale di birra, come una vittima dell'eruzione di Pompei.

– Procediamo, viceispettore.

Reagì all'istante e, senza una parola, mostrammo i tesserini al padrone. Il viceispettore tirò fuori il suo blocco d'appunti e cominciammo a passare in rassegna le carte d'identità. Ci segnammo nomi e indirizzi, e chiedemmo scusa a tutta quella brava gente cui avevamo rovinato l'aperitivo. Fin da subito non mi parve che vi fosse niente di significativo: qualche funzionario di mezz'età appena uscito dall'ufficio, diverse signore che avevano l'abitudine di incontrarsi a quell'ora e alcuni dei vecchietti che sempre abbondano nei bar della città. Domandai a tutti se avessero visto qualcuno avvicinarsi alla mia borsa e infilarvi un biglietto. Una delle signore alzò una mano e disse:

– Sì, io ho visto un ragazzo che si avvicinava al banco e metteva qualcosa in una borsa, ma non so se fosse quel foglietto lì.

– Com'era il ragazzo?

– Santo cielo, non lo so, aveva in testa un casco da moto, per questo l'ho notato!

– Era alto e magro?

– Non ci ho fatto caso. Ho visto solo che entrava, posava qualcosa e usciva di nuovo.

Uscimmo anche noi con quell'informazione, che non ci fu di nessuna utilità, lasciando alle nostre spalle una scia di sconcerto e curiosità. Garzón, dopo aver lasciato passare per prudenza qualche secondo, mi domandò:

– Ma come cavolo le è venuta in mente questa retata tipo Chicago anni trenta? A momenti mi faceva venire un coccolone.

Gli porsi il biglietto. Lo lesse.

– «Sì»? Cosa vuol dire «sì»?

– Non ne ho idea, Fermín.

– Ha visto allontanarsi una moto quando ha guardato fuori?

– Il fatto che portasse un casco non significa che avesse una moto; può essersela squagliata a piedi. E adesso va' a sapere dov'è! Interroghi la testimone per sicurezza, e conservi i dati di tutti gli altri.

– Non credo che...

– La prudenza non è mai troppa: magari il biglietto l'ha messo quella lì.

– Va bene, ispettore. Andiamo a fare il verbale. Forse potremmo chiedere al commissario di farci scortare da due agenti in borghese, così se quello si avvicina...

– Nemmeno per sogno. Per il momento ci pensiamo su. Andiamo avanti col piano della cena a casa mia.

E così facemmo. Arrivammo a Poblenou, salutammo i miei due angeli custodi, sempre saldi nel compimento del dovere, e aggiungemmo un paio di buone bistecche scongelate al puré di rape e verze che Julieta aveva preparato. Tuttavia non riuscivo a concentrarmi sulle operazioni culinarie: la mia mente era completamente assorbita da quel che era successo. Anche Garzón si comportava come un robot il cui funzionamento richiedesse carburante organico. Meditava e divorava al tempo stesso, in completo silenzio. Alla fine esplose:

– Potrebbe dirmi una buona volta cosa cazzo sta pensando? Secondo lei il ragazzo del foglietto è lo stesso delle candele, vero?

– Sì, ed è lo stesso che mi ha telefonato per dirmi «No». Ci ha seguiti e sa come ci stiamo muovendo. All'epoca del «No» avevamo appena aperto la linea investigativa dei barboni, e lui si limitò a farmi capire che eravamo sulla strada sbagliata. Adesso ha detto «Sì», dopo la mia visita a padre Villalba. Come per dire che, indagando sulle sette, siamo sulla strada giusta. Ma non basta, Fermín, questo significa che il dottor Montalbán aveva ragione: le strane tracce che compaiono su ciascun pene sono segnali che questo ragazzo ci sta lanciando.

– E cioè il tipo che ci manda i peni e quello che ci segue sarebbero la stessa persona.

– Questo è già più azzardato affermarlo, ma probabilmente è così.

– E potrebbe essere anche quello che li taglia?

– Qui il margine d'incertezza è ancora più ampio, quindi preferisco risponderle che non lo so.

– Porca miseria, ispettore, ma se vuole lanciarci dei segnali non vedo perché non lo faccia in modo più chiaro! A meno che, come le ho detto fin dal principio, non sia un pazzo col delirio religioso che sta cercando di fare il furbo con noi.

– E furbo lo è davvero. Per questo non credo sia il caso di farci scortare da due colleghi. Se ne accorgerebbe subito e smetterebbe di fornirci i suoi bizzarri indizi.

– In questo caso, è meglio non dire niente del biglietto al commissario Coronas. Lo sa che tipo è, sarebbe capace di metterci alle costole la guardia urbana a cavallo.

– Siamo d'accordo al cento per cento.

– Si rende conto, ispettore? Abbiamo a che fare con un serial killer psicopatico che semina messaggi cifrati, manco fossimo in un film americano! Se me l'avessero detto quand'ero in servizio a Salamanca, non ci avrei mai creduto.

– Non ci creda ancora. Il discorso è sempre lo stesso: a quali vittime ci stiamo riferendo?

– Membri di una setta?

– Forse, ma perché si lasciano castrare e se ne stanno zitti?

– Una vendetta interna. Membri che vogliono uscirne e che vengono dissuasi con questo sistema.

– E di questi nemmeno uno, dopo aver preso la decisione di andarsene e aver subito una punizione simile, va a raccontarlo alla polizia?

– Sono minacciati di morte!

– Non lo so, Garzón, mi sta scoppiando la testa, concentriamoci su un fatto alla volta!

– Ma quali sono i fatti?

– Per il momento, solo questi.

Andai a prendere il dossier e buttai il fascio di fogli sul tavolo.

– Porca miseria! Cos'è tutta 'sta roba?

– Sette religiose, caro mio, è arrivato il momento di metterci a studiare! Dividiamoci il materiale a metà. Le prime trenta pagine a me e le altre a lei. Poi ce le scambiamo. D'accordo?

– E per l'ispirazione?

– Adesso vado a prendere il whisky, ma è meglio che faccia anche il caffè, altrimenti ci addormentiamo.

Accompagnammo il caffè con qualche dolcetto al cocco, sigarette e una forte curiosità. Questa miscela, unita alla peculiarità del nostro materiale di studio, ebbe il potere di tenerci svegli senza problemi. Anche i commenti di Garzón ci sostennero nella veglia.

– Guardi qui, ispettore: Alfa-Omega, una setta in cui io di sicuro non entrerei mai. Qui dice che il vitto è scarso e il lavoro abbondante. Contro ogni tentazione.

Nessuna di quelle sette sembrava offrire tentazioni di sorta. Secondo le annotazioni di padre Villalba, in genere gli adepti venivano attirati in modo insidioso e il loro ruolo all'interno dell'organizzazione era quello degli sfruttati. Li sfruttavano in tutti i modi possibili: sessualmente, o come manodopera gratuita, o addirittura spingendoli alla donazione dei loro beni. L'unica cosa che poteva spiegare l'accettazione di un simile calvario era il fatto che la volontà dei convertiti fosse stata completamente annullata grazie a un vero e proprio lavaggio del cervello. Ma anche così, era difficile credere che qualcuno potesse sottoscrivere determinati principi, per quanto la sua mente fosse stata condizionata. Spesso si parlava di obiettivi come il dominio sul mondo, l'infiltrazione nei governi e nelle istituzioni internazionali. Quanto alle dottrine, una volta che ne avevi letta qualcuna, accuratamente spiegata e condensata da padre Villalba, ti rendevi conto che combinavano in modo non troppo coerente gli insegnamenti orientali dell'induismo con la cabala, lo zen giapponese e il messianismo più elementare. Un minestrone difficile da mandar giù. La cosa più sorprendente era che tutte le sette sembravano nuotare nell'abbondanza e che si erano estese in svariati paesi.

– Guardi, ispettore, setta della Meditazione Trascendentale. Questi si sono perfino divertiti a creare dei ministeri. Ministero per lo Sviluppo delle Coscienze. Ministero dell'Educazione e dell'Illuminazione. Si immagina che governo formerebbero?

– Non mi sembra poi così assurdo, l'immaginazione è al potere in questo paese.

– La cosa che mi dà più fastidio, sempre parlando di questo paese, è che l'unica setta autoctona che abbiamo sia quella del Palmar de Troya. Che livello. Sembra che negli ambienti omosessuali di Siviglia, a un tipo che chiamano «la Volt» sia apparsa niente meno che la Madonna. Un vero classico! E così lui si autoproclama addirittura Papa, il furbacchione. Ma questo non è niente, perché a quanto si dice qui sta canonizzando santi come funghi: san Francisco Franco, san Pelagio delle Asturie. Che gliene pare?

Assentii meccanicamente, non mi andava più di parlare: quello che stavo leggendo non faceva presagire niente di buono. Ci addentravamo in un territorio assai fertile per i delitti. Unendo i dati fornitici dalla polizia autonoma con quelli che avevamo sotto gli occhi, non era azzardato concluderne che qualunque setta presa a caso poteva essere coinvolta in qualche losco affare. Si parlava di prostituzione, di riciclaggio di denaro sporco, di occultamento di capitali provenienti da altri paesi, di estorsione mediante fotografie compromettenti, di circonvenzione dei figli di personaggi chiave dell'economia e della politica. Insomma, una miniera. Alcuni dei leader carismatici avevano subito processi, altri non era stato possibile incriminarli. Certe sette in Spagna erano considerate smantellate, ma non era esclusa una loro rinascita o la loro sopravvivenza strisciante in attesa di nuove opportunità. Non sempre la magistratura riusciva a configurare chiaramente dei reati, quindi era difficile per la polizia esercitare un controllo continuo ed efficace. In sostanza, eravamo entrati in un campo fecondo ma insidioso.

Le pressioni esercitate sugli affiliati affinché non abbandonassero l'organizzazione erano, quasi sempre, brutali. Il silenzio, il voto di non divulgare all'esterno le attività della setta, il vincolo alla più assoluta segretezza, erano imperativi per qualunque neofita.

– Due sono le sette, però, che sembrano agire con maggiore violenza contro chi cerca di uscirne, – precisò il viceispettore. – Una è la Chiesa di Scientology, di origine americana, e l'altra la comunità Arcobaleno, un gruppo di derivazione indù che in India è giunta a eliminare degli ex adepti affinché non parlassero.

– E in Spagna?

– Il rapporto della polizia dice che contro Scientology furono presentate delle denunce, che non hanno poi avuto seguito, in quanto vennero ritirate prima dell'inizio delle indagini. Qui dice che alcuni degli ex membri erano terrorizzati da possibili rappresaglie.

Gli Arcobaleno invece non si sono spinti così lontano, da queste parti sono più pacifici.

– Sarà l'influenza della dieta mediterranea.

– Ci può giurare. La loro sede centrale è una fattoria presso Alcover, un paese in provincia di Tarragona.

– Già, sembra che questa sia una delle aspirazioni fondamentali per tutti quanti: costruire un grande centro in campagna dove potersi recare in pellegrinaggio o andare a vivere tutti insieme per dei periodi. Buona parte delle risorse economiche delle sette vengono impiegate nell'acquisto di proprietà rurali e nella costruzione o ricostruzione di grandi case madri.

– Caspita, quanto più leggo su queste cose tanto più mi sembra incredibile che ci siano tanti pazzi nel mondo.

– Ci sono, Fermín, ci sono, per tutti i gusti e di tutte le misure. Ma il problema sono i giovani: spesso si tratta di ragazzi normalissimi che attraversano un periodo di instabilità emotiva.

– Ma finiranno per uscire di testa anche loro.

– Può darsi. In ogni caso, tutto questo guazzabuglio di profeti e dottrine non ci aiuta. Cosa possiamo fare? Da dove dovremmo cominciare? Non possiamo aprire un'inchiesta indiscriminata senza prove.

– No, penso di no.

– E allora ?

– Bisognerà aspettare. Se è vero che abbiamo un delatore che ci passa degli indizi, farà qualcosa.

– Non lo so, Garzón, i conti continuano a non tornare. Che questi ragazzi siano stati castrati chirurgicamente perché non lasciassero una setta è qualcosa di...

non so, qualcosa di eccessivo. Guardi questi verbali, c'è sempre qualcuno che è riuscito a sfuggire, che malgrado le minacce ce l'ha fatta. Perché i nostri ipotetici ex adepti vanno al macello a testa bassa? Perché, anche dopo una terribile mutilazione, continuano a starsene zitti?

– Secondo me torna benissimo. Sanno che il prossimo passo potrebbe essere la morte. E poi, la castrazione è un marchio vergognoso, che si vorrebbe nascondere. Se non parlano e rientrano nei ranghi, i responsabili della setta offrono loro rifugio e accettazione del loro nuovo stato di...

– Eunuchi?

– Esatto! Non è il caso di usare degli eufemismi. Procedendo chirurgicamente si assicurano che l'esito non sia fatale. Tutto appare pulito e indolore, tranne il momento in cui li portano in sala operatoria: suppongo che lì, prima dell'anestesia, entri in gioco la violenza fisica.

Guardai Garzón con curiosità. Come faceva a essere così lucido e sveglio? Io ero esausta, quasi incapace di pensare. Erano le cinque del mattino.

– Non crede che dovremmo dormire un po', Fermín?

– Sì, è una buona idea. Adesso vado.

– Rimanga pure, posso darle la stanza degli ospiti.

– E quei due là fuori?

– Gli agenti?

– È meglio che me ne vada, chissà cosa diranno se mi vedono dormire qui.

– Ci manca solo che debba anche preoccuparsi della mia reputazione. Dicano pure quello che vogliono. Intanto loro ci stanno provando con la mia domestica.

– Non mi dica!

– Davvero, li ho già pescati insieme più di una volta.

– Cavoli! – Si avvicinò alla finestra e guardò da dietro le tende. – Sì, sono sempre lì. Bene, ispettore, che ci stiano provando o meno con la sua domestica, io me ne vado e basta.

– Come vuole.

Sbirciai anch'io dalla finestra e vidi che Garzón si avvicinava alla macchina dei miei guardiani. Domandò loro qualcosa e se ne andò. E così avevo un nuovo paladino, che questa volta vegliava sul mio buon nome all'interno del Corpo. Fantastico, non c'erano mai state tante barriere fra me e il mondo esterno.

5

Ci trovavamo bloccati come una bicicletta sulla sabbia, come un carro in un pantano. I sospetti ad ampio raggio sono il peggior nemico di qualunque indagine. Se non altro avevamo delimitato un profilo del mio corrispondente segreto, il ragazzo del casco, dando per buona l'ipotesi che si trattasse di un adepto o ex adepto di una setta. Una semplice supposizione, a ben pensarci. Tutto sarebbe stato molto più facile se le sette attive a Barcellona fossero state in numero più ridotto. Non avrei mai pensato che accanto alla nostra prospera civiltà crescessero tante piante esotiche. Ma era così.

Il ritmo del nostro lavoro rallentò. Elaboravamo ipotesi a partire dal materiale teorico delle sette e andavamo all'Efemérides con regolarità. In fondo alla nostra passività palpitava sfacciatamente una speranza. Stavamo aspettando una nuova comunicazione del motociclista fantasma. E a questo sottile filo di speranza ci aggrappavamo. Sembrava logico che prima o poi si verificasse un nuovo tentativo di contatto. Il lavoro già iniziato e portato avanti non poteva finire nel nulla. Se il ragazzo ci stava seguendo, avrebbe visto che non disponevamo di vigilanza supplementare di nessun genere, né avevamo eretto barriere intorno a noi. Anzi, io avevo preso l'abitudine di andare ogni tanto da sola in qualche bar. Mi sedevo e, a un certo punto, mi alzavo e andavo alla toilette lasciando il giornale piegato sul tavolo. Purtroppo al ritorno lo trovavo sempre vuoto. Garzón, che si era aggiunto alla schiera dei miei paladini, deplorava queste uscite solitarie. Pensava che nascondessero qualche pericolo, e ogni volta mi toccava affrontare una nuova discussione. Quando gli dissi che una donna risveglia sempre gli istinti protettivi del maschio, ebbe il coraggio di rispondermi che questo era naturale. Io replicavo in malo modo, ma non avevo nessuna voglia di cacciarmi in rivendicazioni femministe cui avevo rinunciato da tempo. In fondo mi faceva piacere che Garzón mi proteggesse, soprattutto perché il più delle volte si dimenticava del suo ruolo e svolgeva quello del collega amico con molta più convinzione.

Il commissario Coronas accettava con pazienza quel momento di stasi. Di tanto in tanto lo informavamo sull'andamento delle indagini, e lui ne approfittava per suggerirci qualcuno dei suoi assurdi metodi di serie B. Un bel giorno gli venne in mente che avrei dovuto ricomparire in televisione; sarebbe stata una specie di esca per spingere il castratore a una confessione. Mi scandalizzai, e non solo perché quel sistema mi sembrava una rifrittura di vecchi film, ma perché tacitamente implicava che fossi io l'ispiratrice e in un certo senso la colpevole di quei delitti. Coronas non sembrò affatto imbarazzato quando glielo feci notare, e mi disse con tutta naturalezza di non dimenticare che i pacchetti erano stati spediti a mio nome. Mi ribellai contro un vago senso di colpa. Per fortuna il commissario aveva difficoltà a passare dal livello teorico a quello pratico, e raramente riusciva a concretizzare in ordini i suoi disordinati ragionamenti. D'ogni modo, non ci fu alcun bisogno di una mia nuova apparizione sugli schermi, perché il giorno 16 dicembre, mentre ero al commissariato, entrò di corsa nel mio ufficio un agente con uno di quei pacchettini in mano.

– Ispettore. È arrivato questo per lei.

Il pene numero quattro, pensai, e se da una parte ebbi un moto di gioia nel vedere che nuovi indizi si profilavano all'orizzonte, non appena riuscii a reagire in modo più umano mi sentii tremare le gambe. Un altro uomo mutilato, forse un altro cadavere, non c'era proprio niente di cui rallegrarsi. Quella volta, sapendo che ogni pene portava con sé un piccolo messaggio, il commissario e perfino il magistrato ci tennero a essere presenti all'autopsia. Il dottor Montalbán si sentiva un po' sovrastato dalla dimensione spettacolare che aveva assunto il suo lavoro, ma non ebbe niente da obiettare. Eravamo così sicuri del contenuto del pacco, che non l'avevamo nemmeno aperto prima di arrivare all'Istituto di Anatomia. Per questo, quando Montalbán lo sistemò sotto una potente lampada e si accinse ad aprirlo, vidi una cosa che mi spinse a fermarlo. Ci fu un momento di sconcerto generale. Presi una biro e con la punta indicai il timbro postale.

– Avete visto qui?

– Viene da Tarragona! – esclamò Garzón.

– Tutti gli altri sono stati spediti da Barcellona? – domandò il magistrato.

– Tutti.

– C'è qualche altra differenza esteriore?

– Le altre caratteristiche sono esattamente uguali; però credo che sia opportuna un'analisi più approfondita per vedere se i caratteri a stampa coincidono.

– Buona idea, Petra, la faccia fare. Possiamo continuare, dottore.

Coronas riusciva a malapena a dissimulare impazienza; anche lo sguardo del magistrato era ipnoticamente fisso sul tavolo di dissezione. Solo Garzón stava cercando i miei occhi, per comunicarmi la sua complicità. Gli restituii un'occhiata d'intesa.

Una volta che Montalbán ebbe tolto la carta, comparve davanti a noi la ben nota scatoletta di plastica e, al suo interno, inesorabilmente, il quarto pene chiuso nel suo sacchetto di formalina. Un fremito percorse i presenti.

– Eccolo qui, – bofonchiò Montalbán in tono ruvido.

– Dio misericordioso! – disse sottovoce il magistrato.

Assistemmo alle operazioni che io, purtroppo, ormai conoscevo a menadito. Il medico legale confermava punto per punto le osservazioni precedenti: evirazione chirurgica, individuo giovane di sesso maschile, tessuti che non avevano subito retrazione, il che consentiva di stabilire che il membro era stato immerso in formalina poco dopo l'ablazione…

– Non c'è nessun oggetto estraneo? – domandai, incapace di trattenermi più a lungo.

– A prima vista... no. Vediamo dentro.

Con un paio di pinze sollevò il languido prepuzio, e un glande raggrinzito e biancastro emerse tristemente. In quel momento sul lenzuolo immacolato cadde qualcosa. Istintivamente, tutte le teste conversero al centro.

– E quello cos'è? – disse Coronas sull'orlo del blocco respiratorio.

– Come vuole che lo sappia, commissario! – rispose il medico lievemente spazientito.

Sempre con l'aiuto delle pinze fece girare il minuscolo oggetto in tutte le direzioni e poi lo sollevò e lo avvicinò alla luce. Dal mio punto di osservazione mi parve di percepire qualcosa di duro e squadrato, di colore biancastro. Allora Montalbán dichiarò:

– Signori, questo non rientra nelle mie competenze, ma potrei giurare che è un frammento di pietra, di marmo o qualcosa del genere, una scheggia di roccia, forse.

– Suggerirei di consegnarlo al vostro laboratorio. Qui un'analisi richiederebbe certamente più tempo, – intervenne il magistrato.

– Senz'altro, – dissi, mentre la riunione cominciava a sciogliersi.

– Tenetemi informato e, per favore, usate la massima discrezione, – disse il magistrato; – non le dico il pandemonio che scatenerebbe la stampa su un caso del genere.

– Non si preoccupi, signor procuratore. Anzi, visto

che è già qui, domani il viceispettore ed io avremo bisogno di un mandato di perquisizione. Vorremmo effettuare un sopralluogo nella sede di una delle sette di cui le parlavo, situata per l'appunto nei pressi di Tarragona.

– Nessun problema, passate in procura prima delle dieci.

Quello non era l'unico passo da compiere prima del nostro breve viaggio nella provincia di Tarragona. Dovevamo farci dare l'indirizzo preciso della Comunità Arcobaleno dai Mossos d'Esquadra e attendere i risultati dell'analisi di quel pezzetto di pietra o quel che diavolo era. Nel frattempo avremmo raccolto altre informazioni sulla comunità e sul suo leader. Ma tutta quell'attività concentrata non mi pesò, perché mi sentivo euforica e piena di entusiasmo. Per la prima volta avevamo una pista che ci portava da qualche parte, fosse pure un punto su una cartina.

Come se non bastasse, il mattino dopo la pista si approfondì un po' di più. Le analisi di laboratorio confermarono che la scheggia trovata nel pene era sì un frammento di pietra, ma di un tipo molto particolare. Si trattava di una roccia calcarea bianca piena di piccoli fossili che veniva estratta unicamente in una cava di Ulldecona e che veniva utilizzata nell'edilizia. Ulldecona dista un centinaio di chilometri da Tarragona, per cui era perfettamente possibile che la pietra fosse stata presa in un posto e trasportata nell'altro. Quel dato portava il nostro viaggio un po' più lontano, dato che se non avessimo trovato indizi risolutivi ad Alcover, una lista dei clienti della cava avrebbe potuto esserci molto utile, forse illuminante; di modo che ci proponemmo di fare un salto anche lì.

Garzón, come al solito, non condivideva le mie ottimistiche prospettive per il futuro, e continuava a credere che il fantasma col casco si stesse prendendo gioco di noi.

– Ma se il timbro postale non è nemmeno di Alcover! – protestò quando ormai eravamo in macchina.

– E cosa ce ne importa? È della stessa provincia. Il mittente l'ha spedito dal capoluogo perché in un paese piccolo chiunque avrebbe potuto vederlo. Elementare, mio caro Fermín!

– Non mi piace vederla così di buon umore; quando uno si fida troppo di una pista, va sempre a finir male.

– Insomma, Garzón, non faccia l'uccello del malaugurio! Io credo che siamo sulla buona strada. Avere qualcosa di concreto su cui investigare è già un bel passo avanti. E non dimentichi che la comunità che abbiamo selezionato è in provincia di Tarragona! Questo è già qualcosa!

– Ma io non so se... insomma, questo maledetto caso... e sono già quattro adesso, quattro fantasmi.

– Non ci pensi. Perché non mi recita una delle sue strofette goliardiche sui cazzi?

Credevo che non l'avrebbe fatto, ma forse solo per indispettirmi, mi guardò di sottecchi e rispose:

– Non ho niente in contrario, ma visto che siamo in viaggio le canterò una canzoncina.

– Forza, – mi toccò rispondere, mentre tutto mi diceva che avevo fatto un grosso errore a provocarlo. Allora il mio vice, che era alla guida, si schiarì la gola e stonato come un gatto in amore, cantò a mezza voce:

C'è la minchia fenomenale
e la minchia in miniatura,
ma c'entran poco le dimensioni
purché diventi dura.

– Ma viceispettore! – gridai, fingendo di scandalizzarmi. Lui rideva come un bambino al cinema e completò felice lo spettacolo:

– Qui dovrebbe partire un coro numeroso che ripete con brio: «*Du-ra-a*».

– Vuol star zitto una buona volta?

– Ma me l'aveva chiesto lei.

– Va bene, ma adesso le chiedo di non continuare.

– Come vuole, però l'avverto che si perde la strofa migliore.

– Saprò reggere a questa perdita.

La sua prominente pancia sussultava contro il volante per effetto delle risate.

– Mi dica, Fermín, quante canzoni o poesie di questo tipo conosce?

– Ah, si stupirebbe se lo sapesse! Ne ho imparate dappertutto, per tutta una vita. A scuola, da militare, fra i colleghi...

– Ah, i signorini, tutti molto orgogliosi del loro arnese!

– Vorrei vedere se non ci fosse!

Quell'innocente risposta suonò all'improvviso come

una frustata e ci restituì alla triste realtà. Rimanemmo zitti. Cercai di rimediare.

– Le va di lavorare un po', Fermín? Le leggo a voce alta il rapporto sulla comunità Arcobaleno.

– Mi sembra la cosa migliore.

La Comunità Arcobaleno era stata importata in Spagna da un certo Emilio Fidel, senza precedenti penali, che era riuscito a metterne in piedi ben sei case in tutto il paese. Non c'erano mai stati problemi con la giustizia, cosa che ci complicava il lavoro. Il Fidel aveva a suo tempo militato nell'antifranchismo e in seguito si era votato alla spiritualità di stampo induista. Tutti gli adepti, all'interno delle comunità, vestivano tuniche arancioni da monaci buddhisti. I principi dottrinali professati erano un vero guazzabuglio, una mistura eterogenea di cui riuscivo a stento a farmi un'idea, in cui trovavano posto tantrismo, buddhismo, naturismo, esoterismo, magia, yoga, psicanalisi, bioenergetica, sufismo, musicoterapia, taoismo ed espressione corporea. Nemmeno un barman impazzito avrebbe potuto concepire un cocktail con tutti quegli ingredienti. Tuttavia, aveva la prerogativa di essere l'unica scuola tantrica in Spagna. Garzón mi chiese delle spiegazioni in merito, e io potei riferirgli soltanto quel che diceva padre Villalba nel suo dossier: «Il tantrismo è una scuola estatica molto severa cui si ispirano numerose forme di yoga nonché il buddhismo tibetano». A quanto pare qui le estasi venivano raggiunte tramite la danza e diverse tecniche bioenergetiche, nonché, particolare molto significativo, mediante un elemento base del tantrismo:

l'unione sessuale. I membri della Comunità Arcobaleno si dichiaravano amorali e praticavano la più libera promiscuità sessuale.

– Chissà che qualche ragazzo non si sia lasciato prendere la mano e sia stato messo al suo posto, o magari non abbia tradito lo spirito della comunità.

– Non mi interrompa, Garzón. Per il momento il nostro sospetto è che si tratti di rappresaglie contro chi ha cercato di venirne fuori.

– E come si finanziano questi furbastri?

– Con contributi degli adepti. Il dossier della polizia dice che non è chiaro da dove sia uscito il denaro per l'acquisto del podere di Alcover. Però, non sussistendo indizi di reati pecuniari, nessun magistrato è stato in grado di intervenire. E poi guadagnano qualcosa usando gli adepti come manodopera gratuita.

– Ecco, ispettore, non so perché non fondiamo una setta anche noi; vivremmo di sicuro meglio.

– Manco per sogno, l'arancione mi sta malissimo.

La Comunità Arcobaleno attirava e indottrinava i giovani per mezzo di conferenze e di sedute di terapia naturale. Villalba sottolineava il fatto che alcuni psicologi, che avevano voluto visitare il centro per curiosità, ne erano usciti inorriditi, affermando che vi si maneggiavano tecniche psicologiche pericolose senza la minima competenza né controllo. Ciò era illustrato dall'inquietante aneddoto secondo cui in Navarra si erano verificati casi di ragazzi che, dai corsi intensivi di Arcobaleno, erano passati direttamente al reparto psichiatrico del capoluogo.

– E qual è il fine ultimo di questa gente?

– La liberazione dell'individuo, lo dice qui.

– Per lo meno non aspirano a dominare il pianeta.

– Non so se sia una consolazione. Crede che collimi col profilo di chi stiamo cercando?

– Non ne ho idea; queste sette sono così sinistre che non dovrebbe stupirci una castrazione come rappresaglia, punizione o mezzo di dissuasione.

Trovare il podere della comunità non fu difficile. La polizia autonoma aveva perfino tracciato una piccola mappa per il viceispettore. Confesso che quando arrivammo avevo un nodo allo stomaco dall'apprensione e molte riserve su quel che avremmo trovato. Tuttavia, nessuno dei miei timori ebbe conferma. Anzi, ci trovammo in un luogo bucolico, quasi idilliaco. Su una collinetta piantata a cipressi e noccioli sorgeva una grande casa colonica in parte ristrutturata. A mano a mano che ci avvicinavamo si aprivano davanti a noi orti e frutteti, appezzamenti tenuti a giardino e molto ben curati, e intorno alla casa comparvero le liete figure dei giovani monaci. Erano ragazzi e ragazze, tutti in tunica arancione, e qualcuno con un pesante maglione per ripararsi dal freddo della mattina. Non erano sorpresi di vedere la macchina, né avevano un'aria ostile. A dire la verità, ci sorridevano, come se l'arrivo di estranei fosse benvenuto.

Ci fermammo su un ampio spiazzo davanti alla porta principale. Cani mansueti si avvicinarono ad annusarci.

– A prima vista non sembra proprio un luogo di perdizione, – disse sottovoce il viceispettore.

– Apra bene gli occhi ché non si sa mai.

Fermammo uno dei ragazzi, di una ventina d'anni, che passava di lì spingendo una carriola colma di patate appena raccolte.

– Scusi, vorremmo parlare col responsabile del centro.

Assentì senza dire una parola e disparve all'interno della casa con un sorriso fra la beatitudine e la completa stupidità. Diedi rapidamente istruzioni al mio collega.

– Guardi da tutte le parti caso mai trovasse la famosa pietra con i fossili. E poi, lo sa già, cerchiamo di non entrare col piede sbagliato. Non pronunci mai la parola setta, solo comunità o congregazione.

Con mia sorpresa, e immagino anche con sorpresa di Garzón, in meno di dieci minuti il nostro ragazzo muto tornò, seguito da una donna. Non ce lo aspettavamo: secondo gli appunti di padre Villalba tutte quelle organizzazioni tendevano alla misoginia e collocavano le donne su un piano di inferiorità. Per qualche istante pensai che si trattasse di una specie di governante o di economa; eppure no, si presentò come direttrice del centro e ci invitò a entrare. Io le dissi che eravamo della polizia e che avevamo un mandato giudiziario per ispezionare la struttura.

– Ah, ma certo, non siamo nuovi a queste cose! Di tanto in tanto qualche magistrato ci manda dei poliziotti da Tarragona per fare dei sopralluoghi. Non so cosa immaginiate che possiamo fare qui; ma se questo vi fa sentire più tranquilli, io non ho niente in contrario. Venite nel mio ufficio, per favore!

Aveva una quarantina d'anni e portava anche lei una di quelle tuniche buddhiste. Entrammo in una sobria stanzetta dai muri spessi. La donna ci invitò a sederci. Si chiamava Esperanza Ortiz e, affinché potessimo accertarcene, estrasse da un cassetto la sua carta d'identità. Nello spazio riservato alla professione figurava: «psicologa».

– In cosa posso servirvi?

– Stiamo svolgendo delle indagini e vorremmo verificare che non vi sia alcuna implicazione della sua comunità.

– Un caso di che genere?

– Detenzione di stupefacenti, – mentii.

Lei sorrise.

– Ah, questo proprio no! Ma se siamo noi i primi a promuovere una vita sana...

– Tanto meglio per voi! A proposito, possiamo fumare?

– Naturalmente! Noi non siamo dogmatici, lasciamo a ciascuno la libertà di fare ciò che desidera.

– Mi dica, signora Ortiz, quanti ragazzi vivono qui e di che età?

– Siamo una trentina ad abitare qui in forma permanente, anche se spesso abbiamo ospiti che vengono a trascorrere il fine settimana con noi, persone che vivono in città e che appartengono alla comunità ma preferiscono rimanere con le loro famiglie.

– Possono farlo?

– Ma certo! Qui non obblighiamo nessuno, ispettore. Chiunque entra ed esce a propria discrezione, e sono tutti maggiorenni.

– Immagino che possano anche abbandonare definitivamente la comunità senza problemi.

– È ovvio!

– E lei sarebbe in grado di fornirci una lista degli adepti che hanno deciso di abbandonare Arcobaleno?

– Fratelli, noi preferiamo chiamarci fratelli. Vede, sarebbe un po' difficile. Appunto per la libertà di movimento che regna fra noi, non sarebbe corretto conservare i dati dei membri una volta che hanno manifestato il desiderio di andarsene. E tanto meno ci farebbe onore fornire informazioni su persone che magari preferiscono una completa riservatezza. Si tratterebbe di un'indebita intromissione nella loro vita privata.

– Capisco. Posso domandarle quali attività si svolgono qui?

– Oh, le più svariate! Lavoriamo la terra per il nostro sostentamento, meditiamo, facciamo sedute comunitarie a carattere terapeutico, ascoltiamo musica, realizziamo lavori manuali, organizziamo rappresentazioni teatrali e danziamo.

– Danzate?

– La danza è molto importante per i nostri obiettivi spirituali.

– E il sesso? – domandai con voce falsamente melliflua.

– Anche il sesso, certo! C'è qualcosa di illegale nel sesso, ispettore? – disse col più radioso dei sorrisi.

– No, in teoria no.

– Mi tranquillizza, perché qui il sesso è una cosa bella e naturale.

Stavamo girando intorno a luoghi comuni che non ci avrebbero portati da nessuna parte. Quella donna sapeva molto bene come comportarsi e cosa dire. Decisi che sarebbe stato più fruttuoso passare all'ispezione. Ma nemmeno in questo modo riscontrammo niente di strano. Chiedemmo di vedere qualche cappella o tempio, caso mai spuntassero le candele violacee, ma non vi era alcun locale del genere. Sembrava non celebrassero altro rito che le misteriose danze. Domandammo anche se avessero un'infermeria, nella vana speranza di trovarvi un tavolo operatorio sospetto e materiale chirurgico, ma disponevano soltanto di un armadietto di pronto soccorso. Se qualcuno si ammalava si rivolgevano al medico del paese. Per il resto, niente. Davanti ai nostri occhi sfilarono stanze da letto e sale mensa, docce, cucine e dispense, niente che non avremmo potuto trovare in un qualunque collegio. Esplorammo minuziosamente tutta la parte della casa che era stata ristrutturata di recente. Ma della pietra calcarea bianca, nessuna traccia, era tutto in pietra grigia e mattoni. Non potevamo fare altro che capitolare, di lì avremmo tirato fuori ben poco.

– Una meravigliosa escursione, e un meraviglioso buco nell'acqua, – disse Garzón, tornando alla macchina.

– Il segreto è segreto finché non viene svelato.

– Cosa sta dicendo, è una formula esoterica?

– No, voglio dire che potevamo aspettarci ben poco

da un posto simile, ma adesso lo abbiamo visitato e sappiamo che è lì; poi, chissà che la nostra visita non faccia precipitare qualche evento.

– Sì, stanotte bruceranno tutta la marijuana che tengono sotto il letto, dovessimo mai tornare con i cani. Il fumo arriverà fino al paese, perfino il sindaco si stonerà.

L'unico sistema per tirarlo fuori dal suo malumore fu proporgli di fermarci per pranzo prima di arrivare a Ulldecona. Accettò, apparentemente placato.

Il tratto costiero che va da Tarragona a Vinaroz gode di ottima fama gastronomica, e sono moltissimi i ristoranti di lusso che a mezzogiorno si riempiono di uomini d'affari. Ci fermammo a Sant Carles de la Ràpita e scegliemmo uno dei posti più rinomati. Pensai che a Coronas sarebbe venuto un colpo vedendo la nostra nota spese, ma da quando ci occupavamo di problemi spirituali le sue imprecazioni non mi facevano più paura, ero superiore a queste cose.

Il ristorante era affollato di uomini in giacca e cravatta che si riunivano a pranzo per parlare di lavoro. Garzón ed io eravamo in netto contrasto con l'ambiente, ma questa non era una sensazione nuova, ero sempre stata consapevole di formare con lui una strana coppia. Ma il mio vice sembrava non badarci, tanto meno quando sul nostro tavolo cominciarono a moltiplicarsi appetitosi vassoietti con le delizie del mare. Il mio collega entrò in una delle sue estasi cui il tantrismo non avrebbe potuto aggiungere nulla.

– Ha assaggiato questi calamaretti, Petra? Sono più di quanto un uomo per bene possa concedersi. Entrerei in qualunque setta se mi promettessero che potrei mangiare così tutti i giorni.

– Lo dice sul serio?

Strappò la polpa di una cozza dalla sua valva prendendola fra le labbra carnose.

– Forse sto esagerando, ma le confesserò che quando ho visto l'atmosfera di pace e di ordine che regnava in quella Comunità Arcobaleno... Non le negherò che entrare in un mondo dove tutto funziona e non hai altro problema che piantare pomodori... dev'essere piacevole.

– Sì, questo è il miraggio della pace quotidiana. Credo che tutti ne siamo vittime. Io stessa, quando andai da padre Villalba e vidi in quale ambiente di serenità e di studio vivesse... be', mi venne la fantasia che, se fosse stato un pastore protestante, mi sarebbe piaciuto essere sua moglie.

– Cavoli! – esclamò Garzón, genuinamente sorpreso. – E che cazzo ci farebbe lei sposata con un prete?

– Niente di particolare, organizzerei merende per i poveri e distribuirei tazze di cioccolata calda. La sera mi ritroverei con mio marito davanti al caminetto e gli preparerei una tazza di tè.

– Non riesco a immaginarmela in mezzo a tutte quelle tazze per un'intera giornata.

– Ma nemmeno io la vedo a piantare pomodori.

– Se non altro all'Arcobaleno passerei tutte le notti a praticare il sesso libero e puro.

– E cosa crede che farei io? I pastori hanno fama di essere molto voraci a letto.

– Magari i pastori di capre, perché i protestanti non so se...

Il cameriere interruppe le nostre risate mettendo in tavola una profumata *paella marinera*. Garzón fischiò, con somma soddisfazione, e si accinse a servirmela lui stesso.

– Adesso stiamo scherzando, ispettore, ma le posso assicurare che in tutta questa faccenda la cosa che mi colpisce di più è che ci sia tanta gente affamata di spiritualità, di religione.

– Non ne sia così certo, io credo che si tratti soprattutto di solitudine.

– Solitudine?

– I giovani sono molto soli, Fermín, soffrono pensando che a nessuno importi niente di loro.

– Anche noi siamo soli, ma non per questo ci diamo al misticismo.

– Noi due siamo soli perché lo vogliamo.

– Lei, forse... io no.

Aveva messo su una faccia triste, aveva perfino smesso di mangiare. Senza rendermene conto avevo fatto un passo falso cui potevo rimediare solo cambiando argomento.

– In ogni caso, Fermín, noi tendiamo a credere che le comunità religiose siano esenti dalle debolezze umane, ma non è così. Sono convinta che perfino i monaci trappisti siano soggetti alle piccole miserie della vita quotidiana: bisticci fra di loro, sensazioni di inutilità, invidie... Senza contare che una paella come questa non la vedono di sicuro.

Si strinse nelle spalle, tirò su un'altra copiosa forchettata.

– Può darsi che lei abbia ragione.

– E poi, esistono diversi gradi di coinvolgimento negli affanni del mondo e della carne. Guardi tutti questi signori intorno a noi. Se si ferma un attimo ad ascoltarli si accorge che parlano solo di soldi. Almeno noi siamo alla ricerca di cose più originali.

– Come per esempio?

– Come per esempio far luce sulla verità.

– E star dietro a un fantasma col casco.

– E a un bel mazzetto di uccelli tagliati.

– Questo sì che è originale.

Le sue risate da basso profondo risuonarono in tutto il ristorante. Le nubi di tristezza erano state ancora una volta dissipate, e così continuammo fino al caffè. Quando uscimmo in strada, si era instaurata fra noi la tipica euforia postprandiale, e continuammo il viaggio di ottimo umore.

Alle quattro del pomeriggio arrivammo alla cava di pietra bianca, situata proprio sulla provinciale, e chiedemmo del responsabile, che subito ci ricevette. Avevamo poco da domandargli, volevamo solo che ci fornisse una lista dei suoi clienti dell'ultimo anno. Sembrava davvero felice che la polizia di Barcellona chiedesse la sua collaborazione e questa volta non dovemmo lottare contro alcuna reticenza, bensì contro una viva curiosità. Alla fine, Garzón si tolse d'impiccio dicendogli che il caso di cui ci occupavamo era assolutamente segreto, e il pover'uomo si dovette adeguare. Si mise al computer, entrò nel programma di gestione dell'azienda, aprì la lista delle vendite e cominciò a stamparla dalla data che gli avevamo richiesto. Nel frattempo, mi informò che, se eravamo in cerca di qualche piccolo cliente, sarebbe stato quasi impossibile trovarlo lì. La cava accettava solo grandi ordinazioni; chi aveva bisogno di un quantitativo ridotto si rivolgeva a diversi magazzini di materiale da costruzione riforniti da loro.

– E questi rivenditori non hanno i dati dei clienti?

– Hanno un registro di cassa, dove però non figura né il nome né l'indirizzo.

– Capisco.

– L'unica cosa di cui potete essere sicuri è che il cliente non può trovarsi oltre un raggio di cento chilometri.

– Perché?

– Perché trasportare la pietra più lontano non conviene, il trasporto costerebbe più del materiale, e insomma, la nostra è una bella pietra, ma non al punto da essere richiesta a qualsiasi prezzo. Volete vederla? Venite, ve la mostro. È interessante.

Ci condusse fra cataste di grandi lastre che spandevano tutt'intorno un fine pulviscolo. Si chinò e ne raccolse un pezzo rotto. In effetti, un'infinità di minuscole conchigliette fossili dai contorni chiaramente identificabili era parte integrante della pietra. Indubbiamente la stessa da cui proveniva il nostro campione. Prima di andarcene, però, gli chiesi di lasciarmene un campione, il quale, insieme alle liste degli acquirenti, avrebbe costituito il nostro ricco bottino. Poi ce ne andammo lasciandolo felice e pieno di interrogativi.

Una volta che ci fummo rimessi in strada, Garzón non sembrava affatto contento.

– Lo vede, ispettore? Chiunque potrebbe comprare un piccolo quantitativo di quella pietra in un magazzino di materiali da costruzione. È stato inutile venire fin qui.

– Se fosse come dice lei il mio corrispondente non ce l'avrebbe mandata come indizio significativo.

– E cosa diavolo vuole che ce ne facciamo di questa lista dei clienti? Andiamo a trovarli uno per uno? Ce n'è una bella sfilza.

– Vedremo solo quelli della provincia di Tarragona, non dimentichi il timbro sul pacco. E guardi se fra gli acquirenti figura la Comunità Arcobaleno.

Brontolando, scartabellò mentre io stavo attenta alla strada.

– No, non c'è. E nemmeno sotto il nome della psicologa. È una lista che non finisce più, ispettore, questa benedetta pietra ne ha di successo. Mi dica lei cosa possiamo fare? Ci sono perfino degli stranieri che devono essersi fatti la villa da queste parti. Guardi qui: Jean-Pierre Dolman, James Wood... E perfino un russo! Sergej Ivanov... Mi dirà lei da dove cazzo cominciamo! E poi, cosa gli andiamo a chiedere? Per caso lei ha castrato dei ragazzini e gli ha fatto una bella lapide in pietra con fossili? Questa pista investigativa è assurda, ispettore! Non possiamo fidarci del suo corrispondente, come lo chiama lei!

– Non mi faccia arrabbiare, Garzón, si limiti a obbedire.

Gli uscì una maledizione a voce bassa, probabilmente rivolta a me; ma poi, forse cullato dai suoi stessi brontolii, finì per addormentarsi e mi lasciò in pace. Relativamente in pace, perché non appena mi ritrovai sola con i miei pensieri mi resi conto che forse aveva ragione: quella faccenda stava assumendo l'aspetto di un'immensa follia da cui per il momento nessuno poteva dire come saremmo usciti.

Una volta in ufficio mi informai sugli scomparsi o sui cadaveri della giornata, e poiché la risposta fu come sempre negativa, mi misi a lavorare alla lista clienti della cava. Erano un mucchio di nomi e indirizzi che a tutta prima non significavano niente. Li esaminai, tuttavia, con pazienza certosina nella speranza che si accendesse qualche luce imprevista. Fu allora che mi avvisarono di una telefonata. Era Pepe. Me ne stupii moltissimo, perché nemmeno quando eravamo sposati mi chiamava in commissariato. Riconobbi subito la sua voce, che mi parve meno giovane di quanto la ricordavo.

– Petra, è successa una cosa strana che poi magari è normalissima.

– Non ti capisco.

– Sì, ecco, è venuto un pony express all'Efemérides e ha portato una busta per te.

– Come?

– Sì, un pony con una busta a tuo nome. L'ha ricevuto Hamed e gli ha detto che tu non lavoravi qui, ma il ragazzo ha risposto che gli avevano detto di fare così e l'ha lasciata lo stesso. Ci siamo un po' stupiti, ma neanche poi tanto: potevi aver lasciato questo indirizzo per qualche ragione.

– Com'era questo pony?

– Io non l'ho visto.

– Di che ditta era?

– Aspetta, vado a chiamare Hamed, lui ti spiegherà.

– No, non è il caso; sarà meglio che venga io.

Mi precipitai nell'ufficio di Garzón e ci mettemmo in macchina come se dovessimo correre a spegnere un incendio. Per tutto il tragitto il viceispettore si rifiutò di ammettere i miei sospetti.

– Può essere una stronzata qualunque.

– Non dica fesserie. Vuole scommettere che si tratta del nostro caro ragazzo col casco? Ci gioco quello che vuole che non se lo è tolto neanche per parlare con Hamed. Vedrà, nella lettera ci darà un'altra indicazione. Non l'ha portata a casa mia perché ha capito che è sorvegliata.

– E perché non l'ha mandata per posta, allora?

– Non lo so, Fermín, la pianti di assillarmi.

Disgraziatamente non avevamo stabilito cosa giocarci, perché la testimonianza di Hamed mi fece vincere la scommessa. Il pony express era un ragazzo giovane, alto e magro, che non si era tolto il casco per tutto il tempo. Osservavo la busta che avevo in mano senza avere il coraggio di aprirla, mentre gli occhi di Pepe, di Hamed e del viceispettore erano fissi su di me.

– Vorrei aprirla in privato, – dissi. Il mio ex marito e il suo socio se ne tornarono dietro il bancone con una certa aria offesa. Strappai la busta con dita esitanti.

Dentro c'era un foglio piegato a metà. Lo aprii e lessi un succinto comunicato consistente nella parola «no» ripetuta tre volte: «NO, NO, NO!». La scrittura imitava i caratteri a stampa e il tratto era fermo; la biro aveva quasi perforato la carta. Chiamai di nuovo Hamed.

– Non ti ha fatto firmare una ricevuta?

– Veramente no.

– E non ti è parso strano?

– Non ci ho neanche pensato. Non c'è più niente che mi sembri strano da quando lavoro qui dentro.

– A che ora è arrivato?

Ci pensò su un momento.

– Verso le quattro. Stavo lavando i piatti del pranzo quando è arrivato. Pepe era sceso in cantina.

– Ti ha detto qualcosa di particolare? Era nervoso? Hai notato qualcosa di particolare?

– Per niente. Mi è parso un normalissimo pony express e praticamente non ha parlato.

Tornai da Garzón.

– Si rende conto? Noi siamo arrivati alla sede di Arcobaleno all'una e mezzo circa e ci siamo rimasti poco più di un'ora. Sono convinta che il ragazzo ci abbia seguiti fino ad Alcover e ci abbia visti entrare, però non ha aspettato che uscissimo, quindi non poteva sapere che abbiamo proseguito fino alla cava. Lui è tornato subito a Barcellona e ha consegnato il biglietto. Per questo non l'ha mandato per posta, perché lo ricevessi immediatamente: vuole che sappiamo che quel «no» riguarda l'ultima mossa che abbiamo fatto. Con questo biglietto ci sta dicendo che il caso non ha niente a che vedere con la Comunità Arcobaleno, ma non può riferirsi anche alla cava. Per una semplice questione di tempo.

Garzón scosse nervosamente la testa, e mi fece segno di calmarmi.

– Per favore, ispettore, per favore, metta il piede sul freno perché vedo che stiamo uscendo di strada. Mi può spiegare perché continuiamo a star dietro a questo fantasma qualunque cosa faccia?

– Lei vede forse un'altra strada da percorrere?

– Ma, Petra, lei è una donna razionale, perfino materialista, crede che tutto questo abbia un senso? Che ragione c'è perché un tale che cerca con ogni mezzo di metterci sulla strada giusta si limiti a mandarci monosillabi e pezzetti di qualcosa dentro un pene? Non crede che la cosa sia sufficientemente grave perché la smetta di giocare?

– E che cavolo ne so io! Dovrebbe chiederlo a lui. Avrà pure qualche motivo per agire in questo modo. O magari no. Se l'è già dimenticata la sua teoria del pazzo solitario?

– Pazzo, va bene; ma pazzo, intelligente e capace di prenderci per il culo è troppo. L'ho già vista alla televisione questa storia. C'era un film dove l'assassino lasciava indizi alla polizia per metterla in scacco. Sceglieva versetti della Bibbia che avessero qualcosa a che fare con i crimini. Una buffonata, nessuno ci crederebbe.

– Mi sta facendo venire i nervi, viceispettore. Che lei abbia visto un telefilm inverosimile non significa che a volte la realtà non contenga elementi irrazionali. Crede che questo sia un caso normale? È normale ricevere dei peni che non appartengono a nessuno? O anche questo me lo sono inventato io?

– Non dico che se lo sia inventato lei, ma io sul groppone ho trentacinque anni di servizio, trentacinque, ispettore! E non ho mai visto dei delinquenti rischiare la pelle solo per divertirsi.

– Con questo vuol dire forse che sono una principiante che si lascia infinocchiare da chiunque, vero?

– Non ho detto questo.

– Però lo pensa, o no?

– Con tutto il rispetto, ispettore, se lei non fosse il mio superiore diretto e non si trattasse di una questione di servizio, lo sa cosa farei?

– Cosa?

– Infilerei quella porta e non tornerei finché non si decide a prendere sul serio quel che le dico.

– Perfetto, non voglio trattenerla, vada pure, e faccia il favore di richiedere una perizia grafologica su questo stupido biglietto che non significa niente, e un confronto con tutto ciò che ha scritto in precedenza questo individuo che non esiste e che non sta cercando di dirci un tubo di niente, ha capito?

– È un ordine?

– Caspita, grazie all'esperienza di trentacinque anni di servizio ha indovinato!

Garzón si alzò, con le orecchie di brace, e in pochi passi decisi varcò la porta del bar. Non salutò nemmeno Pepe e Hamed, che lo guardarono dal banco con aria allibita. Io rimasi al mio tavolo nell'angolo, arrabbiata e immusonita come se i denti si fossero messi a farmi male tutti insieme. Si avvicinò Pepe, timoroso.

– Cos'è successo?

– Una piccola divergenza.

– Già. Garzón aveva un diavolo per capello.

– È un intransigente e un testone.

– E tu?

– Io sono una stupida, Pepe, tu mi conosci. Al minimo disaccordo gli sbatto in faccia che chi comanda sono io, e poi me ne pento.

Si allontanò senza dire una parola e tornò all'istante con una bottiglia di Porto. Si sedette vicino a me e mi riempì il bicchiere. Anche se non era molto tardi, fuori era già scuro. A quell'ora il bar era vuoto e le luci erano basse. Bevemmo in silenzio.

– Ti riesce ancora così difficile riprenderti da un'incazzatura?

Lo guardai allarmata. Un ampio sorriso mi indicò che non vi era traccia di vecchi rancori nella sua domanda. Mi rilassai.

– Incazzature, discordie, ripicche, riconciliazioni, guerre sotterranee... Non si finisce mai.

– Sempre ottimista, tu.

– Perche? Tu lo sei, forse?

– Sono giunto alla conclusione che la felicità consiste nel non domandarti mai se sei felice.

Il suo volto, come il suo corpo, aveva perso l'aria infantile che gli conoscevo e aveva acquistato la consistenza della maturità. Anche la sua voce suonava diversa, come le sue parole. Mi ricordai di quando era mio, quando ogni mattina scoprivo con sorpresa e paura la sua gioventù al mio risveglio. Mi domandai come avessero potuto spazientirmi gli allegri difetti propri della sua età: il disordine, la voglia di scherzare, un'incoscienza piena di progetti... Forse sarebbe stata solo questione di aspettare un po', di lasciar fare alla lenta metamorfosi imposta dal tempo. Mi parve di vederlo mentre si rivestiva dopo la doccia, il torace muscoloso, il modo infantile con cui cacciava la maglietta dentro i pantaloni... Credo che in quel preciso istante mi sarei rotolata sotto il tavolo con lui. In compenso lo baciai sulla bocca, asciutta e calda, accogliente e decisa. Pepe corrispose al mio impulso famelico e ci succhiammo l'anima, piena e tattile dentro di noi. Nel vapore ubriaco del bacio udii una porta che si chiudeva e mi voltai. Hamed era scomparso in cucina, per non essere testimone di scene impreviste. Mi staccai dal corpo di Pepe, cercai di rientrare nella realtà, di cancellare il desiderio che mi invadeva, che mi dava il capogiro, che mi feriva.

– Pepe, devo andare.

– Non è vero.

– Però me ne vado.

Mi alzai con uno sforzo sovrumano, come se tutto il mio corpo lottasse per restare lì, rallentando i miei movimenti, rifiutandosi di affrontare il freddo dell'assenza di un altro corpo. Uscii dall'Efemérides senza fiato, cercando soltanto di ritrovare i piccoli gesti della normalità: ricuperare le chiavi della macchina nella borsa, ricordarmi di come si avvia un motore. Ogni atto che mi allontanava di lì era difficile, doloroso, assurdamente contro natura. Il dolore fisico provocato dall'interruzione violenta del desiderio è palpabile, reale, atroce, e si accompagna a una gran sofferenza psichica. Ma la cosa più terribile è che non c'è antidoto né palliativo; non si può fare altro che sgranare mentalmente una serie di ragionamenti prudenti e crudeli. Ci provai: impegolarmi in una nuova relazione fisica con Pepe sarebbe stata una follia, ci mancava solo questo, un'inutile complicazione, una fonte inesauribile di malintesi, e poi cozzava contro uno dei miei principi fondamentali: mai voltarsi indietro... Appena arrivata a casa, a completamento della terapia d'urto mi feci una doccia e cercai di prendere sonno sul sofà. Dormire, dormire, dormire, fare l'amore con lui sarebbe stato un errore fatale, una sciocchezza, dormire... Ma nel centro esatto del mio corpo c'era ancora un pozzo profondo e vivo che avrebbe potuto assorbire l'oceano.

Quando il suono del telefono mi svegliò la mia autosuggestione ipnotica era ormai così profonda che non sapevo più chi fossi, né da dove venissi e, meno ancora, di chi fosse la concitata voce che udii.

– Ma, chi parla? – domandai senza comprendere.

– Come, chi parla? Sono io, ispettore, Garzón. Si sente bene?

Staccai un attimo il ricevitore dall'orecchio e cercai di rimettermi seduta.

– Sì, Garzón, aspetti un minuto –. Passai quel minuto in silenzio, a ricomporre la mia presenza nel mondo. – D'accordo, Garzón, è lei. Cosa c'è?

– Ma Petra, è sicura di sentirsi bene?

– Sì, Garzón. Miseria! Non posso nemmeno assopirmi un momento! Cosa succede?

– Ispettore, qualcosa di molto importante. Hanno trovato un ragazzo morto in una discarica.

– E allora?

– Ha il pene amputato, ispettore; insomma, voglio dire che non ce l'ha... Sarà meglio che venga immediatamente in commissariato, la aspetto qui.

Dalle parole concitate del mio collega mi ero fatta una vaga idea della raccapricciante realtà, di cui mi resi pienamente conto soltanto quando fui in commissariato, grazie alle sue spiegazioni e a quelle di Coronas. Il giorno precedente era stato rinvenuto il corpo di un giovane, di circa ventidue anni, privo di documenti. Non presentava segni visibili di violenza. Il magistrato e il medico legale avevano fatto un sopralluogo nella discarica, lungo l'autostrada A-19, e avevano proceduto al prelevamento del cadavere, subito trasferito all'Istituto di Anatomia. Lì, in seguito a un esame sommario, era stato constatato che il corpo mancava di pene. Coronas era stato informato subito della faccenda, e poi Garzón, dopo di che quella notizia era giunta ai miei sonnolenti orecchi, che a quel punto si erano completamente svegliati.

Un cadavere, la prima prova macabra e inequivocabile che ci trovassimo di fronte a un caso di omicidio, probabilmente multiplo. Non era un cadavere quello che cercavamo? Bene, eccolo lì; solo che vederlo non era molto piacevole. Era un ragazzo alto, piuttosto corpulento, dai capelli biondi e dall'espressione innocente, se si può dire che un morto abbia espressione. Il dottor Montalbán, cui avevano deferito il corpo, ce lo mostrò con volto grave. Poi, con un energico strattone scostò il lenzuolo che lo copriva e vedemmo la sua cerulea nudità. I nostri occhi non riuscivano a staccarsi dai genitali incompleti che, come ogni amputazione vista direttamente, risultavano raccapriccianti.

– A quanto ho potuto osservare, la ferita chirurgica è fresca. È stata praticata con una tecnica simile a quella delle amputazioni precedenti; non ci sono segni di emorragia né di un'infezione che abbia potuto trasmettersi attraverso il sangue.

– Da quanto tempo è morto?

– Da quasi ventiquattro ore. Dev'essere avvenuto poco dopo la castrazione; i punti sono recenti.

– Come è morto?

– Questo non potrò dirlo finché non avrò fatto l'autopsia, e ci vorrà un po' di tempo. Ne ho un altro di cui occuparmi.

Rimanemmo d'accordo che saremmo tornati più tardi, e nel frattempo andammo sul luogo del ritrovamento. Il commissario Coronas aveva mandato degli agenti a rastrellare i dintorni. Lui stesso sovraintendeva all'operazione.

– C'è qualcosa di nuovo? – gli domandò Garzón.

– Non hanno trovato niente per il momento, ma sembra che abbiano già stabilito in che modo il corpo è arrivato fin qui. L'hanno fatto rotolare giù dal sentiero che corre lungo il ciglio dell'autostrada, ed è rimasto lì finché un operaio della manutenzione stradale non l'ha visto da lontano. Non ci sono quasi tracce di trascinamento, per cui devono avere fermato la macchina proprio sul ciglio della scarpata.

Mi misi nel punto esatto indicato da Coronas.

– L'hanno buttato giù da qui?

– Più o meno da lì.

Il punto era circondato da transenne mobili e segnato da un cono stradale. Scesi fin lì.

– Ed è qui che è stato trovato?

– Esattamente.

– È stata esaminata la traiettoria tracciata dal corpo nel rotolare giù?

– Eccola lì –. Coronas indicò una striscia in pendenza dove l'erba era leggermente schiacciata.

– Non ci sono orme di passi in quella direzione? – domandai.

– No, nessuna.

– Commissario, perché il cadavere arrivasse fin qui con un dislivello così poco pronunciato, viene da pensare che l'abbiano spinto con forza, non è così?

– Sembra anche a me.

– Allora devono essere stati in due, forse anche in tre.

– Aspetti, andiamo a chiamare il tenente Segarra, che dirige il sopralluogo e che redigerà il rapporto.

Coronas gliene parlò e il tenente fu d'accordo con me. Sì, due persone erano il minimo indispensabile. Di fatto, la traccia di discesa cominciava a un passo dal ciglio della strada, quindi il corpo, tenuto per le braccia e per le gambe, poteva essere stato per un attimo lanciato in aria prima di cadere.

– Perché pensa che debba esserci stata una terza persona? – mi domandò Garzón.

Io guardai verso il tenente e dissi con umiltà:

– Se non sbaglio, nulla lascia supporre che il corpo sia stato posato a terra, o no?

– No, non sbaglia. Giurerei che l'abbiano buttato giù senza fargli toccare terra nemmeno per un istante. Il ciglio della strada non è asfaltato, e si vedrebbe.

– Allora, non dovrebbero essere stati due uomini capaci e molto robusti per fare una cosa del genere? Muovere un corpo non è facile, e il cadavere che abbiamo all'obitorio è molto voluminoso.

– Quel che dice l'ispettore Delicado non è da escludersi; in tre avrebbero potuto farlo più facilmente e senza lasciare traccia.

Coronas assentì.

– Molto bene, signori, continuate di questo passo; io devo tornare in commissariato. E, a proposito, se compare un giornalista, voi state cercando funghi, okay?

– Mi dà fastidio che dica okay, – borbottò Garzón mentre lo guardava allontanarsi. – Manco fosse un ragazzino.

Lo osservai con incredulità. La mia mente era lontana dalle sue parole, da quelle del commissario. Soffiava un vento umido e il fragore dell'autostrada era assordante. Le torce degli uomini che battevano la campagna davano all'insieme un'aria irreale. Un fremito mi percorse la schiena.

– Crede che ne avranno ancora per molto con questo sopralluogo?

Garzón guardò l'orologio.

– Di sicuro continueranno domattina, con la luce del

giorno, ma noi possiamo andarcene quando vogliamo, c'è già Segarra a dirigere le operazioni.

– Sì, la prego, non ne posso più di questo posto.

– Torniamo all'Istituto di Anatomia.

– Prima fermiamoci in un bar: ho bisogno di bere qualcosa.

Il nostro punto di ristoro fu un buco senza neanche i tavolini per sedersi. Un paio di clienti al banco ci guardarono senza il minimo interesse. Provai a scaldarmi il cuore con un whisky, e Garzón mi imitò. Avevo il morale a terra dopo essere stata in quel posto così orrendo. I dintorni delle autostrade mi hanno sempre fatto un'impressione desolante. E poi, vedere un ragazzo così giovane senza vita... e quella castrazione... Ma in questo Garzón non mi seguiva: parlava del macabro ritrovamento come se avessimo vinto la lotteria di capodanno.

– Bene, adesso è tutta un'altra cosa, ispettore, con un bel cadavere possiamo andare avanti.

– Miseria, Garzón, certo che lei ha una sensibilità...!

– Non mi fa piacere che sia morto, ma sono contento che sia saltato fuori. Lei pensa forse che sia l'unico? Agli altri peni corrispondono altrettanti cadaveri. E li troveremo, è solo questione di tempo. Per il momento, dobbiamo identificare questo qui e vedere qual è la causa diretta della morte. Poi, tutto andrà da sé.

– La vedo più entusiasta di un corvo a un funerale.

– Almeno abbiamo un punto fermo da cui partire. Non saremo più alla mercé di quel fantasma.

– Non dimentichi che quel fantasma è probabilmente l'assassino.

– Bene, adesso gli daremo la caccia seguendo le nostre piste e non le sue.

– A meno che il ragazzo che giace all'obitorio non sia il fantasma in persona.

– Se il fantasma è lo stesso che le porta i messaggi col casco in testa, allora non è lui. I due testimoni hanno detto che era magro.

– Ho una gran paura che Hamed dovrà dargli un'occhiata per cercare di riconoscerlo.

– Può servire, ma si farà molte domande.

– Be', che se le faccia pure; noi non risponderemo.

– Ha paura che Pepe vada a raccontare tutto alla sua giornalista?

– Sinceramente, sì.

– Lei è troppo rigorosa; gliel'ho già detto l'altro giorno che è pur sempre stato suo marito.

– Guardi, Fermín, gli amori del passato contano solo quando quelli del presente non funzionano, e non mi pare questo il caso di Pepe. Glielo dice una che ha già liquidato due mariti.

– Non faccia la donna fatale.

– Mi sarebbe tanto piaciuto esserlo. A volte penso che la mia autentica vocazione sarebbe fare strage di cuori fumando da un chilometrico bocchino d'avorio.

Garzón scosse la testa, fra l'indignato e il divertito. In fondo gli piaceva che le sparassi grosse, soprattutto quando entrava in gioco l'amore.

– Quando avremo finito ad Anatomia possiamo andare a cena all'Efemérides e dire a Hamed che lo aspettiamo per domattina.

– No, meglio che ci vada lei da solo.

– Perché?

– Per ragioni che non è il caso di spiegare, oggi preferisco non andarci.

Un mistero in più per il mio collega; non mi avrebbe creduta se gli avessi detto che anche per me era difficile decifrarlo.

Non volli assistere all'autopsia del nostro giovane cadavere; sarebbe stato troppo per me. Garzón, più avvezzo di me a quelle piacevolezze, entrò in sala col dottor Montalbán. Li aspettai in corridoio, cercando di far combaciare sgradevoli divagazioni. Castrare un uomo era una vendetta crudele. Per la prima volta mi balenò l'ipotesi di un motivo omosessuale, ma forse questo avrebbe potuto essere determinato dall'autopsia. Gli abiti che il ragazzo aveva addosso quando era stato trovato indicavano l'appartenenza a una classe sociale media, forse alta, e un gusto vicino a quello che poteva caratterizzare uno studente oppure un giovane manager nel tempo libero. Perché castrare qualcuno, perché? Era molto più irrazionale che ucciderlo e basta. Il silenzio mi aveva messo sonnolenza; dovevo abbandonare le congetture, lasciarmi trasportare. Quando riaprii gli occhi, Montalbán mi stava guardando con aria paterna.

– Siamo un po' stanchi, non è vero, ispettore?

– È il mio stato naturale, – risposi, cercando di riprendermi.

Accanto al medico c'era Garzón, forse un po' più pallido del solito. Il primo ci fece entrare nel suo ufficio e, senza nemmeno chiederci se lo desiderassimo, mise tre bicchierini nella macchinetta. Mentre il caffè scendeva, interrogai con lo sguardo il viceispettore, che rimase inespressivo come un mimo a riposo. Non riuscii a resistere oltre alla curiosità.

– Di cosa è morto quel ragazzo, dottore?

Credetti di percepire una certa teatralità nella risposta del medico.

– Mi crederebbe se le dicessi di morte naturale?

Mi ripresi del tutto.

– Cosa intende dire?

– Intendo dire che non è stato riscontrato altro che un arresto cardiaco. Non vi sono segni di violenza né di intossicazione...

– Allora?

Riprese i suoi modi da senatore romano nel foro.

– Ma... ma... c'è sempre un ma, lo sa bene anche lei, non stiamo parlando di un cadavere normale, ma di quello di un uomo orribilmente mutilato. Questo, come ho già detto a Garzón, cambia le carte in tavola e mi fa sospettare che il ragazzo sia morto sotto i ferri. Il motivo del mio sospetto? La cicatrice. Appare evidente che è stato richiuso male, che gli hanno dato quattro punti di catgut alla svelta, cosa che avrebbe senso solo se quello che stavano cucendo era già un cadavere. Perché perdere tempo?

– C'è modo di confermare la sua teoria?

– Certo. Ho estratto dei campioni di sangue da analizzare, e poi ci sarà l'esame dentale per l'identificazione. Avrete tutto domani.

– Il ragazzo era omosessuale?

– No, non vi sono segni che lo fosse.

– Ha fatto qualche scoperta che possa essere significativa?

– Tutto sembra indicare che si trattasse di un ragazzo sanissimo e normale. Non ha nemmeno una cicatrice di precedenti interventi.

Aspettò in silenzio che avessi finito di riflettere.

– Quel che le ho detto la delude, ispettore?

– Non lo so, dottore, non lo so; sono confusa. Se il ragazzo è stato castrato chirurgicamente per qualche motivo, perché non l'hanno seppellito o non hanno cercato di nasconderlo meglio?

– Non è così facile, senza essere visti, – intervenne per la prima volta Garzón; – anche se probabilmente il vero motivo era la fretta. Qualcuno o qualcosa li incalzava o avevano paura di essere scoperti.

– Può essere.

Rimandammo le conclusioni al mattino seguente.

– Bisogna che cominciamo a lavorare all'identificazione.

Garzón, che camminava accanto a me, si fermò di colpo.

– Mi spiace, ispettore, ma bisogna pur cenare, e anche dormire, riposare; le ricordo che non è stata una passeggiata per me là dentro.

– Sì, mi scusi, ha ragione, quel ragazzo sarà lì anche domani.

– È sicura che non vuole venire all'Efemérides?
Gli sorrisi mentre mi allontanavo: era divertente vedere come si dibatteva fra la curiosità e la discrezione.

6

Identificare il nostro cadavere fu più facile di quanto credessimo. Ventiquattr'ore dopo il ritrovamento fu sporta una denuncia di scomparsa che poteva coincidere. Un giovane studente universitario mancava da casa da un giorno e mezzo. La descrizione fisica e del vestiario sembrava concordare. Chiamammo i genitori in commissariato. Non avevo mai passato cinque minuti peggiori di quelli. Era una coppia sulla cinquantina, entrambi ben vestiti, dai modi discreti e dall'espressione grave. Fu il padre, cardiologo, a parlare per tutto il tempo, senza mai mollare il braccio di sua moglie. Fu sempre lui a venire all'obitorio e, superando l'orrore, a riconoscere il morto come suo figlio Esteban. La moglie era rimasta fuori, tremante, e non appena lo vide ricomparire intuì la tragica realtà. Si abbracciarono in silenzio e soffocarono i singhiozzi dell'uno sul petto dell'altro. Due vite forse placide e tranquille finivano lì. Garzón ed io ci tenemmo a una certa distanza senza sapere cosa dire. Contemplavamo impotenti l'amarezza, l'inermità, la vastità di un dolore che impediva qualunque reazione normale. Capii che non era il momento di parlare, di modo che l'interrogatorio fu rimandato al giorno seguente. Un giorno che fu lungo e triste, ore e ore in cui qualunque desiderio di sapere fu eclissato dal nostro rispetto per il dolore. Una volta tanto cercammo di essere sbirri dal volto umano.

Lo stato d'animo del dottor Riqué non era migliorato di un filo quando, trascorse le ventiquattro ore, si ripresentò in commissariato a dichiarare. Ma almeno aveva ritrovato la capacità di capire quel che stavamo dicendo. Non ci aspettavamo nulla di straordinario dalle sue dichiarazioni. Servirono almeno a farci sapere che Esteban aveva ventitré anni, faceva il quarto anno di medicina, era il quinto di sette fratelli e, per quanto risultasse alla famiglia, il suo comportamento e il suo carattere potevano considerarsi perfettamente normali. Per saperne qualcosa di più sulla vita intima del ragazzo fu necessario ricorrere a una delle sorelle, quella che andava più d'accordo con lui. Grazie alla sua testimonianza, apprendemmo che non aveva molti amici per via del suo carattere introverso. Constatammo, inoltre, una cosa di cui avevamo già avuto sentore: i Riqué erano credenti e avevano dato ai figli quella che si definisce una solida educazione religiosa. Di fatto, tutti loro facevano parte o avevano fatto parte di qualche gruppo cattolico giovanile che si dedicava alla preghiera e ad attività sportive ed escursionistiche. Tuttavia, la ragazza dichiarò che suo fratello da molto tempo non ci andava più.

– E come passava il tempo libero? – domandai.

Si strinse nelle spalle come se quello fosse chiedere

troppo. Dopo un momento, disse, senza molta convinzione:

– Usciva con i suoi amici, andavano al cinema, andavano da qualche parte… non so, quello che fanno tutti. Stava poco in casa.

– Aveva una ragazza?

– Che io sappia, no.

– Hai qualche idea del perché gli abbiano fatto una cosa del genere?

Per tutta risposta si mise a piangere. Comprensibile, come lo è il fatto che a quell'età un ragazzo non sia controllabile nella sua vita quotidiana. Se non altro la famiglia ci aiutò a mettere insieme una lista minima delle sue amicizie. Comunque, quel primo avvicinamento bastò al viceispettore per elaborare tutta una teoria.

– Sono convinto che sia stato un prete a mandarlo al Creatore.

– Per favore, Fermín, non si metta a fare l'anticlericale da osteria!

– Ha sentito quel che ha detto la sorella? Quel ragazzo frequentava un gruppo giovanile cattolico e un bel giorno non c'è più andato. Sarebbe così assurdo pensare che il motivo dell'abbandono siano state le molestie sessuali di qualche sacerdote?

– Ma Garzón!

– Ci sono centinaia di casi! Poi il ragazzo l'ha minacciato di dire tutto e…

– E il resto dei peni?

– È un pazzo che vive al riparo della tonaca.

– Non avrei mai pensato di dover difendere il clero; ma davanti alla sua tendenziosità... Comunque non è questo che mi fa orrore, ma l'assoluta mancanza di solidità della sua ipotesi.

– Be', se non è così sarà qualcosa di simile, quanto ci scommette?

Rinunciai a capire Garzón e i suoi traumi religiosi per concentrarmi sull'unico elemento che mi era parso significativo di quanto era emerso fin lì: Esteban Riqué era studente di medicina. Lì sì che c'era un aggancio con qualcosa che già sapevamo. Uno studente di medicina poteva essere in grado di amputare un pene e poi suturare la ferita; o almeno rientrava in un contesto dov'era pensabile un'azione simile. Capii che ci aspettavano giorni di intenso lavoro, perché non solo avremmo dovuto interrogare il resto della famiglia e gli amici, ma avremmo dovuto estendere il raggio delle indagini ai compagni di facoltà e perfino ai docenti con cui il morto era entrato in contatto.

La mia deduzione si rivelò esatta. Intanto, prima che il cadavere fosse sepolto, chiesi a Hamed di andarlo a vedere. Poteva essere lui il pony express che era venuto a portare la lettera? Il povero Hamed non era preparato a un'esperienza di quel genere. Balbettando, esitante e fortemente impressionato, riuscì solo a dire che forse la statura e la corporatura erano simili; ma non si sarebbe mai azzardato a fare affermazioni più precise, trattandosi di qualcuno che non si era mai tolto il casco per parlare con lui. Non era molto; ma nemmeno mi aspettavo di più. Così come non avevo riposto grandi aspettative negli altri fratelli di Esteban. Quando succede qualcosa gli ultimi a saperla sono sempre i familiari. Questa massima che mi ero appena inventata di sana pianta sembrava sempre più calzante. In primo luogo si trattava di una famiglia numerosa, in cui il controllo dei figli era piuttosto difficile. Oltretutto, per ragioni evidenti, di fronte a genitori con radicati principi religiosi e morali il ragazzo aveva badato a tenere segreta qualunque attività fuori dalla norma.

Che i risultati dell'indagine all'interno della famiglia fossero così scarsi non significava che gli interrogatori avvenissero con poca fatica da parte nostra. Anzi, ne uscivamo distrutti. La ripetizione delle domande, l'emozione dei fratelli, che si manifestava in ciascuno in modo differente, e la difficoltà di interrogarli evitando punti troppo sensibili, creava un'inusitata tensione. Il tutto culminò quando, inevitabilmente, dovemmo parlare con la madre. Dominata da una cerimoniosa rassegnazione, sembrava capace di dire soltanto, con voce assente: «Dio l'ha preso con sé; solo Lui sa la ragione», aiutandoci ben poco a strappare a Dio quel privilegio. Come se non bastasse, l'avvicinarsi del Natale faceva sì che, alla fine di angosciose giornate di lavoro, la città ci attendesse con la sua stupida atmosfera artificiale di luminarie e canzoncine. Non potevamo nemmeno bere un bicchiere al bar senza che ci venissero ricordati la pace e l'amore fra gli uomini; vale a dire, senza che ci venissero raccontate delle palle per motivi puramente commerciali.

– Dove va a passare il Natale? – mi domandò Garzón un pomeriggio, appoggiato al banco del bar.

– All'inferno, e lei?

– Nell'angolo d'inferno che mi lascerà libero.

Scoppiammo a ridere.

– Non mi dica che il Natale le porta brutti ricordi, perché me lo immagino già, – buttai lì con sfacciataggine.

– Ne porta anche a lei?

– Qualunque ricorrenza mi porta brutti ricordi. Ero sempre sposata con qualcuno che adesso non è più con me... non pensa che questo basti?

Le risate di Garzón fecero ondeggiare i festoni intorno a noi.

– Io andavo alla messa di mezzanotte con mia moglie. Porca vacca... Alla messa di mezzanotte! Da non crederci.

Lo fermai prima che si facesse prendere da uno dei suoi attacchi di furia antireligiosa.

– Se devo essere sincera, non credo che farò niente di speciale. Lavorerò un po', mi leggerò un bel libro e me ne andrò a letto.

– Io devo ricordarmi di mandare a mio figlio il solito pacco di torrone. Sono sicuro che potrà trovarlo in qualunque negozio della Fifth Avenue, ma insomma, cosa non si fa per la famiglia!

– La famiglia è una vera rottura di scatole, Garzón.

– Ci può giurare.

– E così la sera di Natale potremo se non altro festeggiare di esserci tolti un peso, non le pare?

– Un peso tremendo.

Affinché l'entusiasmo non si spegnesse cominciammo fin da subito a brindare. Tuttavia, avrei giurato che ci fosse qualcosa di impostato nell'atteggiamento gioioso di Garzón, forse qualche ricordo sepolto nella sua mente. Valentina? Quel che avrebbe potuto essere e non era stato? Io, invece, parlavo con piena convinzione, o forse la mia mente aveva sepolto le sue delusioni sotto strati ancora più profondi. Non avevo nessuna intenzione di verificarlo, potevano benissimo continuare a giacere lì come resti archeologici che nessuno va a cercare.

In effetti Esteban non aveva molti amici, ma individuare i più intimi richiese un po' di tempo. Per questo ci fu utile la collaborazione dei fratelli. Grazie a loro risalimmo ai quattro che vedeva più spesso: tre ragazzi e una ragazza. Uno dei ragazzi studiava anche lui medicina, e fu l'unico che non riuscimmo a rintracciare. Sua madre ci raccontò che, sconvolto per la morte dell'amico, era andato a passare qualche giorno a Cambrils, dove la famiglia aveva una casa in campagna. Ma non era necessario chiamarlo per dirgli di venire, perché sarebbe rientrato in giornata per passare a casa la sera di Natale. Meglio così, perché tutto dava a intendere che fosse il più vicino a Esteban.

La prima cosa che mi colpì nell'interrogare i tre che avevo a disposizione fu l'assoluta uniformità. Erano tutti vestiti uguali e questo non sorprendeva trattandosi di ragazzi così giovani, ma avevano anche abitudini e gusti simili, e parlavano usando perfino lo stesso tono di voce, identiche espressioni e uno stesso gergo. Appartenevano senza dubbio a un ceto sociale elevato che aveva impedito loro con ogni mezzo di entrare in contatto con qualunque realtà che non fosse la propria. Avevano convinzioni religiose non troppo fervide, ma radicate, praticavano diversi sport, uscivano la sera ed erano studenti moderatamente brillanti. Si preparavano per una vita senza sorprese che, per poco che avessero seguito i binari stabiliti, li avrebbe condotti a una tranquilla destinazione.

Nessuno di loro riteneva che Esteban avesse un carattere difficile né che avesse problemi d'alcun genere. Era complicato strappare a quei ragazzi una descrizione caratteriale, perché tutti si limitavano ad affermare che era un tipo «normale»; ovviamente, fra i privilegi del loro ceto non figurava la ricchezza espressiva. Solo la ragazza riuscì ad articolare qualcosa che potesse vagamente somigliare a un ritratto psicologico. Secondo la sua versione, Esteban era molto più introverso di quanto potesse sembrare: taciturno, un po' infantile e con una certa tendenza a reagire cadendo nella depressione. Due anni prima, mi raccontò, aveva rotto con la fidanzata e si era chiuso in casa per diversi mesi, senza nemmeno andare a lezione. Poi gli era passata, fra le altre cose perché a casa sua c'era sempre un tal baccano e una tale confusione, che non era facile isolarsi in un angolo a soffrire e autocommiserarsi.

– Credi che si fosse ficcato in qualche pasticcio?

– Droga o cose del genere? No, nemmeno per sogno, di tutti noi era quello che prendeva più sul serio la fede religiosa; non avrebbe mai fatto qualcosa di immorale.

– E cosa mi dici del suo amico Ramón?

– Quel poveretto è distrutto. Lo vedrà anche lei quando tornerà da Cambrils, anche se non so perché ci sia andato. Lì di certo non si sentirà meglio; ci andava spesso con Esteban a studiare. Non farà che rinvangare vecchi ricordi.

– Era il suo migliore amico?

– Siamo tutti amici, ma le famiglie di Esteban e di Ramón si conoscono da una vita; e poi, loro due erano compagni di università.

– Secondo te si sarebbe potuto dire che la loro amicizia andasse al di là dei limiti abituali?

Mi guardò senza capire. Non potei far altro che mettere da parte gli eufemismi.

– Hai mai pensato alla possibilità che fossero omosessuali?

L'odio che irradiarono i suoi occhi mi perforò; poi fu sostituito dal disprezzo. Non c'era bisogno che pronunciasse una sola parola, nella sua espressione c'era già tutto: io ero la rappresentante di una categoria ignobile abituata a trattare con una feccia più ignobile ancora, e avevo avuto l'ardire di insinuare un dubbio infamante sulla purezza del suo amico.

– Attenta a quello che dice, d'accordo?

Una volta rimessa al mio posto capii che, qualunque enormità fosse accaduta sotto gli occhi di quella ragazza, lei non se ne sarebbe mai accorta, trincerata com'era dietro il muro che proteggeva la sua sicura posizione nella vita. Inorridii pensando che, se dal circolo degli intimi di Esteban traevamo così poche informazioni, cosa non sarebbe stato con i suoi compagni di facoltà, ancora più lontani dal suo mondo? Ci rimaneva comunque un'ultima carta da giocare, il famoso Ramón, che era forse quello che ne sapeva di più. Gli avevamo dato appuntamento per le nove del mattino seguente, e suo padre ci assicurò con gravità che si sarebbe presentato a dichiarare. Gli era stato dato un giorno di tempo per riprendersi psicologicamente, più di quanto non sarebbe stato prudente.

Non ci concedemmo nemmeno una birra a fine giornata. Non eravamo di buon umore. Era possibile tutto in quel diabolico caso, perfino che Esteban fosse il responsabile delle castrazioni e al tempo stesso il mio corrispondente segreto; la domanda sarebbe stata, allora: «Chi ha castrato lui?». Palle, questa non era l'unica domanda; in realtà le domande continuavano ad accumularsi sulla nostra scrivania senza che fossimo capaci di discernere la minima soluzione. Era sempre più lontana l'illusione del cadavere rivelatore: quel corpo mutilato continuava a tenere per sé i suoi misteri.

Dormii inquieta, svegliandomi a tratti con la gola riarsa e la sgradevole sensazione di non sapere dove fossi. Vedevo dalla finestra le luci della strada e ricordavo con irritazione i miei guardiani appostati in macchina. Di tutte le cose che mi erano state imposte dai superiori, quella della scorta continuava a sembrarmi la più stupida. Eppure ero consapevole del fatto che anche le mie decisioni dovevano sembrare stupide agli altri. Di fatto, quello era un mestiere pieno di imbecillità in cui si andava avanti a tentoni sulla base di prove non sempre affidabili. C'erano troppe cose lasciate all'intuizione, al presentimento, alla sorte. Per questo rimanevano tanti casi irrisolti, molti di più di quanti le statistiche possano permettersi di rendere pubblico. Nel dormiveglia intravidi archivi kafkiani snodarsi lungo corridoi interminabili. "Irrisolto", "irrisolto", "irrisolto"... Un'infinità di morti che non invocavano giustizia e le cui anime non vagavano in pena. Orrori taciuti, cominciati e finiti in se stessi, una vergogna in più per il genere umano della quale non si poteva nemmeno cercare una spiegazione. Un archivio pieno di peni senza nome, senza corpo, senza vita. Lo squillo del telefono unito a quell'immagine angosciosa mi fece gridare. Accesi la luce e guardai automaticamente l'orologio: le cinque del mattino; era successo qualcosa. Mi aspettavo di udire la voce del viceispettore, ma alla mia risposta seguì solo un momento di silenzio. Il cuore cominciò a battermi forte.

– Pronto, pronto, chi è?

Il silenzio fu lacerato da qualcosa, forse da un respiro sibilante.

– Chi parla? Pronto.

A quel punto ero già in allarme, percorsa in tutto il corpo da scosse di tensione. Ebbi per un attimo la certezza che avrebbero riattaccato, ma all'improvviso sentii una strana voce:

– Ispettore Delicado, è lei, vero che è lei?

– Sì, sono io, Petra Delicado. Per favore, chi parla?

Un lamento o un ululato, o forse un grido soffocato e pieno di disperazione invase il ricevitore.

– Cosa succede, chi è?

– Non posso parlare, ispettore, non posso.

La voce suonava fra i singhiozzi; era un uomo, probabilmente un ragazzo.

– Perché non può parlare? Cosa succede?

I suoi tentativi di soffocare il pianto sembravano nitriti.

– Le ho mandato un altro pene, ispettore; questa volta ci provi, per favore la supplico, cerchi di scoprire...

Si interruppe.

– Ma chi parla? Cosa devo scoprire? Risponda, per favore!

– Non posso, ispettore, non posso; lei non lo capisce, ma non posso parlare. Non posso, non posso... Ci provi da sola, il pacchetto le arriverà fra poco.

– Possiamo vederci; non è necessario che parli adesso; senta, io...

Era inutile, aveva riattaccato. Stropicciai le lenzuola fra le mani. Telefonai immediatamente in centrale per sapere da dove venisse la chiamata. Due minuti dopo mi diedero la risposta.

– È stata fatta da un telefono pubblico, ispettore, fuori Barcellona, da una località denominata Cambrils.

Avvisai immediatamente Garzón e meno di mezz'ora dopo ci trovammo in commissariato. Gli feci ascoltare la registrazione della telefonata, e dopo averla sentita, lui sentenziò:

– Mi sa che è quel ragazzo, Ramón, ho paura che oggi non si presenterà a dichiarare. È anche lei della stessa idea, ispettore?

– Stessissima. Telefoni a casa dei genitori.

In effetti, il ragazzo non era rientrato la sera prima come previsto. Le telefonate alla casa di Cambrils non ottennero risposta. Un'ora dopo i genitori arrivarono in commissariato. Avevano poco da dire, sembrava temessero che qualcuno stesse cercando di prenderli in giro. Rifiutavano recisamente di allarmarsi e di perdere il controllo, ma in ogni loro gesto e in ogni loro parola era percepibile il panico represso. Loro stessi avevano chiamato tutti gli amici di Ramón chiedendo di lui, ma nessuno sapeva niente. Ci provammo anche noi, senza ottenere migliori risultati. Tutto quanto potevano dire del figlio rientrava nella normalità: era un ragazzo serio, a modo, sensibile e di poche parole. La notizia della morte di Esteban l'aveva molto scosso e aveva chiesto di poter restare da solo per un po', cosa perfettamente comprensibile. Entrambi, tanto il padre quanto la madre, escludevano qualunque possibilità che il figlio fosse coinvolto in faccende poco chiare o dedito all'uso di stupefacenti. Secondo loro doveva esserci una spiegazione semplicissima della sua assenza; tuttavia, io ebbi continuamente l'impressione che nella loro mente stesse germinando l'idea di trovarlo morto.

Fu inutile tentare di convincere il padre a non venire con noi alla casa di Cambrils; non dimostrammo neppure troppa decisione, era nei suoi diritti accompagnarci. Tuttavia, una volta lì, dopo un viaggio teso e silenzioso, dovemmo inventarci una norma del regolamento che gli vietasse di entrare con noi nell'abitazione. Il piano era che rimanesse fuori in compagnia di un paio di agenti, ma subito si presentò la prima difficoltà. Anche se l'allarme era stato disattivato, quando infilammo la chiave ci accorgemmo che la porta era stata bloccata dall'interno con un fermo di sicurezza. Non era buon segno, e questo non sfuggì al padre di Ramón. Garzón e i due agenti sfondarono la porta a colpi d'ascia. Quando quel brutale lavoro fu terminato, impedii col mio corpo che quell'uomo sempre più disperato si precipitasse dentro.

– Aspetti qui, signor Torres, la prego; è la prassi. Fra un minuto la lasceremo entrare.

Con uno sguardo che fu rapidamente captato, ordinai agli agenti di tenerlo d'occhio. Garzón ed io ci addentrammo nel vestibolo.

Era una casa grande, a due piani, con ampie finestre di cui qualcuno aveva aperto le persiane. Il resto della località era praticamente disabitato in quel periodo. Mi avvicinai alla veranda, di lì si vedeva la fermata dell'autobus con cui probabilmente Ramón era arrivato. In apparenza tutto era tranquillo. Ispezionammo il salone, niente di speciale. Sul tavolo c'era un piatto con avanzi di cibo. Garzón ritenne prudente lanciare il primo segnale della nostra presenza.

– C'è qualcuno? C'è qualcuno in casa? – gridò.

La sua voce, rimbombando nell'aria e nel silenzio che seguì, mi diede un fremito.

Entrammo in cucina. Non c'era quasi niente fuori posto, tranne una scatoletta, forse di sardine, aperta sul bancone di marmo, e un paio di bottiglie di birra semivuote. Notai che tutte le finestre erano provviste di inferriate.

– Andiamo al piano di sopra, ispettore? Qui tutto sembra normale.

Lo vidi infilare la mano nella giacca per impugnare la pistola d'ordinanza. Cominciammo a salire le scale. La sua voce risuonò di nuovo.

– C'è qualcuno in casa? Siamo della polizia, rispondete! – Poi si voltò verso di me e, abbassando il tono, disse: – Faccia attenzione, ispettore.

Portai anch'io la mano alla pistola, anche se ero convinta che niente di quanto potessimo trovare al piano di sopra ne avrebbe reso necessario l'uso.

Aprimmo una porta, era la camera da letto dei genitori, scrupolosamente ordinata. Le due porte successive erano di camere da letto più piccole, entrambe intatte. Prima che il corridoio svoltasse a sinistra, dove dovevano trovarsi altre camere, vi era un'altra porta, che non volle aprirsi. Era chiusa da dentro. Il viceispettore ed io ci guardammo. Lui bussò con le nocche, prima con colpetti leggeri, poi in modo deciso.

– Aprite, per favore, è la polizia, aprite!

Silenzio totale. Garzón mi guardò e io assentii; allora, prendendo un po' di slancio, sferrò un calcio alla serratura e la fece saltare. Entrammo.

Non dimenticherò mai quell'odore. Non era sgradevole né sconosciuto. Non era penetrante né persistente. Era l'odore dolce, particolare, quasi quotidiano del sangue. Sangue. Sangue schizzato sugli specchi. Sangue a rivoli sulle pareti piastrellate. Sangue a pozze sul pavimento. Sangue, Dio santo, sangue che si concentrava in un liquido denso e scuro nella vasca da bagno, dove giaceva, bianco e riverso, un ragazzo senza vita. Sentii che anche Garzón, fra i denti, invocava Dio. Poi rimanemmo tutti e due stranamente immobili, come in preda a uno stato beatifico di contemplazione. Il giovane era bello, sereno, eterno. Il volto disteso, i capelli neri dolcemente adagiati da un lato. La morte di Marat nel bagno. All'improvviso risuonarono delle grida al piano di sotto. Era uno degli agenti.

– Ispettore, per favore, venga giù, non riusciamo a tener fermo quest'uomo senza fargli male!

Mi sporsi dalle scale e vidi che il padre di Ramón, entrato in casa, si dibatteva fra i due uomini.

– Lasciatemi salire!

Scesi due gradini e alzai la voce:

– Signor Torres, abbiamo trovato un ragazzo morto, potrebbe essere suo figlio. Se non vuole vederlo è meglio che non venga, potrebbe essere uno shock.

L'uomo chinò la testa, barcollò, perse tutta la sua combattività, lasciò cadere le braccia lungo i fianchi. Non potevo essere meno brutale, tenerlo nel dubbio era altrettanto disumano che dirgli la verità.

– Voglio vederlo, – mormorò.

– Allora, venga.

Salì di corsa, come se affrettandosi potesse evitare l'irrimediabile. Quando gli passò accanto, Garzón lo prese per un braccio, ma lui si divincolò ed entrò da solo nel bagno. Gli tenemmo dietro. Era fermo in mezzo alla stanza, colto da una sorta di estasi, com'era accaduto a noi. Poi piegò le ginocchia e cominciò a piangere convulsamente. Garzón ed io gli impedimmo di buttarsi a terra.

– È Ramón, signor Torres?

Assentì diverse volte con la testa. Lo aiutammo a uscire e lo accompagnammo fino alla macchina. Gli agenti diedero uno sguardo al cruento spettacolo e ci seguirono, seri e impressionati.

Garzón chiese per telefono la presenza del magistrato di turno di Tarragona per il prelevamento del cadavere. Gli chiesi di effettuare un'ispezione per accertarsi che non ci fosse nessuna porta o finestra forzata. Bisognava anche perquisire la casa e il giardino. Io tornai nel bagno e rimasi sola col morto. Cercando di non toccare niente, mi accovacciai vicino alla vasca. Il pallore del ragazzo era estremo. Aveva delle belle ciglia, molto folte. La bocca era lievemente contratta. Perché si è suicidato? Avrei potuto fare qualcosa per evitarlo quando mi aveva telefonato? Senza dubbio, no. E perché mi aveva chiamata? Cosa ci sarebbe stato nel pacchetto che forse stavo per ricevere? Tagliarsi le vene, un metodo poco usuale per un ragazzo giovane. Guardai le sue braccia, le seguii fino ai polsi. Il destro era leggermente fuori dall'acqua, di modo che attraverso la trasparenza sanguinolenta cercai di individuare la ferita. Ma inutilmente: l'interno del polso era rivolto verso il basso. Forse, girandolo leggermente... in definitiva, visto che il corpo era immerso nell'acqua, toccandolo non avrei interferito con il lavoro del medico legale. Mi tirai su le maniche. Una paura improvvisa mi fece ritrarre la mano, ma era assurdo; mi armai di coraggio e immersi la mano nel liquido rossastro. Era gelido. Presi la mano del ragazzo e la tirai fuori, girandola all'insù. Sorprendentemente, lì non c'era alcun segno. Feci lo stesso col braccio sinistro. Nemmeno. Non si era ucciso tagliandosi le vene. Rimasi in silenzio. Guardai la mia mano imperlata di gocce rosate. Tornai a immergerla nella vasca. Con lo stomaco contratto dalla tensione e le mandibole ben strette, cercai fra le gambe di Ramón. Il raccapriccio di toccare qualcosa che non vedevo mi fece ritirare le dita come se avessi ricevuto una scossa elettrica. Una successione di brividi mi percorse la schiena. Ma era stupido fermarsi lì, volevo sapere. Ripresi la mia ricerca alla cieca, col cuore che galoppava fino a soffocarmi. Era terribile quel che sentivo sotto le dita, qualcosa come gli spessi filamenti di un'idra marina, una piccola caverna, un molle troncone. Palpai in un'altra direzione e al di sotto di quell'informe massa che faceva pensare soltanto a cefalopodi e alghe, sentii con le dita lo scroto teso e peloso. Sì, Ramón Torres si era suicidato tagliandosi il pene. Mi alzai di scatto e cercai un asciugamano. Presi ad asciugarmi compulsivamente, dimenticando le regole più elementari.

Scesi le scale a tutta velocità e sugli ultimi gradini mi imbattei in Garzón.

– Cosa le succede? Ha un'aria sconvolta.

– Mi lasci in pace, viceispettore, ho bisogno di stare un momento da sola.

Mi accesi una sigaretta vicino a una splendida aiuola di gerani, cercai di tranquillizzarmi. Un sole senza calore tingeva il giardino. Guardai verso le macchine. Scorsi la testa del signor Torres infossata fra le spalle. Feci un respiro profondo e andai dagli agenti. Dissi loro che tornassero a Barcellona e lo riaccompagnassero a casa. Garzón si avvicinò di nuovo.

– È sicura di sentirsi bene, Petra?

– Non si preoccupi, sono a posto.

– È successo qualcosa di sopra?

– Lo vedrà anche lei.

E così fu. Il medico legale arrivato col magistrato stabilì che Ramón Torres Santacana era morto dissanguato in seguito a quella che appariva chiaramente come un'automutilazione. Quando venne svuotata la vasca da bagno fu trovato il membro, tagliato di netto, e anche il bisturi da chirurgo che era servito allo scopo. Il dottor Montalbán si sarebbe occupato dell'autopsia a Barcellona. Il referto, insieme alla constatazione che in tutta la casa non vi erano segni di effrazione e che la porta del bagno era stata chiusa dall'interno, rese chiaro a tutti che quella morte terribile poteva essere soltanto il risultato di un suicidio.

– Triste, però, molto triste... – disse Garzón nel viaggio di ritorno. – Già non capisco come qualcuno possa togliersi la vita, ma mi sembra impossibile che un uomo possa arrivare a farlo nel modo che abbiamo visto.

– Si è autopunito.

– Così sembra. Chissà che colpe terribili aveva.

– O credeva di avere.

– Di sicuro è stato lui a tagliare gli altri peni e a mandarglieli.

– Sì, questo lo credo anch'io, ma dove sono i cadaveri, o almeno, chi sono le vittime?

– Be'...

– E il suo amico Esteban, l'ha castrato lui? E mi dica, per quale motivo? Quale ragione può esserci al mondo perché un ragazzo castri il suo migliore amico?

– Non me ne domandi i motivi, ma è molto probabile che sia stato lui. Gli è morto fra le braccia durante l'operazione e questo l'ha terribilmente traumatizzato.

– Non conoscendo i motivi, in realtà ne sappiamo molto poco. E poi, io ho la sensazione che qualcosa avrebbe potuto essere evitato.

– Perché?

– Che senso aveva aspettare una giornata intera che il ragazzo arrivasse da Cambrils? Saremmo dovuti andare a cercarlo immediatamente, tenuto conto del timbro postale di Tarragona.

– Non mi faccia ridere, Petra, avevamo passato tutto il pomeriggio a interrogare gli amici di Esteban. Era forse la prima volta che rimandavamo un interrogatorio al giorno dopo? Tanto più che non era nemmeno un sospetto. Non vorrà dirmi che si sente in colpa.

– Mi sento stupida, che non è la stessa cosa. Ma non succederà più, bisogna battere il ferro finché è caldo. Appena arrivati a Barcellona andiamo a vedere se è arrivato il misterioso pacchetto annunciato nella telefonata.

– Ci spera ancora?

– È l'unica cosa in cui posso ancora sperare, l'ultimo indizio intenzionalmente fornito.

– Gli indizi precedenti non ci hanno portati da nessuna parte.

– Non abbiamo saputo collegarli.

– Lei ha la testa dura.

– Guardi, Garzón, quel ragazzo aveva fiducia in me, non del tutto, ma aveva fiducia. In qualche modo lo stavano minacciando perché non parlasse, fino a costringerlo al suicidio, ma lui era riuscito lo stesso a farmi arrivare delle informazioni. E la fiducia merita di essere almeno parzialmente corrisposta.

– Come vuole; d'ogni modo non credo che il benedetto pacchetto sia già arrivato. Bisognerà aspettare fin dopo Natale.

– Manco per sogno.

– Ma che cavolo pensa di fare?

– Andare alle Poste Centrali e cercare nei sacchi; è passato poco tempo dalla telefonata e il pacchetto dev'essere ancora lì.

– Ispettore, non credo di aver sentito bene. Non si ricorda che stasera è Natale?

– Certo che me ne ricordo.

– E cosa pretende, che passiamo tutta la notte a frugare nella posta?

– Non ho mai detto che debba venire anche lei. Vada pure a casa a mangiarsi il suo torrone in santa pace.

– Ispettore, sia ragionevole, non ci sarà nessuno alla Posta stasera. E poi, ha provato a immaginare la quantità di pacchi e pacchettini che devono essere arrivati alle Poste Centrali?

– No, non voglio provarci, voglio andarci personalmente; forse sono meno di quelli che pensa lei.

Si spazientì.

– Certo, ispettore, so che le danno fastidio le generalizzazioni, positive o negative che siano, ma devo proprio dirle che non ho mai trovato in vita mia una sola donna che non avesse la testa dura. Nemmeno una! È la pura verità.

Sorrisi.

– La smetta con le prediche sessiste. Vuol venire con me o no? Ho bisogno di stendere un piano.

Mi guardò come se fossi impazzita.

– Ma certo, certo che vengo! Cosa cazzo vuole che faccia? Starmene a casa davanti all'albero di Natale?

Mi misi a ridere.

– Forse sarebbe carino.

Cominciai a canticchiare come se avessi la mente da un'altra parte, ma lo sentii brontolare a voce bassissima:

– Testarde e irrazionali, ecco come siete.

In realtà non c'erano molti piani da fare. Tutto si risolse nel passare in commissariato per informare Coronas, verificando che il tremendo pacchetto, in effetti, non fosse ancora arrivato. Poi andammo a casa mia, aprimmo la buca delle lettere, che era vuota, e mi cambiai d'abito in previsione della lunga e scomoda notte che mi aspettava. Uscendo, scoprii che i miei guardiani, Marqués e Palafolls, erano appena arrivati. Mi avvicinai alla loro macchina.

– Di guardia anche stasera?

Scesero e si misero sull'attenti.

– Noi facciamo festa domani, ispettore.

– E allora vi do una buona notizia: potete andare a casa; credo che rimarrò fuori tutta la notte.

Marqués scosse la testa.

– Per noi è lo stesso, siamo di servizio qui.

Stavo per lasciarli lì da soli, quando all'improvviso mi venne una buona idea.

– Avete l'ordine di proteggermi, non è vero?

Assentirono senza capire.

– E se io vi chiedessi di aiutarmi, lo fareste?

– Ci mancherebbe!

– Allora venite con me alle Poste a ritirare un pacchetto.

Continuavano a non capire, ma non esitarono a seguire la nostra auto. In questo consistono le gioie del comando. Quando spiegai a Garzón che avevo ottenuto rinforzi lui riattaccò il basso continuo dei suoi brontolii. Probabilmente oltre alle qualifiche di testarde e irrazionali noi donne ci eravamo appena guadagnate qualche nuovo impronunciabile epiteto.

Alle Poste non c'era nessuno. Non si lavora, la sera di Natale. In tutto l'edificio erano rimaste solo due guardie giurate. Anche se ci identificammo non ci permisero di entrare. Chiamarono il loro capo, che a sua volta chiamò il responsabile delle Poste Centrali per chiedere istruzioni. Questi, in una situazione così inusitata, si sentì in dovere di venire e, naturalmente, era di pessimo umore. Gli spiegai la faccenda, mi ascoltò e, pregandomi di non disordinare niente, mi diede il suo consenso di funzionario responsabile e scappò via. A quanto pare ne aveva viste abbastanza da non stupirsi più di nulla.

Con tutti quei preliminari si erano fatte le dieci di

sera. L'ora giusta per cominciare, pensai, e dando precise indicazioni su quel che stavamo cercando, aprii la marcia verso il magazzino. Lo spettacolo che ci si presentò era davvero demoralizzante. Entro enormi *containers* di rete metallica, apparvero davanti ai nostri occhi montagne di pacchi, pacchetti, plichi, scatole... insomma: se a Ercole avessero affibbiato anche questa fatica, sarebbe stato capace di non farcela. Garzón mi guardò severamente, sperando di vedermi scoraggiata. Sorrisi e dissi in tono disinvolto:

– La gente se ne manda di cose, eh?

Subito dopo ci dividemmo le zone e cominciammo a cercare. La gente se ne mandava di cose, effettivamente, tanto più sotto Natale. Sembrava che tutti si fossero messi d'accordo a essere generosi a scadenza stabilita. Dovevamo fregarcene, era solo questione di pazienza, eravamo in quattro, poteva essere peggio. Mi voltai verso la porta e vidi che le guardie giurate ci guardavano come se avessero le allucinazioni. Visto che erano armati, forse sarebbero stati inclini a riconoscere la mia autorità. Ci provai.

– Sentite, voi avete qualcosa da fare?

– Noi...? Be', per il momento stare qui.

– E perché non ci date una mano? Magari può farvi piacere rendere un servizio alla polizia.

– Comandi, – rispose uno di loro in atto di sottomissione.

Aveva funzionato; ho sempre sospettato che per farsi obbedire basti sentirsi in diritto di comandare. Si misero all'opera nei settori che io gli assegnai.

A un certo punto mi si avvicinò Palafolls con aria confidenziale.

– Ispettore, posso chiederle un favore?

– Purché non sia complicato...

– Il fatto è che, vede, io avevo un appuntamento con una ragazza davanti a casa sua, e adesso non so come avvisarla che non potrò esserci... Mi sembra brutto.

– Credevo che lei, davanti a casa mia, fosse di servizio.

– Sì, lo so che non è regolamentare, ma quella ragazza passa spesso di lì, era questione di scambiare due parole e insomma... visto che è Natale...

– La ragazza è Julieta, vero?

– In effetti, capisce, lei mi scuserà, è solo questione di andare e tornare. Dato che comunque sarebbe sul luogo di lavoro...

Chiedi un favore e cinque minuti dopo te ne chiedono uno in cambio... ero tentata di dirgli di no. La mia donna di servizio; l'avevo capito subito. Insomma, dicono che gli anglosassoni hanno tanto successo perché sanno trarre vantaggi pratici da qualunque situazione. Lo guardai negli occhi.

– Non le dica di tornare a casa; faremo qualcosa di meglio. Le chieda di venire ad aiutarci. Va bene?

– Non potrebbe andar meglio. Arrivo subito con lei.

Uscì di corsa tutto contento. Marqués mi guardò riconoscente, e Garzón, stupefatto, mi bisbigliò, mentre gli altri non lo sentivano:

– Perché non andiamo a cercare anche Babbo Natale? Saranno sempre due braccia in più!

– Lei continui col suo mucchio.

Due ore più tardi, lavorando in sette, avevamo vagliato qualcosa come il trenta per cento del totale, senza nessun risultato. Formavamo una squadra perfetta: disciplinata, entusiasta, variopinta e tenace. Julieta mi guardava di tanto in tanto con aria timorosa, ma quando capì che non era nelle mie intenzioni sgridarla si tranquillizzò e si mise a lavorare alla ricerca del pacchetto con lo stesso impegno che metteva nelle faccende di casa.

Suonò la mezzanotte a un orologio che doveva risalire alla stessa epoca di quello del commissariato. Allora Garzón non si tenne più:

– Ispettore, va bene che passiamo la notte mangiando polvere, ma le assicuro che io non posso resistere un minuto di più senza buttare giù qualcos'altro.

Alzai gli occhi dal lavoro. Aveva ragione, rischiavo l'ammutinamento. Quello non doveva mica diventare un campo di sterminio. Infilai una mano nella borsa per cercare il portafogli.

– Credo che sarà una buona idea far portare delle pizze.

Marqués mi bloccò.

– La notte di Natale? Figuriamoci! Non troverà niente di aperto, ispettore. Forse se uscissimo e andassimo in qualche albergo...

Non mi sembrava giusto abbandonare le nostre guardie giurate alla loro sorte senza la minima solidarietà. All'improvviso, uno di loro saltò su:

– Be', noi avremmo portato qualcosina, se volete favorire...

Julieta intervenne:

– Io ho un sacchetto di frittelle di glutine che avevo portato per Miguel... Voglio dire, per l'agente Palafolls.

– Bene, siamo a posto. E da bere, come stiamo?

– Malissimo, – disse Garzón.

– Credo che ci sia un distributore automatico al primo piano. Voi potete bere alcolici? Lo dico perché ci sono anche delle birrette.

Mi sentii come una madre superiora in un giorno di escursione.

– Certo che beviamo alcolici! Non è la notte di Natale?

Ci fu una generale esclamazione di felicità. Vista la mia disposizione a festeggiare, la prima delle due guardie giurate osò fare un pubblico annuncio.

– Bene ispettore, se le cose stanno così... le confesserò che noi abbiamo due bottiglie di spumante. Non che pensassimo di scolarcele da soli, non pensi male! Ma visto che ci tocca stare di guardia in una notte come questa, per lo meno che si possa brindare... Dico io!

Al primo piano, come si era detto, trovammo un vero giardino di delizie, gli ingiustamente disprezzati distributori automatici ci dispensarono non solo birra, ma anche patatine fritte, tacos, arachidi tostate e... meraviglia della tecnica, caffè. Stesi il mio foulard di lanetta sul pavimento a mo' di tovaglia e gli improvvisati commensali vi andarono sistemando quelle inconciliabili vivande finché il quadro non si trasformò in un autentico *déjeuner sur l'herbe*.

Sarei insincera se dicessi che non mi divertii. In realtà quella riunione estemporanea era l'antitesi perfetta delle consuete cene familiari. Nessuno si conosceva troppo, così non c'erano ricordi comuni da rispolverare per l'ennesima volta, nessuna cuoca doveva essere lodata per la sua bravura, non ti ritrovavi accanto nessun parente detestato e, soprattutto, non era necessario fingere alcuna felicità. Molti ci avrebbero invidiati.

Chiacchierammo, ridemmo e mangiammo perfino bene. Le due guardie giurate erano state rifornite dalle loro mogli come se si accingessero a intraprendere una spedizione sull'Everest. Certo non avevamo dei calici in cui brindare, ma bere per una volta alla bottiglia aggiungeva al tutto un senso di amichevole complicità. Come dolce mangiammo dei biscotti e poi prendemmo il caffè, grazie al quale pensavamo di mantenerci svegli per il tempo necessario. Dalla sua foto ufficiale il re presiedeva la nostra allegra festicciola.

Ancora una volta dovetti erigermi a capo dell'assemblea e ricordare a tutti il motivo per cui ci trovavamo lì. Resi euforici dal banchetto, riprendemmo le ricerche e per un bel po' avemmo l'impressione che il lavoro andasse a gonfie vele. Ma l'impressione passò, e alle tre del mattino fu necessario andare a prendere dell'altro caffè. Pensai che non avrebbero tardato a manifestarsi le prime defezioni fra le reclute, che in realtà non erano affatto tenute a portare a termine quell'ingrato lavoro, ma mi sbagliavo. Non so se fu in virtù dello spirito del Natale o dell'accanimento risvegliato dalle imprese difficili, ma tutti resistettero fino a quando, verso le cinque del mattino, mentre io già cominciavo a disperare, Palafolls proclamò, come se avvistasse la terraferma da una caravella:

– Eccolo, l'ho trovato! Eccolo qui, ispettore, col suo nome e il suo indirizzo scritto sopra, e senza mittente!

Mi precipitai verso di lui imitata da tutti gli altri. Palafolls mostrò il pacchetto, che senza dubbio era quello che stavamo cercando. Lo presi in mano per accertarmene. Sì, le caratteristiche erano identiche. Julieta era esultante.

– Miguel vale tanto oro quanto pesa, – mi disse sottovoce, come se Palafolls ci avesse salvati dall'ira di Polifemo.

Rivolsi a tutti queste parole:

– Signori, abbiamo trovato quel che cercavamo. Senza il vostro aiuto non sarebbe mai stato possibile. Vi ringrazio di tutto cuore. Ah, e buon Natale!

Una delle guardie giurate disse in perfetta innocenza:

– Ma non lo apre?

Garzón spiegò:

– È una cosa che riguarda solo la polizia e deve rimanere segreta.

Vidi la delusione e il fastidio dipinti sulle facce di quegli uomini. Decisi di rettificare.

– Giacché questi signori ci hanno reso un servizio così prezioso, credo che possiamo fare un'eccezione. Sempre che ci promettano la più assoluta riservatezza.

Assentirono con gravità.

– Vedete, non voglio entrare in particolari, ma il fatto è che questo pacchetto contiene una droga letale. È probabile che abbiate contribuito a salvare molte vite.

Sorrisero con soddisfazione; e uno di loro esclamò, pieno d'orgoglio:

– Porca vacca!

Ormai in strada, Garzón mi disse quasi nell'orecchio:

– Che storia del cavolo, ispettore, poteva inventarsene una migliore!

– L'importante era non deluderli, è Natale!

Salutammo Marqués, Palafolls e Julieta e partimmo alla volta del commissariato. Le strade erano deserte.

Al nostro arrivo non c'era nessuno tranne il contingente minimo di turno. Garzón pensava che avremmo aperto il pacchetto solo davanti al magistrato o al medico legale di guardia, ma io lo presi in contropiede. Per una volta ci eravamo scambiati i ruoli e lui si mostrava fedele al regolamento mentre io me ne fregavo. Forse non erano abbastanza chiari il mio nome e il mio indirizzo? Perché dovevo lasciare che altri aprissero la mia corrispondenza? E se mai avevo detto il contrario, per me era lo stesso.

Andammo nel mio ufficio e deposi con cura il pacchetto sotto la luce della lampada. Quel momento rivestiva una solennità particolare. Non ci sarebbe stato niente di strano se Ramón, prima di morire, avesse allegato a quell'ultimo invio una confessione in piena regola. E se non fosse stato lui il colpevole, avremmo trovato senza dubbio le accuse o le spiegazioni che ci avrebbero condotti alla soluzione del caso. Non esiste intimidazione o minaccia che tenga, per un uomo che ha già deciso di morire.

– Si prepari, Garzón, ho paura che dopo l'apertura

di questo pacchetto ci aspetti un gran lavoro. Può darsi che ci saranno degli arresti da fare, dei cadaveri da esumare o qualunque altra cosa del genere.

– Se lo dice lei...

Nemmeno l'imminenza di una scoperta importante scuoteva il suo scetticismo riguardo a quei pacchetti e agli indizi che contenevano.

Nutrivo la speranza che all'interno della scatola non ci fosse altro che una lunga lettera in cui si raccontasse tutta la verità. Ma purtroppo non fu così. Il pacco risultò identico ai precedenti, dal momento che anch'esso conteneva un pene. Ero disperata, mi sembrava terrificante: un nuovo corpo del delitto cui non era stata allegata nessuna spiegazione. Garzón esplose:

– Lo sapevo, ispettore, lo sapevo! Tutta questa storia dei pacchetti e degli indizi è stata una colossale stronzata. Se era quel ragazzo a mandarglieli e a telefonarle, vuol dire che era un pazzo e basta. Adesso è morto ed è finita.

– E dove sono gli uomini a cui corrispondono i peni tagliati? Me lo dica lei.

– Saranno poveracci che non hanno nessuno al mondo, proprio come avevamo sospettato all'inizio. Saranno sepolti in un posto sicuro. Che cavolo ne so!

– E questo pene, di chi è?

– Ma del suo amico Esteban! È stato lui ad ammazzarlo! Forse gli assassini e le castrazioni, e tutto il giochetto con la polizia l'hanno organizzato quei due. Poi è successo qualcosa e... oppure Ramón era ancora più pazzo di Esteban... Ha pensato alla possibilità che si tratti di un gioco di ruolo? Lo sa che negli schedari ci sono già parecchi casi apparentemente incomprensibili che sono stati spiegati così?

– No, non se ne parla. Non se ne parla nemmeno. Mi rifiuto di pensare che gli indizi che ci sono stati dati facessero solo parte di un gioco. Mi rifiuto di accettare che dei cadaveri castrati siano scomparsi nel nulla.

– Cosa abbiamo ottenuto da quegli indizi se non passi falsi? Punti di catgut, sette fantasma, cave di pietra...! Davvero, Petra, preferisco spiegarmi le cose a partire dai fatti concreti; e poi è così che si fa di solito.

– Allora, secondo lei, bisogna chiudere il caso anche senza capirci nulla?

– Voler capire implica che tutto abbia per forza una spiegazione, e né la vita né la criminologia funzionano così.

– Ma non si può forzare la logica!

– Appunto quel che le sto dicendo! E mi risponda con sincerità: è così insolito che due ragazzi di famiglia bene s'inventino un macabro gioco di ruolo, o che uno di loro sia andato completamente fuori di testa senza che nessuno se ne sia accorto? Sarebbe la prima volta che corpi senza vita rimangono per anni sepolti in un bosco o persino in un giardino? Quante constatazioni di morte non si sono potute firmare perché i cadaveri erano scomparsi? E quanta gente muore senza che nessuno reclami il suo corpo? No, ispettore, no, quel che non è normale è che dei poliziotti si facciano trasportare dalla fantasia.

Negai con la testa più volte, ma stetti zitta. Poi andai a cercare le mie lunghe forbici da carta e mi avvicinai all'esanime oggetto della controversia.

– Cosa fa? – domandò allarmato Garzón.

– Apro il sacchetto. Voglio sapere perché la voce di Ramón mi incitava ad andare a fondo della cosa.

– Ma, ispettore, questo deve farlo davanti al medico.

– Non succede niente. Lo sa anche lei che, sotto formalina, per quanto si manipolino i tessuti non si cancellano le impronte.

– Ma, ispettore, è diventata pazza anche lei?

– Mi ha già rotto le scatole col suo atteggiamento! Le ricordo che chi sta facendo qualcosa di indebito sono io. Quindi, se la sua coscienza è troppo severa, può benissimo mollarmi qui o andare a denunciarmi a Coronas. Sarà un buon inizio per il giorno di Natale.

Rimase zitto al suo posto, con aria offesa. Con la massima cura aprii il sacchetto di plastica con un colpo di forbice e versai la formalina in un portacenere pulito per poterla ricuperare più tardi. Con le pinzette per le sopracciglia, che porto sempre nella borsa, estrassi il pene e lo distesi su un foglio bianco. Devo riconoscere che quell'operazione mi impressionò. Ne avrei volentieri fatto a meno, ma ormai avevo preso una decisione e dovevo andare avanti. Quello era un momento cruciale. Saperne di più, nel più breve tempo possibile, avrebbe determinato il corso delle indagini successive. Quindi mi lanciai con coraggio sulla reliquia e la maneggiai senza timore con l'aiuto delle pinzette e di una biro. Sentivo la respirazione contenuta del viceispettore alle mie spalle. Osservando bene la linea del taglio, e ricordando gli altri peni e quel che aveva detto il dottor Montalbán, era evidente che anche questo era stato amputato con procedimento chirurgico e con la stessa precisione. Lo scrutai minuziosamente e lo girai, ma non trovai alcun segno o incisione sulla pelle. Poi feci scorrere il prepuzio e, liberato dalla sua guaina, un piccolo oggetto saltò fuori dall'apertura.

– Che cazzo è 'sta roba? – disse meccanicamente Garzón.

– Il nostro prezioso indizio, – mormorai.

Era una minuscola strisciolina di metallo arrotolata su se stessa. Svolgendola con le pinze mi accorsi che era molto flessibile. All'interno c'era una scritta incisa rozzamente.

– Cosa dice?

– Non lo so, viceispettore.

– Mi lasci vedere. Non si capisce un cavolo.

– È scritto in alfabeto cirillico.

– E a che lingua corrisponde?

– Potrebbe essere russo, greco, bulgaro... va' a sapere. Ho studiato un po' di greco classico da ragazza, ma non sono affatto capace di decifrare questa scritta.

– Ecco, vede che torniamo ai giochi? Cosa vuole farsene adesso del pene?

– Portarlo all'Istituto di Anatomia.

– Aperto com'è?

– Sì, è festa e Montalbán di sicuro sarà a casa. Dirò al medico di guardia di metterlo in una provetta di formalina e tanti saluti. Nessuno si domanderà chi l'abbia aperto.

– Capisco, e la strisciolina di metallo?

– La rimetteremo nel suo nascondiglio, può aver lasciato qualche escoriazione sul glande e su questo sì che potrebbero beccarci.

– Lei ha una mente criminale, Petra.

– Faccio quello che posso. Adesso, mi passi carta e penna che devo copiare l'iscrizione.

– Tanto, per quel che serve...!

– Vuole lasciarmi in pace?

– Ma ispettore, lei sperava di trovare la gran rivelazione, e cos'ha ottenuto? Un'altra mappa del tesoro, e perfino un geroglifico segreto, manca solo il segno dei pirati.

– Guardi, Garzón, che chi ha fornito questi indizi ha la mentalità di un ragazzino e lo fa a modo suo, ma non c'è il minimo dubbio che abbia voluto dirci qualcosa.

– Con due morti mi sembra un po' tardi per mettersi a giocare.

– E che cazzo vuole che facciamo se non abbiamo altro?

– Abbiamo i fatti, le prove concrete!

– Non ho la forza di discutere con lei. Esporremo la situazione a Coronas e lui deciderà se dovremo continuare le indagini o cercare di risolvere il rompicapo a partire dagli elementi che abbiamo già. È d'accordo?

– È lei il capo.

– E Coronas è il capo di tutti e due, quindi lasciamo a lui l'ultima parola.

Non poté fare altro che accettare... e starsene zitto! Che poi era quel che più mi interessava ottenere. Può darsi che Garzón considerasse la testardaggine come una qualità femminile, ma lui per primo contraddiceva la sua tesi.

Quando le insopportabili festività natalizie furono finite e la gente tornò al lavoro, riuscimmo a ottenere tutti i referti medici che ci interessavano. In primo luogo fummo informati che l'ultimo pene inviato apparteneva a Esteban Riqué, e con questo avevamo finalmente un cadavere completo. A sua volta, l'autopsia di Ramón dimostrò che il ragazzo non aveva subito violenze di nessun tipo e che la causa immediata della morte era stato il dissanguamento progressivo subito in seguito a quella che appariva chiaramente come un'automutilazione del pene. L'ipotesi del suicidio si trasformava in certezza, e proprio questo si rivelava una difficoltà in più per il proseguimento della mia indagine. Come giustamente segnalava il viceispettore, chi può impedire di parlare a un uomo che ha deciso di morire? E quale ragione può esserci perché un uomo propenso ad aiutare la polizia lo faccia con un geroglifico e non a chiare parole, se ormai ha un piede nella fossa? Secondo Garzón, il motivo poteva essere uno solo: la follia. Io non ero d'accordo. Tutto sarebbe dipeso dalla decisione del commissario Coronas.

7

A Coronas toccò il giudizio salomonico. Non fu nemmeno un compito difficile: fra due posizioni opposte come quella di Garzón e la mia, trovare un punto intermedio ragionevole sembrava un gioco da ragazzi. E tuttavia ci pensò bene prima di decidersi.

– Signori, devo dire che abbandonare l'indagine al punto in cui siamo, accontentandoci di spiegare le morti e le castrazioni avvenute fin qui, mi sembra eccessivo. Ma mi sembra altrettanto eccessivo avere due persone impegnate a tempo indeterminato. Per fare le cose bene, credo che forse seguendo le piste già aperte potremmo andare un po' più in là e chiarire dei punti ancora oscuri. È anche possibile che, morti i due ragazzi, ormai i responsabili dei crimini si siano eliminati da sé, e che non succeda più niente. In sintesi, credo che la soluzione stia nel continuare le indagini, ma per un periodo determinato, dopodiché, se non ci sono progressi, vi occuperete del caso parallelamente ad altri lavori. Se poi brancoleremo ancora nel buio... allora chiederemo al magistrato di chiudere il caso.

– Quale margine di tempo avremmo? – domandò subito Garzón.

– Direi, per il momento, un mese.

– Perché non due? – intervenni.

– Diciamo che un mese e mezzo andrà bene, – concluse Coronas, come se stessimo tirando sul prezzo in un mercato orientale. Garzón sbuffò e allora il commissario, guardandolo, aggiunse inaspettatamente: – Naturalmente, viceispettore, sia chiaro che se lei è così convinto che il suo lavoro non serva a niente, anche il suo rendimento lascerà a desiderare; quindi, se lo desidera, le offro l'opportunità di essere sollevato dal caso per questo mese e mezzo e sostituito da qualcun altro.

– No, per carità! – reagì prontamente Garzón.

– Può spiegarmi perché non vuole che la tolga dal caso?

– Perché sono curioso.

Coronas se ne uscì in un sonoro «ecco!» mentre dava un deciso colpo sul tavolo che ci fece trasalire.

– Vede, mio caro Garzón, l'ha detto lei stesso: prova curiosità. E questo è esattamente quel che succede a me. E se c'è curiosità significa che il caso è ancora aperto, altrimenti, perché farsi delle domande e volerne sapere di più? Lo vede? La mia domanda e la mia strategia non erano casuali: volevo portarla a dire proprio quello che ha detto.

Non so se Salomone si fosse dato tante arie quando gli venne in mente la fesseria di tagliare in due il bambino, ma in fin dei conti Salomone era un saggio ebreo, e Coronas un piedipiatti spagnolo; non gli si poteva chiedere troppo. E poi, a me la sua soluzione andava bene. Un mese e mezzo non era male. Tanto più che Garzón aveva confessato la sua curiosità, cosa che non mi sarei stancata di ricordargli ogni volta che mi avesse rotto le scatole.

La prima cosa da fare, confrontandomi col mio vice dopo la sentenza del capo, era evitare di fargliela pesare come un trionfo personale. Sarebbe stato falso, oltretutto; mi ha sempre dato fastidio la gente che si butta con tanta passione nel lavoro da arrivare a confondere gli interessi lavorativi con quelli privati. Quindi passai all'azione e feci in modo che Garzón vi prendesse parte incaricandolo di chiamare di nuovo a deporre i genitori di Ramón. Dovevano riconoscere in modo definitivo la voce del figlio nella registrazione della sua ultima telefonata a casa mia. Io non ce l'avrei fatta a vedere le loro facce mentre ascoltavano, a sostenere le domande che sarebbero potute sorgere dopo. Me ne andai a cercare soluzioni per il mio geroglifico.

Osservai l'iscrizione cirillica che avevo copiato su un foglietto. Alla fin fine il viceispettore aveva ragione: era demenziale. Un uomo sta per uccidersi. Nella disperazione più estrema, sconvolto dalla morte dell'amico, avvenuta forse per colpa sua, pensa di dover fare a tutti i costi qualcosa affinché la polizia venga a conoscenza di un fatto spaventoso e prepara un'ultima missiva di cui mi avverte chiamandomi per telefono. Perfetto, fin qui tutto a posto, malgrado il suo smarrimento, un ultimo gesto equilibrato. Apriamo il pacchetto e cosa ci troviamo? Insieme al membro appartenente all'amico del cuore, una scritta indecifrabile. Per Dio! Bisognava essere completamente idioti per fare una cosa simile. A meno che non si sentisse ancora minacciato e che la minaccia pesasse su qualcun altro: un parente, un amico, un amore... In ogni caso quel modo di procedere era assolutamente stupido, irritante. Bisognava riconoscerlo. Morto o non morto.

Corsi con quella frase indecifrabile alla Escuela Oficial de Idiomas, dove fui ricevuta dalla direttrice in persona. Era affascinata all'idea di ricevere un poliziotto; e il suo grado di fascinazione crebbe quando le misi davanti i caratteri cirillici. Li osservò con attenzione:

– Be', io direi che si tratta di russo, anche se non è la mia specialità; io insegno inglese. Non ho la minima idea di cosa possa voler dire. Sarà meglio che la accompagni al dipartimento di lingue slave, lì ci diranno qualcosa.

Salimmo per innumerevoli scale scontrandoci con i giovani allievi. Al dipartimento, che come tutto il resto dell'edificio mi ricordava il commissariato, la direttrice mi presentò una robusta donna bionda dal forte accento straniero. Non credo nelle generalizzazioni. Quindi, dopo averla conosciuta, non pensai che tutti i russi fossero antipatici, ma la considerai una sua caratteristica esclusiva. Efficiente e asciutta prese il foglietto e disse:

– Sì, questa è lingua russa e si traduce così: «Blochin, puro come l'aria».

– Blochin? Cosa vuol dire «blochin»?

– È un cognome, immagino, non ha traduzione.

– Puro come l'aria?

– Questo è quello che dice: «Blochin, puro come l'aria». Vuole che glielo scriva? – domandò spazientita.

– Non è necessario, lo farò io stessa.

Quando la direttrice mi accompagnò all'uscita, la voglia di sapere sembrava uscirle da tutti i pori.

– È riuscita a risolvere il suo problema? Spero che nessun allievo della nostra scuola si sia messo nei pasticci.

– No, è un'indagine di routine.

Era la cosa più imbecille che avessi mai detto, oltre che la più inverosimile, ma bisogna che la gente si abitui che sono loro a dovere delle informazioni alla polizia, e non viceversa. L'era mediatica aveva finito per farci credere che chiunque abbia il diritto di sapere qualunque cosa. Ma per fortuna in quel momento evitai di infliggere alla povera direttrice una filippica sull'argomento; ebbi la lucidità necessaria per capire che ero di pessimo umore, e così me ne andai a casa.

Julieta mi aveva preparato un'enorme bistecca con verdure, senza dubbio per compensare i suoi eccessi passati, ma anche perché così se la sarebbe cavata prima e avrebbe avuto più tempo per chiacchierare col fidanzato Palafolls. È la vita, pensai, avevo creduto che la presenza di due guardiani davanti alla mia porta fosse superflua, e tuttavia per altri era stata determinante. All'improvviso mi ricordai che rientrando non avevo visto i miei angeli custodi. Mi affacciai alla finestra e constatai che non c'erano. Molto significativo, Coronas ci ordinava di continuare le indagini, ma, morto Ramón Torres, riteneva che io fossi fuori pericolo. Mi sentii riconfortata, quella notte avrei dormito meglio.

Cenai in cucina, bevendo un buon Rioja e ascoltando del jazz. Basta correre, mi dissi, sentendo per la prima volta da parecchi giorni una certa pace. Basta inseguire gli avvenimenti. Riflessione. Tagliai un angolo della bistecca e succhi sanguinolenti tinsero il piatto. Immediatamente mi tornò in mente lo spettacolo del suicida nella vasca da bagno e, soprattutto, l'odore. Non era il giorno ideale per mangiare carne, spinsi il piatto da parte. Finii le verdure e andai a sedermi in soggiorno. Tirai fuori tutta la documentazione del caso e cominciai a ricapitolare. Se bisognava andare avanti sulla base degli indizi che accompagnavano i peni era indispensabile vedere fin dove eravamo arrivati. L'indizio numero uno, il punto di catgut, apparve finalmente motivato. Con quel segnale ci era stato indicato che la serie delle castrazioni avveniva in un contesto medico. Ramón e Esteban erano studenti di medicina. Ma la conclusione più importante era che il livello di trasparenza dei segnali non era per niente alto. Se tutto il resto aveva lo stesso indice di correlazione, non c'era da stupirsi che fosse difficile trovarvi un senso. Avevamo seguito fino alle ultime conseguenze le implicazioni del primo elemento? Niente affatto. Presi un bloc-notes e mi appuntai: «Interrogare tutti i compagni di corso di Ramón e Esteban. Eventualmente infiltrare qualche agente in facoltà perché tenga gli occhi aperti». Il secondo indizio, la crocetta di cera, non era risultato per niente rivelatore. Tutte le ricerche sulle chiese o sulle sette erano finite su un binario morto. E non mostrava alcuna attinenza col resto degli indizi. Meglio lasciarlo stare per un po'. Poi veniva la scheggia di pietra calcarea, e nemmeno questa sembrava in rapporto col resto, a meno che... Un'idea aleggiò nella mia mente come un effluvio di madeleine di Proust. Scartabellai fra le fotocopie fino a trovare il fascicolo giusto: un verbale del sopralluogo alla cava redatto da Garzón, una descrizione della pietra, la relazione tecnica del perito e la lista di clienti che ci era stata fornita. Cominciai a leggere un nome dopo l'altro finché non trovai quello che cercavo: Sergej Ivanov. Di certo il nesso era molto labile, ma chissà... Una scritta in russo e un russo che compra proprio quella pietra... C'era, per di più, una certa prossimità geografica fra Cambrils e Ulldecona. Sergej Ivanov. Bisognava seguire quel filo. Sergej Ivanov. Alla fine riguardai le fotografie di ciascuno degli indizi, di per sé assurdi. Il viceispettore aveva ragione, il tutto aveva l'aria di un gioco da bambini viziati che sviliva il nostro compito di poliziotti. Garzón non si sbagliava mai del tutto, aveva sempre una parte di ragione. Un gioco di ruolo? Sembrava un po' delirante. Mai, mai più avrei concesso un'intervista televisiva che mi mettesse in contatto con le tenebre del mondo esterno.

Il giorno seguente convocai Garzón per una riunione di lavoro che si preannunciava intensa. Lui cominciò con l'informarmi sul suo ultimo incontro con i Torres. Fra singhiozzi, esitazioni e imprecazioni contro l'avversità, entrambi avevano riconosciuto, con un minimo margine d'errore la voce del figlio sul nastro registrato. C'era da immaginarselo. Io a mia volta notificai al viceispettore le conclusioni e i piani scaturiti dalle mie meditazioni della sera prima. Un paio di sbuffi di insoddisfazione non mi furono risparmiati quando seppe che lo attendeva un'indagine a vasto raggio fra gli studenti di medicina. Al contrario, quando gli dissi che quel pomeriggio stesso avremmo fatto un altro viaggio alla cava, non furono più soltanto sbuffi di protesta ma franca ribellione.

– Mi spiace, ispettore, stasera non se ne parla.

– Può dirmi perché?

– Perché è il 31 dicembre, cazzo, e stanotte sono invitato a una festa! Se andiamo a Ulldecona non farò in tempo. E poi, dubito che lavorino in un giorno come questo. Di solito le aziende danno mezza giornata libera; non vedo perché alla cava debba essere diverso.

– È vero, mi scusi, non mi era nemmeno venuto in mente.

– Non ha deciso niente per Capodanno?

– Me ne ero completamente dimenticata.

– E cosa pensa di fare?

– Be'... forse chiamerò qualche amico e mi farò invitare a un cenone... In realtà non me ne importa niente, mangerò qualcosa da me e poi mi metterò a leggere.

– Non mi sembra una bella idea. Capisco che non gliene importi un tubo delle festività, ma dare l'addio all'anno vecchio e cominciarne uno nuovo è una cosa che bisogna fare fra amici. Perché non viene con me? La festa che le dicevo è all'Efemérides, si pagano cinquemila pesetas e questo comprende la cena, il sacchettino dell'uva,* spumante e musica fino all'alba. Offro io se me lo permette.

* In Spagna è diffusa l'usanza di mangiare dodici acini d'uva in concomitanza con i rintocchi della mezzanotte.

– Ma… Non saprei, tutto quel casino; e poi ci sarà anche la moglie di Pepe.

– Non ci sarà, partecipa a un programma televisivo fino a tarda notte. Forza, si svegli, sta diventando peggio di una suora!

Mi lasciai convincere. Non mi piace che la gente mi dica cosa devo fare per il mio bene, forse fu decisiva l'immagine della suora, ma sta di fatto che quella sera alle dieci, Garzón ed io facemmo il nostro ingresso trionfale all'Efeméridès.

Io portavo un semplice vestito di raso grigio, di quelli che dimostrano che l'età non mi ha trattata poi così male, pur senza ostentare eccezioni miracolose. Garzón era stupendo, in abito scuro con una camicia di un bianco sepolcrale. Una cravatta color porpora gli dava la solennità di un prelato. Subito ci rendemmo conto, però, che la nostra eleganza contrastava col tono generale; o magari no, perché la gente che riempiva l'Efeméridès era caratterizzata dall'assoluta libertà di scelta nell'abbigliamento. C'erano ragazzi di tribù metropolitane che coniugavano la moda con l'ispirazione personale. Giovani con la faccia da studenti che non si erano nemmeno cambiati i jeans di tutti i giorni. Capelloni con un tocco hippy che sfoggiavano pantaloni a zampa e gonne lunghe fino ai piedi; e perfino alcuni giovani marocchini con accessori etnici propri del loro paese. A dire il vero, se stonavamo, era solo per l'età. Ma nessuno sembrava incline a ricordarcelo. Regnava una tale confusione, una così grande allegria, che avremmo proprio dovuto essere vecchi bacucchi per abbandonarci alle riflessioni sul passare degli anni o sul declino della maturità.

Garzón conosceva molti di quei chiassosi ragazzi che lo salutavano con pacche sulle spalle e frasi del tipo: «Che ganzo che sei, Fermín!». Ci si fanno un sacco di amici a essere clienti abituali in un posto. Io ero un po' spaesata e, passati i primi momenti di euforia, cominciai a pentirmi di essere venuta, cosa d'altra parte normale in me. Proprio per questo, per evitare una fuga poco cortese, mi diedi a scolare un calice dopo l'altro di cocktail champagne pensando che così mi sarei caricata un po'. E ci riuscii. Nel giro di un'ora mi muovevo come un pesce nell'acqua fra i tavoli e il buffet, avevo fatto anche qualche conoscenza. Salutai Pepe, che era bellissimo, o almeno così mi parve in virtù di quell'euforia autoindotta, e, ritrovata ormai la sicurezza, mi misi ad aiutare Hamed ad asciugare dei bicchieri. Quando ormai mi stavo francamente divertendo ebbi all'improvviso una visione che mi sconcertò. Chi erano quei due che si baciavano indifferenti alla folla intorno a loro? Ma certo, né più né meno che Julieta e Palafolls. Che cazzo ci facevano lì, a parte pomiciare? Non appena si accorsero della mia presenza, vennero a salutarmi con la massima cordialità. Ovviamente, il consiglio di venire all'Efemérides era partito dal viceispettore, che era davvero sprecato come poliziotto viste le sue doti per le relazioni pubbliche. Risi, parlai forte, scherzai e chiacchierai con loro, incoraggiata dall'aspetto di Palafolls. Vestito in modo normale e fra i suoi coetanei sembrava un ragazzo come tanti. Voglio dire che nessuno l'avrebbe preso per un poliziotto, il che... Garzón interruppe i miei pensieri:

– Ma che cavolo fate ancora qui? Andate subito a prendere i vostri sacchetti dell'uva, mancano solo cinque minuti alla mezzanotte!

Corremmo verso un tavolo su cui erano stati ammonticchiati gli acini della fortuna e ci preparammo a seguire le regole dettate dalla tradizione. Tutti i mobili del ristorante erano stati spostati e la gente occupava il centro della sala formando piccoli gruppi di amici. Le casse dello stereo furono collegate con la diretta televisiva dalla Puerta del Sol. Un formicolio di impazienza precedette i dodici colpi. Alla fine suonarono uno dopo l'altro scatenando un frenetico andirivieni di mani alla bocca, di soffocamenti, di risate nervose. Quando si sentì il dodicesimo rintocco, e il dodicesimo acino fu deglutito, tutti esplodemmo in un festoso clamore e presero il via i baci e gli abbracci. – Buon anno! – mi gridò Garzón, e come un orso bruno mi strinse fra le sue bracciotte sollevandomi dal pavimento. Poi baciai Julieta e Palafolls, che finalmente avevano smesso di tubare, e poi tutti si lanciarono ad abbracciarsi senza discriminazioni, come se avessimo appena vinto la Seconda Guerra Mondiale. In quel pandemonio emotivo mi trovai faccia a faccia con Pepe. Lui mi disse: – Ti auguro tanta felicità, mia cara ex moglie, – e detta la sua battuta, mi baciò. Mi accorsi di apprezzare nuovamente quel che di lui mi era sempre piaciuto: la sua gioventù, e misi in quel bacio più effusione di quanto sarebbe stato opportuno. Ma non importava, era cominciato un nuovo anno e questo sembrava consentire ogni eccesso. Di fatto, e per trovarne conferma, osservai Garzón scatenato in una specie di polka con un cappellino di carta alla Gengis Khan di traverso sulla testa. Io ballai con Pepe, con Hamed, con un ragazzo col naso e i baffi finti di Groucho Marx... Insomma, l'imbecillità di massa che avevo sempre deprecato divampò in me senza che potessi fare niente per impedirlo.

Esausta, mi sedetti a riposare, e per ottenere che Garzón venisse due minuti a parlare con me dovetti ripetutamente chiamarlo.

– Sa cos'ho pensato, viceispettore?

– Dica, mia bella Petra.

– Credo che invece di mandare lei alla facoltà di medicina, possiamo infiltrare fra gli studenti Palafolls. È preciso e identico a loro! E forse sarebbe un sistema più efficace. Cosa ne pensa?

Il suo sguardo aveva qualcosa di molto vicino all'odio.

– Certo, ispettore, che lei è implacabile. Le sembra il caso di parlare di lavoro proprio adesso?

E se ne andò soffiando in una lingua di suocera come un camaleonte a caccia di mosche. «Non importa», pensai, «domani la vedrà in un altro modo». Nemmeno io potevo fermarmi a riflettere a lungo su quell'idea; non mi lasciarono stare tranquilla neppure per un istante. Subito si fece avanti Pepe per invitarmi a ballare, questa volta un ritmo lento e cadenzato.

– Ti stai divertendo? – mi sussurrò all'orecchio.

– È la stessa cosa che mi chiedo anch'io, ma non ho

avuto il tempo di rispondermi in tutto questo bailamme.

– Sei sempre la solita.

– La solita?

– Contraddittoria, sfacciata, ironica, ribelle...

– Una donna tremenda, insomma.

– Diciamo... un po' scomoda.

– Non ho mai aspirato a essere un tappetino.

– No, piuttosto un letto da fachiro.

Mi misi a ridere di gusto. Lui mi strinse. Sentii il suo corpo giovane, nervoso, conosciuto e ormai quasi dimenticato. Era così piacevole lasciarsi andare... senza dover allacciare nuove relazioni, senza tensione, senza malintesi, senza mercanteggiamenti, senza... La canzone finì e non riuscivamo a separarci.

– Ti porto qualcosina da bere? – mi chiese.

Qualcosina? Mi ricordai che quella era la sua domanda quotidiana di fine pomeriggio. Qualcosina. La madeleine di Proust. Il sapore stantio del nostro matrimonio. Le serate vuote, le discussioni, le filosofie inconciliabili, l'impressione di soffocamento, di solitudine interiore. Benedette le sensazioni olfattive, gustative, uditive, capaci di restituirci una sferzata di realtà!

– Qualcosina? Non se ne parla nemmeno, devo andare, non mi ero accorta dell'ora.

– Come, te ne vai?

– Me ne vado, caro Pepe, salutami tanto tua moglie.

Rimase lì allibito nella sua sorpresa. Sorrise tristemente e fece un gesto teatrale con la mano.

– Addio, ispettore Delicado, spero che in questo nuovo anno tu ritrovi la felicità!

– Di certo l'ho lasciata da qualche parte, prometto di cercarla. Addio.

Raggiunsi Garzón aprendomi un varco fra la gente. Era circondato da un gruppetto di ragazze che si sbellicavano dalle risate ballando con lui. Aveva sostituito il cappellino cinese con un fez ed eseguiva caracollando i passi di quella che sembrava una mazurca.

– Me ne vado, Fermín. La aspetto il giorno due alle otto spaccate.

– Ispettore, non le ho mai cantato una canzone che dice: «I cazzi son strumenti di grande utilità...»?

Scappai fuori in cerca della macchina. L'aria gelata dell'alba mi rese un po' più lucida. La gente che si diverte non scherza affatto. Qualcosina? Mio Dio, l'avevo scampata bella! E al tempo stesso, che delusione! Il Destino mi doveva una compensazione, e bella grossa, anche! almeno un metro e novanta, occhi azzurri, portamento atletico, incontrollata tendenza alla passione... Meglio non pensarci, forse non era ancora troppo tardi per prepararmi una tazza di tè e leggere qualche paginetta. Moderazione, innanzitutto.

Avrei potuto giurare che una giornata intera non sarebbe bastata a dissipare la sbronza di Garzón. Quando si presentò nel mio ufficio era ancora rintronato. Sorvolai sul suo stato generale e passai a illustrargli la nuova strategia.

– Bisognerà informare Palafolls sui particolari del caso. Bisognerà preparargli un profilo e parlare col preside della facoltà di medicina perché ci autorizzi e spieghi la situazione ai docenti. Se ne occupi lei, Fermín.

– D'accordo, ispettore, nessun problema.

– Io, nel frattempo, andrò alla cava per seguire la pista del russo. Credo sia una coincidenza su cui valga la pena di insistere. Che gliene pare?

Mostrò con una smorfia il suo scetticismo.

– Mah, non so cosa dirle, lei conosce il mio punto di vista. Quanto alla coincidenza... in fondo di russe ci sono anche l'insalata, la roulette, la vodka, per esempio.

– Certo, viceispettore, se questo è il meglio che le viene in mente, credo che possiamo fare a meno di discutere. Si metta al lavoro immediatamente. Voglio che Palafolls sia tramutato quanto prima in uno studente modello.

Uscì sparato come una freccia. Se i ragionamenti non lo convincevano, un ordine ben dato lo rimetteva in riga. Da parte mia, ero persuasa di trovarmi finalmente sulla pista giusta ed ero trascinata dalla passione investigativa molto più che dal desiderio di punire il colpevole. Sull'onda di quell'impulso guidai a tutta velocità fino a Ulldecona.

Il responsabile della cava si ricordava perfettamente di me: vantaggi dell'essere donna nonché poliziotto. Mi condusse nel suo ufficio e quando gli chiesi del suo cliente russo si massaggiò la guancia e mi diede un'occhiata d'intesa.

– Ho capito chi vuole dire. Certo che lo conosco, anche se l'ho visto solo due volte, ma me lo ricordo molto bene. Venne a fare gli ordini per almeno un anno di consegne. La pietra gli serve per una costruzione qui vicino. Lavora per conto di un impresario russo, e rimane qui per tutta la durata dei cantieri. Questo è quel che mi ha detto.

– Di che tipo di costruzione si tratta?

– Lui non mi disse niente, ma nella zona si dice che i russi abbiano comprato molti terreni sulla costa. Stanno tirando su delle case da nababbi, da parecchi miliardi ciascuna, per altri russi che pare verranno a sistemarsi qui. E poi, stanno costruendo un edificio molto grande tutto rivestito con la nostra pietra. Non so cosa dovrà essere, forse un albergo.

– Come si svolgevano gli incontri con questo Ivanov?

– Si parlava di lavoro, il solito: il prezzo, i quantitativi, le date di consegna, il trasporto. Quel che si fa sempre in questi casi. Poi venne un'altra volta per prolungare il contratto di qualche mese. Parla benissimo lo spagnolo.

– Che tipo è?

– È strano, non saprei come dire.

– Strano?

– Sì, strano, vestito di nero, i capelli... Sembra Rasputin –. Si mise a ridere, un po' imbarazzato da quella trovata. – Be', voglio dire che ho visto un film dove c'era Rasputin, ed era un po' come lui.

– Capisco. Ho bisogno che mi dia indicazioni per arrivare al cantiere.

– Posso telefonare a uno dei camionisti che effettuano il trasporto. Ma, mi dica, non sarà un truffatore o qualcosa del genere? Non mi andrebbe che mi lasciasse una partita da pagare.

– Non si preoccupi; se dovesse venir fuori qualcosa del genere, glielo farò sapere.

Mentre viaggiavo verso il luogo indicato ebbi la certezza, il presentimento, la precisa sensazione di essere diretta verso il centro nevralgico del caso. Non ne sarei uscita a mani vuote. Fortunatamente Garzón non era con me, perché a condividere un presentimento si rischia sempre di vederselo smontare.

Trovai il cantiere con facilità seguendo le indicazioni dell'autotrasportatore. Tanto più che lo si vedeva da lontano: c'erano macchinari da costruzione e muratori al lavoro. Fu a uno di loro che dissi il mio nome e chiesi di vedere Sergej Ivanov. Assentì, si allontanò verso la baracca della direzione e tornò accompagnato dallo stesso Ivanov. Mi sorpresi dell'immensa perspicacia di certa gente: quel tipo era veramente preciso identico a Rasputin. Quaranta e passa anni, quasi cinquanta, barba rasa, capelli abbastanza lunghi portati dietro le orecchie, pantaloni e redingote nera, una sciarpa... Ma ormai era troppo vicino, staccai gli occhi da lui per non essere indiscreta e quando li rialzai, e vidi che Ivanov mi stava guardando direttamente negli occhi, ebbi un brivido. In quell'uomo vi era qualcosa di profondo, oscuro, uno spazio popolato di presenze pericolose, misteriose, pulsanti e vive come cuori strappati. Sorrise con un'espressione imperscrutabile, mi tese la mano, fredda, asciutta.

– Ispettore Delicado! In cosa posso servirla?

– Vede, mi sto occupando di un caso...

– Prima che vada avanti voglio dirle che la conosco.

– Mi conosce?

– L'ho vista mesi fa in televisione.

– Che coincidenza! Sono comparsa solo una volta.

– Guardo molto la televisione, mi aiuta a migliorare la lingua; e poi, passo tanto tempo nella mia umile baracca qui in cantiere... Quando gli operai vanno a casa io rimango qui da solo.

– Perché non prende una stanza in paese? Deve esserci qualche buon albergo.

– I lavori sono lunghi, non riuscirei a resistere in un albergo. Anche se mi vede impegnato in compiti così aridi, sono un uomo di studi, ispettore. Mi piace leggere. Qui mi sono sistemato bene. Posso invitarla nella mia modesta dimora a prendere una tazza di tè? L'ospitalità è sacra per noi russi, fa parte della nostra componente orientale.

Rimasi affascinata nel vedere l'interno di quella che mi era sembrata una normale baracca di cantiere. Era rivestita di legno, calda, accogliente, e comprendeva una saletta piena di libri, con un paio di comode poltrone, uno scrittoio e un grande samovar di ceramica a fiori.

– Qui posso prendere il mio tè, – disse Sergej. – Che gliene pare? Ho anche una minuscola cucina, più che sufficiente per me, un piccolo bagno e una camera da letto.

– Ritiro quel che ho appena detto sugli alberghi.

– E poi non vivo in completa solitudine, come ha potuto vedere, ci sono molti operai a farmi compagnia.

– E di notte un guardiano, immagino.

– No, non è necessario, basto io. Non sono un uomo timoroso, e non esiste alcun pericolo di furto. Inoltre abbiamo un cane da guardia.

Preparò un paio di deliziose tazze di tè e ci sedemmo. Mi offerse una sigaretta, che accettai.

– Ecco, così va meglio. Ma, mi dica, quale caso ha portato fin qui le sue indagini?

– Un caso di morte, signor Ivanov, la morte del giovane Esteban Riqué.

– Un assassinio?

– Assassinio, omicidio preterintenzionale... non lo sappiamo ancora. Vuole vedere una foto?

La prese fra le mani, ma il suo era un volto che non cambiava espressione in nessuna circostanza.

– Dio santo, un ragazzo giovanissimo!

– L'aveva mai visto?

– No, mai. Avrei dovuto vederlo? È mai venuto qui?

– Questo è appunto quel che volevo chiederle.

– Le ho già detto che non l'ho mai visto, ma possiamo domandare agli operai, al capocantiere.

– Lo farò, non si preoccupi, lo farò.

– E mi dica, ispettore, cosa l'ha indotta a venire fin qui? Forse questo ragazzo abitava nelle vicinanze?

– No, non abitava da queste parti, ma ci sono degli indizi che mi portano fin qui.

– Posso chiederle quali?

– Mi dispiace, non mi è possibile risponderle.

– D'ogni modo, conti sulla mia collaborazione.

– Molto bene. Ora, se non le dispiace, mi informi in generale su questi lavori, signor Ivanov.

– Ma naturalmente. Il cantiere appartiene a un consorzio di investitori russi. Se ha bisogno dei nomi, glieli farò avere. Io lavoro a nome loro, come delegato e uomo di fiducia, grazie al mio dominio dello spagnolo. Sovrintendo ai lavori.

– Lei parla lo spagnolo decisamente bene. Dove ha imparato?

– In Russia. Mia moglie era quella che voi chiamate una *niña de la guerra*, una dei bambini che furono spediti nel nostro paese dai comunisti. Non solo non aveva dimenticato la sua lingua, ma insieme ci sforzammo di perfezionarla.

– Ah, che storia curiosa! E dove si trova sua moglie adesso?

– Disgraziatamente, sono più di cinque anni che mi ha lasciato. Sono vedovo.

– Mi dispiace. E cos'è che state costruendo?

– Un villaggio di lusso. Ciascuno dei soci, i miei datori di lavoro, disporrà di una splendida casa per trascorrervi le vacanze e per ritirarvisi una volta raggiunta l'età della pensione. Il clima in Russia… che le posso dire?

– E l'edificio più grande?

– Le ho già detto che i miei capi sono uomini d'affari. Hanno in mente un piccolo albergo senza fini commerciali, una specie di foresteria per potervi accogliere visitatori o partecipanti a qualche convegno. Non credo di doverle ricordare che la Russia è un paese in espansione.

– Lo so, lo so.

Avrei giurato che il mio interrogatorio lo divertisse, che trovasse spassosa tutta la situazione. Aveva due occhi acutissimi che non mi toglieva di dosso. Mi faceva sentire insicura e imbarazzata.

– C'è qualcos'altro che vuole sapere? – mi chiese.

– Farò qualche domanda fra i muratori.

– Ma certo! Io non l'accompagnerò, così si sentirà più libera. Quando avrà finito uscirò a salutarla.

– Vi sono dei russi fra gli operai?

– No, assolutamente, non ho portato nessuno con me. Tutti i lavoratori sono stati contattati qui. Non sarà mica un ispettore del lavoro, per caso?

– Temo di no.

Alzandomi in piedi diedi una rapida occhiata agli scaffali. Mi guardò intensamente.

– Curiosità intellettuale?

– Visto che non capisco il russo me ne vado senza sapere cosa le piace leggere.

– Temi profondi, ispettore, sono un uomo insignificante, che però aspira a migliorarsi. Leggo i grandi classici del mio paese: Puškin, Tolstoj, Dostoevskij. Leggo di poesia, teatro, filosofia e perfino di teologia.

– Incredibile! Ha messo su una vera biblioteca. Per quanto tempo abiterà ancora qui?

– Fino alla fine dei lavori. Fra cinque o sei mesi la mia missione sarà compiuta e potrò tornarmene in Russia.

– Immagino che ci vedremo di nuovo.

– La riceverò con piacere. In attesa di una sua visita, terrò il samovar sempre acceso.

Mentre mi allontanavo, sentii per un pezzo il suo sguardo perforarmi la nuca. Chissà se stava ancora sorridendo con la sua enigmatica espressione.

Senza alcuna speranza feci un giro di domande fra gli operai. Nessuno aveva visto Esteban né altri ragazzi all'interno del cantiere. Eravamo in una zona molto isolata, una delle poche ancora pressoché vergini sulla costa fittamente edificata di Tarragona. Se qualche ragazzo fosse passato di lì, loro l'avrebbero visto. Il russo? Nemmeno il russo riceveva visite. Non c'era niente da fare. Decisi di andarmene e di non perdere altro tempo. Quella gente non sapeva di cosa stessi parlando. Altrimenti, Ivanov non mi avrebbe dato tutta quella libertà di fare domande, pensai. Letteratura, filosofia, Dostoevskij... tutto molto bello, peccato che non sapessi il russo. Eppure, bisognava essere ciechi per non notare al primo sguardo la gran quantità di croci impresse sul dorso dei libri che Ivanov aveva allineato sui suoi scaffali. E la croce è un segno internazionale. «Strano, un direttore dei lavori che legge di simili argomenti!» mi dissi. C'era sotto qualcosa che meritava di essere approfondito.

Mi fermai a mangiare un ignobile piatto unico in un autogrill. Quando ebbi finito chiamai il commissario col cellulare.

– Commissario Coronas, ho bisogno che lei verifichi rapidamente un paio di cose. Voglio sapere se è schedato qui o in Russia un certo Sergej Ivanov. Appena arrivo a Barcellona le spiego. E poi vorrei che si informasse presso i colleghi di Tarragona se il villaggio turistico L'Anatra Marina, di proprietà di certi russi, in costruzione sulla costa, è in regola. Crede di potersene occupare?

Se ne occupò. La sera lo raggiunsi nel suo ufficio e lo trovai sorridente, segno inequivocabile che aveva tutte le informazioni. In effetti, il villaggio russo denominato L'Anatra Marina era perfettamente in regola. Vendita dei terreni, imposte, permessi di costruzione, tutto a posto.

– Naturalmente i proprietari, uomini d'affari russi, devono appartenere alle nuove mafie, come quelli che stanno comprando ad Alicante, in Andalusia e in molte altre zone. Qui, però, non ci risulta niente a loro carico. Non ci sono ordini di cattura dell'Interpol contro di loro, né sospetti di alcun genere. I loro capitali sono puliti, danno posti di lavoro e niente offusca la loro rispettabilità. Finché non ne combinano qualcuna...

– E riguardo a Ivanov?

– Ho consultato anche l'Interpol e non c'è nessuna scheda. Ho cercato di mettermi in comunicazione via Internet con la polizia di Mosca, ma loro non sono ancora attrezzati. E poi, è possibilissimo che quest'individuo, se ha qualcosa da nascondere, sia qui con un nome fittizio e con documenti falsi.

– E allora, in che modo si può verificare...?

– In nessuno; a meno che... A meno che non vada lei stessa a Mosca e ponga le stesse domande alla polizia di lì.

– Lei mi autorizzerebbe, commissario?

– Sarebbe disposta a fare un viaggio simile?

– Domani stesso.

Si mise a ridere.

– Petra Delicado, crederà mica che parlassi sul serio?

– Ma naturalmente.

– Be', mi dispiace, è impossibile.

– Perché? Non è la prima volta che degli agenti del nostro commissariato vanno in trasferta all'estero.

– Sì, però di solito si tratta di casi di portata internazionale.

– Questo è un caso di portata internazionale.

– Io non la vedo così. Mi riferivo a traffici di droga.

– Andiamo, commissario, lei sa che ho passato un mucchio di tempo all'Ufficio Documentazione! Vuole che le sottoponga gli esempi di casi che hanno richiesto viaggi all'estero e che non avevano niente a che fare con gli stupefacenti?

– Sono convinto che ne troverebbe, ma il traffico di droga è il motivo più comune.

– Esiste forse un articolo del regolamento che dice: droga sì, omicidi no?

Vidi la collera affiorargli sul volto come un'eruzione.

– Senta, Petra, le ricordo che sono io a decidere cosa si fa qui dentro!

Cambiai subito il tono riducendolo a un'implorante mezza voce con note di disperazione.

– La prego di scusarmi, signor commissario. Non mi sono mai sognata di mettere in dubbio la sua autorità, solo che... mi creda, se un viaggio in Russia fosse l'unico modo per seguire fino in fondo la mia linea investigativa, la prego di darmene autorizzazione. Lei sa che in questo caso è in gioco fin dall'inizio una forte implicazione personale che non sono stata io a sceglierе. Possono esserci parecchi altri cadaveri che ci aspettano da qualche parte, signor commissario. Sono troppi i morti ormai.

Si calmò e la sua voce divenne paterna.

– Me ne rendo conto, Petra, e finora non le ho negato niente che potesse facilitare le indagini, ma quel che mi chiede ora è del tutto inconsueto... E molto costoso, per di più!

– Costoso? Si tratta solo di un volo aereo e di un paio di notti in albergo.

– Un volo aereo? Davvero pensa che la manderei da sola in Russia? Neanche per sogno, dovrà accompagnarla Garzón.

– Ma commissario, si tratta solo di fare delle verifiche presso gli uffici di polizia, non andrò di certo a cacciarmi nei bassifondi.

– Lei è impazzita! Ha un'idea di cos'è Mosca al giorno d'oggi? Una città senza legge! Possono tirarle via la pelle solo per rubarle i guanti. E può darsi che neppure chiusa in un commissariato sarebbe al sicuro. La corruzione è dilagante, abbiamo motivi per pensare che più della metà degli affari della mafia si svolgano con la connivenza della polizia.

– Questo non cambierebbe se mi accompagna Garzón.

– Garzón è un vecchio volpone e morde meglio di lei.

– Sì, ed è un uomo, è questo che voleva dire, no?

– Su Petra, non cominci con le rivendicazioni femministe, lo sa che mi dà sui nervi. E poi cosa cazzo mi tira fuori adesso contro Garzón? Siete sempre andati d'accordo.

– Non ho niente contro di lui. Va bene, accetto il suo piano, perché questo significa che mi autorizza a partire, vero, commissario?

Mi osservò, sorridendo di traverso.
– Petra Delicado, lo sa cosa mi muove a dirle di sì?
– No, signor commissario.
– Mi spaventa la possibilità di averla fra i piedi ventiquattr'ore su ventiquattro a rompermi le palle. Ma le dico una cosa, se dopo tutto questo casino che stiamo facendo le sue ipotesi sul caso dei peni tagliati risultassero false... allora chi si gioca la minchia sono io.
– A questo riguardo non posso dividere i rischi con lei, ma per solidarietà potrei tagliarmi un dito del piede.
Si mise a ridere.
– Va bene, allora vada a comunicare al viceispettore la sua triste sorte. Deve avere un diavolo per capello. È alla facolà di medicina da stamattina, a preparare il terreno per Palafolls.
– Lo troverò. Ah, commissario Coronas... e grazie davvero!
Si girò con una faccia di autoimposto malumore e se ne andò senza rispondere. In fondo, il commissario Coronas non era cattivo.

Avevo appena finito di mandar giù un conglomerato di semi di soia che era stata tutta la mia cena, quando suonò il telefono. Era il viceispettore.
– Petra, per Palafolls all'università è tutto sistemato.
– Coronas mi ha detto che è andata per le lunghe.
– Preferisco non parlarne.
– Sarà meglio, si risparmi le parolacce per dopo. Ne avrà bisogno quando saprà qual è la prossima mossa che faremo.

– Sta scherzando?

– Andiamo a Mosca, Fermín.

Seguì un silenzio sospetto. Mi aspettavo un'infinità di domande, ma ebbi soltanto questa risposta:

– Fenomenale! Questo è il tipo di viaggio che mi piace, in Russia in gennaio e in agosto nel Congo! Sì, perché no?

– Domani in ufficio glielo spiego, vedo che stasera non è dell'umore giusto.

8

Ho paura di volare. Non è sempre stato così: ho ereditato questa spiacevole fobia dal mio primo marito. Era un uomo equilibrato e composto, ma quando saliva su un aereo, perdeva ogni compostezza e diventava isterico. Dopo aver viaggiato per parecchi anni insieme a lui, invece di abituarmi cominciai anch'io a sentirmi insicura. Il mio ex marito combatteva la paura col Valium, io invece andavo giù di whisky. Preferivo essere un po' sbronza che arrivare a destinazione completamente instupidita.

Garzón fu sorpreso quando mi vide chiedere alla hostess la prima dose. Erano appena le nove di mattina. Ma non disse niente, si limitò a guardarmi di sottecchi con un certo scetticismo. Immaginai che fosse ancora arrabbiato: il suo senso pratico lo portava a considerare quell'avventura come nient'altro che una divagazione, una perdita di tempo, proprio quando avevamo tante cose da risolvere. Cercai di ingraziarmelo; la prospettiva di dover tollerare per una settimana le sue silenziose recriminazioni mi faceva venire i capelli dritti.

– Lei sopporta bene il freddo, Fermín?

– Parto preparato.

– Un processo di autoconvincimento?

– Nemmeno per sogno, mi sono comprato quattro paia di mutandoni lunghi. Ho fatto il militare a Burgos.

Quando ci portarono il pranzo Garzón spazzolò il suo vassoietto nel giro di pochi secondi. Io non assaggiai quasi niente, ma chiesi che mi versassero dell'altro whisky. Questa volta ebbi la compagnia del mio collega.

– Chi verrà a prenderci? – domandò.

– Aleksandr Rekov, ispettore di polizia. Lui ci assisterà e ci farà da accompagnatore e da guida per tutto il tempo che trascorreremo a Mosca.

– Se avessimo una foto di quel Sergej la cosa sarebbe più facile.

– Saremmo comunque obbligati a consultare gli archivi. Speriamo che quello sia il suo nome vero, o almeno un nome falso che risulti già in archivio.

– Sarebbe già una bella cosa se fosse schedato, mi creda.

– Immagino che la mafia russa lavori con dei professionisti.

– È sicura che saprebbe riconoscerlo se lo vedesse in foto? Le foto segnaletiche non sono mai molto buone. E poi questi russi sono dei trasformisti.

– E questa da dove l'ha tirata fuori?

– Non so, dico.

Al terzo whisky ero già riuscita ad autoconvincermi che eravamo in treno. Anche Garzón sembrava meno distruttivo. Visto che aveva fame e che non ci servivano altro si mise a chiacchierare.

– Da piccolo avevo letto le avventure di Michele Strogoff. Mi emozionavano molto le descrizioni della steppa russa. Per più di un anno andai in giro in bicicletta per la campagna castigliana pensando di essere un emissario dello zar.

– Che bellezza!

– Non creda: mio padre mi disse che trascuravo le bestie, mi diede una gran lavata di capo e mi tolse la bicicletta. Io mi sono sempre scontrato con la realtà, Petra, dura come una roccia.

– Ma nessuno potrà mai toglierle il senso di libertà provato in quelle corse per la campagna.

– Questo è vero, ma non so se serva a qualcosa.

– Anche a me la Russia ricorda dei romanzi, quelli di Tolstoj e di Dostoevskij. Mi è sempre sembrato un paese misterioso, immenso, mistico... il grande paese in cui si perdono inesorabilmente gli eserciti invasori.

Garzón invece si era perso nelle fantasticherie o nei vapori del whisky. Improvvisamente cambiò argomento:

– Pensa di rimettersi con Pepe?

Lo guardai senza neppure prendermi il disturbo di mostrarmi seccata.

– No. Perché me lo chiede?

– L'altro giorno lui stesso mi diceva che gli pareva di sentire di nuovo un'attrazione reciproca.

– Guardi, la necessità di sentirsi attratti o di attrarre, la sentiamo tutti dentro di noi. Di tanto in tanto abbiamo bisogno di farla venir fuori, e allora la cosa più facile è guardarsi indietro, se se ne ha la possibilità. Ma tornare indietro non è che una soluzione di comodo, un miraggio da cui bisogna fuggire.

– Mi piace molto quando elabora queste teorie, ma

non credo che abbia ragione. Anch'io ho la mia teoria: penso che nel passato lasciamo pezzi del nostro cuore che è sempre bello ritrovare.

Detestavo lo stile di Garzón quando si lasciava prendere dalla vena poetica.

– La pianti di fare il nostalgico e mi canti un'altra delle sue canzoncine sui cazzi.

Non si fece pregare. Guardò in tutte le direzioni per accertarsi che nessuno potesse sentirlo e, abbassando la voce arrochita dall'alcol, intonò:

Ho la minchia assai nervosa,
e sente grande emozione
perché le dame vezzose
la riempiono di tensione.
Ma io le dico: piccina,
non essere troppo molesta,
ché dopo la battaglia
abbasserai la testa.

Mi piaceva la sua faccia da bambino saputello mentre lanciava al vento le sue innocenti oscenità. Ridemmo sottovoce per non richiamare l'attenzione.

– Adesso penso che farò un sonnellino, viceispettore, mi chiami quando arriviamo sopra le steppe.

Credo che Garzón non si sognasse nemmeno di dormire. Lo sentii chiedere un altro vassoio alla hostess. Era chiaro che pensava di arrivare meno patito di Strogoff al suo appuntamento con lo zar.

Quando scendemmo dalla scaletta dell'aereo, Mosca ci ricevette con un'aria gelida. Ci rendemmo subito conto di non essere equipaggiati per quel freddo. Ci lamentammo fra noi mentre effettuavamo le manovre di ritiro dei bagagli. Non appena lasciammo l'area degli sbarchi internazionali il nostro sguardo cominciò a vagare fra la gente in cerca della persona che doveva essere lì ad aspettarci. All'improvviso vidi un rozzo cartello con su scritto: «PETRA DELICADO». Alzai gli occhi. L'uomo che lo mostrava era alto e robusto, aveva vividi occhi azzurri e zigomi alti. Un autentico slavo. Gli attribuii una quarantina d'anni prima di sorridergli. Anche lui sorrise.

– Petra Delicado? – domandò mostrando una perfetta dentatura bianca.

– Aleksandr Rekov, *I presume*.

Il suono della mia voce mi rivelò che avevo già cominciato a sbattere le ciglia prima ancora di propormelo. La mia mano si perse nel suo solido e gigantesco palmo. Non era solo. Al suo fianco comparve un uomo sui sessant'anni, basso, tarchiato, duro come il cuoio. Mi parve un perfetto erede dei classici *mugik*. Rekov ce lo presentò come il suo assistente, Dmitrij Silaiev. Non parlava l'inglese, perciò tanto lui quanto Garzón erano condannati al silenzio.

Rekov aveva una bella voce grave dalle risonanze cosacche. Mi spiegò che ci avrebbero accompagnati in albergo, ci avrebbero dato due ore di tempo per riposare e poi sarebbero venuti a prenderci per condurci in commissariato e cominciare la nostra prima giornata di lavoro in comune. Il vento che ci flagellò mentre raggiungevamo la macchina mi paralizzò. Bruciava, pungeva, mi entrò dalle orecchie fino al centro della testa. Sentii bestemmiare

Garzón mentre cercava di rialzarmi l'insufficiente bavero del cappotto. Allora Rekov fece una cosa che mi lasciò senza parole. Con una risata secca e giocosa si avvicinò e, aprendosi la pelliccia ampia e spessa che portava, la stese su di me come un'ala protettrice stringendomi contro il suo corpo. «*Excuse me*», mormorò. Allora sentii il calore avvolgente che emanava da lui, la durezza dei suoi muscoli, il penetrante e insieme dolce profumo di tabacco e di tè della sua pelle. «Petra», mi dissi, «è possibile che Napoleone e Hitler siano usciti sconfitti da questo paese, ma com'è vero Dio tu non puoi andartene dalla grande madre Russia senza aver conquistato quest'uomo». Il destino stava cominciando a saldare i suoi debiti.

L'albergo era uno schifo e quando, dopo aver disfatto le valigie, mi ritrovai con Garzón nella hall, mi toccò sorbirmi le sue proteste sulla mancanza di comodità delle nostre camere. Per me era tutto lo stesso, e se in quel momento mi avessero chiesto perché fossimo andati fino a Mosca, avrei giurato che non lo sapevo. La mia mente era completamente catturata dal mio primo contatto con Rekov. Un'allucinazione momentanea? Neanche per sogno. Un'ora dopo me lo vidi di nuovo davanti e le mie prime impressioni si trasformarono in immense certezze. Rekov era un uomo dal magnetismo selvaggio, travolgente. Tutto in lui mi imprigionava i sensi e mi teneva attaccata come una chiave a una calamita: i suoi tratti virili e un po' misteriosi, la vastità del suo torace, le membra possenti, il movimento sicuro e maestoso del suo corpo. Fumava con la mano sinistra e esibiva negli occhi d'acciaio un'ironia gioviale che non escludeva l'amabilità. Era chiaro che dovevo fare attenzione, perché senza dubbio era un tipo di quelli che giocano duro.

Prima di ogni altra cosa, ci portarono in un negozio dove comprammo colbacchi e pellicce a spese del commissariato. Coronas non ne sarebbe stato molto contento, ma anche lui al nostro posto avrebbe fatto lo stesso. Garzón aveva un'aria stranissima con la pelata coperta e due grosse orecchie cadenti ai lati della sua faccia da cagnone. L'impassibile Silaiev lo aiutò a scegliere un cappotto che si adattasse alle rotondità della sua figura. Si capivano abbastanza bene a gesti, anche se mi parve di percepire che una comunicazione più profonda non sarebbe stata facile fra loro.

Poi andammo al commissariato di Rekov e Silaiev. Era in centro, in una strada squallida e grigia dove la neve si ammonticchiava sui marciapiedi sporchi. Con un solo sguardo, Garzón ed io ci scambiammo una prima osservazione evidente: in confronto i nostri uffici di Barcellona erano il Taj-Mahal. Mobili vecchi, archivi polverosi, pareti scrostate... Tutto però era più grande, qualità immancabile dei grandi paesi in cui gli spazi rispondono a una sorta di gigantismo percettivo.

Ci sedemmo tutti e quattro intorno a un tavolo da riunioni che sembrava un catafalco. Il primo passo consisteva nell'esporre il caso ai nostri colleghi russi. Consegnai loro le fotografie delle autopsie e degli oggetti trovati nei peni. Rekov le distribuì fra i suoi archivisti. Cercammo di riassumere i fatti. Io facevo la mia narrazione in inglese e Rekov ne traduceva i particolari al suo collega. Mi divertiva vedere le espressioni di sorpresa che il buon Silaiev cercava di dissimulare. Rekov rimaneva inespressivo, anche se sembrava sempre più accigliato via via che parlavo. Lo attribuii al suo crescente interesse.

– Abbiamo avuto casi raccapriccianti qui da noi. La stampa occidentale si è occupata di alcuni di essi, forse ne avrai sentito parlare anche tu. Serial killer con tendenze al cannibalismo come il Macellaio di Rostov, barboni mutilati di cui erano stati mangiati degli organi, vendette terribili delle mafie con amputazioni di parti del corpo... ma quello che mi dici è davvero strano, perché se non ci sono corpi che corrispondono a tutti quei peni...

– Di corpi, purtroppo, ce ne sono già due.

Gli occhi azzurro mare di Rekov intensificavano lo sguardo fino a trasformarsi in due fessure ogni volta che io aggiungevo un nuovo dato. Era molto affascinante. Quando citai il nome di Anatoli Esvrilenko, che figurava al fronte dell'operazione immobiliare sulla costa di Tarragona, assentì rapidamente.

– Certo che lo conosco. È potente, ha molta gente che lavora per lui. È a capo di attività legali che ne coprono altre al di fuori di ogni controllo. Abbiamo cercato di inchiodarlo più volte, per ora senza risultati.

– Per lui lavora un certo Sergej Ivanov. Crede che potremmo saperne qualcosa di più?

– Ce ne occuperemo domani stesso. Affiancheremo al lavoro d'ufficio delle indagini sul campo. Salterà fuori.

– Abbiamo solo una settimana.

– Il tempo è un concetto relativo. Traducilo al viceispettore Garzón.

– Sarà meglio che non glielo dica: forse non apprezzerebbe, lui non vede l'ora di tornare.

Rise fra i denti e si disegnarono delle pieghe nella sua pelle indurita dal freddo.

– E cosa mi dici dell'ultimo messaggio che mi hanno mandato? Cosa pensi di questa iscrizione?

– Ripetimi la frase.

– Blochin, yuctgiu kak bozgyx.

– Blochin, puro come il vento.

– Esatto. Hai qualche idea di chi possa essere questo Blochin, se sia censito nei vostri archivi?

– Verificheremo anche questo. Non preoccuparti, ispettore Delicado, lavoreremo per una settimana come se non esistesse nient'altro al mondo.

Gli sorrisi compiaciuta.

– Certo, spesso dimentichiamo che i casi non si risolvono con colpi di fortuna o deduzioni improvvise e brillanti, ma col duro lavoro.

– Stai cercando di convincere dei vantaggi del duro lavoro un russo appena uscito dal regime sovietico?

– Non cercherei di convincerti di niente di cui tu non fossi già sicuro.

Ci scambiammo uno sguardo pieno di reciproca attrazione. E dato che già da un po' non fornivamo alcuna traduzione ai nostri rispettivi colleghi, Garzón si spazientì:

– Che cazzo state dicendo, ispettore?

– Che il lavoro è importante.

– E be', sì...

Il poveretto era di pessimo umore. Si era fatto molto tardi e non avevamo mangiato niente di decente per tutto il giorno. Per fortuna Aleksandr ci aveva pensato.

– Adesso, se me lo permettete, il nostro commissariato ha il piacere di invitarvi a cena. Il mio assistente Silaiev ed io vi porteremo in una taverna dove si mangia bene.

Silaiev fece il saluto militare e rimase serio come prima. Sentii borbottare Garzón:

– Buona idea, mangiamo qualcosa, perché a uno come me due vassoietti d'aereo non gli fanno neanche il solletico.

L'aria della notte ci accoltellò i polmoni. Le strade erano deserte, ma il freddo era così intenso che sembrava avere consistenza e volume propri. I pneumatici slittavano e solo la perizia e l'abitudine di Rekov ci permettevano di avanzare sicuri sulla brina. Finalmente arrivammo davanti a un immenso portone di legno e un ragazzo venne a parcheggiarci la macchina.

Entrare in quella taverna fu stupefacente. Come una resurrezione. Dopo il deserto di ghiaccio la terra si apriva e il suo ventre ti accoglieva. Calore, musica, risate, odore di piatti appetitosi e di tabacco aromatico. Su un palco una piccola orchestra sgranava melodie vibranti. Ragazze vestite da zingare servivano boccali di birra. Ci sbarazzammo dei cappotti e sentii un'ondata di sangue affluirmi alle guance. Rekov mi disse, gridando per farsi sentire:

– Può sembrare un po' folcloristico, ma non lo è: si mangia benissimo e c'è molta vita. Se ci fai caso vedrai che di turisti non ce ne sono.

– Credevo che ultimamente a Mosca i turisti li rapinassero e li buttassero immediatamente nel Volga.

– Questo è assolutamente vero, ma se ne resta qualcuno sano e con i soldi in tasca ci assicuriamo che non venga a disturbarci nei posti che ci piacciono.

Appena fummo seduti a tavola Rekov ordinò vodka e birra. Lo pregai di pensare lui al menu, e dopo una breve attesa ci portarono delle scodelle fumanti. Era una bella zuppa densa, con pezzi di porro, di carne, di barbabietola e di verza. Era deliziosa. Garzón, assaggiandola, alzò gli occhi al cielo e gridò un «alleluia!» che i nostri ospiti furono in grado di comprendere benissimo. Silaiev ingollava impassibile, aprendo la bocca solo per mangiare.

– Non è molto comunicativo il tuo assistente, vero?

– Oh, è un uomo di poche parole! Ma nessuno è più efficiente di lui. Sono anni che lavoriamo in coppia e ci capiamo alla perfezione. Anche tu ti trovi bene col tuo vice?

– Sì, anche se a volte mi tocca far valere la mia autorità.

– Non è facile comandare per una donna.

– Mi fa piacere che tu lo riconosca, anche se me la cavo senza problemi.

– Ma brava! Comandi anche a casa tua?

– Non ne ho bisogno, vivo sola. E tu?

– Completamente solo.

Ci scambiammo uno sguardo divertito, constatando che tutto funzionava come doveva. Garzón non si preoccupava più della traduzione, preso com'era da un piatto di polpette piccanti che ci servirono per secondo. Osservai che Silaiev ricorreva con un'assiduità allarmante alla bottiglia della vodka, ma è nota la passione dei russi per l'alcol, e per essere esatti nemmeno Aleksandr se la cavava male. Immaginai che fossero abituati.

La gente che ci circondava sembrava allegra e felice. Pensai che la crisi in cui il paese era immerso lasciava pur sempre qualche spiraglio da cui sfuggire. Certo, la Russia era un grande paese e Mosca una città enorme; doveva esserci gente che se la passava peggio. Provavo curiosità per la nuova povertà, e avrei voluto fare molte domande a Rekov, ma temevo di offendere il suo orgoglio nazionale. Mi limitai a godere della musica elettrizzante e a bere come tutti gli altri. In breve mi ritrovai in perfetta pace con me stessa, disinibita e allegra. Cominciai a guardare Rekov con assoluta sfacciataggine, senza pretendere niente, solo per il piacere di vederlo, di indovinare il suo carattere, il suo passato. Mi piacevano il volume scolpito e regolare della sua faccia, i segni delle battaglie sulla sua fronte, la bocca dalle labbra sottili e amare, i capelli lisci. Credetti di indovinare che aveva una storia lunga e profonda alle spalle, una conoscenza disincantata degli uomini, una stanchezza contro la quale combatteva in ogni gesto. Lo immaginai disincantato quanto me. Una storia punteggiata di durezze, forse qualche tragedia, molte donne. Io non ne avrei mai saputo niente, anche se quasi sicuramente quella notte sarei andata a letto con lui. E non ne avrei mai saputo niente perché non gliel'avrei chiesto. A quale scopo? A quale scopo cercare di sapere quel che non si può cambiare? Perché rovinare gli incontri che il destino ci regala con belle frasi, con bugie? «Ah, mio caro Aleksandr!» pensai, resa euforica e placida dalla vodka. «Approfitteremo del presente fino all'ultimo e poi continueremo la nostra vita sapendo della reciproca esistenza, e niente di più».

Nemmeno lui mi toglieva gli occhi di dosso, e non cercava alcun alibi o scusa per farlo, tanto che alla fine della cena il desiderio che fluiva fra noi era così consistente che temetti diventasse visibile e materiale come la vodka che ci eravamo scolati. Ma non c'era pericolo, Silaiev aveva degnamente concluso la sua bevuta e avrei giurato che vacillasse sulla sedia. Quanto a Garzón, aveva subito un trasporto così intenso nel mangiare, che ora si riprendeva in silenzio come un monaco buddhista dopo la preghiera.

Sulla porta del ristorante l'assistente di Aleksandr ci salutò con un batter di tacchi dei suoi robusti stivali. Mi preoccupai quando lo vidi allontanarsi fra la neve con passo insicuro. Lo dissi a Rekov, e lui si mise a ridere.

– Dmitrij? Potrebbe continuare a bere per altre due o tre ore. Non preoccuparti, la passeggiata fino a casa lo snebbierà del tutto. Andiamo, vi accompagno in albergo.

Una volta arrivati parcheggiò e ci scortò fin nella hall. Ma Garzón non dava segni di volersene andare, di modo che li invitai a prendere qualcosa al bar. Non c'era quasi nessuno: un paio di gruppetti di uomini che bevevano stancamente. Ordinammo di nuovo vodka. Studiai il viceispettore per vedere se era ubriaco, ma aveva un aspetto abbastanza normale. Anche se non normale al cento per cento giacché di colpo saltò su e disse a Rekov:

– Voi avete mandato a rotoli l'Unione Sovietica, e questo molta gente non ve lo perdonerà mai.

Il russo non se la prese troppo quando mi vidi obbligata a tradurre.

– Di' al tuo collega che ha ragione. E digli che non sono sicuro se questo sia un bene o un male, ma bisogna tener conto che la Russia è un paese grande, complicato, tragico, e che siamo stanchi di essere un simbolo per il mondo. Vogliamo liberarci per una volta della nostra grandezza e cercare di risolvere in modo pratico i nostri problemi. Ci meritiamo un riposo storico. Insomma, traduciglielo.

Tradussi, osservando con pazienza infinita gli occhi bovini di Garzón fissi nell'aria e la caduta lentissima delle sue ciglia. Si fece il silenzio e alla fine il mio collega replicò: – Sì, però che colpa ne abbiamo noi? Gli dica che anche la Spagna è un paese tragico all'ennesima potenza. Sa come si dice ennesima potenza in inglese? Be', il fatto è che noi siamo piccoli e abbiamo bisogno di un'illusione per andare avanti e pretendere giustizia.

– Manco per sogno Fermín, io non traduco niente del genere perché è tardissimo e poi perché è una sonora cazzata e credo che la cosa migliore che possiamo fare è andarcene subito tutti a dormire!

Assentì docilmente. Ci alzammo e andammo alla reception. Lo lasciai chiedere la chiave sotto lo sguardo di Aleksandr, ma stronzo com'era non se ne andò e rimase ad aspettare che anch'io prendessi la mia. Non potei far altro che salutare il russo per non rendere la situazione ancora più imbarazzante.

Mentre salivamo in ascensore non rivolsi nemmeno la parola al mio vice; e una volta al mio piano, me ne uscii senza neanche dirgli buonanotte. Non so se se ne fosse accorto. Non mi importava. L'avrei assassinato affettandogli il pene per la mia collezione. Certo, la colpa era mia. Perché diavolo non ero salita con Rekov alla faccia sua? Dove pensavo di trovarmi, a un tè vittoriano? Mi tolsi il cappotto e lo gettai con rabbia sul letto facendo crollare la lampada. «Cazzo, qui in Russia non c'è niente che funzioni!» gridai sull'orlo della disperazione. Fu allora che bussarono alla porta. La raggiunsi in due falcate pensando che fosse Garzón. Di sicuro voleva che gli traducessi le istruzioni per usare la doccia... E invece no, era Aleksandr Rekov, col suo sorriso ironico, in silenzio. Giocava duro, proprio come avevo intuito. Aprì le braccia allargando le falde della sua pelliccia, in gesto di supplica. Mi raggiunse il suo odore meraviglioso di tabacco e di lana e di pelle calda. Lo lasciai entrare.

Diavolo, non sono mai stata un'appassionata di battaglie, ma devo riconoscere che quella notte compresi perché quell'imperialista di Napoleone e quel figlio di puttana di Hitler rimpiansero tanto di non aver conquistato la Russia. Le montagne, le tundre innevate, le steppe che si perdono all'orizzonte. L'immensità.

La mattina seguente accompagnai Aleksandr fin sulla porta dell'albergo; ci saremmo visti un'ora più tardi in commissariato. Garzón stava già facendo colazione e ci vide passare. Sorrise forzatamente quando mi sedetti, e mi chiese subito:

– L'imperatore Rekov è già arrivato? Significa che ci sono novità?

– No. È appena andato via, – replicai, e perché non rimanesse alcun dubbio, aggiunsi: – Ha passato la notte con me.

Annuì fingendo indifferenza. Stavo subendo un'allucinazione o Garzón mi teneva il muso? Mi servii la colazione con inusuale energia e non aprii bocca dall'inizio alla fine. Nemmeno lui. Vedendo che si preparava ad ammucchiare una nuova razione di dolci sul piatto, gli dissi di fare in fretta:

– Si sbrighi, viceispettore, ci aspettano fra poco.

Assentì con faccia scazzata.

Rekov era già nel suo ufficio, con Dmitrij Silaiev, tutti e due a prendere il tè come se niente fosse. Osservai che il primo mi guardava con assoluta professionalità, senza sottintesi né tenerezze. Perfetto, sapeva comportarsi.

– Per cominciare dirò che Ivanov non figura sotto il suo nome nei nostri archivi. Abbiamo selezionato i dossier in cui potrebbe comparire. Il materiale che abbiamo in computer è scarso. Sono quasi tutte schede da vagliare una per una. Possiamo cominciare?

Passammo più di un'ora osservando una faccia dopo l'altra sullo schermo, di fronte e di profilo. Poi passammo ai dossier che Rekov e Silaiev avevano ammucchiato sulla scrivania. Di tanto in tanto ci veniva servita una tazza di tè.

A metà mattina un impiegato amministrativo fece la sua comparsa portando a Rekov delle carte.

– Qui abbiamo tutti i dati sulle attività recenti di Anatoli Esvrilenko, tutto quel che è stato possibile verificare.

Mentre lui lavorava su quei documenti, io perseveravo nel mio difficile compito. Silaiev mi metteva sotto gli occhi le fotografie e Garzón le rimetteva al loro posto dopo che le avevo viste. Devo dire che formavamo una squadra ben sincronizzata.

A mezzogiorno mangiammo un semplice panino e Aleksandr ci spiegò:

– Gli ultimi affari di Esvrilenko appaiono assolutamente in regola. È vero che ha investito in paesi stranieri, in Spagna, in Portogallo e in Italia. Non abbiamo informazioni esaurienti su queste transazioni, ma pare che in Spagna, in effetti, intenda costruire un villaggio turistico. Niente che abbia a che fare con i giovani né con la prostituzione; anche se non possiamo esserne certi. Tuttavia, i traffici legati al sesso non sono fra le specialità di Esvrilenko.

– Cosa intendi dire?

– Sebbene non esistano regole precise, i mafiosi si sono in un certo senso suddivisi le competenze. Un certo Drosogij sembra essere sulla cresta dell'onda per tutti gli affari riguardanti la prostituzione. Esvrilenko si dedica di più al gioco, agli stupefacenti e ai locali notturni. Questo però non esclude che abbia messo su una rete di pedofili o qualunque altra porcheria del genere. I miei colleghi stanno investigando.

– Si sa qualcosa di Ivanov?

– Non è fra i suoi collaboratori soliti. Forse si tratta di un nuovo acquisto.

– E questo qui manda uno che non conosce a occuparsi dei suoi affari in un posto dove non può controllarlo? Non mi sembra molto logico.

– Certo, in apparenza non lo è, ma per qualche ragione si fida di lui.

– Potremmo parlare con Esvrilenko?

– Lo faremo, anche se non servirà a niente.

– Forse così lo costringeremo a fare qualche mossa che si ripercuota su Ivanov. Alcuni uomini del mio commissariato lo stanno sorvegliando.

– Domani andremo nel suo quartier generale.

Per tutto il pomeriggio vidi sfilare centinaia di foto. Senza alcun risultato. La fisionomia di Ivanov era così caratteristica che per quanto avesse potuto camuffarsi, ero sicura di non sbagliare. Verso le sette avevo gli occhi così rossi che mi bruciavano. Dovemmo fermarci. Rekov, per fare una pausa, si offrì come guida per un giro turistico di tutto riposo. Quella sera saremmo andati in uno dei locali notturni di Esvrilenko, dove si riunivano i suoi uomini. Il giro turistico non includeva né Garzón né Silaiev, che avrebbero passeggiato per conto loro. Dovetti sopportare le proteste del mio collega quando glielo spiegai.

– Ma se non abbiamo nessuna lingua in comune!

– A Silaiev non importerà, lui parla pochissimo.

– Ma che bella prospettiva!

– Non siamo venuti qui per divertirci, – gli dissi con perfetta ipocrisia. Lui represse la risposta che aveva in mente e se ne andò col buon Dmitrij, che non aveva sorriso neppure una volta.

– Formano una coppia armoniosa, – fu la battuta di Aleksandr quando li vide allontanarsi.

– È meraviglioso non averli fra i piedi per un po'; Garzón sta diventando insopportabile.

– Io credo che soffra di gelosia.

Gli lanciai uno sguardo malizioso e finalmente ce ne andammo da quel maledetto commissariato pieno di polvere e di foto.

Passeggiare con Aleksandr Rekov nella Piazza Rossa fu un'esperienza indimenticabile. Al suo fianco mi sentivo come Anna Karenina accanto al conte Vronskij, ma molto meno angosciata. Pensai che era esaltante avere un amante russo, un vero pezzo d'uomo di cui non conoscevo altro che il fascino virile. Questo era il vero turismo, non visitare monumenti! Camminavamo e chiacchieravamo instancabilmente sulla grandezza della Russia, la profondità dell'anima russa, il suo mistero.

– A volte penso che siamo solo un popolo di barbari contadini; altre volte sono più ottimista e sento sulle mie spalle il peso di una cultura millenaria.

– Non è sempre piacevole l'idea di appartenere a un antico impero.

– Tu credi che voi spagnoli e noi russi abbiamo ancora un po' di febbre imperialista nelle vene?

– Un certo orgoglio, forse, un pizzico di fierezza.

– Molto diluito, Petra, molto diluito. Guarda me, io sono solo un lupo solitario che si accontenta di un lavoro duro e di un minuscolo appartamento malandato.

– Cos'è per te il peggio della vita in solitudine?

– Forse non avere nessuno con cui condividere la gioia. La tristezza preferisco sopportarla da solo, ma la gioia... E per te?

– Be'... la monotonia; sì, la monotonia. Mi piacerebbe avere accanto qualcuno capace di propormi esperienze insolite, cambiamenti. Il mio carattere ha un lato avventuroso, ma non sono tanto capace di alimentarlo da sola; almeno non con la frequenza necessaria.

Sorrise, poi rise. Mi passò un braccio sulla spalla.

– Una donna forte la nostra Petra Delicado, vero?

– Indurita dalle circostanze, ma non mi lamento.

– Mi piace la gente che non si lamenta. Detesto certi miei connazionali che parlano dei tempi del comunismo come se avessimo subito una maledizione del cielo. Non bisogna dimenticare il passato, ma nemmeno il passato del passato. Non bisogna credere nelle soluzioni facili, nelle promesse, né reclamare istericamente miglioramenti. La vita è dura, crudele, atroce, e niente ci fa pensare che possa cambiare troppo.

Il suo tono si era fatto lugubre, e la sua faccia scura. Poi, di colpo, tornò a sorridere, a ridere, finalmente.

– Esperienze insolite, eh? Qualcuno dovrebbe proporti delle esperienze insolite!

Cenammo in una taverna e alle dieci in punto uscimmo di corsa verso il Rex, il locale dove avevamo appuntamento con i nostri colleghi.

Era un'enorme sala démodée, arredata con un lusso un po' straccione in stile anni venti. Un nugolo di tavolini con l'abat-jour rosso circondava la pista centrale. La gente cominciava ad arrivare. C'erano gruppi di turisti. Delle balalaike suonavano, e appesa al soffitto una grande sfera di cristallo con migliaia di sfaccettature lanciava riflessi in tutte le direzioni. Un orrore.

– Questa è la principale tana dell'orco. C'è un primo spettacolo per turisti e coppie. Ma all'una tutti se ne vanno e comincia un secondo programma molto più sostanzioso. Ci vengono i seguaci di Esvrilenko. Qui si incontrano, concludono affari d'ogni genere.

– E Esvrilenko?

– Certe volte viene anche lui, altre no.

– Visto che lo sapete, perché non lo arrestate?

– A volte lo facciamo per qualche episodio particolare, ma non è facile incastrarlo. Lo sottoponiamo a una specie di assedio continuo.

– È vero quel che si racconta della corruzione poliziesca di questa città?

– È vero.

– E tu sei uno di quei poliziotti corrotti?

– Tu cosa credi?

– Come posso saperlo? Che sia venuta a letto con te non vuol dire che tu sia un angelo.

– Ma può significare che credi nella mia sincerità quando ti dico che non lo sono.

– In effetti, dovrò crederci.

Le pupille gli ballavano, più burlone che mai, negli occhi inquieti. Guardai l'orologio, Garzón e Silaiev stavano davvero tardando.

– Non si saranno mica persi i nostri bracci destri?

– È strano, ma dato che è così, credo che dovremo cominciare a bere con la sinistra.

Ordinò una bottiglia di spumante. Continuavano ad affluire gruppetti di turisti parati a festa. Di colpo, la pista si illuminò e comparve una bella zingara accompagnata da tre violinisti zigani. Si lanciò sorridente in una serie di belle canzoni che intervallavano slanci di folle passione con passaggi lenti e tristissimi. Riconobbi soltanto «Occhi neri». Aleksandr seguiva la musica con evidente piacere, quasi con emozione. Si rese conto che lo stavo osservando.

– A noi russi piace il nostro folclore, e a voi spagnoli?

– Forse ci piace, ma non lo ammettiamo facilmente.

– Mi riesce difficile capirlo.

– È ancora più difficile spiegarlo.

Pensai che non era il momento più opportuno per risalire all'esaltazione romantica dello spirito del popolo, tanto più che cominciavo a essere preoccupata per il ritardo di Silaiev e di Garzón. Sarebbe stato il colmo che fosse il mio «guardaspalle» a dover essere protetto.

Dopo la cantante, entrò in scena un mago che estraeva pupazzi di peluche da dei berretti, nuova versione non troppo originale del vecchio gioco del coniglio dal cilindro.

– Aleksandr, sono preoccupata, può essere successo qualcosa?

Negò categoricamente.

– Mai con Dmitrij. Dmitrij è come un vecchio orso di montagna sfuggito a decine di trappole. Ha cicatrici dappertutto, ma è sempre più inafferrabile, e più pericoloso.

In effetti, un'ora dopo, quando una specie di coro di rematori del Volga cantava a voce spiegata canzoni altrettanto strazianti per il cuore e per i timpani, vedemmo avanzare fra i tavoli i due dispersi. Silaiev era come sempre, impassibile e tutto d'un pezzo, mentre Garzón aveva in faccia un sorriso che andava da un orecchio all'altro. Ciascuno dovette fare rapporto al proprio superiore gridandogli nell'orecchio, ma quando Garzón si avvicinò al mio il suo alito mi fece fare un salto.

– Fermín, ma lei ha bevuto!

– Non abbiamo smesso un istante. Cosa voleva che facessi con questo disgraziato di Silaiev? Beve come un cosacco, quello lì, ma poi non gli succede niente. È molto spiritoso però, non creda, ci siamo fatti delle belle risate tutti e due.

– Capisco. Avrebbe dovuto pensarci prima, visto che non è abituato.

– Non è mai troppo tardi per prendere una buona abitudine! Le faccio notare che questa vodka non è poi così male, mi sembra una cosa sana.

Guardai Aleksandr con allarme e lui mi restituì lo sguardo, ironico e divertito. Ordinarono vodka a dispetto della mia faccia scandalizzata. La serata continuò infilando uno dopo l'altro numeri triti e ritriti che i turisti applaudivano fino a spellarsi le mani. Alla fine uscì sulla pista una squadriglia di cosacchi vestiti di nero che, in quello che sembrava essere il piatto forte, si lanciarono in danze vigorose, convulsamente rapide, esibendosi in piroette che sfidavano la legge di gravità. Ballavano tutti insieme, a due a due, simulando una lotta, e poi facendo a gara a chi piroettava più in alto. Gli spettatori erano entusiasti e partecipi, lanciavano grida di incitamento, prorompevano in applausi scatenati. Uno dei ballerini cominciò a chiedere al pubblico di accompagnare, battendo le mani, le evoluzioni del ballerino di turno. L'effetto di coinvolgimento riuscì perfettamente. Quando il meccanismo fu ripetuto per almeno cinque minuti, colui che in quel momento faceva da maestro delle danze cominciò a invitare a gesti, assecondato dai danzatori, qualcuno del pubblico affinché saltasse sulla pista e si unisse al ballo. La gente rideva a crepapelle e negava con la testa senza smettere di segnare il tempo con le mani. Infuriava il ritmo di «Kalinka». All'improvviso, dinanzi alla sorpresa generale del nostro tavolo, Dmitrij Silaiev si alzò e, afferrato per un braccio Garzón, lo trascinò sulla pista. La vodka mi si fermò in gola, e capii subito che avrei fatto meglio a tossire tenendo gli occhi ben aperti perché quello non era che l'inizio. E così fu. Come se non avessero fatto altro per l'intera serata, i due piedipiatti si diedero da fare imitando le piroette cui avevano assistito. L'immagine usata da Rekov per descrivere il suo subordinato si dimostrò esatta: era come un orso di montagna. Saltava, slanciava le gambe alla cosacca senza perdere l'equilibrio e poi si abbassava e tornava a rialzarsi come se non sentisse nemmeno i suoi cento chili. Ma ancor di più mi sorprese vedere Garzón, che faceva quel che poteva, il che non era poco. Anche lui sembrava un orso, ma piuttosto un orso della Cantabria, in via d'estinzione. Eppure niente di quello spettacolo deplorevole sembrava infastidire il pubblico; anzi, tutto sembrava indicare che si stavano divertendo alla grande. Incitavano, gridavano, battevano le mani ritmicamente ed emettevano fischi potentissimi.

Guardai angosciata Aleksandr e mi accorsi che rideva come un matto.

– Non puoi far niente per fermarli? – domandai.

– E perché dovrei farlo?

– Sono preoccupata per Garzón, ho paura che finisca lungo disteso.

– Ti pagano per fargli da baby-sitter?

– No, ma so che domani si pentirà di essersi lasciato andare.

– Non c'è niente di male nel ballare e divertirsi, nel prendersi una bella sbronza, sono tutti modi per tenere lontana la morte.

Maledetto russo! pensai, come osava...? Eppure no, aveva ragione, al diavolo il viceispettore e il suo compare. Peggio per loro! Mi rilassai e riuscii perfino a farmi quattro risate alle spalle di quei due plantigradi in pieno delirio.

Con quella gran baraonda finì la prima parte dello show, riportando al tavolo i nostri due uomini sudati e ansimanti. Sospirai di sollievo. Secondo i nostri programmi da quel momento in poi avremmo cominciato a lavorare.

I turisti lasciarono il locale in massa per raggiungere i loro autobus, e solo mezz'ora dopo il pubblico presente in sala era completamente cambiato. La luce si smorzò, e si passò dalla musica folcloristica a un hot jazz strascicato. Bene, l'atmosfera migliorava. Abbondavano figuri con l'aria da magnaccia e signorine dai capelli tinti a colori sgargianti. Il cattivo gusto era spaventoso. Anche i numeri sulla pista cambiarono di tono. Ragazze fasciate in vestiti aderentissimi occupavano lo scenario e ballavano dimenandosi languidamente e facendo finta di cantare.

Aleksandr mi toccò il braccio e indicò con gli occhi un gruppo di uomini soli che si stavano sedendo in quel momento.

– Abbiamo avuto fortuna, oggi Esvrilenko si è degnato di venire.

Li osservai senza riuscire a vedere in loro niente di speciale, erano volgari esattamente quanto gli altri.

– Vieni con me. Così li avrai visti almeno una volta. Non si sa mai.

Ci avvicinammo, e Rekov si rivolse a uno di loro. Ci invitarono a sederci ma il mio collega declinò l'invito. Esvrilenko era un ciccione senza personalità. Il grasso che si accumulava sul suo viso riusciva a cancellarne le fattezze. Sorrideva con cinismo e disprezzo mentre parlava in russo con Aleksandr. Non potei dedurre niente di quella conversazione perché tanto il poliziotto quanto il mafioso dissimulavano perfettamente ogni espressione. Osservai come le mani e il collo di quell'uomo così sgradevole fossero sovraccarichi di spesse catene d'oro, di grossi anelli e ciondoli. Rekov lo guardava con aria di sfida e di tanto in tanto Esvrilenko spostava lo sguardo su di me accentuando la luce di scherno nei suoi occhi. Dopo un paio di minuti, tornai col mio accompagnatore al nostro tavolo.

– Cos'ha detto? – chiesi senza perdere un secondo.

– Cosa pensi che possa aver detto? Lui afferma che quell'Ivanov, l'uomo che si occupa dei suoi cantieri in Spagna, si chiama davvero così ed è assolutamente pulito. Dice che ha studiato in un mucchio di università straniere. Gli ho chiesto una sua fotografia, e ha detto che purtroppo i suoi uffici non ne dispongono. Facile, vero? Se chiediamo la sua scheda o il contratto di lavoro ce ne fabbricheranno uno su misura.

– Capisco.

– Però, se desse qualche ordine a Ivanov da qui, obbligandolo a fare qualche mossa falsa, i tuoi uomini dovrebbero accorgersene. Non è così?

– Speriamo.

– D'ogni modo, domani continueremo a lavorare sulle fotografie. D'accordo?

Non mi sentivo molto incoraggiata, mi rendevo sempre più conto che il nostro viaggio in Russia non avrebbe portato ad alcun risultato. Ma visto che lui era così convinto, io non potevo fare la disfattista. Sorrisi.

– Che te ne pare se ce ne andiamo da questo maledetto postaccio?

Ci alzammo in piedi, con molta più sicurezza di Silaiev e Garzón, e ci incamminammo verso l'uscita.

In quel momento capii che avrei dovuto escogitare

un trucco per sbarazzarmi di Garzón e mi sentii invadere da un'ondata di fastidio. Chiesi discretamente a Aleksandr che quella notte mi portasse a casa sua.

– Non è molto comoda, – mi avvertì.

– Sapremo supplire agli inconvenienti.

Ci congedammo dai nostri vice senza alcuna spiegazione. Pur nell'ubriachezza, Garzón mi guardò stupito. Gli sorrisi fingendo totale indifferenza. Forse con quella mossa mi sarei risparmiata di portarlo a spalle nella sua stanza e togliergli i calzini.

L'appartamento di Aleksandr era minuscolo e molto malandato. Era un uomo senza storia? In ogni caso se ne aveva avuta una non se ne vedevano tracce. Non c'erano fotografie né ricordi personali fra le scarse suppellettili. Un letto, scaffali pieni di libri e di carte e una piccola cucina dove si ammonticchiavano tazze da tè sporche, questo era tutto.

Accese il samovar decretando che per quella notte avevamo già bevuto abbastanza. Ci sedemmo su un sofà sfondato. La stanza era calda: lui mi spiegò che a Mosca il riscaldamento era ancora gratuito, dai tempi dei sovietici, anche se non si sapeva per quanto tempo ancora.

– Ho un presentimento un po' negativo, Petra. Non credo che troveremo Ivanov nei nostri archivi. Esvrilenko si è mostrato molto sicuro quando ha detto che è pulito. È possibile che non abbia precedenti e che per questo l'abbia mandato all'estero.

– Allora il mio viaggio è stato inutile.

– C'è stato un momento in cui pensavo che saremmo riusciti a chiarire qualcosa sugli affari di quel bastardo in Spagna, e a capire il perché della vendetta dei peni tagliati. Ma è difficile, non abbiamo confidenti nella sua organizzazione e, conoscendo i suoi metodi, dubito molto che esista qualcuno disposto a parlare. Secondo te, da dove possiamo cominciare?

Fissai la mia tazza di tè. Scossi la testa, scoraggiata. Allora Aleksandr spostò le carte che ingombravano il tavolo e disse:

– Non voglio deluderti del tutto: lavoriamoci un po' sopra. C'è una cosa che forse può essere interessante. Uno dei miei uomini ha individuato una strana coincidenza. Nel vedere le fotografie del tuo dossier si è ricordato che mesi fa sono state rinvenute parecchie candele di cera viola in un magazzino appartenente a Esvrilenko. Successe durante il sequestro di una partita di whisky di contrabbando. Insieme alle casse di bottiglie c'era un sacco pieno di quelle candele. Dentro trovarono un biglietto che diceva. «La fine del millennio è vicina». Ne furono incuriositi, ma non fu possibile provare che quel locale appartenesse a Esvrilenko. Il whisky fu sequestrato e tutto finì lì, la storia fu dimenticata.

Non erano quelli i piani che avevo in mente per quella notte, ma l'importanza della novità mi spinse a mettere al primo posto il dovere.

Rivedemmo il caso punto per punto. Rekov prendeva indecifrabili appunti nel suo cirillico rapido ed energico. Parlavamo, confrontavamo, ritornavamo su indizi e testimonianze. Il risultato era sempre lo stesso: una sola cosa rimaneva incomprensibile, la strana croce di cera liturgica. Non era possibile metterla in rapporto con niente.

– E il nome Blochin, – aggiunse.

– È una storia da pazzi, il viceispettore aveva ragione.

– Però, Petra, se tu oggi sei qui è perché hai messo in relazione l'indizio della pietra con quello del messaggio in russo. Perché non continuare con la catena di associazioni?

– Non si può associare niente se non c'è un minimo nesso logico.

– Tu l'hai già fatto. In realtà, è per questo che ti trovi qui. Fra un messaggio in russo e un cliente della cava con il nome russo, non è che ci sia un gran nesso logico. Ma adesso questa cera sembra mettere in relazione Esvrilenko col tuo caso. E tutte queste candele e croci ci portano a un contesto religioso. E poi, per di più, il messaggio misterioso parla di purezza.

– Puoi spiegarmi cosa c'entra un trafficante con la religione?

– Diciamo che per il momento ne ricaviamo la seguente formula: religione e Russia. Sei d'accordo?

– Mi stai suggerendo di interrogare il patriarca della Chiesa Ortodossa?

– No, ho un'idea migliore. Ti farò conoscere un santo. Forse lui saprà dirci qualcosa sulle croci di cera viola, sulla purezza, sulla fine del millennio.

– Un santo? Questo mi sa di romanzo di Dostoevskij.

– L'hai detto, proprio così. La Russia è un paese che quanto a misticismo non ha niente da invidiare all'India. Qui abbiamo grandi uomini di fede che vivono come eremiti. Non erano ben visti durante il regime socialista, ma questo non significa che fossero scomparsi.

– E la gente li consulta?

– Non è facile farlo. Però, padre Belinskij ha già collaborato un paio di volte con la polizia. Due anni fa catturammo un assassino grazie al suo contributo.

– Come successe?

– Avevamo tre indiziati che si accusavano reciprocamente del delitto. Secondo gli elementi in nostro possesso ognuno dei tre poteva essere il colpevole. Ebbene, chiedemmo a padre Belinskij di venire in commissariato e di incontrarsi a turno con ciascuno di loro. Non fu facile persuaderlo, ma alla fine accettò, in nome della giustizia. Venne da noi, prese posto in uno degli uffici e cominciò a ricevere gli indiziati in presenza del prefetto generale. Col primo non successe niente: lo benedì e lo lasciò uscire dalla stanza. Ma quando fece la sua comparsa il secondo, immediatamente padre Belinskij tese la mano verso di lui e gli disse: «Figlio mio, pentiti perché hai commesso un crimine scellerato togliendo la vita a un uomo, solo così potrai presentarti puro agli occhi di Dio». Allora l'indiziato si inginocchiò, gli baciò la mano e subito confessò tutti i particolari dell'assassinio.

– Dici sul serio?

– Ma naturalmente! Non dimenticare che sei in Oriente, Petra, qui non tutta la logica proviene dalle stesse fonti.

Lo guardai attonita e lui scoppiò a ridere.

– E con questa mancanza di fede nell'irrazionale dici

ancora di aver voglia di esperienze insolite? – ribatté.

Mi misi a ridere anch'io. Aveva ragione, ciascuno ottiene solo quello che è alla portata della sua mente, nient'altro. Mi si avvicinò e, con la tremenda forza delle sue braccia, mi sollevò dal divano trasportandomi a volo fino al letto.

Non so a che ora ci addormentammo, ma quando la sua potente sveglia suonò, tutte le cellule del mio corpo invocavano una tregua. Richiesta impossibile, Aleksandr saltò immediatamente giù dal letto e mi spronò nel più puro stile sovietico.

– Il lavoro ci attende, – disse, e dinanzi a tale verità, non potei far altro che abbandonare le lenzuola.

Per strada il freddo ci salutò di nuovo. Aleksandr andò in cerca della macchina e io rimasi ad aspettarlo sul marciapiede. Mi distrassi guardando una vetrina, niente di interessante: ingranaggi, pezzi metallici il cui uso mi era impossibile determinare... A un tratto trasalii, udendo un rumore di gomme che stridevano sul marciapiede, mi voltai, e senza avere il tempo di pensare a quel che stava accadendo, vidi che il fuoristrada grigio si lanciava su di me. Ebbi appena il tempo di reagire retrocedendo e appiccicandomi contro il muro, ma non potei evitare che uno degli specchietti retrovisori mi desse un forte colpo alla spalla. Caddi di lato. Cercai la pistola e, sdraiata a terra, mirai ai pneumatici che si allontanavano a tutta velocità. Non riuscii a beccarli, e il veicolo sparì dietro l'angolo facendo un rumore d'inferno.

Parecchi passanti si fermarono e si avvicinarono per aiutarmi. Però, appena vedevano che impugnavo una pistola, si tenevano indietro e non osavano far niente. Allora udii la voce imperiosa di Aleksandr che si apriva energicamente un varco fra la folla.

– Petra! Stai bene?

– Sono stata meglio altre volte, – risposi, e solo allora cominciai a sentire che il dolore mi paralizzava le gambe.

9

Al pronto soccorso stabilirono che non avevo niente di serio. Nessuna frattura né versamento, l'unica cosa che si poteva rilevare era una contusione all'anca e l'enorme livido che cominciò a formarsi. Garzón, testardo, si ostinava ad affermare che avevano cercato di assassinarmi, con la complicità di Rekov. Gli ripetei cento volte che l'intenzione non era stata quella di uccidere.

– Se avessero voluto ammazzarmi mi avrebbero sparato. Rekov dice che è stato solo un avvertimento perché la smetta di dare noie. Pare che la mafia si comporti così in questo paese.

– E lei gli ha creduto, naturalmente.

– Be', sì, gli ho creduto.

– Non so cosa dirle, ispettore. Quell'uomo la porta a casa sua e il giorno dopo, proprio sulla porta, una macchina le viene addosso. Ma lei crede a tutto quel che le dice Rekov?

– Senta, Garzón, fui io a chiedergli che mi portasse a casa sua. È evidente che ci seguirono e che tennero d'occhio il portone.

– E come sapevano che sarebbe rimasta un attimo sola per strada? Non è più ragionevole pensare che lui l'abbia lasciata lì di proposito mentre gli altri facevano il lavoro sporco?

– No, non è per niente logico. Avrebbero potuto aggredirmi ugualmente in presenza di Rekov, oppure avrebbero potuto seguirci tutto il giorno fino a trovare il momento giusto per farlo.

– Sa cosa penso, ispettore? Penso che lei si sta comportando come una donna sedotta che non vuol vedere chi è veramente il suo seduttore.

Sentii che la collera mi saliva al viso come un'eruzione.

– Basta, viceispettore Garzón! Nessuno, assolutamente nessuno, l'ha autorizzata a immischiarsi nella mia vita privata! Io mi sono ben guardata dal dirle cosa penso delle sue sbronze con quell'animale di Silaiev.

– E che cazzo vuole che faccia? Lei non ha fatto altro che escludermi sistematicamente.

– Le ordino di star zitto!

Non mi era mai piaciuto mettere fine a una discussione imponendo la mia autorità, ma questa volta aveva esagerato. Una donna sedotta! In quale romanzo d'appendice aveva letto una simile espressione? Avrebbe reagito allo stesso modo se io fossi stata un suo superiore di sesso maschile? Naturalmente no! Si sarebbe limitato a contemplare la mia conquista da lontano e si sarebbe perfino permesso di darmi qualche pacca sulla spalla lodando il mio buon gusto. Ma bene, Garzón, bene: alla fine salta sempre fuori l'essenza, il più puro maschilismo, quel che si pensa davvero. È terribile riconoscerlo, ma gli uomini si comportano con le donne come se fossero di loro proprietà. Non avevo nessuna intenzione di lasciare che la cosa finisse lì. Rekov fece gli accertamenti opportuni e concluse che la macchina dei miei assalitori era una Lada a trazione integrale, senza dubbio appartenente al parco auto di Esvrilenko. Ma non potevamo provarlo. Non era affatto sorpreso da quel tentativo di dissuasione. La mafia faceva anche di peggio. Non ci trovavamo precisamente nell'impero della legge. I mafiosi sapevano che il corpo di polizia presentava numerosi punti deboli. Nemmeno i giudici erano immuni dalla corruzione. Capii che quando si parlava di Mosca come di una città ad alto rischio non si stava affatto esagerando. Tuttavia, Aleksandr sembrava tranquillo, accettava la situazione senza disperarsi. Le cose stavano così. Lo capivo, in fin dei conti il suo ruolo era poliziesco non politico. E poi aveva nervi d'acciaio, una tranquillità che gelava il sangue. Non mi sarebbe affatto piaciuto trovarmi fra i suoi indiziati, e giuro che questo lo pensai prima di vederlo in azione.

Perché lo vidi, vidi i suoi occhi assumere lo sguardo di un gatto e la sua bocca sorridere senza un filo di pietà. Fui io a insistere per andare con lui in visita da Esvrilenko, quando lui decise di rispondere all'aggressione.

– Ma se tu stesso hai detto che non è possibile provare niente.

– Lo so, però non si possono lasciare le cose per aria.

Non capivo a cosa si riferisse, ma per niente al mondo avrei voluto restare sola in commissariato mentre lui se ne andava con Silaiev. Naturalmente, il viceispettore si unì alla spedizione. Dopo un lungo sobbalzare sulle strade mal asfaltate della periferia di Mosca, ci fermammo davanti a un enorme edificio tipicamente sovietico. Rekov ci indicò di scendere. Al piano terreno c'era una specie di locale con una porta a vetri smerigliati cui Silaiev bussò. Comparve un uomo giovane dall'aria patibolare che non appena ci vide fece un passo indietro. Riuscii a sbirciare l'interno, che sembrava una sala da gioco. Tavoli da poker, un biliardo, e una decina di uomini tranquillamente seduti. Immaginai che si trattasse di una delle basi operative di Esvrilenko. Rekov fece il nome di qualcuno, e quel qualcuno si alzò immediatamente dalla sua poltrona e venne verso di noi. Era un po' più vecchio dell'uomo che era venuto ad aprire, ma quanto ad aria patibolare non aveva proprio niente da invidiargli. Osservai che Aleksandr faceva un cenno col capo al più giovane dei due, come per dirgli di allontanarsi. Lui se ne andò senza fiatare. Poi guardò lentamente il viceispettore e me. A quel punto mi attendevo che seguisse uno scambio di domande, e invece, niente. Senza che nessuno aprisse bocca, neanche per salutare, Silaiev si fece avanti e lo prese per il bavero con una sola mano. Poi alzò l'altra nell'aria e gli assestò un brutale ceffone. L'uomo non cercò di difendersi, non sottrasse nemmeno la faccia a quella pala di ferro che, sollevandosi di nuovo, tornò ad abbattersi su di lui. La stessa manovra fu eseguita una terza volta, e una quarta, ogni volta con maggiore velocità e violenza. Quell'energumeno di Silaiev colpiva dall'alto in basso, trascinando più che percuotendo, con un'intensità che nasceva dalla sua stessa forza fisica, senza bisogno di prendere alcuno slancio. Qualche goccia di sangue schizzò in aria dal naso fracassato. Sentii che lo stomaco mi si rivoltava mentre l'aria mi entrava a malapena nei polmoni. All'improvviso vidi Rekov afferrare il suo aiutante per un braccio cercando di trattenerlo. Questi si fermò di colpo come un automa o come un cane ammaestrato. Il bersaglio di quelle percosse vacillò senza cadere. Allora fu lo stesso Rekov a prenderlo per la giacca e, con una frase breve e asciutta, lo spinse contro la vetrata, che rimbombò con fragore.

Senza che nessuno fosse uscito dal locale per vedere cosa stesse capitando, tornammo in macchina e ce ne andammo. Io ero sconvolta, ancora scossa dal rumore dei ceffoni e dalla vista del sangue.

– Ecco fatto, – disse laconicamente Aleksandr.

– Ma non gli hai chiesto niente, non sai nemmeno se sono stati loro, perché l'avete picchiato così?

– Sanno benissimo che hanno passato il limite; noi abbiamo fatto altrettanto. Adesso siamo a posto. Non ti preoccupare, se lo aspettavano. Non possiamo dare spazio a nessuna provocazione.

– Ma, e adesso? Adesso ce la faranno pagare.

– No, adesso il conto è chiuso. La prossima volta sarà un'altra cosa.

– Sembra di essere a Chicago negli anni trenta! – esclamai in spagnolo.

La voce di Garzón mi rispose dal sedile posteriore.

– Che manica di botte! Ha visto come picchia questo qui, ispettore? È come una macchina da guerra!

Sentii dei colpi ripetuti e, voltandomi, vidi che il viceispettore batteva col pugno sul palmo della mano. Era esaltato come un bambino dopo la scena violenta di un film. Silaiev non nascondeva un sorrisetto d'orgoglio.

– Si rende conto, Petra? Se in commissariato avessimo qualcuno capace di pestare così, tutto sarebbe più facile.

– Chiuda il becco, Fermín.

Mangiammo tutti e quattro insieme in un silenzio un po' teso. Per quanto mi sforzassi di capire che ogni paese è un mondo a parte, non riuscivo ad approvare i metodi di Aleksandr. Dal suo sguardo capivo chiaramente che era consapevole del mio biasimo, senza che ci fosse bisogno di spiegarglielo. Avrebbe potuto argomentare che i mafiosi mi avevano aggredita selvaggiamente, o che era indispensabile dissuaderli da un nuovo attentato in modo radicale. Tuttavia, secondo il suo modo di fare, si limitò a esporre la filosofia sottesa a tutta la storia e disse soltanto:

– La vita è dura in Russia, e quando in un posto la vita è dura, tutto è duro, tutto.

Non c'era niente da aggiungere, né sarebbe stato prudente da parte mia farlo; quindi cercai di dimenticare quell'episodio sgradevole, che del resto non ci aiutava per niente nelle indagini.

Nel pomeriggio Aleksandr mi disse che il «santo» ci stava aspettando a casa sua e che, naturalmente, ci saremmo andati da soli lui ed io. Dovetti far fronte alla diffidenza di Garzón, alla sua convinzione che allontanandomi da sola con quell'uomo avrei corso un grave pericolo.

– Non si preoccupi, viceispettore, me la caverò. Lei

ne approfitti per farsi spiegare da Dmitrij la sua tecnica del ceffone.

– Magari! Dice che vuole portarmi in un museo...

– Al museo della vodka, forse?

Mi guardò con rancore.

– Se non la convince che Dmitrij ed io passiamo il pomeriggio in un museo, nemmeno a me convince molto l'idea che lei e Rekov lo passiate in compagnia di un «santo».

La sua impertinenza toccava punte intollerabili. Non riusciva ad accettare di essere soppiantato da Rekov. Pensai che avrebbe dovuto fare più caso al nostro amico Silaiev, il quale non solo distribuiva cazzotti a destra e a manca, ma si mostrava sempre ligio alla disciplina. Ma non me la presi, non mi restava molto tempo da passare in Russia, e sapevo che non appena fossimo partiti, i malumori di Garzón sarebbero scomparsi.

Attraversai di nuovo Mosca accanto al mio amante ex sovietico. Mi sentivo leggermente euforica per la birra bevuta a pranzo. Avevo bisogno di dimenticare tutto. In un certo senso, quella sorta di missione all'estero mi faceva evadere dalla noiosa routine spagnola, però mi dava la sensazione di lavorare ventiquattr'ore su ventiquattro. È vero che ogni tanto mi rilassavo insieme a Rekov, ma mi mancavano i momenti di solitudine nel mio appartamento, in cui analizzavo gli avvenimenti della giornata. Suppongo che questo desiderio d'intimità colpisca tutte le persone abituate a vivere da sole. Guardavo il suo solido profilo al volante, le mani ossute dalle nocche di pietra. Garzón aveva ragione: quell'uomo poteva essere qualunque cosa: pericoloso, spietato, cinico, un compendio di tutte le crudeltà. Ma era il mio amante, ed era bello, e dopo quella settimana non l'avrei più rivisto, e solo nel ricordo di quella settimana avrebbe avuto un posto nella mia mente per tutta la vita.

I quartieri che via via andavamo attraversando mi costrinsero a uscire dai miei pensieri. Da un po' avevamo lasciato il centro cittadino e ci muovevamo in zone sempre più periferiche e spopolate. Cominciò a nevicare. Rekov azionò il tergicristalli e si lasciò sfuggire una breve imprecazione. Forse il biancore dei fiocchi di neve sarebbe stato bello in campagna, ma su quelle strade fiancheggiate da vecchi palazzoni malandati appariva tristissimo. Eravamo in macchina da circa tre quarti d'ora, quando domandai:

– Ma dove diavolo vive il tuo «santo»?

– Siamo quasi arrivati, – mi rispose.

Le dimesse case popolari stavano cedendo il passo a piccole costruzioni a un piano, nere come grotte nel biancore dell'atmosfera. Sarebbe stato difficile credere che lì potesse abitarci qualcuno, se non fosse stato per qualche finestra illuminata. Ci fermammo davanti a una casa completamente al buio, con le imposte chiuse.

Scendendo dalla macchina pensai che il freddo mi avrebbe fatto scoppiare i polmoni. Aleksandr mi passò ancora una volta il braccio possente sulle spalle. Uscì ad aprirci una vecchia *mamuška* che ci fece entrare senza dire una parola. Ci ritrovammo in un piccolo soggiorno circondato di scaffali pieni di libri. Padre

Belinskij sedeva presso la finestra, vicino a un braciere. Aveva un volto barbuto e decrepito, gli occhi gialli come quelli di un gatto. Pensai che il suo aspetto non aveva niente di speciale, e non avvertii in lui alcun alone di santità. Tuttavia, Rekov assunse un atteggiamento rispettoso e, quasi con devozione, si inchinò e gli baciò la mano. Io gli sorrisi senza sapere cosa fare. Ci invitò a sedere, e subito dopo ricomparve la domestica con un vassoio di tazze da tè.

Rimasero a parlare per un bel pezzo mentre bevevamo. Non ci fu nessuna traduzione. Il vecchio mi guardava con occhi penetranti. Cominciai a sentirmi a disagio e a desiderare che tutto finisse al più presto. Non mi sembrava una cosa molto seria. A un tratto Aleksandr si voltò verso di me e mi chiese di tirar fuori il biglietto con la frase misteriosa. Presi la borsa e lo cercai precipitosamente. Glielo misi in mano. L'uomo lo dispiegò con lentezza e lesse in silenzio. Dopo un interminabile minuto disse:

– Blochin –. E rimase zitto.

Chiuse gli occhi come se si concentrasse su un pensiero profondo e rimase in quella posa tanto a lungo da sembrarmi grottesco. Con lo sguardo cercai di spingere Rekov a domandargli qualcosa, ma questi si portò un dito alle labbra chiedendomi di restare in silenzio. Finalmente il vecchio aprì gli occhi e, mortalmente serio, pronunciò una sola parola, di cui intesi chiaramente il suono:

– *Skopzi*, – disse, e dopo un istante, ripeté: – *Skopzi*.

Aleksandr non accennò minimamente a parlare. Io

ero sul punto di saltare addosso a quel diabolico santone e scuoterlo per le spalle, ma lui dopo un po' si alzò e arrancò verso un punto della sua vasta biblioteca. Si chinò e andò a prendere un libro. Mentre cercava una pagina determinata, cominciò a spiegare qualcosa al mio collega. Nemmeno questa volta mi fu tradotta una sola parola. Quando finirono di parlare, domandai:

– Cosa ti ha raccontato?

– Ne parleremo in macchina.

Il «santo» ora mi guardava. Disse una frase che ritenni rivolta a me. Rekov la tradusse:

– Padre Belinskij dice che vede molto ghiaccio nel tuo cuore, e anche molta paura dell'ignoto. Ti dà un consiglio: riposa, lascia vagare un poco la tua mente, non cercare di controllare tutto.

All'anima il padre Belinskij! Nessuno gli aveva chiesto una seduta psicanalitica. D'ogni buon conto, sorrisi e dissi:

– Ringrazialo. Promettigli che ci proverò.

Poi Aleksandr tradusse la nuova frase del vecchio.

– Ti chiede se vuoi la sua benedizione.

Fui sul punto di mandarlo a quel paese, ma poi pensai che nella mia vita avevo ricevuto così tante maledizioni non richieste, che per una volta una benedizione non poteva farmi male. Quindi, chinai la testa dinanzi a quell'uomo e lasciai che infondesse la sua fede su di me. Lo udii pronunciare una breve preghiera che ripeté anche per Rekov.

Uscimmo da quella casa che era già buio. Aleksandr

portava con sé il libro. La neve cadeva con una tale intensità che era difficile guidare.

– Non mi racconti quel che ti ha detto? Cos'è quel libro?

Parve uscire da uno stato di trance.

– Scusami! Sono un po' impressionato, mi capita ogni volta che consulto padre Belinskij. Sento che da lui promana una forza straordinaria. Dopo mi sento strano, un po' intontito. Dice che Blochin è il nome dell'antico fondatore di una setta molto particolare. Si tratta degli *skopzi*.

– E cioè...?

– Ci ha pregato di muoverci con estrema cautela, perché stiamo entrando in un territorio oscuro, di tenebra profonda. Mi ha assicurato che pregherà Dio affinché ci protegga.

– E a parte questo?

– Non so niente di più. Mi ha dato questo libro: al capitolo dieci troveremo le informazioni di cui abbiamo bisogno.

– Dammelo, lo leggerò mentre tu guidi!

– In russo?

– Cavoli, è vero! Fermati un momento.

– Sei pazza? Non posso fermarmi con questa nevicata.

– E io non posso aspettare un minuto di più.

– Credevo che l'incontro con padre Belinskij ti avrebbe infuso un po' di pace.

– Andiamo, Aleksandr, per favore, questa è una cosa importantissima per me! Sono mesi che ci sto lavorando.

– Mi è venuta un'idea. Da queste parti c'è una piccola locanda. Dormiremo lì. Non è consigliabile guidare con questo tempo.

Mi chiesi come fosse possibile che un uomo duro e temprato dall'esperienza come Rekov fosse così sensibile alla vena mistica. Speravo solo che uscisse in fretta da quel suo imbambolamento per tornare razionale e pratico come sempre, dal momento che ero completamente nelle sue mani.

Ci fermammo davanti a un alberghetto minuscolo che sembrava un'antica casa di posta. Ci assegnarono una camera al primo piano. Un grande letto coperto di spesse trapunte occupava quasi l'intera stanza. Il pavimento di legno scricchiolava sotto i passi. Seguii i movimenti di Aleksandr, mentre si toglieva il cappotto, si accendeva una sigaretta, e si sedeva, finalmente, a leggere.

– Traduci, mentre leggi, – lo supplicai.

Mi osservò con rassegnazione. Sorbii ogni sua parola quando cominciò a far udire la sua voce, esitante, alla ricerca dei termini giusti in inglese.

– Gli *skopzi*. Si tratta di una setta fondata in Russia nel 1772 da Akoulina Ivanovna, una delle ultime mistiche del XVIII secolo. Diceva di essere la madre di Dio. La sua dottrina diceva che Adamo ed Eva erano stati creati senza sesso, e per raggiungere lo stato di purezza più estrema gli adepti si castravano per evitare la procreazione. Blochin, figlio spirituale della Ivanovna, era il «Cristo» della sua chiesa e si evirò di propria mano per non commettere peccato. In seguito fu deportato in Siberia, e al suo ritorno in Russia riprese il comando della setta col nome di Kondrati Seliwanov, facendosi passare per lo zar Pietro III, sfuggito miracolosamente ai sicari inviati da Caterina II per ucciderlo. Morì nel 1832. Gli *skopzi* credono che tornerà sulla terra reincarnato per lottare contro l'Anticristo e instaurare il Millennio. Nel 1874 si scatenò una grande campagna poliziesca per sradicare la setta. All'epoca fu rilevato che in Russia vi erano più di cinquemila *skopzi*, settecentosessanta dei quali volontariamente mutilati. Vi sono ragioni per pensare che la setta sia ancora attiva in Russia e in alcuni paesi balcanici.

Mi lasciai cadere sul letto, le tempie mi pulsavano con violenza, le idee turbinavano nella mia mente.

– Ecco. Ecco. Adesso capisco. Adesso sì, – mormorai quasi in estasi. – Quel ragazzo ci diede tutte le prove. C'erano tutte. Ci indicò l'operazione chirurgica per mezzo del punto di sutura. Ci segnalò la setta mistica con la crocetta di cera. Ci indicò il luogo in cui si trovava Ivanov per mezzo del frammento di pietra. Il profeta della setta stessa col suo ultimo messaggio! Per Dio! Come abbiamo fatto a non vederlo? C'era tutto con quei peni tagliati!

– E i loro possessori? E il ragazzo morto? E il presunto suicida che ti informava, contro la sua stessa coscienza e il voto di segretezza? Ma fu davvero un suicidio?

– Non lo so, non lo so, non posso ancora saperlo!

Credo che lo dissi quasi gridando. Aleksandr si avvicinò, mi prese le mani.

– Petra, per favore, calmati.

– E adesso, cosa facciamo? Dimmi, cosa facciamo?

– Al commissariato c'è una squadra che si occupa delle sette religiose. Sono abbastanza diffuse in questo paese. Domani ci andremo e lavoreremo con loro. Deve pur saltar fuori qualcosa sugli *skopzi*. Padre Belinskij mi ha detto che devono essere ancora attivi.

– E se in archivio non c'è niente? Domani è il nostro ultimo giorno a Mosca!

Non rispose. Mi attrasse contro il suo petto.

– Non c'è niente che possiamo fare ora. Guarda fuori: è buio pesto, siamo in capo al mondo, la neve cade fittissima. Fa conto per un momento che tutto si sia fermato. Finché noi siamo qui non può succedere niente. Chiamerò Silaiev e gli dirò che non arriveremo prima di domani. Rimarrà tutto com'è, credimi, e noi staremo tranquilli.

Fece il numero senza perdere un istante. Quando ebbe riattaccato, gli dissi:

– Il viceispettore Garzón dev'essere preoccupato per me.

– E io invece credo che non potrebbe stare meglio. Silaiev e lui se la stanno spassando in un bordello di prima categoria. C'è qualcos'altro che ti preoccupa?

Senza dubbio Rekov aveva molti volti. Crudele, mistico, saggio, amorevole, cinico, passionale ed esaltato. Contradditorio. E poi, aveva senso dell'umorismo.

Ero persuasa che la mia ansia sarebbe cresciuta ancora di più, ma mi sbagliavo. Mentre Aleksandr mi spogliava e io spogliavo lui, tutto ciò che solo pochi attimi prima mi aveva tolto il respiro cominciò ad allontanarsi a poco a poco. Alla fine rimase soltanto il corpo di quell'uomo a riempire tutto, il tepore del suo odore.

Il mattino dopo Garzón aveva una faccia da far paura. In parte per i postumi della sbronza, e in parte per la rabbia accumulata contro di me. Mi disse di essersi preoccupato da morire per la mia sorte. Lo ascoltai con pazienza infinita, decisa a lasciarlo sfogare, ma quando cominciò a enumerare i pericoli che secondo lui mi avrebbero minacciata, dal rapimento fino all'assassinio, non ce la feci più ed esplosi.

– Spero che tutte quelle preoccupazioni non le abbiano rovinato il pomeriggio passato a puttane.

Rimase un po' spiazzato e mi guardò con aria indifferente.

– Ma figuriamoci! Le assicuro che...

Non lo lasciai finire.

– Guardi, Fermín, ho la sensazione che faremmo meglio a concentrarci di più sul lavoro. Non le interessa sapere che abbiamo quasi risolto il caso?

Gli raccontai tutta la storia, lasciandolo a bocca aperta. Non riusciva a credere alle sue orecchie, la cosa gli sembrava assolutamente irreale. Ma dovette ammettere che eravamo sulla buona strada. Soprattutto in commissariato, quando ci trasferimmo in un altro ufficio in compagnia di Rekov e Silaiev. La squadra che si occupava delle sette era in effetti al corrente delle vicende degli *skopzi*. Informarono Aleksandr che il gruppo era risorto con straordinario vigore durante il governo di Gorbaciov. L'ultima azione contro di loro risaliva soltanto a un anno prima. C'erano stati degli arresti, ma non era stato possibile condannare nessuno per mancanza di prove. Effettivamente molti degli adepti che erano stati rintracciati, quasi tutti giovani, avevano subito l'intervento di evirazione. Eppure le indagini della polizia avevano incontrato forti ostacoli, soprattutto per via del segreto assoluto che circondava la setta.

– Il voto del silenzio che è alla base del loro patto. Tanto che si autodefiniscono prima di tutto «società segreta». I miei colleghi sono convinti che siano ancora attivi, anche se ufficialmente la setta è stata sciolta l'anno scorso.

– Qual è il loro obiettivo?

– E chi lo sa? La conquista del mondo? Comunque, infiltrandosi in settori professionali o imprenditoriali, hanno la possibilità di commettere estorsioni, di combinare affari fraudolenti, di manovrare delle persone... Il denaro non è estraneo alla vicenda.

Tutto coincideva. Ramón Torres era in preda a un panico profondo quando aveva rotto il voto del silenzio. Anche se ogni giorno la follia cui aveva preso parte gli faceva sempre più orrore. Mi aveva vista in televisione e aveva escogitato una soluzione che salvasse entrambe le parti della sua coscienza. Non avrebbe rivelato la verità, ma mi avrebbe dato indizi sufficienti perché potessi scoprirla. Povero ragazzo, aveva idealizzato un po' troppo le mie capacità professionali e questo gli era costato la vita! Ora si trattava di scoprire come fossero andate le cose, di indagare sulla morte dell'altro ragazzo... Forse non era ancora troppo tardi per evitare nuovi delitti. Probabilmente altri ragazzi c'erano ancora dentro fino al collo.

– Ho chiesto di sottoporti tutte le schede dei sospetti da noi controllati, Petra. Credo che questa sia l'ultima opportunità di smascherare Ivanov. Prenderemo un tè e ci metteremo subito al lavoro. Purtroppo, mancano le foto di coloro che riuscirono a fuggire prima di essere scoperti. Dobbiamo confidare nella buona sorte.

Mi sentivo tranquilla, anche se non contenta: l'idea che quella storia orrenda si fosse svolta sotto i nostri occhi mi tormentava. Garzón, invece, era come sbalordito, sorpreso che quella specie di gioco infantile avesse radici così lontane.

Gli agenti preposti mi misero una quantità di cartelle sulla scrivania. La giostra muta delle foto ricominciò, ma questa volta io agivo sotto il peso di una tensione crescente che mi induceva a vedere Ivanov in ogni volto. Accesi una sigaretta e mi versai un'altra tazza di tè, imponendomi calma e freddezza. Guardai Aleksandr. Lui mi sorrise e, come se conoscesse il mio stato d'animo, disse:

– Nessuno, nessuno al mondo, nemmeno la migliore squadra di poliziotti in mille ore di lavoro consecutivo sarebbe riuscita ad arrivare più in là di dove sei arrivata tu a partire da quegli indizi.

Che avesse ragione o no, gliene fui grata. Sospirai e pensai che stringere i denti e andare avanti è quasi sempre la migliore soluzione, l'unica.

E lo fu. Due ore più tardi, nell'aprire una di quelle cartelle mi imbattei di colpo nella faccia di Ivanov. Non c'era il minimo dubbio. Alzai la voce e dissi distintamente:

– È lui.

Rekov e i due poliziotti che erano con noi si chinarono sul tavolo, osservarono la foto e i rapporti. Parlarono fra loro. Silaiev e Garzón rimanevano in attesa. Finalmente, Aleksandr tradusse.

– Si tratta di Jurij Šumiatski. Era implicato nel giro della setta, ma era riuscito a fuggire. Non aveva precedenti penali. Non era stato possibile rintracciare nessun familiare né altri che potessero dare informazioni su di lui. Risultava latitante.

– Credete che lavori per la mafia?

Ingaggiò una nuova discussione con i suoi colleghi. Poi parlò.

– Siamo inclini a pensare che avesse contattato Esvrilenko per chiedergli di aiutarlo a uscire dal paese. Poteva essere un accordo vantaggioso per entrambi. Esvrilenko aveva bisogno di qualcuno che si occupasse dei suoi cantieri in Spagna, e che non facesse domande. A Šumiatski servivano un passaporto, una via d'uscita sicura dal paese e un posto dove stare.

– Be', è il nostro uomo.

– Infatti, è lui.

Fu necessario stendere un rapporto su tutto quanto, e dovetti firmare una dichiarazione per gli archivi di Mosca.

Poi dissi a Rekov:

– Devo telefonare immediatamente in Spagna perché arrestino quel tale, però...

– Però cosa?

– Però, se lo faccio, di sicuro il commissario ci darà l'ordine di rientrare oggi stesso. Lo conosco bene. Infatti in tutti questi giorni non l'ho chiamato neanche una volta, temendo una cosa simile. E un pomeriggio è pur sempre un pomeriggio, non ti pare, Aleksandr? Un pomeriggio con la sua notte corrispondente. Credo che manderò un fax.

– È la cosa migliore. Non puoi ancora andartene, ho un regalo per te.

– Che regalo?

– Lo vedrai.

Mandai quel maledetto fax al commissariato. Coronas sarebbe diventato isterico, non ricevendo nessuna spiegazione, ma non avevo voglia di contargli delle palle, e tanto meno di appellarmi alla sua comprensione. Non appena ebbi la certezza che il mio messaggio fosse stato ricevuto, Aleksandr ed io ce la filammo. Il mio aereo partiva alle nove del mattino seguente e un minimo di cortesia esigeva che cenassimo con Garzón e Silaiev. Ci restava poco tempo per noi.

Sperimentai l'ebbrezza adolescenziale di scappare da tutto e da tutti, e di approfittare di ogni istante. Mentre camminavo con Aleksandr sulla Piazza Rossa, mi sembrava di avere il cuore diviso a metà. Da una parte ero esaltata e gioiosa per la grande attrazione che provavo verso di lui, per l'atmosfera di eccitazione avventurosa in cui tutto si svolgeva. Dall'altra, sentivo la triste anticipazione di quella che sarebbe stata la mia nostalgia quando fossi partita dalla Russia.

Non so cosa diavolo pensasse Rekov, ma sembrava allegro. Mi faceva camminare a grandi falcate seguendo il suo passo. Ci muovevamo come se facessimo parte di una grande scena da *musical* in cui intervenissero turisti, vecchietti, famiglie e fiocchi di neve.

Trascorremmo tutto il pomeriggio lì intorno, lui non volle andare da nessun'altra parte. Chiacchierammo, ridemmo e ci baciammo: un modo di passare il pomeriggio che chiunque avrebbe definito ridicolo e infantile. Ma era così.

Verso le cinque cominciò a guardare l'orologio con insistenza. E quando si avvicinarono le sei mi prese sottobraccio e camminammo decisi verso una meta prestabilita.

– È arrivato il momento di darti il mio regalo, – disse, con aria enigmatica.

Il luogo verso cui ci dirigevamo era l'imponente mausoleo di Lenin, proprio sotto le mura del Cremlino. La cosa mi incuriosì. Quando arrivammo, ne stavano uscendo gli ultimi battaglioni di turisti, ordinatamente incolonnati. Ci mantenemmo a breve distanza e li osservammo sfilare verso i loro autobus. Guardai Aleksandr divertita.

– Adesso puoi dirmi in cosa consiste la sorpresa?

– No, – disse, mettendosi a ridere.

– Allora aspetterò!

Non dovetti aspettare per molto. Alla fine Rekov si diresse verso la porta del mausoleo, dove non si vedeva più nessuno. Lo seguii. La mia curiosità iniziale si trasformò in una certa inquietudine. Mi tenni da parte mentre lui confabulava brevemente con le guardie sulla soglia, che sembravano conoscerlo. Si voltò verso di me, mi fece un cenno con la testa e io lo raggiunsi.

Entrammo nel mausoleo in un modo così rapido da sembrarmi furtivo. Udii i cancelli di ferro chiudersi dietro di noi.

– Lo visitiamo quando tutti sono andati via?

– Immagino non sia necessario spiegarti fino a che punto questo è proibito.

Il cuore mi batté forte.

– E tu hai un permesso?

Fra le ombre dei corridoi di marmo colsi nei suoi occhi un lampo di divertimento.

– Questo è uno dei vantaggi dell'essere poliziotto. Credo che tu abbia sentito parlare della corruzione poliziesca in Russia, o no?

– Ti sarà costato molto caro!

– Se mi scoprono posso pagarlo ancora più caro.

– Ma, come ti è venuto in mente...?

– Parla la donna che ama l'insolito? Sono riuscito a ottenere solo un quarto d'ora, sarà meglio che tu te lo goda.

Se non fossi stata così terrorizzata mi sarei messa a ridere, ma rimasi zitta. In quella cornice, la solennità si imponeva a chiunque. Faceva molto freddo, o forse la vista delle nude pareti di marmo mi intirizziva ancora di più.

Il silenzio era profondo, ormai si udivano solo gli stivali dei sorveglianti che si allontanavano, il ronzio di qualche tubo al neon al nostro passaggio. A un tratto mi resi conto che quella follia poteva compromettermi. Per quanto lui fosse sicuro degli accordi presi e per quante amicizie avesse ai più alti livelli, la cosa poteva sfuggirgli di mano in ogni momento. Era vero che quel luogo aveva perso la sua importanza politica, ma se qualcuno ci avesse pescati lì io sarei stata come minimo accusata di vilipendio, e lui forse di alto tradimento. Una cosa simile mi sarebbe costata probabilmente un soggiorno nelle carceri russe o, nel migliore dei casi, l'impossibilità di uscire dal paese per un bel pezzo. Persi la tranquillità interiore. Se a Coronas fosse arrivata la notizia che ero stata pescata a deambulare per la tomba di Lenin fuori orario, gli sarebbe venuto un infarto.

– Siamo arrivati, – disse Aleksandr a voce molto bassa.

Il corridoio semilluminato si interrompeva di colpo in uno stretto gomito e, senza alcun preambolo architettonico, immetteva direttamente nella camera funeraria. Lì, isolato da un cubo di vetro antiproiettile, Lenin dormiva. Rimasi impressionata dalla sua immobilità. Era vestito di scuro, adagiato su un guanciale e coperto fino alla vita da un lenzuolo di seta nera. Non aveva gambe.

Rimasi a osservarlo in stato di ipnosi, sbalordita. Sembrava che fosse sul punto di sorridere, ma era il corpo di un uomo morto molto tempo prima, nient'altro che questo. Tuttavia, la sua presenza fra i vivi appariva fantasmatica, strana.

Aleksandr mi prese per un braccio e mi fece staccare gli occhi dall'enorme urna. Si chinò su di me e mi baciò. Poi cominciò a togliermi la pelliccia con movimenti insinuanti. La lasciò cadere a terra. Cercò di sbottonarmi la camicetta e allora io mi bloccai. Capii che pretendeva di fare l'amore su quelle lastre di marmo. Lo respinsi con violenza.

– Ma cosa diavolo fai?

– Non ne hai voglia?

– Qui, no.

– E il rischio, l'emozione, l'insolito?

– Ma è ridicolo!

– Solo un po' inquietante, ma è un posto come un altro. Preferisci che ce ne andiamo?

Esitai, mi dibattei. L'insolito. L'indimenticabile. La passione. Aleksandr mi aveva di nuovo abbracciata col suo corpo caldo e forte. Mi lasciai trasportare solo da lui, dimenticando il luogo in cui eravamo, le circostanze. Il desiderio riuscì a sovrapporsi a qualunque remora. Facemmo l'amore senza spogliarci, con urgenza, con una certa disperazione. Poi mi colse un'ondata di paura. Mi staccai da Rekov e volli andarmene. Non potei più guardare il corpo imbalsamato.

Rifacemmo la strada di prima, in silenzio. Arrivati che fummo alla porta, mi lasciò un attimo sola e mi chiese di farmi da parte. Non dovevo vedere in faccia la guardia che era venuta ad aprirci.

Una volta fuori, inspirai l'aria gelida con autentica avidità. Camminammo senza parlare. All'improvviso, Rekov disse:

– Una donna deve sapere chi è il suo avversario alla scacchiera. Deve saper misurare il livello della partita.

– Davvero era così importante per te scopare sulla tomba di Lenin?

– Non specificamente, ma tu dicevi che volevi delle emozioni.

– Tutto questo mi pare assurdo e infantile. Sarà meglio che io vada in albergo, adesso. Ci vediamo stasera a cena.

Mi sentivo indignata e rabbiosa senza capirne esattamente il motivo. Supposi che si trattasse della passività con cui avevo vissuto la situazione, ma di sicuro c'entrava anche quella specie di sfida che Rekov mi aveva lanciato. Perché fare qualcosa di scomodo, rischioso, quasi contro natura? Cos'era quella, la mentalità russa postsovietica, o quella maschile in generale? Anche se forse la cosa che mi infastidiva di più era di avere avuto tanta paura.

Dall'albergo chiamai il commissario Coronas. Non appena sentì la mia voce divenne una belva.

– Petra? Petra Delicado, dice? Mi lasci pensare... Ah, sì, credo che qui una volta ci fosse un ispettore con questo nome! Può dirmi perché cazzo non mi ha chiamato per tutta la settimana?

– Commissario, non pensavo che... In realtà siamo stati presissimi e abbiamo trovato il nostro uomo, non è stato così facile.

– Così presi da non poter nemmeno rispondere alle mie telefonate?

– Alle sue telefonate? Perché, lei ha chiamato?

– Parecchie volte, anche, e mi è stato detto che il

messaggio sarebbe stato trasmesso all'ispettore Rekov; quindi mi dica lei...

– Glielo spiegherò, signor commissario, non si preoccupi, tutto ha una spiegazione. Non posso stare molto al telefono, ma le anticiperò che si tratta di una setta segreta. Avete già arrestato Ivanov?

Si fece un silenzio sospetto, poi udii un sospiro.

– Ci è sfuggito di mano.

– Come ha detto?

– Che ci è sfuggito, puttana miseria! Vivo circondato di inetti, questa è la verità! Lo stavano tenendo d'occhio da quando lei è partita, poi do l'ordine di fermarlo e lui ci scappa sotto il naso. Da mangiarsi le palle! E dev'essere un artista della fuga, perché quando sono entrati nella baracca c'era ancora una sigaretta sul portacenere, accesa! E poi, era notte, non si vedeva niente... Insomma! Ho diramato l'ordine di cattura.

– E di Palafolls, si sa qualcosa?

– Ha preso molto sul serio il suo ruolo di infiltrato e non si è fatto vivo per una settimana. Però oggi ha chiamato. Pare che stanotte vada a una festa di studenti, ma domani vuole vedermi. È probabile che abbia già scoperto qualcosa. Verrà domattina. E voi quando tornate?

– Partiamo di qui alle nove.

– Sappiate che voglio vedervi immediatamente, non vi do neanche il tempo di posare le valigie e di lavarvi i denti, d'accordo?

– Sissignore.

Chiamai Aleksandr, che trasmise l'allarme al suo dipartimento nel caso che Ivanov fosse tornato a Mosca. C'era ben poco da fare, per il momento. A dire il vero Coronas aveva tutti i motivi per essere incazzato, ma li avevo anch'io. Lasciarsi scappare Ivanov! E i messaggi di Coronas? Perché Aleksandr non me li aveva passati? Era vergognoso, inefficienza su tutta la linea. E come se non bastasse la bella idea di scopare davanti alla sacra mummia di Vladimir Il'ič Ul'janov!

All'ultima cena moscovita mancava solo Gesù Cristo. Rekov, Silaiev e Garzón facevano la parte di undici apostoli, col loro umore concorde e le loro continue dimostrazioni di amicizia, e io mi sentivo pesare addosso l'umore di Giuda. Naturalmente la prima cosa che feci fu chiedere ad Aleksandr se avesse ricevuto i fonogrammi di Coronas. Con perfetta sfacciataggine mi disse di sì.

– Posso sapere perché non me li hai passati?

– Per la stessa ragione per cui tu gli hai mandato un fax invece di parlargli. Temevo che ti ordinasse di tornare. Gli avevo chiesto se avesse qualcosa di importante da comunicarti, e lui mi aveva detto di no. Perché rischiare?

Finsi di lottare disperatamente col piacere narcisistico che provavo.

– Ma è terribile, davvero, ho la sensazione che siamo entrati tutti in una spirale di follia collettiva.

Si mise a ridere di cuore, seduttore e un po' paterno.

– Non sta succedendo niente, Petra, va tutto bene. La sensazione che provi è dovuta semplicemente al fatto che hai scoperto di non essere come credevi: avventurosa, anarchica, amante dei cambiamenti... Hai mai pensato che la tua vera natura sta dalla parte dell'ordine, dell'immobilità, del razionalismo più assoluto?

– *Fuck you!* – gli dissi, cosa che perfino Garzón capì.

Quando Aleksandr riuscì a placare il suo attacco di risa, cominciammo finalmente a cenare con un certo alleggerimento della tensione, almeno da parte mia. Eppure non riuscivo a togliermi dalla testa la fuga di Ivanov. Rekov non ne era affatto sorpreso: a quanto pare era scappato più o meno allo stesso modo l'anno prima, da Mosca. Molto meno stupito era Garzón: quel finale coincideva con la sua infondata teoria sull'inafferrabilità russa. Nemmeno la concreta solidità di Silaiev gli aveva fatto cambiare opinione. Anche se ora entrambi sembravano affratellati e inseparabili come Romolo e Remo, con una generosa bottiglia di vodka a far la parte della lupa. Temetti che, dopo quel viaggio, il viceispettore avesse bisogno di una cura di disintossicazione.

All'uscita dal ristorante i due si avviarono verso nuovi bagordi, mentre Aleksandr mi accompagnò in albergo.

Facemmo l'amore di nuovo, questa volta in uno scenario meno lugubre. Ci abbracciammo con fiducia e con un'ultima reciproca curiosità. A dire il vero lui era riuscito a sapere di me molto più di quanto io ne sapessi di lui. Ma non importava, le nostre mentalità erano così diverse che non saremmo mai giunti a un'autentica comprensione. Ero contenta, però, di averlo conosciuto. Mi aveva vaccinata contro ogni tentazione di rimettermi con Pepe, contro il terribile sbaglio di tornare indietro, e mi aveva dato la soddisfazione di constatare che c'erano ancora uomini pronti a giocare duro. Era un controllo statistico che qualche volta ci voleva.

Avevamo deciso che non ci sarebbe stato un addio. Lui si sarebbe alzato all'alba e se ne sarebbe andato. Io sarei rimasta a letto, e anche se mi fossi svegliata, avrei finto di dormire. Una degna conclusione per due amanti che hanno condiviso del tempo senza quasi conoscersi. Molto meglio così, avrei portato via intatti dei ricordi da plasmare a mio piacere. Aleksandr Rekov sarebbe sempre stato il mio glorioso amante russo, il mio conte Vronskij, il mio Ivan Turgenev. A cosa mi sarebbe servito sapere che manteneva una ex moglie isterica, un figlio adolescente o che, invece, conviveva con le sue manie di scapolo un po' orso? Non ci saremmo mai più rivisti; era quanto mai improbabile che le esigenze professionali mi portassero di nuovo a Mosca, e non mi sarebbe mai venuto in mente di presentarmi un bel giorno come turista in cerca della seconda puntata di un'avventura sentimentale. Addio, Aleksandr Rekov. Visto che la vita è così avara di realtà soddisfacenti, rimane sempre la possibilità di mitizzare i ricordi. D'ogni modo, annoto affinché serva da testimonianza per i secoli futuri, che quando lo sentii vestirsi alle prime luci dell'alba feci molta fatica a fingere di dormire avvolta nella placidità.

Garzón era chiaramente euforico sull'aereo del ritorno. Per un attimo temetti che si lasciasse di nuovo prendere dalla vena dei carmi priapei. Cercai di spegnere la sua gioia per evitare un nuovo show.

– Non so cosa la renda così felice.

– Il ritorno in patria, caro ispettore. Cominciavo a sentire la mancanza delle lenticchie e del *chorizo*.

– Annaffiati con la vodka?

– Maledizione! Si può sapere perché è così di cattivo umore?

– Lei cosa ne dice? Siamo sul punto di risolvere il caso, e mentre noi ci diamo da fare da una parte, il principale indiziato se la batte dall'altra. Non sono cose da ridere!

– Ma neanche da piangere! Si fidi dei nostri ragazzi: se c'è un ordine di cattura, avranno tutto sotto controllo. Quel tipo non uscirà dal paese, non è così facile per un russo passare inosservato. Lo beccheranno.

Quando Garzón cominciava a tirar fuori espressioni del tipo «i nostri ragazzi», mi dava sui nervi.

– Il compagno Dmitrij mi ha detto che quando sei sulla linea deduttiva corretta, gli ostacoli che possono frapporsi all'indagine sono secondari, – aggiunse.

– Cosa?!

– Quello che ho detto, Petra. Cosa c'è da stupirsi tanto?

– Mi domando come cazzo abbia fatto Silaiev a farle capire una cosa così complicata.

– Non creda, noi due parlavamo.

– In che lingua?

– Siamo gente del popolo e fra noi ci si capisce.

– Ma non dica fesserie, Garzón!

– Dico sul serio.

– Allora vuol dire che la vodka fa miracoli.

– Questo è vero.

Staccai i contatti. Continuare una conversazione simile mi avrebbe solo fatto venire una crisi isterica. Mi infilai gli auricolari e cercai di rilassarmi ascoltando Prokof'ev. Nel frattempo, Garzón negoziava con la hostess una razione doppia dello spaventoso pasto sintetico della compagnia aerea.

Atterrammo in perfetto orario. Dopo aver ritirato il bagaglio uscimmo nell'atrio sempre affollato dell'aeroporto di El Prat. Rimasi di sale quando, fra la gente, distinsi il commissario Coronas seguito da due agenti.

– Ma quello è Coronas? – mi chiese, incredulo, il viceispettore.

– Credo che abbiamo sottovalutato la sua incazzatura, – risposi.

E invece no, non si trattava di questo. Coronas si precipitò come un fulmine verso di noi e senza nemmeno salutare, proruppe:

– Hanno sequestrato Palafolls.

– Come dice?

– Sequestrato, assassinato... ancora non lo sappiamo. L'unica cosa certa è che è sparito. Manca da casa da ieri, in facoltà e al commissariato non l'hanno visto... Sparito.

Che bella accoglienza. Adesso sì che era successo il peggio che potevamo immaginare.

10

Non potemmo neanche tornare a casa per posare le valigie e fare una doccia. Andammo direttamente in commissariato e ci riunimmo nell'ufficio di Coronas.

– Le cose vanno male, Petra, lo vede da sé. Ditemi cosa avete scoperto.

Glielo raccontai mentre lui mi guardava sempre più spaventato. Tutta quella faccenda della setta superava di gran lunga le sue capacità immaginative. *Skopzi*, castrazioni rituali, la via di fuga offerta dalla mafia russa... Troppo per la sua mentalità occidentale. E dire che nel mio racconto trasformai padre Belinskij in un bibliotecario esperto in questioni di sette; credo che se gli avessi parlato della sua «santità», lui stesso avrebbe provveduto affinché non ricevessi il mio stipendio a fine mese.

Prima che mi chiedesse spiegazioni per le telefonate rimaste senza risposta, decisi di essere io ad attaccare.

– Ma come diavolo avete fatto a farvi scappare Ivanov?

– I nostri uomini non riescono a capirlo. Quell'animale se l'è filata pochi secondi prima che arrivassero. Doveva aver sentito qualcosa, o essere stato avvisato da qualcuno all'ultimo momento. Non so come sia stato possibile: era di notte e la baracca del cantiere era circondata, ma lui non c'era già più. Nello stereo suonava ancora un CD e c'era una sigaretta accesa sul portacenere.

– Non prese la macchina?

– No, fuggì a piedi. Perlustrammo un po' la zona, anche se era buio, e poi lo rifacemmo con più attenzione il giorno dopo. Sono state interpellate tutte le agenzie di autonoleggio dei dintorni. Niente. Sono stati interrogati gli impiegati che facevano il turno di notte alla stazione. Nessuno se ne ricorda. Come se fosse scomparso nel nulla.

– Magnifico! – esclamò ironicamente Garzón.

Ma non c'era niente di magnifico in quel fallimento, non c'era nemmeno posto per l'ironia. Era come avere le mani nell'argilla, far girare il tornio, ma non riuscire a dar forma al vaso. Quel caso era una massa di dati messi insieme malamente. Ciascuna delle soluzioni parziali che eravamo riusciti a individuare, aveva dato luogo a un nuovo problema. Mi sentii responsabile del sequestro di Palafolls. Il mio angelo custode era stato catturato dal tentacolo di una piovra che non aveva niente a che fare con lui. Un'idea davvero poco fortunata da parte mia, mandarlo in facoltà. Professionalmente avevamo colpito nel segno, ma il fattore umano adesso pesava su di me. Di certo, se Palafolls era stato sequestrato, voleva dire che nella sua indagine si era avvicinato a qualcosa che scottava. Non volli nemmeno pensare che potesse essere già morto; questo avrebbe veramente rappresentato una tragedia inutile. Mi rivolsi a Coronas:

– Si sa se ha lasciato qualcosa di scritto sulle sue indagini?

– Se è riuscito a farlo, noi in commissariato non abbiamo niente.

– Allora ha commesso un errore.

– Dobbiamo supporre che abbia scoperto qualcosa?

– Io ne sono certa. Avete parlato col suo collega Marqués? Forse lui ne sa qualcosa.

– No, non gli aveva detto niente, non si erano nemmeno visti. È evidente che Palafolls aveva preso molto sul serio il suo compito, non voleva mettere tutto a repentaglio con confidenze che potessero farlo scoprire.

– E a casa sua? Avete fatto un sopralluogo?

– Petra, di questo spiacevole incidente siamo venuti al corrente solo adesso. Non abbiamo ancora avuto il tempo di far niente. Sono riuscito solo a chiamare la famiglia per informarla del fatto; il resto, spero che lo faccia lei.

Coronas mi passava la patata bollente. Procedimento per niente insolito, con un po' di fortuna io avrei potuto fare lo stesso con Garzón. Il mio vice aveva una capacità inimitabile nel trattare con le famiglie colpite da disgrazie d'ogni genere. Dava conforto, infondeva speranze... Mentre lui avrebbe fatto il buon samaritano, io sarei passata direttamente agli accertamenti.

E così facemmo. Con ogni probabilità i genitori di Palafolls ignoravano che la scomparsa del figlio era la conseguenza di un ordine partito da me. Altrimenti, non mi avrebbero trattata con tanto affetto e generosità. Mi strinsero la mano con calore e ci offrirono un caffè. Tutte quelle attenzioni mi fecero sentire ancora più in colpa. Mentre Garzón profondeva su di loro parole di incoraggiamento, io chiesi il permesso di perlustrare la sua stanza.

Miguel Palafolls era come un bambino, me ne accorsi subito. Aveva le pareti coperte di manifesti con le foto di muscolosi campioni di karatè e di riproduzioni del marchio dell'FBI. I giovani poliziotti sono pericolosi, pensai, bisogna essere un po' meno entusiasti per lavorare bene. Tutto lasciava intendere che quel ragazzo si fosse fatto trascinare da miti infantili. Cercai febbrilmente nei cassetti del comò, nell'armadio, fra i libri, le riviste e i dischi. Alzai perfino il materasso. Ma non c'era niente, né un nome, né un indirizzo. Se Palafolls avesse scoperto qualcosa, perché diavolo se l'era tenuto per sé? Cosa voleva, appuntarsi al petto tutte le medaglie al merito di servizio, o si credeva davvero una specie di superagente segreto? Tirai fuori tutti i suoi vestiti uno per uno, li frugai. Alla fine chiamai sua madre e gli chiesi quali indumenti avesse indossato il ragazzo negli ultimi giorni. Lei guardò stupefatta il caos che avevo combinato e, esitante, indicò due paia di pantaloni di tela.

– Credo che abbia messo questi, e le camicie, che ho già lavato.

– C'era qualcosa nelle tasche delle camicie?

Ci pensò un istante.

– Sì, c'era un foglietto.

– L'ha tenuto?

– Sì. Mio figlio mi dice sempre di non lavare niente prima che lui abbia vuotato le tasche, ma a dir la verità io non gli do retta. Le vuoto io e gli tengo da parte tutto quel che c'è dentro. Ha la brutta abitudine di lasciarci bigliettini, fogli, perfino soldi.

– Signora, la prego, mi dia subito quel foglietto.

Trattenni il respiro finché non tornò con in mano un foglio di taccuino piegato in quattro. Glielo strappai precipitosamente e lo dispiegai senza neanche cercare di sottrarmi al suo sguardo sempre più allarmato. Erano due numeri di telefono. Li mostrai alla madre, nel caso le ricordassero qualcosa, ma non li riconobbe. Interruppi la conversazione di Garzón col signor Palafolls per sottoporli anche a lui, ma nemmeno lui sapeva niente. Quindi me ne andai, quasi senza salutare. Il viceispettore mi raggiunse sulle scale.

– Poteva almeno aspettare un attimo, ha dato una pessima immagine del Corpo davanti ai genitori del ragazzo!

– Non me ne frega niente! Sono stanca della diplomazia, dell'immagine, delle apparenze. L'unica cosa che mi interessa adesso è risolvere una buona volta questo fottuto caso. Tutto il resto è secondario.

Assentì senza azzardarsi a rispondere. Evidentemente, stava prendendo nota della mia crudeltà mentale. Meglio, così avrebbe finalmente capito che il fattore umano aveva smesso di importarmi. Condividere il dolore altrui era una divagazione, e in quei momenti bisognava assolutamente rimanere in carreggiata. Efficienza e tempismo sarebbero stati da quel momento in poi le parole chiave. Mi assalì il ricordo del viaggio a Mosca. Avevamo sprecato molte ore laggiù: le passeggiate, il sesso, le cenette in allegre taverne... Sebbene non dimenticassi che il lavoro del poliziotto è fatto anche di contatti umani, e come tale è sottoposto a infinite variabili. Una buona metà dei dati su cui ci si basa sono del tutto soggettivi: «Ho notato, ho riconosciuto, mi è parso di vedere, era quasi l'una, erano le sei, l'impermeabile era verde, o forse grigio...». Tutto incerto, tutto momentaneo, tutto verbale. Come l'uomo stesso. Un pensiero scoraggiante, metodi che risvegliavano immediatamente il dubbio. Avevamo perso del tempo a Mosca, e molto anche, ma avevamo trovato quello che cercavamo. Mi voltai verso Garzón.

– E adesso vada subito in commissariato e verifichi questi numeri di telefono, – gli dissi. – Io vado a casa, ho bisogno di dormire un paio d'ore se non voglio cadere morta. Poi le darò il cambio e riposerà lei. È l'unica soluzione per poter resistere fino a stasera.

Assentì poco convinto, anche se era più in forma di me. Presi la macchina e corsi a casa: avevo bisogno di un minimo intervallo di tranquillità. Tuttavia, mi aspettava una sgradita sorpresa: seduta sul gradino, accanto alla porta, c'era Julieta. Mi ero completamente dimenticata di lei. Con quella sua aria da hippy scarmigliata e in quella posizione sembrava una mendicante uscita da un libro di Dickens. Mi guardò come un cane bastonato.

– Perché non sei entrata? – le chiesi.

Ma lei non era lì per dare spiegazioni, bensì per chiederne.

– Sapete qualcosa di Miguel? – domandò.

Il mio tentativo di cancellare del tutto il fattore umano era destinato al fallimento.

– Vieni dentro e sediamoci un attimo. Ti faccio un caffè.

– Non voglio entrare. Voglio solo sapere se avete qualche idea di dove si trova Miguel, anche solo un indizio.

Julieta mirava al sodo, ma non mi trovava nella migliore disposizione d'animo.

– Stiamo cominciando a indagare solo adesso.

– Avete qualcosa da cui partire?

– Sì, un paio di numeri di telefono. A meno che tu non ne sappia di più.

– No.

– Aspetta, te li faccio vedere, magari ti sono familiari.

Tirai fuori l'agenda dalla borsa, gli mostrai la mia trascrizione del foglietto di pugno del suo fidanzato. Mi ascoltò con attenzione, rimase un secondo in silenzio, poi scosse subito la testa.

– Sei sicura?

– Sì.

– E lui non ti ha parlato di niente, non ti ha detto se ha conosciuto qualcuno in facoltà...?

– Non mi parlava mai di quello che faceva.

– È logico che fosse così. Davvero non la vuoi una tazza di caffè?

– Voglio solo che lo troviate.

– Lo so, lo so.

– Adesso vado. Non vengo più a far le pulizie. Mi chiami quando saprà qualcosa.

– Non ti preoccupare, lo farò, – risposi con tristezza.

Se ne andò, con una faccia che non esprimeva nessuna emozione. La sua gonna indiana di cotonina a fiori si muoveva nell'aria come se stesse per evaporare.

Entrai in casa di pessimo umore. Non mi piaceva affatto che la gente mi ritenesse responsabile del suo dolore. E se oltre a sentirmi accusata dovevo anche rimanere senza aiuto domestico, la cosa si faceva ancora più grave. Meglio non pensarci, dovevo dormire, avevo bisogno di dormire, ero ossessionata dal sonno, avrei potuto cadere a terra priva di conoscenza se non fossi andata a dormire. Mi sdraiai e puntai la sveglia perché suonasse due ore dopo. Prima di abbandonarmi completamente, rividi lo sguardo indefinibile di Julieta. Avrei preferito che mi insultasse, che piangesse, che facesse una scenata in piena regola. E invece niente, si era limitata a mostrarmi quell'espressione indecifrabile. Che andasse al diavolo! pensai, e staccai finalmente ogni contatto.

Per quanto Garzón avesse la pelle dura, gli avevo chiesto troppo. Lo trovai ridotto a uno straccio, accasciato sulla sedia, in preda a una stanchezza viscerale.

– Qualche risultato? – domandai.

Mosse la lingua impastata per articolare.

– I numeri appartengono a due famiglie della città: gli Atienza Pérez e i García Bofarull. Entrambe hanno un figlio che frequenta il quarto anno di medicina.

– Bravo, un buon lavoro!

– Adrián Atienza Pérez era a casa quando ho telefonato. Ho mandato una macchina a prenderlo. Daniel García Bofarull era uscito per giocare a tennis. Ho mandato a casa sua due agenti, di cui uno è Marqués, e appena rientra lo accompagneranno qui. Spero che voglia scusarmi, ma ero troppo stanco per andarci io.

– Ha già fatto fin troppo, Fermín, adesso vada pure a casa.

– Quanto tempo mi dà?

– Le bastano un paio d'ore?

– Bastano e avanzano.

Uscì senza neanche dire arrivederci. Doveva avere sulle spalle più di venti ore senza dormire. Bisognava riconoscere che aveva un'eccellente tenuta. Alla sua età resisteva bene tanto alla mancanza di sonno quanto agli eccessi dell'alcol. Se continuava così mi avrebbe seppellita.

Non riuscii a rimanere sola nemmeno per cinque minuti; al quarto, Coronas entrò a chiedermi una copia della foto di Ivanov che avevo portato da Mosca. La presi dal dossier e gliela diedi.

– Mio Dio! È come un cattivo da film muto, sembra il dottor Caligari o qualcuno del genere.

– Infatti, ha esattamente quella faccia.

– Ma uno così lo notano tutti per la strada.

– Appunto. Cosa pensa di fare?

– Diffondere questa foto attraverso tutti i canali di comunicazione. Dobbiamo fare lo stesso con quella di Miguel Palafolls.

– Ma così saremo sepolti dalle telefonate! Mi domando come faremo a rispondere.

Si strinse nelle spalle e uscì portandosi via la foto. Il suo lavoro finiva lì. Lo invidiai: come tutti i capi aveva ben delimitato il campo delle sue responsabilità.

Non appena aprii la porta del mio ufficio mi trovai davanti il volto di Adrián Atienza. Ebbi subito l'impressione che fosse molto spaventato. A parte questo mi parve un ragazzo normale, un rappresentante della sempre più omologata gioventù. Alto, capelli neri, vestito in modo informale. Lo interrogai andando dritta al nocciolo e lui, a tutta prima, negò di conoscere Palafolls. Dopo quella dichiarazione la sua smorfia di paura, assolutamente non dissimulata, si fece ancor più evidente. Decisi di stare al gioco e gli descrissi fisicamente il giovane agente. Non reagì. Allora gli rivelai che era un poliziotto infiltrato in facoltà. Analizzai minuziosamente l'espressione del suo volto. Mi parve di trovarvi ciò che già sapevo: neppure la minima traccia di sorpresa. Ne ero certa, anche se mi sarebbe piaciuto che fosse presente Garzón per sentire il suo parere. Mi fermai lì. Tenni per me il fatto che il suo numero fosse stato trovato fra le cose di Palafolls. Gli dissi che poteva andarsene, ma che doveva restare reperibile nel caso fosse stato necessario convocarlo di nuovo. Mi parve di notare in lui un certo sollievo mentre varcava la porta d'uscita.

Sembrava evidente che aveva mentito. Sembrava evidente che non poteva trattarsi del capo o del guru di nessuna organizzazione. Era un ragazzotto particolarmente impacciato. Avrebbe potuto sbarazzarsi di noi semplicemente ammettendo che conosceva Palafolls. Che avevano preso un paio di caffè insieme dopo le lezioni, o che avevano avuto uno scambio di appunti. In questo modo probabilmente l'avremmo lasciato stare. Ma non gli era venuto in mente, gli era sembrato più sicuro negare. Era un ingenuo, un ingenuo il cui numero di telefono, per qualche ragione, era finito nella tasca del poliziotto scomparso.

Senza troppe speranze, diedi ordine di sorvegliarlo ventiquattr'ore su ventiquattro. Forse era solo una vittima, uno di quei poveri ragazzi castrati, e non sapeva niente del destino toccato a Miguel Palafolls.

– Come possiamo verificarlo, viceispettore?

Garzón, che entrava proprio allora nel mio ufficio con una gran faccia da sonno, mi guardò senza comprendere.

– Verificare cosa?

– Stavo parlando da sola. È riuscito a riposarsi un po' in queste due ore?

Ignorò il mio interessamento.

– Mi fanno paura le sue domande lasciate in sospeso. Mi dica, cosa vuole verificare?

– Se Adrián Atienza è stato castrato.

– Vedo che non è andata molto bene con lui.

– Nega di conoscere Palafolls. Ho ordinato di farlo pedinare.

– Lui sa che il nostro agente aveva il suo numero di telefono?

– No. Di colpo ho avuto l'impressione che quel poveretto non ne sapesse niente, che fosse un semplice membro della setta, castrato e morto di paura.

– È possibile.

– Lei crede che il magistrato…?

– Se lo tolga dalla testa, nessun pubblico ministero le darà un mandato per calare i pantaloni a quel ragazzo.

– Mi riferivo a una visita medica.

– Ma non ci sono prove contro di lui. E se lei si azzarda a imporgliela lo stesso, gli avvocati le salteranno alla gola.

– Non crede che se mandiamo una bella poliziotta, o un paio di incappucciati nei bagni dell'università...

– Non dica fesserie, l'unica soluzione che mi viene in mente è indagare sulla sua sessualità interrogando chi lo conosce.

– Non c'è tempo, Fermín, Palafolls è scomparso e ogni ora che passa diminuiscono le possibilità di trovarlo vivo.

– Lo so, – disse il viceispettore con voce funerea. – Coronas ha diramato la notizia della scomparsa a tutti i mezzi di comunicazione, – aggiunse con una certa speranza.

– Cosa che ci sarà soltanto d'intralcio.

– Però non vedo molte altre vie d'uscita.

– Senta, sono quasi le nove. Contatti gli agenti che ha mandato a casa dei García Bofarull. Può darsi che il ragazzo sia rientrato.

Quando rimasi sola nell'ufficio gli occhi mi si chiudevano. Due ore di sonno erano state sufficienti per darmi una breve proroga prima del crollo totale. Feci per andare alla macchina del caffè, ma in quel momento tornava Garzón con nuove notizie. Daniel García Bofarull non era tornato dal club di tennis. I suoi genitori avevano telefonato lì e la signorina della reception li aveva informati che il ragazzo era già uscito da un pezzo. Erano allarmati e volevano sapere perché la polizia desiderasse parlare con lui.

– Stanno venendo in commissariato con i nostri agenti, – concluse.

– Allora prenda l'impermeabile e andiamo.

– Ma, ispettore, se le ho detto che stanno venendo qui.

– Non si preoccupi, li riceverà il commissario, gli farà le domande del caso e li tranquillizzerà.

– Passerà un brutto quarto d'ora.

– È un compito che spetta alla sua autorità.

Mi guardò stupito del mio infinito cinismo che, in fondo, per lui rappresentava una liberazione. Completai la mossa:

– E lasci una nota di servizio al commissario. Che dia ai genitori del ragazzo un altro appuntamento per domani alle dieci. Anche noi dobbiamo interrogarli, ma per il momento sarà lui a ricevere la prima ondata di disperazione familiare.

Cinismo a palate, a carrettate, a camionate. L'unico modo per riuscire ancora a cavarsela fra castrazioni rituali, sequestri di agenti e altre insolite calamità.

Raggiungemmo con la massima rapidità il circolo di tennis La Red. La signorina della reception fece il suo dovere e ci informò di quel che sapeva, frenando la sua curiosità.

– L'ho già detto a suo padre per telefono. Il ragazzo era già uscito da almeno due ore quando lui ha telefonato.

– Lei notò qualcosa di speciale, le parve che fosse successo qualcosa di strano?

– Strano... no, ma dieci minuti prima che uscisse, qualcuno lo chiamò al telefono. Di solito non passiamo le telefonate ai soci per non interrompere le partite, ma dissero che era una cosa molto importante e, dato che Daniel García in quel momento non giocava, ma stava facendo pesi, dissi al sorvegliante di andarlo a chiamare.

– E cosa successe?

– Niente di straordinario. Il ragazzo arrivò tutto sudato, entrò in cabina e parlò brevemente, poi se ne andò negli spogliatoi. Dopo cinque minuti ne uscì vestito e andò via.

– Lei riuscì a sentire qualcosa della conversazione?

– No.

– Lo vide preoccupato quando riattaccò?

– Non saprei... Ma per la verità quando passò davanti a me per uscire mi accorsi che non aveva fatto la doccia e me ne stupii.

– Le suonò familiare la voce dell'uomo al telefono?

– Non era la voce di un uomo; era una donna.

Osservai la ragazza. Col procedere dell'interrogatorio sembrava sempre più ansiosa. Alla fine non ce la fece più e domandò:

– È successo qualcosa di brutto?

– Non lo sappiamo ancora. Ci chiami a questo numero, se dovesse telefonare qualcuno chiedendo di lui. Un'altra cosa, Daniel ha un armadietto negli spogliatoi?

– Sì.

Ci accompagnò e lo fece aprire, ma non conteneva

niente di speciale: dopobarba, shampoo e un paio di calzettoni da ginnastica.

Quando tornammo in commissariato capimmo che la fortuna non era dalla nostra parte. I genitori di Daniel erano ancora lì. Eppure Coronas doveva già aver subito il primo impatto, visto il modo in cui ci guardò. Purtroppo, il fatto che avessero già rappresentato il primo atto, non ci esimeva dall'assistere agli altri due. I genitori della buona borghesia tendono sempre a proteggere eccessivamente i loro rampolli, e raramente sfuggono alla tentazione di negare le proprie colpe. Quelli non fecero eccezione. Apparentemente, tutto scorreva nei binari della normalità. La madre lo confermò.

– Ispettore, abbiamo già detto al commissario che nostro figlio è un ragazzo perfettamente normale. C'è un buon dialogo fra noi, ci occupiamo molto di lui, e lui non ci ha mai dato dispiaceri. Quanto agli studi...

La interruppi brutalmente:

– Signora, se l'ha già detto al commissario Coronas, non è il caso che lo ripeta a me. Risponda a una domanda: suo figlio ce l'ha una fidanzata?

– No.

– Amicizie femminili?

– Vede, io per discrezione, non ho mai voluto indagare...

– In questo caso dovremo farlo noi, perché al club ha telefonato una donna cercando di suo figlio, proprio prima che se ne andasse.

– Me ne occuperò io, – disse Coronas, che doveva averne fin sopra i capelli.

– Adesso è necessario che ci accompagniate a casa vostra e ci mostriate la stanza di vostro figlio, – proseguii. – Dobbiamo perquisirla; forse troveremo qualche indizio che ci aiuterà a scoprire dov'è.

Mentre seguivamo con la nostra auto l'Audi dei García Bofarull, Garzón mi domandò:

– Crede che Daniel sia morto?

– Non lo so. Non c'è niente di normale in questa storia. Non avrei mai sospettato che un caso praticamente risolto potesse avere degli strascichi così angosciosi. Ormai tutto è possibile, finché non catturiamo Ivanov.

– Il commissario ha incaricato Marqués di ricevere e filtrare le telefonate di quelli che riconosceranno la sua foto e quella di Miguel. Spero che la cosa gli dia sollievo. Quel povero ragazzo non vive più da quando è sparito il suo collega. Dopo tante ore di pattuglia insieme...!

– Sì, annoiarsi in compagnia finisce per creare un legame. È come il matrimonio.

Mi guardò con riprovazione, ma non replicò.

Nella stanza di Daniel non trovammo niente che potesse aiutarci. L'unico oggetto che richiamò la nostra attenzione, non essendo così comune fra le cose di un ragazzo, era una Bibbia che giaceva in fondo a un cassetto. La sfogliai e vidi che alcuni versetti erano stati sottolineati.

– Vostro figlio è religioso? – domandai ai García.

Rimasero sorpresi. Tutte le pretese genitoriali di conoscere i loro figli come il palmo della propria mano svanivano alla prima domanda precisa.

– Be', non saprei, siamo una famiglia credente... – divagò il padre.

– L'avevate già vista questa Bibbia?

La signora García rispose:

– Io non guardo mai nei cassetti di mio figlio. So che ci sono delle madri che lo fanno, ma a me non piace: ho sempre rispettato la sua libertà.

Non avevano mai visto quel libro prima di allora, né avevano la minima idea che il ragazzo potesse essere interessato al mondo religioso. Adesso si sentivano inquieti per la scoperta e si comportavano come se invece di una Bibbia avessimo trovato un'intera annata di *Penthouse*. La portai via con me come prova indiziaria, e uscii salutandoli concisamente. Garzón rivolse loro qualche parola gentile per compensare la mia asciuttezza. Mentre scendevamo le scale dell'elegante condominio mi rimproverò sottovoce per quell'atteggiamento:

– Non so se è il caso di trattarli con tanta durezza: forse hanno perso loro figlio per sempre.

– Perché suppone che la polizia debba sempre rimediare all'ingiustizia e al dolore? Il nostro dovere è trovare i colpevoli.

– Ma, proprio come un medico nei suoi rapporti col malato deve dimostrare una certa umanità, anche noi...

– Non mi rompa le scatole, Garzón! Basta con la teoria del poliziotto umano e solidale! Non ha visto in che mondo ci muoviamo? Tutti questi ragazzi finiti nelle maglie di una setta, capaci di farsi castrare o di castrare un compagno, nel più totale silenzio...! Io non mi sento solidale con nessuno, la gente è troppo assurda, troppo irrazionale.

– Questa faccenda la sta mandando fuori di testa.

– Come tutte le faccende in cui le vittime sono anche carnefici.

Mi trattenne per un braccio impedendomi di camminare.

– Petra, quando tutto sarà finito rimetteremo le cose al loro posto.

– È una bella illusione.

L'aria che tirava in commissariato faceva scintille. Coronas ci ricevette.

– Nessuna novità, – lo prevenne Garzón prima ancora che facesse delle domande.

– Nemmeno qui abbiamo avuto fortuna. Ho mandato uomini da tutte le parti: negli ospedali, nella zona del club di tennis... Ho allertato tutti i commissariati della città. L'intero reparto è in movimento.

– Come se la cava Marqués con le chiamate?

– È nell'ufficio ventitré, e a momenti non ce la fa a prenderle tutte. La gente non smette di telefonare.

– Andiamo a vedere.

Marqués cedette il posto a un collega e venne verso di noi con un taccuino.

– Tanto fumo, ispettore.

– Me lo immagino, e tanto allarmismo, anche.

– Ci può giurare. Uno ha chiamato dicendo che credeva di aver visto Palafolls nella coda del cinema Comedia. Abbiamo mandato una pattuglia. Ma quando tutti gli spettatori sono usciti, di Palafolls neanche l'ombra. La maschera ha assicurato che nessuno aveva abbandonato il cinema durante la proiezione.

– Il tipico abbaglio.

– Il resto è ancora peggio: una ragazza ha detto che la faccia di Miguel era uguale a quella di un cantante rock, e una signora ha assicurato che Palafolls da almeno un anno le consegnava a domicilio la spesa del supermercato, si figuri lei.

– Già, capisco.

– Ma chi miete i maggiori successi è Ivanov. Con la faccia che si ritrova stimola l'immaginazione della gente. Chiamano dicendo le più grandi assurdità: che è un loro parente travestito, che lavora in una falegnameria di El Clot. L'hanno visto dappertutto: sul volo Barcellona-Madrid, a passeggio sulle Ramblas, a mangiare *churros* in una cremeria...

– La massa reclama la sua piccola fetta di protagonismo: non può farne a meno.

Marqués replicò tristemente:

– Ho una gran paura che non arriveremo mai a Palafolls.

– Non si scoraggi e vada avanti.

Entrò un agente chiedendo di me.

– Ispettore, c'è una chiamata da Mosca. Gliel'hanno passata nel suo ufficio.

Ci andai di corsa, afferrai il ricevitore e riconobbi subito l'inglese secco e angoloso di Aleksandr Rekov.

– Petra, come stai, va tutto bene?

– Non proprio, e tu come stai?

– Non ti chiamo per darti una buona notizia. Ti

spiego. Abbiamo tenuto d'occhio Esvrilenko e i suoi uomini come ti avevo promesso. L'altro giorno Silaiev è venuto a sapere una cosa interessante. Uno di loro era stato in un'agenzia di viaggi del centro. Abbiamo verificato che aveva comprato due biglietti aerei con destinazione Barcellona per il giorno sette alle tre del pomeriggio. Quel giorno e a quell'ora siamo andati all'aeroporto per vedere chi s'imbarcava, ma non si è presentato nessuno. Sull'aereo rimasero due posti vuoti.

– E allora?

– È ovvio che, forse dall'agenzia, qualcuno li ha avvertiti, o forse sapevano già che gli stavamo alle costole, ed è stata tutta una manovra per depistarci: il fatto è che molto probabilmente quel viaggio a Barcellona si farà lo stesso, se non è già avvenuto, ma non sono in grado di dirti chi sia partito, né come né quando.

– E io cosa posso fare?

– Tenere gli occhi bene aperti, nient'altro. Non mi stupirebbe che a Barcellona ci fossero due russi in più, e non precisamente due turisti.

– Cosa pensi che possano venire a fare qui? Forse togliere dai guai Ivanov?

– Non lo so, Petra, non lo so.

– Stiamo controllando tutti i voli per Mosca.

– Possono uscire dal paese in qualunque modo, in macchina, in treno, e poi prendere un aereo da Amsterdam o da Parigi. Sarà molto difficile beccarli.

– Ne sono consapevole.

– Mi dispiace di non poterti aiutare di più.

– Mi hai dato un'informazione molto preziosa.

– Mi sarebbe piaciuto darti una bella notizia.

Rimanemmo entrambi in silenzio, una volta conclusa la parte professionale della telefonata. Volevo dirgli qualcosa, ma non sapevo cosa. Per un istante mi sentii male. Alla fine, parlò lui.

– Pensi che le indagini ti porteranno di nuovo a Mosca?

– Ho paura di no.

– Ti restano ancora un sacco di cose da visitare.

– Monumenti funerari?

– Molti monumenti funerari! Tantissimi grandi uomini russi sono morti ormai.

– È una bella cosa onorare i morti.

– È la cosa più sublime.

– Anche in Spagna ci sono tombe interessanti.

– Quella di Franco?

Mi misi a ridere.

– Sì, perché no? Tanto più che è dentro una chiesa. Questo potrebbe costituire un'attrattiva extra.

Rise anche lui, e poi ci fu un altro silenzio. Lo interruppe di nuovo Rekov.

– Petra Delicado, devo riattaccare. Trasmetti i miei saluti e quelli di Silaiev al tuo collega Garzón. Digli che Mosca non è più la stessa senza di lui, e quanto a te...

– Sì...?

– Ti porgo i miei auguri di una pronta risoluzione del caso e i segni della mia...

– Solidarietà professionale?

– Esatto. Addio, mio caro ispettore Delicado.

– Addio, compagno Rekov.

Riattaccai, sorridendo con piacere. Ebbene, così è la

vita, imprevedibile e disseminata di ricordi da tenere nei cassetti. In quel momento avrei dato qualunque cosa pur di incontrare di nuovo Aleksandr Rekov. Ma non volevo raccontarmi delle bugie. Probabilmente non ci saremmo mai più rivisti. Tuttavia, la sua immagine sarebbe sempre rimasta con me, e sarebbe sempre stata legata a Mosca, alla salma di Lenin, alla paura indefinita della sfida, al caso dei peni tagliati. Con l'andar del tempo forse quello mi sarebbe parso il maggior cumulo di spropositi che si potesse immaginare. Sospirai come una cretina e, in un impeto di senso del dovere autoindotto, mi costrinsi a lavorare.

Presi la Bibbia che avevamo trovato a casa del ragazzo, una matita e un pezzo di carta, e mi disposi a studiare i versetti sottolineati dallo scomparso García Bofarull.

Per più di tre ore mi immersi in quel mondo mitico e crudele. Quei testi esercitavano uno strano fascino su di me. Erano magici, totemici, ingarbugliati e al tempo stesso sottilmente chiarificatori. Si trattava senza dubbio di un libro pericoloso. Chiunque avesse aperto le sue pagine con un'idea fissa in testa, avrebbe potuto trovarne la conferma. E, al contrario, chi avesse affrontato quella lettura vergine di concetti, ne avrebbe coniati di suoi con facilità. L'unico modo neutrale di avvicinarvisi era considerarlo come un'opera letteraria, e così risultava un libro bellissimo.

«Gli angeli ti solleveranno fra le braccia affinché il tuo piede non sfiori le pietre», lessi. Ma Daniel non aveva sottolineato quella frase in base a considerazioni estetiche. Dopo un esame delle sue sottolineature mi resi conto che tutti i frammenti messi in rilievo avevano un punto in comune: l'allusione alla purezza:

Proverbi 22, 11: «Dio ama i puri di cuore, e la grazia sulle labbra aggrada al re».

Proverbi 20, 8-9: «Chi può dire: "Ho il mio cuore puro, sono libero dal mio peccato"?».

Proverbi 21, 8: «La via del perverso è tortuosa, retto invece l'agire dell'innocente».

Matteo 5, 8: «Beati i puri di cuore, perché vedranno Dio!».

Giobbe 11, 4: «Tu dici: "La mia condotta è pura, io sono irreprensibile ai tuoi occhi"».

Proverbi 20,11: «Il fanciullo manifesta già coi suoi atti se illibata e retta è la sua condotta».

Non c'era il minimo dubbio. Daniel García Bofarull apparteneva alla setta degli *skopzi*. E per estrapolazione si poteva azzardare l'ipotesi che anche Adrián Atienza Pérez fosse uno *skopzi*. Era quella la ragione per cui i loro numeri di telefono si trovavano nelle tasche di Palafolls. Se così fosse stato, ciascuno dei due avrebbe potuto essere in contatto con Ivanov e sapere dove si trovava.

Mi facevano male gli occhi e la schiena. Secondo quel che avevo appena letto, l'anima umana non aveva frontiere né limiti, ma evidentemente il corpo sì.

Raggiunsi il centralino dove si trovavano Marqués e Garzón. Lo spettacolo che ebbi davanti mi rese consapevole di quale dovesse essere il mio aspetto. Il viceispettore aveva delle occhiaie che sembravano tasche da marsupiale, e il giovane poliziotto sembrava pronto per andare in pensione. Feci udire la mia voce a volume sostenuto.

– Signori, andiamo tutti a dormire. Le farò dare il cambio, Marqués.

– Posso continuare ancora un po'.

– Lei se ne va a casa subitissimo. Non che mi preoccupi della sua salute, semplicemente penso che ormai il suo rendimento sia nullo.

Mi obbedirono docilmente. Anch'io me ne andai a dormire. Era controproducente lasciarsi dominare dall'ossessione. Otto ore di sonno forse mi avrebbero restituito la sanità mentale che avevo perso fra divinità tonanti, roveti ardenti, figli di Giobbe e lenticchie di Esaù.

Ma non fu possibile, la Provvidenza decise che sei ore dovevano bastare. Alle sei del mattino mi chiamarono dal commissariato. Un muratore di Badalona aveva trovato il corpo di un giovane in un terreno abbandonato. Tutto sembrava indicare che si trattasse di Daniel García Bofarull.

Contrariamente alla mia reazione abituale, fui investita da una crisi d'ira degna di figurare in qualche passo della Bibbia. Feci la doccia trattando la spugna e il sapone come se fossero colpevoli di qualcosa. La prima finì sbattuta contro lo specchio del bagno. Una stupida sostituzione compensatoria? Senza dubbio, ma era ancora più stupido trovarsi così vicino alla soluzione di un caso e vedere allungarsi la scia di cadaveri senza poter fare niente.

Garzón e Coronas mi aspettavano all'Istituto di

Anatomia. Il commissario vi si era recato di persona per chiedere al dottor Montalbán di dare priorità assoluta alla nostra nuova vittima. Prima di lasciare il commissariato, aveva dato ordine di intensificare le ricerche di Adrián. Anche lui era in pericolo di vita.

I genitori di Daniel dovevano ancora arrivare per l'identificazione del corpo. Parlai sinceramente con Coronas e gli comunicai la mia intenzione di sottrarmi a quell'incontro. La cosa non gli piacque affatto ma non poté far altro che accettare di riceverli lui, gliel'avevo chiesto in modo troppo delicato perché potesse rispondermi con un ordine deciso. Tuttavia, osservò:

– È incredibile, tutti pensano che una donna poliziotto sia l'ideale per i contatti umani e diplomatici, ma lei è la negazione assoluta.

– Mi credeva anche adattissima a comparire in televisione, e adesso ne vede le conseguenze.

– Può star sicura che senza la sua apparizione tutta questa triste storia non sarebbe mai venuta alla luce. Quel ragazzo si fidò di lei.

– Non sa quanto mi fa piacere, ma la prossima volta spero che sia qualcun altro ad affrontare i media. Smuovere le coscienze è un ruolo che non mi piace affatto.

Scappai a prendere un caffè col viceispettore mentre aveva luogo la drammatica identificazione. Lui ormai ne sapeva più di me della faccenda.

– Com'è morto? – gli chiesi.

– Aveva un profondo taglio nel collo. È morto dissanguato. Il medico legale presente alla rimozione ha detto che la morte risale all'incirca alle tre del mattino. Apparentemente non c'erano tracce di violenza né di tentativi di difesa. Fra poco ne sapremo qualcosa di più, se Montalbán si decide a darci la precedenza.

– Ce la darà.

Spensi la sigaretta nel portacenere. Lasciai cadere le braccia lungo il corpo.

– Non si scoraggi, Petra.

– Non crede che di motivi ce ne siano da vendere? Chi le dice che il prossimo morto non sarà Palafolls? Ormai abbiamo visto che questa gente è capace di tutto.

– Mi sono imposto di pensare che Palafolls sta bene e nessuno riuscirà a smuovermi di lì.

– La forza di volontà non basta, Fermín.

– Però è un solido punto di partenza.

Non ne ero così sicura. Un solido punto di partenza sarebbe stato convincersi che tutto avrebbe funzionato. Per sentirmi un po' meglio, avrei dovuto essere io a infondere ottimismo in Garzón.

La prima e forse unica rivelazione che ci fece Montalbán dopo l'autopsia fu che anche Daniel García Bofarull era stato castrato. La sua era una castrazione perfettamente cicatrizzata che risaliva a mesi prima. Il metodo era quello che conoscevamo: procedimenti chirurgici ortodossi. Quanto alla morte del ragazzo, il responso fu semplice: gli avevano reciso di netto la giugulare. L'assenza del minimo graffio o contusione dimostrava che non si era difeso. Montalbán indicò che l'assassino doveva aver accompagnato la caduta del corpo fino a terra, giacché non si vedevano tracce dell'impatto finale. Questo lasciava pensare che la vittima e il suo assassino si conoscessero.

– Certo che si conoscevano, dottore! – Mi voltai verso Garzón. – E se non fosse per la telefonata di quella misteriosa donna al club di tennis, il nome del colpevole sarebbe scontato: Sergej Ivanov.

– Crede che Ivanov sapesse che avevamo messo sotto controllo i telefoni di Daniel e Adrián?

– Ne sono convinta. Gli è mancato il tempo di liquidare il secondo, ma Daniel pagò l'ultima ora di ginnastica a prezzo della vita. Sarebbe stato molto meglio andare ad aspettarlo alla porta del club.

– Nessuno poteva immaginare che i due ragazzi fossero in pericolo.

– Nessuno non significa la polizia, Fermín.

– Bene, d'accordo; ma mi dica: come faceva Ivanov a sapere quel che avevamo scoperto?

Scossi distrattamente la testa.

– Non lo so. Forse riuscì a far ammettere questa possibilità a Palafolls.

– Palafolls è nelle sue mani dall'altro ieri. Crede che Ivanov avrebbe aspettato tanto per agire?

Il dottor Montalbán assisteva alla nostra conversazione in cupo silenzio. La sua voce suonò lugubre:

– Il mio referto sarà completo quando avremo i risultati del confronto fra il DNA di Daniel García con quello dei peni in nostro possesso. Calcolate un paio di giorni.

Risolvere il rompicapo anatomico sarebbe stato interessante, ma non cruciale. Per il momento, con tutti gli interrogativi che si affollavano alla nostra mente, non c'era altra strada che far pressione su Adrián Atienza. Parlando col magistrato ottenni un ordine d'arresto formale. Potevo accusarlo di occultamento di prove, di intralcio alla giustizia. Niente per cui fosse lecito trattenerlo più di un paio di giorni. Era scontato che i genitori si sarebbero rivolti immediatamente a un avvocato.

Gli Atienza erano in preda all'orrore più totale. Chiesi loro qualche oggetto su cui potessero essere rimasti resti organici del figlio, giacché il ragazzo non aveva accettato di collaborare. Si trattava di verificare se Adrián fosse stato castrato anche lui. Per non usare quell'espressione dissi alla coppia tremante che il figlio poteva essere stato vittima di una terribile mutilazione. Ma, con eufemismi o senza, non avevano la minima intenzione di facilitarci il compito e, proprio come avevo immaginato, misero l'intera faccenda in mano a un legale, che non volle neppure sentir parlare di analisi del DNA.

Gli interrogatori cui li sottoposi non risultarono di maggiore utilità. Giravamo sempre intorno allo stesso punto senza arrivare alla minima concretezza.

– Le era parso nervoso suo figlio?

– Non particolarmente.

– Aveva ricevuto telefonate nelle ultime ventiquattro ore?

– Suppongo di sì.

– Una donna? Qualcuno con un accento straniero?

– Non saprei dirlo.

– Avremmo dovuto mettergli il telefono sotto controllo! – ruggì Garzón dopo il nostro ultimo incontro con loro.

– È facile dirlo col senno di poi. Tanto più che non avevamo nessuna base legale. In ogni caso, Ivanov è un uomo intelligente: se gli ha telefonato avrà fatto in modo che la chiamata fosse impossibile da localizzare.

– Crede che l'abbia minacciato?

– È possibile, anche se la morte di Daniel è già una minaccia sufficiente.

– Pensa che sia ancora a Barcellona?

– Ne sono sicura.

– Questo è il caso più diabolico che ho mai avuto fra le mani!

– Diabolico è la parola giusta.

– Com'è possibile che quei ragazzi si siano lasciati influenzare al punto da...?

Garzón era impressionato. Malgrado la sua esperienza, quel caso faceva vacillare tutte le certezze della sua carriera. Nella sua vita di poliziotto si era trovato di fronte alla crudeltà, alla vendetta, all'ambizione, ma quella vendita gratuita dell'anima era qualcosa di nuovo per lui. Aveva ragione, è difficile ammettere che dentro di noi possa abitare il nostro più irrazionale nemico. Cercai di metterla sullo scherzo per tirarlo fuori da quel suo doloroso stupore.

– Prima di andare avanti, le viene mica in mente qualche canzonetta sui cazzi, qualche versetto satanico, un sonetto scollacciato?

– Stia zitta, Petra, non è il momento di scherzare!

– Peccato, mi manca la sua vena lirica.

– Non sono dell'umore giusto.
– Fermín.
– Cosa?
– Non avevamo deciso che Palafolls è vivo?
– Sì.
– E allora non si perda d'animo.
– Ha ragione.
– Tanto più che per compiere il prossimo passo ne avrà bisogno.
– Quale passo?
– Dobbiamo fare un interrogatorio approfondito a Adrián, in presenza del suo avvocato. Si faccia venire delle idee se ci riesce, eserciti la sua teatralità. Ogni parola che gli strapperemo potrà esserci preziosa; pensi di essere sotto la minaccia del diavolo in persona.

Sospirò, come valutando quanta realtà ci fosse nelle mie parole. E ce n'era molta: non c'era bisogno di essere particolarmente brillanti per immaginare con chi avevamo a che fare.

Adrián Atienza negò, negò tutto il tempo, con resistenza adamantina, con convincimento, con fede. Negò di appartenere ad alcuna setta, di essere stato oggetto di castrazione rituale, di aver collaborato lui stesso alla castrazione di terze persone. Negò e negò: non sapeva chi fosse Ivanov, non conosceva Palafolls. Non poté negare di essere compagno di corso di Daniel, perché era un dato di fatto, ma anche su quell'argomento sostenne di non avere niente da dire. Garzón era disperato, io invece mi aspettavo una cosa del genere. Che fosse per via del voto del silenzio, per paura del russo o per consiglio del suo avvocato, di certo non avrebbe aperto bocca. Feci un ultimo tentativo.

– Non te ne importa niente che dei tuoi amici siano morti, Adrián? Che li abbiano fatti soffrire? Davvero non te ne importa che un poliziotto rischi la morte? È giovane, quasi della tua età, e anche lui ha i genitori, la ragazza, non te ne importa?

In quel momento il ragazzo si mise a piangere. Vidi uno stretto spiraglio di speranza, ma l'avvocato intervenne.

– Ispettore, in tribunale non la lascerebbero continuare con queste domande. Porre una domanda presuppone che...

– Lo so, lo so, va bene, – lo interruppi. Nel caso mi fossi fatta delle illusioni, Adrián si ricompose e dichiarò con fermezza:

– Non ho niente da dire.

Il viceispettore faceva scintille quando uscimmo di lì.

– Se almeno quel maledetto avvocato...

– Non si tormenti, con avvocato o senza il ragazzo sarebbe stato zitto lo stesso.

– Per il voto del silenzio? Certo che si è fidato poco Ivanov del voto del silenzio di Daniel!

– Forse lui era il più debole, o quello che sapeva di più, o forse, se ci fosse riuscito, il russo avrebbe fatto fuori anche lui per maggior sicurezza. Lasci perdere.

– Per quanto tempo pensa che il magistrato ci permetterà di trattenere il ragazzo?

Mi strinsi nelle spalle. Il mio collega si passò le mani sulla faccia, strofinandosela ripetutamente. Allora, perché non si abbattesse su di noi la pietra tombale dell'inutilità, dissi in tono falsamente entusiasta:

– Andiamo a vedere come vanno le telefonate di Marqués!

Qualche ora più tardi, ben prima del termine previsto, il dottor Montalbán ci fece pervenire il suo referto: il DNA di Daniel García Bofarull coincideva con quello di uno dei peni non identificati in suo possesso. I pezzi alla fine combaciavano.

11

Quando andai ad aprire la porta, fui subito assalita dal senso di colpa: mi ero completamente scordata di lei. È il solito problema delle relazioni amorose non istituzionalizzate: nessuno le prende sul serio. E tuttavia, avrei potuto affermare con ogni certezza che l'agente Palafolls, ovunque si trovasse, avrebbe pensato più a lei che ai genitori, ai fratelli o a qualunque altra persona cara. Ma le cose stavano così, non l'avevo nemmeno chiamata per informarla sull'andamento delle indagini, e adesso era troppo tardi per rimettere le cose a posto. Eccola davanti a me, pallida, seria, con gli occhi vitrei. Impaurita come se avesse appena visto un folletto.

– Ciao, Julieta! Come stai?

La invitai a entrare. La condussi in cucina e misi su il caffè. Cominciai a tergiversare con inutili divagazioni. Tutto andava bene, perfettamente bene. Fra pochissimo avremmo trovato Palafolls, mentii. Lei se ne stava zitta, come se non mi ascoltasse. Aveva un'aria esanime e i capelli in disordine. Senza dubbio non aveva dormito o aveva dormito poco e male. Posai le due tazze fumanti sul tavolo e mi sedetti davanti a lei con un sorriso forzato. Prima che potessi continuare con la mia stupida logorrea consolatoria, Julieta disse:

– Un tipo ha chiamato a casa mia.

– Come dici? – domandai, tesa.

– Ha detto che Palafolls è nelle sue mani e che...

La fermai di colpo.

– Raccontami tutto dall'inizio, Julieta, e vai piano, non dimenticare niente, per favore.

– Ieri telefona uno, e chiede di me alla mia compagna d'appartamento.

– Aveva un accento straniero?

– Sì. Ha detto che dovevo metterlo in contatto con lei, se volevo rivedere vivo Miguel.

– In contatto con me? E ti ha detto cosa voleva?

– Solo parlare. Ma se lei va a dire alla polizia che vi incontrerete, Miguel morirà.

– E dove dovremmo incontrarci?

– Non lo so. Mi richiamerà per dirmelo. Ha detto anche che sarebbe stato inutile cercare di localizzare la sua chiamata perché tanto non servirà.

– Che altro ti ha detto?

– Nient'altro.

– Bene, Julieta, quel che devi fare adesso è tornare a casa tua e aspettare. Quando quell'uomo ti cercherà di nuovo, chiamami al cellulare.

– Lo dirà a qualcuno?

– No.

– Come faccio a esserne sicura?

– Ti do la mia parola. Sai che non voglio mettere a repentaglio la vita di Miguel.

La presi per le spalle cercando di tranquillizzarla, ma lei sembrava tranquilla, come se non provasse angoscia, come se quel cumulo di emozioni le avesse prodotto una specie di imbambolamento.

La vidi andar via, camminava come se portasse un gran peso sulle spalle. Aveva appena scoperto che innamorarsi di un poliziotto può avere conseguenze imprevedibili e pericolose. Forse non ce l'avrebbe fatta a sopportarlo.

Mi versai un whisky e cercai di riflettere. Certo, avrei dovuto immaginarlo, se qualcuno doveva rivendicare il rapimento o porre delle condizioni l'avrebbe fatto attraverso Julieta. Probabilmente era stato lo stesso Palafolls a indicare lei come intermediaria. Cominciai a sentirmi assalita dai dubbi. Dovevo dare l'allarme in commissariato? Se davvero il russo voleva soltanto parlarmi, avrei fatto meglio a non tirar dentro nessun altro. Poi, una volta saputo quali fossero le sue richieste, forse avrei potuto mettere al corrente gli altri. E Garzón? Dovevo dirlo a Garzón? Garzón avrebbe potuto essermi d'aiuto, stare all'erta nel caso mi fosse successo qualcosa, accompagnarmi e rimanere nelle vicinanze del luogo dell'appuntamento… Ma sarebbe stato capace di tenere la bocca chiusa? Sarebbe rimasto tranquillamente ad aspettare mentre io incontravo Ivanov? Più di ogni altra cosa temevo l'istinto protettivo che scattava in lui nei momenti più impensati. No, non mi avrebbe lasciata in pace, non si sarebbe accontentato della parte secondaria che gli avrei assegnato. Avrebbe avuto da ridire, si sarebbe scandalizzato per i rischi che potevo correre, avrebbe elaborato piani alternativi per raggirare il russo... Di certo avrebbe messo in pericolo la riuscita dell'operazione. Decisi di non dirgli niente. Fin dall'inizio ero stata chiamata in causa in prima persona, ed ero io a dover chiudere la cosa.

Passai la giornata muovendomi come un automa, con la mente assente e l'orecchio al cellulare. Continuammo a esaminare possibilità e a vagliare le telefonate che arrivavano senza posa, sempre più assurde, anche se quella che aspettavamo non venne.

Alle otto andammo a cena all'Efemérides. Pensai che sarebbe stato un buon modo per allentare la tensione, ma mi sbagliavo, peggiorò le cose. Pepe volle sapere cosa mi avesse tenuta lontano dal suo locale negli ultimi tempi. Evidentemente era convinto che il nostro riavvicinamento sarebbe sfociato in qualcosa di concreto. Tutto per colpa mia, naturalmente: ero stata poco chiara. Uno dovrebbe uscire da casa ogni mattina fresco di psicanalista, pienamente consapevole di quello che prova, e soprattutto deciso a non coinvolgere nessuno nelle proprie insicurezze. Cercai di stare un momento da sola col mio ex marito. I suoi occhi divertiti mi dissero chiaramente che era pronto a un nuovo incontro, per quanto fugace. Gli sorrisi e, senza aspettare che parlasse, gli chiesi:

– Pepe, ma tu pensi che sia una buona idea tornare indietro?

Capii che qualcosa era cambiato dall'ultima volta che ci eravamo visti. Sospirò con rassegnazione.

– Cosa vuoi dire?

– Voglio solo conoscere la tua opinione su quel fragile rifugio che è il passato.

Fece una faccia scocciata.

– Petra, non mi è mai piaciuto filosofare su di noi, anche quando eravamo sposati, e in questo non sono cambiato.

– Hai sempre pensato che la filosofia meritasse argomenti più importanti, vero?

– E ce ne sarebbero da vendere.

Scoppiai a ridere, e lui assentì con un sorriso.

– Capisco, non preoccuparti, – disse, e allontanandosi alzò la voce per aggiungere: – Ordina quello che vuoi, offre la casa.

Povero Pepe, aveva perfettamente ragione. Non era tenuto a dare spiegazioni per qualcosa che in fin dei conti non era successo. Anche se in realtà, e la cosa mi pesava, ogni volta che mi avvicinavo a Pepe, era sempre lui a uscirne perdente. Non ci avrei provato mai più. Soprattutto perché non sempre avrei potuto contare su un bel principe russo per respingere ogni tentazione. Raggiunsi Garzón, che stava chiacchierando al banco con Hamed, ma all'improvviso il suono del cellulare mi fece trasalire. Mi fermai sui miei passi e risposi.

– Signora Delicado?

Nessuno, tranne Julieta, mi chiamava così.

– Julieta?

– Ci siamo sentiti. Devo accompagnarla io.

– Ma... è impossibile, adesso...

– Bisogna fare esattamente così. La aspetto a casa

sua fra un'ora, – disse seccamente, e mise giù.

Garzón era rimasto a guardarmi mentre parlavo e, come era logico, domandò:

– Qualche novità, ispettore?

– No, niente, devo andare a prendere una mia amica. Arriva adesso da Madrid e non ha potuto avvertirmi prima. Mi dispiace, ci vediamo domani.

Ebbi la sensazione che non mi credesse, ma salutai e me ne andai senza aggiungere niente. Non vedevo perché dovessi giustificarmi, e lui non aveva motivo di sospettare.

Per fortuna non avevo mai sottovalutato l'intelligenza di Ivanov. Facendo in modo che mi accompagnasse Julieta, si cautelava contro la possibilità di un tradimento da parte mia, e nel caso gli avessi preparato un'imboscata, la presenza della ragazza avrebbe allontanato il rischio di una sparatoria. Non so cosa ne pensasse lei, ma il suo aspetto mi sconvolse quando le aprii. Era pallida, tesa, spettrale. Si vedeva che stava malissimo, era spaventata, ma ogni sforzo di rincuorarla sarebbe servito a poco.

– Quando vuole, andiamo, – fu l'unica cosa che disse.

Rinunciai a ogni tentativo di farmi rivelare l'indirizzo a cui dovevamo dirigerci. Ivanov ci guidava come bestie al mattatoio, e a noi non restava altra scelta che la docilità. Era lui a controllare la situazione. Vidi che Julieta era venuta con la sua macchina, un'Ibiza piuttosto scassata. Non ebbe dubbi lungo il percorso: supposi che l'avesse già provato prima per evitare errori nel momento cruciale. Con sorpresa, vidi che si addentrava nella parte più degradata del mio quartiere, quella che non era ancora stata oggetto di risistemazione urbanistica. Prese calle Badajoz, dove a quell'ora le enormi saracinesche dei magazzini erano chiuse. Non c'era un'anima. Verso il fondo della strada si vedeva un edificio in costruzione. Ci avvicinammo, e la ragazza fermò la macchina proprio all'angolo.

– Secondo le istruzioni di quell'uomo, io devo restare qui, e aspettarla in macchina finché non avrete finito. Lei deve entrare nel cantiere –. Indicò con gli occhi una sgangherata porticina metallica semiaperta che dava accesso al recinto. Mi stupì che non dovesse venire con me: ero convinta che Ivanov intendesse farsene scudo.

Mi inoltrai in quel luogo inospitale. Vedevo appena dove mettevo i piedi. Al terzo passo che feci incespicai in qualcosa di duro, un calcinaccio o un mattone. Temetti di perdere l'equilibrio e cadere. Avanzai ancora un po', a tentoni.

– C'è qualcuno qui? – gridai. La poca luce della strada non arrivava fin lì. Mi muovevo nel buio più assoluto. Mi balenò nella mente l'idea che quell'appuntamento non fosse altro che una trappola. Palafolls era morto e il russo voleva solo sbarazzarsi di me. Portai la mano alla tasca e palpai i tranquillizzanti contorni della pistola. Per sottrarmi al panico, cercai di riflettere. Perché Ivanov avrebbe voluto vedermi morta? Un poliziotto è sempre sostituibile con un altro poliziotto. Tornai a gridare:

– C'è nessuno?

Allora sentii una presenza dietro di me, vicinissima,

sentii quasi il suo respiro sulla pelle. Mi voltai bruscamente e distinsi gli occhi verdi di Ivanov, luminescenti nelle tenebre come quelli di un gatto.

– Buonasera Petra, come sta? – mi salutò con un tono avvolgente e musicale.

– La vedo appena, non possiamo parlare qui.

Il soffio della sua sommessa risata mi turbò.

– Andiamo, ispettore, non sia esigente: di fatto, non è nelle condizioni di esigere niente.

I miei occhi si stavano abituando alla penombra e i tratti enigmatici del russo mi si svelavano a poco a poco.

– L'ho fatta venire perché vorrei stringere un accordo con lei.

– È lei ad avere in mano l'agente Palafolls?

Assentì lentamente.

– Sì: il suo giovane poliziotto è con me e nessuno potrà trovarlo se non io.

– Come posso sapere se è vivo?

– In questa busta c'è una foto Polaroid del ragazzo, col giornale di stamattina. La guardi quando uscirà di qui.

– E allora...?

Mi interruppe, avvicinandosi così tanto che le nostre facce si toccavano.

– Silenzio, cara amica. Per favore, la smetta di fare domande. Io qui sto rischiando grosso. Le parlerò, lei ascolti soltanto.

La sua voce era avvolgente, melodica, palpitante come un cuore vivo, e i suoi occhi non cessavano di guardare fisso nei miei. Le ciglia, che attenuavano quella loro strana luminescenza, si alzavano e si abbassavano ritmicamente.

– Io le consegnerò il suo collega, ma voi dovete aiutarmi a uscire dal paese. Voglio due biglietti per Santo Domingo. Domani c'è un volo alle undici. Porterò con me Palafolls all'aeroporto. Lei venga con una scorta di agenti in divisa. Prima dell'imbarco lei mi darà i biglietti e io consegnerò il poliziotto. Non cercate di far niente o qualcuno morirà, sono armato.

– A nome di chi dovrà essere il secondo biglietto?

– A nome di mia moglie, Nataša Ivanovna. E non dimentichi che la presenza della polizia deve essere ben visibile.

– Di chi ha paura, Ivanov?

– Ah, Petra, la paura... la paura che ci trascina e ci sospinge, che ci attanaglia impedendoci di agire...! La paura in cui siamo nati, che ci distoglie dalla via della liberazione...! Ma io insegno agli uomini che non bisogna temere. Basta allontanare da noi l'occasione del peccato, e poi non avremo più niente da temere...

Bisbigliava ipnoticamente. Mi posò le dita sulle tempie e le premette piano, erano fredde come pezzi di ghiaccio. Sentii un profondo sopore, una confusione dei sensi. Sentii le braccia e le gambe che cedevano, non potevo reagire.

– La vita non è che un concatenarsi di paure, – continuò, – alcune acquisite, altre ereditate... ma l'uomo è un essere forte e coraggioso, mia cara Petra, e la purificazione giungerà a renderlo onnipotente.

Scossi la testa cercando di tornare in me, ma l'influsso di quella presenza era fortissimo, come se la sua voce mi cullasse e annullasse la mia volontà.

– Faccia quello che le dico, Petra, e tutto andrà per il suo verso. Io scomparirò, dopo aver gettato il seme della purezza, che un giorno germinerà. Lei non mi vedrà mai più, ma io continuerò la mia missione in altre terre, molto lontano da qui...

La dolce cantilena suonava sempre più lontana, ma non ero in grado di capire se fosse il mio udito a indebolirsi o se invece Ivanov si stesse allontanando. Non lo sentii più, o così mi parve. La mia coscienza lottava per aprirsi un varco in quella specie di sonno indotto. Mi sedetti per terra. Formai con le mani una piccola conca di fronte alla mia bocca e respirai il mio stesso biossido di carbonio. Molto lentamente cominciai a reagire, a sentire il sangue che mi correva nelle vene, formicolante. Mi alzai, cercai l'uscita. All'improvviso, temetti che nel mio stato di semincoscienza mi fosse stata sottratta la pistola; portai la mano alla tasca, ma era ancora lì. Sbucai sull'angolo della strada. Non c'era più traccia né di Julieta né della sua macchina. Camminai per le ampie strade deserte fino a Pedro IV, una delle arterie principali. Aspettai con la vista fissa sul flusso del traffico. Fermai un taxi. Vi salii.

Durante il tragitto verso casa ripensavo ossessivamente a quanto mi era accaduto: ipnosi, autosuggestione, influsso satanico? Ognuna di queste possibilità ripugnava alla mia mente razionale. Decisi di lasciare in sospeso qualunque tentativo di definizione. La prima cosa da fare era prendere delle decisioni. Uno: ordinare un sopralluogo nell'edificio in costruzione.

Due: verificare dove fosse finita Julieta. Poteva essere stata presa in ostaggio anche lei. Mi faceva male la testa. Era stato tutto così strano, troppo strano. Appena arrivai a casa feci il numero della ragazza. La sua compagna d'appartamento mi disse che era appena andata a dormire.

– Stava bene? – domandai.

– Sì, vuole che gliela chiami?

– No, lascia stare. La cercherò domani.

Il mattino dopo, in commissariato, mi aspettava un bel numero di fuochi artificiali. Il resoconto del mio colloquio con Ivanov mandò in bestia Coronas, e Garzón naturalmente lo assecondò. Ero stata un'incosciente e avevo infranto tutte le norme di sicurezza. Molto bene, ma a parte questo, cosa pensavano di fare? Perché non si stancavano mai di proteggermi? Immaginai che lo considerassero un dovere, e quindi li ascoltai con pazienza. Quando finì la fase dei rimproveri «per il mio bene», dissi che avevo delle telefonate da fare e scappai nel mio ufficio. Avevo lasciato la foto Polaroid di Palafolls sul tavolo del commissario. Telefonai di nuovo a Julieta. Non rispose nessuno.

Andai nell'ufficio di Garzón. Strano che la ragazza non mi avesse cercata dopo l'incontro per la liberazione del suo fidanzato. Forse era troppo sconvolta. O forse, questa possibilità mi spaventò, aveva al suo fianco Ivanov con una pistola puntata. Ma niente di tutto questo mi convinceva. Anche se... Rimasi un attimo soprappensiero. Un'ondata di piccoli particolari cominciò a farsi spazio nella mia memoria. Mi fermai sui miei passi. Fissai il pavimento con un'intensità da demente, e subito dopo mi diressi verso l'ufficio in cui Marqués rispondeva alle chiamate. Non appena mi vide, l'agente abbandonò il telefono e mi guardò con occhi esausti.

– Nessuna novità interessante, ispettore. Hanno chiamato da...

– Non è questo che voglio sapere, Marqués. Mi ascolti e ci pensi bene prima di rispondere. Fu lei ad avvertire Julieta che Palafolls era scomparso?

Negò più volte con la testa, frugando nei ricordi. Alla fine disse:

– No, io non l'avvertii.

– E allora, chi lo fece?

– Non ne ho idea, ispettore.

Uscii dalla stanza e Marqués mi seguì. Trovammo Garzón e Coronas nel corridoio. Nemmeno loro avevano informato Julieta del sequestro. Di fatto, nessuno l'aveva avvertita. Volevano mantenere il segreto? No, semplicemente a nessuno era venuto in mente di chiamarla. E tuttavia Julieta si era presentata alla mia porta piangendo la triste sorte del suo ragazzo. Aveva poteri paranormali? Ordinai che andassero a cercarla e la portassero immediatamente in commissariato, anche se avrei scommesso qualunque cosa che non sarebbero riusciti a rintracciarla. Ma non ebbi neanche il tempo di pensarci: Coronas mi voleva subito nel suo ufficio. Era su tutte le furie.

– I suoi metodi sono sempre meno ortodossi, Petra, e io non glielo posso permettere.

– Questo caso mi riguarda personalmente, commissario.

– Fa lo stesso. Lei non è che una rotella dell'ingranaggio, esattamente come me.

– Lo so, commissario.

– Lo sa, però se ne frega. Accetta un appuntamento col principale sospetto del caso, scende a patti con lui...

– Io non sono scesa a nessun patto. Era in gioco la vita di Palafolls, e lo è ancora. Cosa pensa di fare, commissario, riguardo a quello che lei chiama «patto»?

– È evidente che quel tipo teme i suoi complici di Mosca.

– Si tratta di un uomo intelligente. Secondo il suo piano, noi gli garantiremo protezione. Ci darà Palafolls, ma continuerà a tenere in ostaggio Julieta: il secondo biglietto è per lei. La porterà con sé.

– Con la forza?

– Non sappiamo da quanto tempo la costringe ad agire per lui.

– Ivanov sapeva perfettamente che la mafia sarebbe venuta a cercarlo. Quella è gente che non perdona. Forse i suoi piani erano pronti da tempo.

– Qualcuno ha rintracciato i due uomini di Esvrilenko?

– No, se sono arrivati, hanno saputo nascondersi bene.

– Vale a dire, commissario, che alla fine saremo costretti a far fuggire proprio l'uomo che cercavamo.

– Se non c'è altro mezzo per liberare Palafolls...

– Esiste un accordo di estradizione con Santo Domingo? O forse potremmo avvertire il comandante dell'aereo...

Sorrise.

– Lei ce l'ha con quel russo, vero, Petra?

– Non mi piacerebbe che continuasse la sua opera purificatrice da qualche altra parte. Sono sicura che lo farà. Cercherà l'aiuto di qualche altra organizzazione criminale che lo accolga e lo protegga, e riprenderà la sua missione spirituale.

– So che tutta questa storia ha pesato direttamente su di lei. E lei si è comportata bene. Anzi, benissimo. Ma la prego di calmarsi. Non possiamo rovinare tutto proprio adesso.

– Nossignore, – dissi, e inghiottii la mia amarezza.

Naturalmente, Julieta era irreperibile. La sera prima la sua compagna d'appartamento mi aveva mentito. Era stata Julieta a pregarla di dirmi che dormiva, se avessi chiamato. Avevo preso un granchio spaventoso. Tutto era accaduto sotto il mio naso senza che io sospettassi di niente.

Un'ora più tardi i biglietti per il volo erano già sulla scrivania di Coronas. Questi dispose una scorta assai vistosa, proprio come Ivanov aveva chiesto. Capii che non c'era niente da fare, il russo sarebbe scappato. Quel caso non si sarebbe mai potuto considerare chiuso. Provavo un senso di frustrazione tremendo. Non avevo mai considerato quella situazione come una partita a scacchi, ma adesso capivo che Ivanov aveva vinto con una mossa da maestro. La mia sensazione di impotenza avrebbe raggiunto il culmine quando lui fosse salito a bordo di quell'aereo. Non potevamo farci niente. Coronas non intendeva rischiare, non ci dovevano essere altri morti. Mancava un ordine di cattura internazionale, quindi l'Interpol non sarebbe intervenuta, e con Santo Domingo non esisteva un accordo di estradizione. Se ne sarebbe andato, e avrebbe portato con sé Julieta. Non osavo nemmeno immaginare quali fossero i suoi piani per la ragazza. L'avrebbe lasciata tornare indietro? Bisognava stare attenti, gli uomini di Esvrilenko potevano comparire da un momento all'altro. Nel caso mi fosse rimasto qualche dubbio sul da farsi, Coronas irruppe ancora una volta nel mio ufficio per rivedere il piano punto per punto. Non si fidava più di me.

– Non voglio che nessuno corra il minimo rischio, intesi? Né Palafolls, né noi, né i viaggiatori presenti all'aeroporto.

– Non tenteremo neppure un ultimo negoziato per farci restituire Julieta?

– Assolutamente no. È probabile che, non vedendo arrivare i suoi ex complici della mafia, lui la liberi di sua iniziativa. Quella ragazza non è che una complicazione per lui. E se così non fosse, la lascerà andare al suo arrivo a Santo Domingo. Ci siamo già messi in contatto con l'ambasciatore.

– E se la uccidesse?

– Non lo farà. Sarebbe una morte inutile per lui. Non può permettersi di destare sospetti appena arrivato.

– Ma...

Divenne isterico.

– Basta, adesso. Basta, Petra! Ho dato degli ordini e voglio che vengano eseguiti. Qui dentro tutti devono obbedire a me.

In quel momento entrò un agente senza bussare.
– Commissario...
Coronas montò ancora più in collera.
– E lei che cavolo vuole? Non le hanno insegnato che deve chiedere il permesso per entrare?
– Mi dà il suo permesso, commissario?
– Permesso? Permesso per cosa?
L'agente, allibito, farfugliò:
– Hanno trovato il russo, signore.
L'espressione dei due non cambiò. Sentii il cuore balzarmi nel petto.
– Dove? Dov'è? – Mancò poco che gridassi.
Allora l'agente giunse al colmo della confusione e, con un filo di voce, rispose:
– L'hanno trovato morto, ispettore.
Coronas diede un colpo tremendo sul tavolo e urlò:
– Porca miseria, fosse successo prima!

Lo sconcerto che seguì la notizia cedette il passo alla disperazione. Se Ivanov era morto, diminuivano le possibilità di salvare Palafolls. E morto lo era davvero, potei constatarlo di persona. L'avevano trovato in un cassonetto della spazzatura dalle parti di El Borne. Uno spazzino si era accorto che qualcosa di strano sporgeva dal coperchio. Era un piede, il piede destro di Ivanov. Tanto il magistrato quanto noi potemmo constatare la strana posizione del cadavere. I piedi gli erano stati legati al collo da una corda che passava dietro la schiena. Praticamente, si era strangolato da solo. Raccapricciante. Aveva gli occhi aperti. Non c'era niente di speciale in quegli occhi, nessuna forza, nessuna luce, nessuna potenza demoniaca, solo il vetro appannato della morte.

– C'è la firma della mafia. Aveva ragione a temere gli uomini di Esvrilenko: alla fine l'hanno trovato. Noi non ne siamo stati capaci, – sentenziò Coronas. – Credo che d'ora in avanti dovremo fare più attenzione ai russi che capitano da queste parti. Cosa pensa di fare adesso, Petra?

– Cercare Julieta. Parlerò con la sua amica, forse...

– Che lo faccia Garzón. Ho ordinato una perlustrazione dell'intero quartiere del Borne e voglio che lei venga con me. Forse nelle vicinanze troveremo anche Palafolls. Non deve rimanere un solo magazzino o appartamento vuoto in cui noi non abbiamo fatto un sopralluogo. Inoltre ho ordinato che il cadavere di Ivanov sia affidato al dottor Montalbán, che ormai è uno specialista in questo caso.

Assistetti agli accertamenti senza alcuna fiducia di ritrovare Palafolls. Che il corpo del russo fosse finito lì non significava che il suo nascondiglio degli ultimi giorni si trovasse in quel quartiere. Altrimenti, probabilmente, insieme al cadavere di Ivanov, avremmo trovato anche quello del nostro giovane poliziotto. Ma c'erano ancora delle possibilità che fosse vivo, sebbene, col passare delle ore, queste si affievolissero sempre più. Feci mandare un fax a Rekov per informarlo degli ultimi avvenimenti. Chi lo sa, magari sarebbe riuscito a mettere le mani sugli uomini di Esvrilenko quando fossero sbarcati a Mosca! Noi di certo non li avremmo trovati mai più: a quell'ora dovevano già essere in qualche aeroporto internazionale d'Europa in attesa di un volo per la Russia. Erano stati davvero bravi. Avercene, di uomini così dalla parte della legge!

Non era passata un'ora da quando Garzón se ne era andato, che ricevetti una sua chiamata al cellulare.

– Ispettore?

– Ha già parlato con l'amica di Julieta?

– No. Però non ce n'è stato bisogno. Julieta è arrivata proprio adesso.

– Come dice? Cosa?!

– Stiamo andando in commissariato. Le suggerisco di incontrarci lì.

– Arrivo immediatamente.

Salutai Coronas dicendogli il minimo possibile. Non ne potevo più delle sue intromissioni.

Trovai Julieta tranquilla, quasi sorridente, ma tanto il suo sorriso quanto la sua tranquillità erano strani, come ingiustificati e privi di contesto. Mi salutò come se fosse venuta a prendere il tè.

– Signora Delicado, come sta?

– Bene, Julieta, e tu? Tu come stai?

– Sto bene.

– Raccontaci.

– Non c'è niente da raccontare.

Mi sedetti davanti a lei, osservandola attentamente.

– Non hai niente da raccontare? Sai già che quell'uomo, Ivanov, è stato trovato morto, vero?

Rimase zitta, senza mostrare il più lieve cenno di sorpresa.

– Sì, lo so. Così finalmente riposerà. Così riposeremo tutti, finalmente.

Dal suo viso non si cancellava quel sorriso idiota.

– E così riposerà anche Miguel?

Mi guardò.

– Sì, così riposerà, – disse.

Garzón si agitò sulla sedia. Alzai gli occhi verso di lui, poi li fissai di nuovo sulla ragazza. Le parlai con molta dolcezza.

– Julieta, anche tu sei una *skopzi*, vero?

Non cambiò espressione.

– Sì, lo sono.

Al viceispettore cadde di mano la sigaretta. Gli feci segno di stare zitto.

– Ivanov era in contatto con te da parecchio tempo, vero?

– Sì.

– E tu sei entrata a far parte della sua setta.

– Sì.

– Su indicazione di quell'uomo ti sei proposta di sedurre Miguel Palafolls e ci sei riuscita.

– Sì.

– Così potevi informare il russo di tutto quanto noi scoprivamo.

– Sì.

– E adesso?

– Adesso non andrò più a Santo Domingo per portare la parola della purezza.

– No, non ci andrai, è tutto finito.

– Però resterò qui e darò testimonianza di fede.

Deglutii, decisi di rischiare.

– Sì, anche qui puoi testimoniare. E... dimmi, Julieta, tu sai dov'è Palafolls?

Mi guardò sorridendo e non aprì bocca. Notai che Garzón aveva afferrato il tavolo con entrambe le mani e stava facendo supremi sforzi per nascondere la tensione. Continuai con tutta la dolcezza possibile.

– Come hai detto tu stessa, ora Ivanov è morto. È stato tutto un sogno, però ora bisogna svegliarsi. Non vorrai che Miguel muoia, vero?

– Nessuno muore quando è puro.

Ci provai ancora.

– Dicci dov'è, Julieta, per favore.

Smise di sorridere e mi guardò con una fissità che mi spaventò. Poi disse:

– Non parlerò. Non dirò più niente. Mai più.

– Ma, Julieta...

– Non dirò più niente.

Garzón non riuscì a trattenersi e si mise a urlare:

– Basta con le cazzate! Te la do io la purezza! Ti faccio marcire in galera, ti faccio! Mi senti? In galera ti sbatto! Parla, dicci dov'è!

La ragazza lo guardò senza smettere di sorridere. Garzón era esasperato:

– Parla, parla!

Lei non rispose. Io presi per un braccio il mio vice e lo feci uscire.

– Ho paura che sia inutile, viceispettore, non ci dirà niente.

– Come, niente? Io la gonfio di ceffoni, l'ammazzo!

– Vuole calmarsi? Con la violenza non arriveremo da nessuna parte.

– E cosa dobbiamo fare, rimanere con le mani in mano per non traumatizzare la bambina? Aspettare che Palafolls salti fuori morto in qualche angolo di questa città di merda?

– Se urla così non riesco a pensare! Ha capito? Non riesco a pensare!

Rimase paralizzato dal mio grido. Continuai, abbassando la voce:

– Non possiamo farci prendere anche noi da questa follia collettiva, Fermín. Adesso meno che mai. Cerchi di calmarsi.

Sospirò profondamente.

– Mi scusi, ha ragione.

Mi premetti gli occhi con le mani e rimasi così finché il telefono suonò. Risposi, assentii, riattaccai. Mi rivolsi a Garzón.

– È il dottor Montalbán. Ha già i risultati dell'autopsia di Ivanov. Andiamo da lui. Prima di uscire, però, dia ordine di cercare padre Villalba. È meglio mettere questi interrogatori in mano a un esperto. Vorrei trovarlo qui quando torniamo. Calcoli che non ci metteremo più di un'ora.

Morte per strangolamento mediante una corda. Quello era il responso di Montalbán. Lasciò ricadere i suoi pesanti occhiali sul naso e continuò:

– È morto verso le tre del mattino. Un cerotto sulla bocca gli ha impedito di chiedere aiuto. In seguito il cerotto è stato rimosso. Un lavoro molto professionale, non c'è che dire.

– C'è stata resistenza?

– Minima. A parte i segni ai polsi, al collo e alle caviglie, non sono state riscontrate escoriazioni. Probabilmente era sicuro di non potersela cavare. Il sistema che hanno usato procura una morte crudele. Sapevo che veniva usato dalla mafia italiana, ma non avevo mai visto niente del genere.

– È evidente che la mafia russa se ne è appropriata.

– Sì, un bello scambio culturale.

– È castrato?

– No.

– Che pezzo di stronzo! – sussurrò il viceispettore.

– Non sempre chi predica una religione ne osserva i precetti, – commentò Montalbán.

– Per i pazzi tutto è possibile!

Garzón mi guardò, accusatore.

– Può darsi che fosse pazzo, – disse, – ma il supplizio della castrazione lo riservava agli altri.

Montalbán intervenne di nuovo:

– Mio caro Garzón, chi può sapere quali fossero i motivi che spingevano quest'uomo a una condotta così abnorme? Pazzia, sete di potere, traumi infantili, semplici motivi economici? I profeti sono di per sé indecifrabili.

– Me ne fotto dei profeti, – riassunse sinteticamente il mio collega.

– Possiamo vedere il cadavere? – domandai, per troncare sul nascere ogni discussione.

Montalbán ci condusse alla lettiga su cui giaceva il

malvagio Ivanov, in attesa di rientrare nella cella frigorifera. Il malvagio Ivanov! Neanche da morto aveva perso il suo aspetto imponente. Tuttavia la pelle del suo viso presentava una colorazione violacea dovuta al soffocamento, e gli occhi si indovinavano gonfi sotto le palpebre. Il *rigor mortis* era grottescamente evidente nelle punte dei piedi, ricurve verso l'alto come babbucce arabe.

Garzón lo guardò con curiosità.

– Che brutto che era! – esclamò.

– Brutto e pericoloso, – aggiunse il medico.

Mi avvicinai e osservai la sua immagine livida, le ciocche appiccicose che ricadevano sul lenzuolo. Non aveva espressione, né placida né contratta, non sembrava per niente un uomo speciale. Ma allora, cosa gli aveva conferito in vita quel fascino paralizzante di cui perfino io ero caduta vittima? La forza della sua mente, o quella vecchia entelechia chiamata anima? O forse quel suo potere risiedeva nella psiche degli altri, sotto forma di autosuggestione?

– Posso? – chiesi educatamente a Montalbán. Lui assentì. Allora sollevai il lenzuolo chirurgico che proteggeva il corpo e mi concentrai sulla sua nudità. Il profeta addormentato non era che un uomo.

– Crede che il suo membro sia normale? – dissi, rivolgendomi al dottore.

– Sì, normalissimo.

Tutti e tre contemplammo per un momento il suo pene adagiato di lato su un nido di pelo morto.

– Sta cercando spiegazioni psicosomatiche alla sua condotta, Petra?

– Sa, dottore, tenendo conto che Hitler mancava di un testicolo... e che molti violentatori ce l'hanno piccolo... Magari...

– Se tutti quelli che ce l'hanno piccolo dovessero fondare una setta...! – sbottò il viceispettore.

Montalbán si mise a ridere.

– Andiamocene, se avete finito. Qui non si può fumare e mi merito la mia dose di nicotina dopo un intero pomeriggio di lavoro.

In corridoio il bagliore dei neon ci accecò.

– Avete già saputo qualcosa dall'Istituto di Tossicologia sugli abiti indossati dal morto?

– No, come sa queste sono cose lunghe, non si sa ancora niente.

Montalbán si accese la pipa, aspirando più volte energicamente come se ne andasse della sua vita. Fra una boccata e l'altra osservò:

– Brutta storia... ma adesso avete il colpevole... Se non altro non se l'è cavata impunemente.

– In un certo senso sì. La punizione avrebbe dovuto venirgli dal cielo.

Lui inarcò le sopracciglia.

– Anche lei è diventata una mistica, ispettore?

– Lo sono sempre stata, – risposi sorridendo e, mentre ci dirigevamo verso l'uscita, aggiunsi: – Solo che non ho mai avuto fedeli!

– A questo non ci credo. Di ammiratori fedeli deve averne avuti ben più di uno.

Mi congedai con una risata.

– Ci avvisi quando avrà i risultati delle analisi, dottore!

Assentì fra le nuvole di fumo provenienti dalla sua pipa.

Mentre guidavo verso il commissariato, Garzón crollava dal sonno. Lo lasciai in pace. All'improvviso si riscosse di soprassalto.

– Mi sono addormentato? – disse, come sentendosi colto in fallo.

– Appena per un minuto.

– Non voglio addormentarmi!

– Perché?

– Perché ho l'impressione che se mi addormento… – si interruppe bruscamente.

– Palafolls morirà, è così?

– Sì. Che stupidaggine! Vero?

– Sì. Che stupidaggine! – dissi a voce molto bassa, e continuai a guidare con un nodo allo stomaco.

12

Nei corridoi del primo piano incontrammo Coronas. Sembrava Napoleone dopo Waterloo. Gli si leggeva la sconfitta negli occhi. Garzón commise l'errore di domandargli:

– Avete trovato qualcosa al Borne?

Coronas lo guardò di brutto.

– Niente di niente! E voi?

– Julieta è una *skopzi*, commissario. Lavorava da tempo in casa mia come infiltrata di Ivanov, e in seguito con Palafolls. Pensava di andarsene col russo a Santo Domingo. Quando lui fu assassinato, si scoraggiò e tornò a casa.

– Quindi ha parlato?

– Non ha ancora detto la cosa più importante: dove si trova Palafolls.

Coronas, esausto, si passò le mani sulla faccia. All'improvviso mi guardò con un'aria da pazzo.

– La ammazzi di botte, le faccia le peggiori minacce!

– È quel che le ho detto anch'io, – puntualizzò Garzón.

– Non servirebbe a niente. Ha visto come funziona questa gente. Se ha fatto voto di star zitta, non dirà niente.

– Anche dopo la morte del suo guru?

– A maggior ragione: su di lei ricade la responsabilità di portare avanti la missione.

– Ma il tempo passa, ispettore. L'agente Palafolls può essere prigioniero in qualunque buco. Solo, legato, senza mangiare...

– Ne sono consapevole. Faremo in modo che padre Villalba, l'esperto in sette che ci ha già aiutati in passato, interroghi non solo Julieta, ma anche Adrián Atienza.

– Speriamo che non sia troppo tardi.

Garzón intervenne dicendo con sorprendente sicurezza:

– Nossignore, non lo è.

Coronas montò in collera e disse:

– E lei come cazzo lo sa?! Come può essere così sicuro che non sia morto, che non l'abbiano ammazzato fin dall'inizio?

Il viceispettore rispose con la stessa energia di prima:

– Perché lo so, commissario. Sono sicuro che è ancora vivo.

Quella risposta inattesa sciolse miracolosamente la collera del commissario che abbassò gli occhi e disse sottovoce:

– Speriamo, Garzón, speriamo!

Malgrado la drammaticità di quei momenti, quando vidi padre Villalba provai di nuovo la sensazione che quello fosse l'uomo che avrei volentieri sposato. Mi bastò intravedere la sua giacca spigata per sentirmi piena di serenità. Non era la ricaduta fra le braccia del mio giovane ex marito ciò di cui avrei avuto bisogno, e nemmeno una folle avventura con uno slavo di bell'aspetto. No, la scelta sicura sarebbe stata padre Villalba, l'unico che avrebbe saputo dare tranquillità alla mia vita. Forse le domeniche pomeriggio sarebbero state un po' noiose, forse non mi sarei troppo divertita a ricevere visite di bigotte o di preti venuti a fare due chiacchiere, ma non avrei nemmeno fatto caso a certi dettagli, sarei stata troppo occupata a preparare tazze di tè. Ah, se almeno si fosse convertito al protestantesimo, sarebbe già stato un primo passo! pensai. Poi uscii da quella rassicurante fantasia e sondai lo stato d'animo del sacerdote. Non era ottimista.

– Non credo che il mio intervento potrà cambiare le cose, ispettore. Quei due ragazzi sono stati sottoposti a una fortissima pressione psicologica, e questo rafforza enormemente la volontà negli adepti di una setta.

– Cosa intende dire?

– Intendo dire che sentono di partecipare a qualcosa di eroico. Lo slancio del martirio realizza i loro ideali di santità. È come se si vedessero confermati nella missione che è stata affidata loro.

– I primi cristiani dovevano sentirsi così? – domandò con imprudenza Garzón.

– Salvando le distanze... direi di sì.

– Quali distanze?

– Che loro erano martiri dell'autentica fede.

Vidi che ci stavamo muovendo su un terreno molto sdrucciolevole e prevenni ogni risposta del viceispettore.

– Fermín, non le pare ora di lasciare che padre Villalba parli lui con quei due ragazzi?

Assentì, riscuotendosi dalle sue riflessioni, ma capii benissimo che gli sarebbe piaciuto continuare. Come ogni ateo, si appassionava alle discussioni teologiche.

Conducemmo padre Villalba nell'ufficio dove lo aspettava Adrián. Noi rimanemmo fuori, a osservare la loro conversazione attraverso il falso specchio.

Il prete era abile, possedeva tutte le virtù fondamentali per condurre un buon interrogatorio: pazienza, serenità e impenetrabilità del volto. Gli mancava solo quel tocco d'ingegno che serve di tanto in tanto per far vacillare l'indiziato. E poi, sembrava non gli importasse di non ricevere alcuna risposta ai suoi monologhi: in fin dei conti era abituato a parlare con Dio.

Bisognava riconoscere che ci stava provando in tutti i modi possibili, tanto con Adrián quanto con Julieta, che fu interrogata subito dopo. Parlò di spiritualità, di amore, di misericordia, di libertà. Addusse esempi di persone che all'inizio non erano state capite dai loro coetanei, ma che in seguito avevano trovato la forza di fidarsi di se stessi. Passò ad argomenti più teorici, sfiorando l'eresia, avvicinandosi persino a un panteismo che univa in sé tutti gli esseri viventi attribuendo loro una sacralità quasi divina.

Ma malgrado tutti i suoi sforzi, i due rimanevano impermeabili a qualunque tentativo di persuasione. Julieta rimase per tutto il tempo a guardarlo, in un silenzio che faceva venire i brividi per la sua assurda ostinazione. Solo Adrián, a un certo punto, apparve turbato e, quasi sull'orlo del pianto, disse:

– Padre, non dica altro. Cerchi di capire che non

posso parlare, non posso. Voglio che lei lo capisca. Le dirò una sola cosa e voglio che sappia che è la verità: io non so dove si trova Miguel Palafolls. Non lo so.

Alla fine di quel lungo e infruttuoso lavoro, il sacerdote uscì e spalancò le braccia davanti a noi.

– Mi dispiace, non ho potuto fare di più! – disse.

– Crede che quel ragazzo dica la verità? – domandò il mio collega.

– Chi può saperlo? Si tratta di una mente disturbata, suggestionata e sottoposta a forte stress. In fondo è come se non fossero più loro stessi, come se qualcuno avesse innestato in loro una nuova personalità. Forse uno psichiatra, con un serio lavoro di deprogrammazione, otterrebbe migliori risultati di me.

– Crede che per questo basterebbe una sola seduta? – domandò Garzón con foga.

Padre Villalba sorrise tristemente.

– Ho paura di no. Sono processi che possono durare degli anni.

– Non abbiamo tempo, padre. Ci stiamo muovendo alla disperata, in cerca di una soluzione miracolosa.

– Vuole proprio farlo dire a me che non possiamo attenderci dei miracoli?

– Io volevo solo... – balbettò il viceispettore.

Padre Villalba tornò a sorridere, e fu allora che gli sentii pronunciare quella frase meravigliosa. Disse:

– È facile per noi, ispettore. Noi siamo nella luce, vi abitiamo. Ma questi giovani ora vivono nell'ombra, e sono solo messaggeri dell'oscurità.

Una bella definizione. Messaggeri dell'oscurità. Messaggi sanguinosi dal nostro lato oscuro, un luogo che probabilmente io non avrei mai visitato, pur avendone esplorato i confini.

Ci congedammo dal sacerdote sulla porta. Sembrava desolato. Mi diede la mano e sorrise con stanchezza.

– Spero che non si aspettasse troppo da me, ispettore.

Cosa rispondere a quelle parole? Sorrisi anch'io. Quando si fu allontanato, Garzón brontolò:

– Vatti a fidare di un prete! Questo dimostra soltanto che non abbiamo più cartucce da sparare.

Lo guardai perplessa. Cedere le armi era una tentazione. E invece, gli dissi:

– Non ci resta che provare con uno psichiatra; o almeno col nostro psicologo Sanjuán. La scienza è sempre l'ultima cartuccia. È una questione di principio.

Sanjuán ci ascoltò preoccupato. Era un compito che non si era mai immaginato. In genere non lavorava direttamente sugli indiziati. E poi, lui non era un esperto di deprogrammazione, e con un solo colloquio non prometteva niente. Ma avrebbe fatto tutto il possibile per trovare il punto debole di quella coppia di muti recalcitranti.

Garzón assistette, ma io non volli essere presente agli interrogatori. Mi faceva venire letteralmente il mal di stomaco ricominciare un'altra volta da zero. Che differenza c'era fra i metodi religiosi e quelli psicologici? In fondo, entrambi avevano lo stesso obiettivo: stimolare le facoltà di giudizio, la razionalità. Ciascuno ricorreva ai propri trucchi per penetrare direttamente nel cuore. Che fosse attraverso Dio o attraverso Freud, poco importava.

Andai nel mio ufficio e mi lasciai cadere sulla poltrona. Non rimasi cosciente per più di un secondo, il sonno non trovò alcun ostacolo in me, mi vinse senza resistenza. Quando Garzón mi svegliò, ebbi la lucidità sufficiente per rendermi conto che avevo la bocca aperta, i capelli in disordine e i piedi fuori dalle scarpe. Inorridii, mi alzai e cercai di rimediare all'irrimediabile con qualche colpetto all'acconciatura. Ma non c'era da preoccuparsi, il viceispettore era in condizioni peggiori delle mie. Si lasciò cadere di peso su una sedia e si stropicciò la faccia affranta.

– Non parleranno, Petra, non parleranno. Hanno pronunciato un voto e non parleranno e non diranno niente di niente. Le loro convinzioni sono incrollabili. Perché crede che Ramón Torres si fosse inventato quella complicata storia dei peni? Lui era il più incline a parlare eppure non parlò, si immagini questi, che non hanno la minima intenzione di farlo.

– Quindi neanche davanti a Sanjuán stanno capitolando.

– Sta facendo tutto il possibile, ma è come parlare a un muro. E se vuole che le dica la verità, la cosa non mi stupisce. Li stiamo trattando con tutti i riguardi: un prete, uno psichiatra... Ci preoccupiamo perché hanno subito dei condizionamenti, perché vivono fuori dalla realtà... Ma anche noi siamo fuori dalla realtà! Abbiamo perso ogni buon senso!

Mi ero svegliata male, e non avevo nessuna intenzione di lasciarlo continuare con le sue lagne.

– Bene, allora torniamo alla realtà, Garzón! Proponga qualcosa, invece di protestare!

– Credo che un paio di schiaffoni ben dati sarà abbastanza reale per loro. Bisogna provocare una reazione traumatica, non dicono così anche gli psichiatri?

Di colpo restai come sospesa alle sue parole, in un'estasi momentanea, in un'illuminazione. Poi cominciai a considerare i vantaggi e gli svantaggi dell'idea che mi era venuta. Ma non era il momento di starci su a pensare, dovevo agire. Se non fosse andata bene, non avremmo perso niente. Balzai in piedi.

– Viceispettore, vada nella stanza degli interrogatori e dica a Sanjuán che dobbiamo interromperlo. Quei due devono venire con noi. Faccia preparare un furgone cellulare e due agenti che ci accompagnino.

– Dove li portiamo?

– Se qualcuno le fa questa domanda, dica che non lo sa, così non dovrà neanche mentire.

Non feci il minimo caso alla sua reazione. In certi momenti la sensibilità è un lusso che non ci si può permettere.

I miei calcoli non erano sbagliati. Il dottor Montalbán, avendo seguito il caso fin dall'inizio, si sentiva coinvolto e desideroso di collaborare. Eppure dovetti faticare più di un'ora per persuaderlo a seguire i miei piani. Quando riattaccai il telefono, il ricevitore era bollente.

Garzón mi stava già aspettando con gli agenti di custodia, furgone cellulare e tutto il resto. I ragazzi non manifestarono la minima curiosità per quello spostamento. Purtroppo, Garzón non sembrava altrettanto indifferente. Ordinai al furgone di seguirci, e non appena fummo soli e mi misi al volante, il viceispettore domandò:

– Dove ci stiamo dirigendo?

– All'Istituto di Anatomia.

– Ci lasceranno entrare a quest'ora?

– Abbiamo un appuntamento col dottor Montalbán.

Tacque, si morse le punte dei baffi. Alla fine, esplose:

– Senta, Petra, lo so che lei è il mio superiore e che non è tenuta a informarmi delle sue decisioni, però credo che…

Lo bloccai:

– Non insista, Farmín! Non è che non voglia spiegarle quel che voglio fare, è che di preciso non lo so nemmeno io. Quindi mi lasci pensare.

– Va bene, va bene; mi scusi.

L'arrivo in piena notte all'Istituto di Anatomia fu piuttosto inquietante. Insieme al custode, ci aspettava Montalbán col suo camice bianco. Agenti e sospetti rimasero in corridoio. Garzón ed io entrammo nell'ufficio del medico. Questi domandò:

– Sempre decisa?

– Sì.

– Le ripeto che possiamo finire nei casini… tutti e due.

– Si sta tirando indietro?

– No.

– La ringrazio. Allora andiamo.

Sotto gli occhi sgranati di Garzón uscimmo di nuovo in corridoio e conducemmo i giovani nella camera mortuaria. Gli agenti di custodia ricevettero l'ordine di aspettare fuori.

Là dentro faceva un freddo spaventoso. Montalbán si diresse verso una delle celle frigorifere e la aprì. Comparve una salma avvolta nel suo sacco di plastica con la cerniera. Il medico fece scivolare una lettiga e la accostò. Mi guardò. Assentii.

– Ci dia una mano, viceispettore! – ordinai a Garzón, che ormai aveva gli occhi fuori dalle orbite.

Fra tutti e tre, e non senza difficoltà, trasferimmo il cadavere sulla lettiga. Guardai con la coda dell'occhio i ragazzi e vidi sul volto di Adrián una smorfia di angoscia. Julieta era seria. Montalbán spinse la funebre lettiga fino a collocarla sotto una potente lampada da sala operatoria. La accese e procedette ad aprire la cerniera. Rimase allo scoperto il corpo di Ivanov. Era bianchissimo, tranne il viso, che era rimasto livido. Nessuno parlava. Adrián si mise a piangere e distolse istintivamente lo sguardo.

– Ah, no, – dissi, – vi abbiamo portati qui perché lo vediate, e adesso dovete guardare! – Li spinsi entrambi entro il cono di luce. – Aprite bene gli occhi una volta tanto! Non volete rendere un ultimo omaggio al vostro maestro? E allora, eccolo lì!

Adrián singhiozzava, e Julieta aveva cominciato a sudare malgrado il freddo intenso.

– Il puro, il profeta, l'essere superiore che avrebbe dovuto preservarvi dal male! Lo vedete? Vedete questa macchiolina che ha sulla pancia? Sapete cosa significa? Significa che è cominciata la putrefazione! È morto, e sono stati i suoi amici della mafia a farlo fuori, non il diavolo! E neanche la società. Non è un martire, capito?

Il ragazzo esplose:

– È una vergogna! Voglio uscire di qui!

– Tu non vai da nessuna parte, rimarremo a guardare questo morto finché non se lo mangeranno i vermi! Ditemi dove si trova Palafolls!

– Le dirò tutto quello che so... Ramón Torres aveva il compito di eseguire gli interventi di castrazione. Ivanov l'aveva ordinato a lui perché era il più bravo col bisturi; ma Esteban Riqué si rivelò allergico all'anestesia, e morì sotto i ferri. Allora Ramón fu preso dalla disperazione e si suicidò.

– Tutto questo lo sapevamo già. Adesso vogliamo che ci diciate dov'è Palafolls.

– Non lo so, giuro che non lo so!

Si agitava fra fremiti di nervosismo e di terrore. Julieta aveva la mandibola che scricchiolava tanto la stringeva. Montalbán si diresse verso l'estremità della sala e ci voltò le spalle. Afferrai per un braccio Adrián e lo costrinsi ad avvicinarsi di più, tenendolo fermo. Gridai con tutte le mie forze:

– Guarda, guarda bene! Il tuo dio non è castrato! Strano, vero? Ha fatto passare per le armi un mucchio di ragazzi perché rimanessero casti e puri, ma lui... lui ne aveva bisogno per scoparsi Julieta, vero? Un modo un po' troppo parziale di mettere in pratica i precetti del Signore. Forse anche tu sei stato vittima di questa ingiustizia, non è vero, Adrián?

Garzón si allentò il nodo della cravatta. Adrián, piangendo, guardava il pavimento. Gridai:

– Guardami quando ti parlo, guardami! Dov'è Palafolls? Avete paura di questo fantoccio? Di cosa avete paura, ditelo, di cosa? – Mi avvicinai con aria furibonda al tavolino degli strumenti e presi un bisturi. Poi tornai accanto a Ivanov e, guardando bene in faccia i ragazzi, sbraitai:

– Volete vedere che fine fa il vostro profeta, volete vederlo?! Avanti, allora! Un po' di giustizia anche per lui!

Presi il pene gelato del morto fra le mani e, con un taglio netto, lo recisi. Poi lo gettai ai piedi dei due ragazzi. Seguì un istante di silenzio sepolcrale. Allora Julieta lanciò un lungo urlo, animalesco, raccapricciante, e si coprì la faccia con le mani. Adrián, impazzito, perso ogni controllo, cadde in ginocchio davanti a lei e, gridando come un pazzo, la supplicò:

– Diglielo, diglielo Julieta, per l'amor di Dio, diglielo!! Tu lo sai dov'è. Falla finita!

La ragazza parve reagire e, chinandosi, gli passò un braccio intorno alle spalle. Poi alzò la faccia verso di me, e in un tono privo di qualunque emozione o tristezza, disse finalmente:

– È nel quartiere di Gracia, in un magazzino in disuso. È l'unica cosa che so, lo giuro.

– Sei sicura?

– Sì, – rispose a bassa voce, e mi convinsi che diceva la verità.

Garzón ed io ci scambiammo uno sguardo intenso. Presi la parola.

– Li faccia riportare in commissariato, viceispettore. E poi avverta tutte le unità disponibili. Bisogna setacciare il quartiere di Gracia, del mandato del giudice ce ne fottiamo. Informi Coronas, ma il minimo indispensabile.

Garzón non disse una sola parola, e uscì con energia invidiabile portandosi via i due ragazzi distrutti. Mi avvicinai a Montalbán.

– Avrei preferito che non vedesse una cosa del genere, dottore.

– Non è stato piacevole, lo riconosco. Ma c'è da dire che nemmeno praticare autopsie è come suonare il violoncello.

Sorrisi.

– Non credo che nessuno dei due andrà a raccontarlo in giro.

– In fondo non me ne importerebbe poi così tanto: vale la pena di pagare un prezzo per un po' di eterodossia. Crede sia sufficiente quello che ha detto la ragazza per trovare Palafolls?

– Per lo meno sappiamo da dove cominciare.

– Buona fortuna, ispettore, gliela auguro di cuore. E se un giorno avessi bisogno di un assistente, mi ricorderò di lei: ha dimostrato di avere un'ottima mano per la dissezione.

Ci sorridemmo. Uscii da quella sala desolante lasciando al povero dottore l'ingrato compito di riordinare. I corridoi erano in penombra. Per la prima volta dopo molte ore ripresi coscienza di me stessa. Avevo le pulsazioni accelerate, mi palpitavano le tempie e sentivo un peso indefinito nel petto. Entrai in uno dei bagni e mi lavai la faccia. Mi insaponai abbondantemente le mani.

Rimasi per qualche secondo a riprendere fiato. Poi raggiunsi l'uscita e mi inoltrai nella notte chiara e fresca, decisa a dimenticare quel che era appena accaduto.

Il nostro compito non si presentava per niente facile. In Gracia ce n'erano a bizzeffe di magazzini abbandonati, di capannoni decrepiti che un tempo erano serviti da magazzino. Erano tutti chiusi, e noi non avevamo nessun mandato. In alcuni casi era possibile rintracciare il proprietario, in altri, no. Per procurarci le informazioni necessarie ci eravamo rivolti agli uffici del quartiere, situati in plaza Rius y Taulet, che disponevano di un quadro abbastanza aggiornato delle attività commerciali.

In genere, quando non potevamo accedere ai locali, gli uomini ispezionavano accuratamente l'esterno per accertarsi che non vi fossero segni di una recente effrazione. Talvolta era necessario saltare nei cortiletti posteriori dalle case vicine, provocando allarme e curiosità negli abitanti. Malgrado tutti gli ostacoli, alle dieci del mattino i nostri agenti avevano già perlustrato una dozzina di magazzini. Ma senza fortuna. Ci venne fornita una lista di locali recentemente ceduti in affitto. Il nome di Ivanov non era fra quelli dei locatari. Furono interrogati numerosi abitanti del quartiere, nel caso avessero visto o sentito qualcosa di sospetto. Nessuno sapeva niente, nessuno aveva notato niente, nessuno straniero, nessun ragazzo... Era come se lì non succedesse mai niente.

Verso mezzogiorno crollai, in preda a una forte sensazione di scoraggiamento e di stanchezza. Mi lasciai cadere su una panchina della piazza, come se dovessi addomentarmi proprio lì. Garzón si avvicinò all'istante.

– Ispettore, perché non va a riposarsi un po'?

– No, sto bene.

– Sta bene? Ma se sembra una barbona!

– Meglio, mi piace sembrare una barbona.

Scosse la testa e mi prese per un braccio, costringendomi a rimettermi in piedi.

– Forza, se non vuole andarsene, per lo meno beva un altro caffè. Non può rimanere lì ferma a prendere freddo.

– Ho sempre desiderato fare la barbona, – ripetei con gli occhi socchiusi.

Un sole quasi estivo, ma senza alcuna forza, mi batté sulla faccia e mi abbagliò. Garzón mi obbligava a camminare. Entrammo in un bar.

– Due birre, e un paio di buone frittate da tre uova!

– Io non ho fame, – replicai.

– Petra, una volta tanto farà quel che le dico io.

– Lei sistema sempre tutto col mangiare.

– Una castratrice esperta come lei deve rimettersi in forze.

– Ma come fa a non perdere mai la voglia di scherzare?

– Basta non prendere la vita troppo sul serio, né troppo alla leggera.

– Un giusto equilibrio.

– Esatto.

Lo guardai. Sorrideva, tranquillo e sereno. Pur con i baffi e con le sue grosse mani sembrava una madre affettuosa, mi venne da ridere.

– E adesso che cavolo le succede? – mi chiese stupito.

– Sono esaurita, – confessai.

Fece la voce grossa.

– Mangi questa roba e poi la porto a casa. Non può rimanere ancora in piedi. Se scopriamo qualcosa la chiameremo, non si preoccupi.

Scaricai su di lui ogni responsabilità sulla mia persona, mi appoggiai completamente a lui. Mangiai la frittata e mi lasciai portare a casa. Ma mentre eravamo in macchina suonò il cellulare. Era Rodríguez, dell'Istituto di Tossicologia.

– Petra, mi scusi se la disturbo; ho già trasmesso il referto al dottor Montalbán. La chiamo direttamente perché il dottore stava eseguendo un'autopsia e… ecco… non so, ma forse c'è qualcosa che le può interessare.

La stanchezza mi passò di colpo.

– Dica, per favore.

– Si tratta delle sostanze che abbiamo trovato sulla pelle delle mani e sotto le unghie di quel russo. Be', per lo più erano le solite: polvere, nicotina, pelle morta… però è risultata anche una significativa traccia di tannini.

La parola riecheggiò dentro di me. Cercai di ritrovare il concetto corrispondente.

– Tannini?

– Sì, sa cosa sono?

Assentii con la testa, che in quei momenti funzionava come un computer: cercava, selezionava, raffrontava, elaborava…

– Ispettore! Mi sente?

– Sì, sì, mi scusi. Grazie mille, Rodríguez, la chiamo più tardi.

Non diedi a Garzón neanche il tempo di fare domande.

– Torni immediatamente in plaza Rius y Taulet.

Mi sorprese che non chiedesse alcuna spiegazione. Guidava in silenzio e a tutta velocità. Solo quando già stavamo scendendo dalla macchina mi guardò intensamente e disse:

– Ce l'ha in pugno, Petra?

– Credo di sì, – risposi.

Passammo come due schegge davanti all'attonito vigile urbano sulla porta e ci precipitammo negli uffici del quartiere, dove i nostri uomini stavano lavorando con gli impiegati.

– Voglio che tutti, assolutamente tutti, verifichiate se in Gracia ci sia o ci sia stata una conceria, – dissi senza nemmeno salutare.

Uno degli impiegati municipali mi chiamò alla sua scrivania.

– Ispettore, io credo di ricordare che ce ne fosse una. Fu chiusa perché i vicini si lamentarono più volte del cattivo odore.

– Riesce a ricordarsi dove si trovava?

Si concentrò mentre tutti stavamo a guardarlo.

– Be'... non lo so, forse andando a ripescare le vecchie denunce...

Digitò furiosamente sul computer. Il fumo che impregnava il silenzio entrava negli occhi del funzionario facendogli battere le palpebre. Venti minuti dopo fece un sospiro di sollievo ed esclamò:

– Lo sapevo, eccolo qui! Un essiccatoio di pelli a uso industriale. Il giudice lo fece chiudere nell'ottantanove. È rimasto vuoto da allora.

Lo scossi per le spalle senza nemmeno rendermene conto. Il poveretto si voltò inorridito verso di me.

– Mi dica in che via è! – gridai.

– In calle de la Perla numero 16.

Guardai Garzón.

– Chiami tutte le unità impegnate nella ricerca di Palafolls, – dissi, – e dia ordine di concentrarsi lì. E un'ambulanza, Fermín, non si dimentichi dell'ambulanza!

La nostra corsa pazza continuò e si concluse in calle de la Perla numero 16, davanti a un grande portone di legno coperto di polvere. Arrivammo contemporaneamente ad alcune delle auto. Diedi ordine di transennare.

– Buttiamo giù? – chiesero gli agenti, guardando l'enorme porta massiccia.

– È una vecchia serratura, cercate di aprirla col grimaldello.

Dopo le esperte manovre dei nostri uomini, il chiavistello cedette. Io entrai per prima seguita dal viceispettore e dagli altri. Abituati alla luce del giorno non riuscivamo a vedere niente nell'aria fredda e polverosa. Benché fosse passato tutto quel tempo, il disgustoso odore delle pelli conciate aleggiava ancora nell'ambiente. Chiamai con voce esitante, senza avere il coraggio di avanzare:

– Miguel Palafolls, è qui?!

Fui spaventata dal suono della mia stessa voce. Uno

degli agenti si diresse verso il fondo del locale e aprì un finestrino da cui penetrò un po' di sole. Udii dietro di me la voce di Garzón:

– Guardi, ispettore, laggiù!

In un angolo si vedeva un mucchio informe di stracci o di vecchie coperte. Fra quei brandelli, non senza difficoltà, riuscii a distinguere gli occhi aperti e ansiosi dell'agente Palafolls.

Io ero alla testa di coloro che si diressero verso di lui; e tuttavia, quando ormai mi trovavo vicinissima, non me la sentii di toccarlo. Avevo la sensazione che sotto quelle coltri piene di muffa avrei potuto trovare un uomo mutilato, fatto a pezzi, spellato vivo, sottoposto alle peggiori torture. Il viceispettore si accorse della mia esitazione e, prendendo l'iniziativa, si chinò e scostò il fetente involucro. Palafolls era nudo, legato mani e piedi, con un cerotto sulla bocca. Garzón, senza pensarci due volte, glielo strappò. Poi gli chiese convulsamente:

– Stai bene, ti hanno fatto qualcosa?

Il giovane poliziotto, quasi esanime, negò lentamente con la testa. Allora vidi che Garzón tirava via nervosamente le coperte fino a esporre la sua nudità. Ci misi più di un momento a capire che voleva soltanto accertarsi della sua integrità. Fece un sospiro di sollievo. Per la prima volta mi resi conto dello stato del ragazzo. Era pallido, magro, con solchi profondi sulla faccia, e occhiaie come ombre eterne. Sembrava vicino alla morte. Garzón stava cercando di slegarlo con abilità e delicatezza. Le esclamazioni soffocate dei nostri uomini cominciarono a fendere il silenzio. Via via che i solidi cavi di plastica venivano sciolti, restavano allo scoperto i segni terribili che avevano impresso nella pelle. Ulcerazioni, lividi e sangue secco orlavano i polsi e le caviglie di Palafolls. Gli arti, ormai liberi, rimasero contratti e rigidi. Nessuno sembrava capace di articolare una frase coerente. Mi inginocchiai accanto al ragazzo, gli accarezzai la faccia con la mano e dissi:

– Non ti preoccupare, Miguel, adesso siamo qui, non c'è più pericolo. Ivanov è morto.

La sua tensione cedette, chiuse gli occhi senza riuscire ancora a parlare. Allora il viceispettore cominciò a muoversi a passi nervosi e, di punto in bianco, con una strana mescolanza di rabbia e di dolore gridò:

– E questa fottuta ambulanza, arriva o non arriva?! E voi... – aggiunse rivolgendosi agli uomini, – si può sapere cosa cazzo state aspettando? Perquisite ogni centimetro di questa topaia!

I tre minuti successivi, prima dell'arrivo dell'ambulanza, li passai guardando Palafolls che dormiva. Sembrava più adulto, come se la sofferenza l'avesse fatto invecchiare. Quando lo portarono via pensai che per molte notti mi sarei svegliata di soprassalto, cercando di respingere quell'orrenda visione.

Non fu difficile stabilire da dove Ivanov fosse entrato nel magazzino. Il cortile interno aveva un accesso da un vicoletto posteriore. Era bastato forzare una vecchia finestra e tenere il prigioniero imbavagliato perché non destasse i sospetti dei vicini. Ne deducemmo che non gli aveva dato praticamente da mangiare.

In un angolo si vedevano pochi resti di pane e di tè.

Mettemmo i sigilli al locale e lasciammo due uomini di guardia. Quando uscimmo all'aria aperta respirai con avidità.

– Adesso andrà a riposare, ispettore?

Lo guardai quasi senza vederlo.

– No, – dissi. – Andrò a ubriacarmi.

– A casa sua?

– In un bar.

– Allora vengo con lei.

– L'avverto che non ho voglia di parlare.

– Nemmeno io.

Entrammo in un bar. Ci sedemmo al banco. Bevemmo tre whisky di seguito senza scambiare una parola. Alla fine del terzo mi voltai verso Garzón e dichiarai:

– Giuro che non apparirò mai più in televisione.

– Bene, – disse lui.

– E non lascerò mai più mettere sotto scorta casa mia.

– Bene, – ripeté.

– E soprattutto, sa cosa non voglio più assolutamente fare nella vita?

– Cosa?

– Il poliziotto.

– Ispettore, non crede di essersi già ubriacata abbastanza?

– Sì.

– E allora, andiamo.

Guardai per un momento il soffitto, poi gli obbedii.

Coronas era contento. Il caso poteva considerarsi risolto: Palafolls era stato messo in salvo e la stampa era rimasta lontana dalle indagini. Non potevamo fare niente, però, contro gli assassini di Ivanov. Dare la caccia a Esvrilenko o attaccare la sua organizzazione mafiosa era al di là della nostra portata. L'unica cosa in nostro potere era tenere d'occhio l'uomo mandato da Esvrilenko a controllare i suoi cantieri in sostituzione di Ivanov. Anche se di sicuro questa volta si sarebbe preoccupato di cercare un personaggio meno pericoloso.

L'unica cosa che restava da capire, era a chi fossero appartenuti i peni non identificati che Montalbán conservava all'Istituto. E poi non avevamo ancora determinato quanti seguaci di Ivanov fossero stati castrati in totale. «Se non sono loro a denunciarlo, non c'è niente da fare», disse il magistrato che conduceva l'istruttoria.

– È terribile, vero? – si lamentava Coronas, forse un po' in ritardo. – Tutti quei ragazzi privati della loro virilità per tutta la vita!

– E col cervello condizionato, che forse è ancora peggio! – soggiunsi con malizia.

– Chissà se verranno mai fuori gli altri ragazzi che appartenevano alla setta, forse sarebbe ancora possibile fare qualcosa, – disse Garzón.

– Questo va oltre i nostri compiti, – osservò il commissario, – ma se proprio vi piacciono le situazioni difficili, ve ne propongo io una.

Guardai Garzón, giurando a me stessa di assassinarlo non appena ne avessi avuto il tempo.

– Voglio che uno di voi due vada a parlare con Miguel Palafolls.

– Ma se siamo stati ieri all'ospedale.

– Ho detto parlare.

– Perché, cosa succede, commissario?

– Non la smette di chiedere di Julieta... e io... per la verità, non me la sono sentita di raccontargli niente. Gli ho detto solo che stava bene, che era un po' agitata, e che sarebbe andata a trovarlo fra qualche giorno. Ma lui è disperato. Non riesce a capire perché non si sia ancora fatta viva.

– E ha ragione, – mormorò il viceispettore, lanciandomi uno sguardo molto vicino al rimprovero.

Capii che la vecchia e consunta immagine della donna traditrice aveva fatto la sua comparsa nella stanza. Anticipai qualunque commento potesse far ricadere la colpa sul genere femminile.

– Io non avrei mai fatto una cosa simile, – dissi. – Anche se sono una donna.

Coronas si rivolse a Garzón ed esclamò con molta enfasi:

– Ho detto qualcosa sulle donne, viceispettore?

Garzón era ancora più indignato.

– E io, signor commissario, per caso ho aperto bocca?

Me ne andai con un ampio gesto di saluto.

– D'accordo, – disse lui, – me ne vado anch'io, prima che mi vengano attribuite cose che non ho mai detto.

Mi rifiutai di andare io a raccontare a Palafolls le tristi malefatte di Julieta. Fra le altre cose perché mi mancavano gli argomenti. Non riuscivo a immaginare come quella ragazza fosse arrivata a fingere un innamoramento su richiesta del suo aguzzino spirituale. Pensai che chiunque se la sarebbe cavata meglio di me, caricando le tinte, dicendo di lei le cose peggiori, spiegando con luoghi comuni ciò che in realtà non aveva spiegazione. Più tardi seppi che l'ambasciatore delle sinistre notizie era stato il suo collega Marqués, e non mi parve una cattiva idea, l'amicizia è sempre stata un buon lenitivo dell'amore.

Quando il clamore che segue la risoluzione di ogni caso si fu dissipato un po', mi trovai con Garzón alla Jarra de Oro per prendere una birra dopo il lavoro.

– La cosa più seccante è che da quando quella ragazza è in galera sono rimasta senza domestica, – buttai lì.

– Sempre prosaica, lei.

– Ma santo Dio! È in vena di critiche oggi pomeriggio?

– Non più del solito.

Mi accorsi che il cameriere gli aveva servito un minuscolo bicchierino ghiacciato.

– Ma cosa diavolo ha ordinato?

– Vodka! – rispose lui tutto contento, buttandolo giù d'un colpo.

– Non ci posso credere!

Mi guardò, felice di avermi sorpresa.

– E mi crederà ancora meno se le dico che stamattina mi ha telefonato Silaiev.

– A lei?

– Ma certo, siamo amici!
– E siete riusciti a capirvi?
– Ma naturalmente! Abbiamo riso per un bel pezzo; prima io, poi lui. Di sicuro ci stavamo ricordando delle stesse cose. Poi abbiamo cantato un pezzetto di «Kalinka».
– Una conversazione davvero appassionante. Le ha detto se gli uomini di Esvrilenko sono rientrati a Mosca?
– Ah, no, per queste precisazioni dovrà telefonare a Rekov! – rispose lui ammiccando.
– Lo farò quando ne avrò il tempo, – dissi, fingendo indifferenza.
– È stato un caso complicato, vero, ispettore? – osservò assaporando la sua seconda vodka.
– Dubito che ce ne capiterà un altro come questo. Per me è stato un incubo.
– Non ci pensi più altrimenti si deprime. Vuole che le canti una canzoncina sui cazzi per tirarla su di morale?
– No, grazie, Fermín! Ho già avuto modo di apprezzare la vastità del suo repertorio.
– Almeno un pezzetto. Conosce quella che fa: «Seduta su una roccia c'è una donna riccia che...».
Lo interruppi fra le risate.
– Stia zitto, per favore! Non ha mai provato a essere educato almeno una volta in vita sua?
– Non è ancora arrivato il momento, – disse giulivo, e ordinò un'altra vodka.

Epilogo

Il «day after» della risoluzione di un caso è sempre un completo ritorno alla normalità. Non è un passaggio che io sopporto bene. È come se, dopo aver concentrato tutte le energie su una cosa, all'improvviso me la togliessero, lasciandomi vuota e inservibile. La prima cosa da fare è redigere un rapporto che renda comprensibile tutto quanto è successo. Nel caso dei peni tagliati il compito si presentava atipico e complicato. In realtà, non sapevo come dare forma coerente ai fatti né in che modo affrontare argomenti così insoliti entro gli stretti limiti del linguaggio poliziesco. Garzón non faceva che compilare verbali su tutto ciò che riguardava il caso: referti medici, impronte, sopralluoghi, trascrizioni di nastri... per poi posarli sulla mia scrivania. A furia di vederglielo fare, cominciai a rendermi conto di quale gatta da pelare ci fossimo presi. A un certo punto, lo assalii:

– Non mi porti altre carte, Fermín. D'ora in poi faccia sparire qualunque documento le capiti sotto mano. Chissà che così io non riesca a finire questo lavoro, una buona volta.

Si fece una bella risata e continuò le sue faccende. Chiudere un caso lo metteva di buon umore. Quasi mai un'esperienza, pur essendo la stessa, suscita identiche reazioni in due persone diverse, pensai, e dopo un pensiero così profondo mi rimisi a scrivere.

«Ramón Torres, inorridito nel constatare che il suo amico Esteban Riqué era deceduto in seguito a crisi allergica durante l'intervento di ablazione del pene (referto medico n. 125) decise di togliersi la vita. A questo scopo si recò nella casa di villeggiatura di proprietà della sua famiglia a Cambrils (Tarragona) e provvide a togliersi la vita mediante evirazione, da lui stesso eseguita, e conseguente dissanguamento (referto medico n. 126) ...».

Ricordai il ritrovamento del cadavere, la mia mano vagante nella densità dell'acqua insanguinata... rabbrividii. In quel momento Garzón entrò di nuovo nel mio ufficio con qualcosa in mano. Approfittai della possibilità di poter scherzare un po' con lui, dimenticando quelle sinistre immagini.

– Non le avevo detto di non portarmi altre scocciature? – Ma subito mi resi conto che aveva una brutta cera. Mi spaventai un po'. – Cosa succede, viceispettore?

L'oggetto che aveva in mano era un pacchetto. Me lo porse. Qualunque accenno di sorriso si cancellò dal mio volto. Era un pacchetto molto simile a quelli della macabra serie. Era indirizzato a me e non aveva mittente. Guardai il mio vice:

– E questo?

Scrollò il capo:

– Non lo so, Petra, non lo so.

– Ma non è possibile! Cosa facciamo?

– E cosa vuole che facciamo? Lo apriamo.

Mentre le mie dita disfacevano con ripugnanza i nodi del pacco, avevo la sensazione di essere molto lontana di lì. Ma dovevo affrontare la realtà, e la realtà era che, disfatto l'imballaggio, trovai una cosa che già conoscevo perfettamente: un pene reciso a mollo in un sacchetto di formalina. Il viceispettore lanciò una terribile imprecazione, prese un fermacarte e lo sbatté sul pavimento. Allora mi accorsi che, sotto la scatoletta, sporgeva la punta di un biglietto piegato in due. Lo lessi, sorrisi, guardai Garzón e gli dissi:

– Non si preoccupi, si tratta soltanto di un delicato presente di un mio ammiratore.

Garzón non capì una parola. Gli lessi il biglietto a voce alta.

– «Cara Petra, visto che nessuno reclama i resti di Ivanov, e non risulta da nessuna parte che gli manchi un pezzo, ho pensato che forse le farà piacere conservarlo come ricordo. Un abbraccio e mille scuse per lo scherzo». Firmato: Joaquín Montalbán.

Mi misi a ridere di cuore. Il mio collega brontolò:

– Io non lo trovo per niente divertente.

– Non mi stupisce, bisogna riconoscere al dottore un umorismo fuori del comune.

– E adesso cosa ne fa di questo orrore, lo mette in soggiorno?

– Lo esibirò come trofeo di caccia. Che ciascuno ne tragga le conclusioni che vuole.

Evidentemente, non trovava divertente nemmeno il mio, di umorismo.

– Senta, Petra...

– Non si arrabbi, Fermín. La invito a prendere un caffè alla Jarra de Oro.

– E lo lascia qui in ufficio? Se qualcuno lo trova lei finisce nei guai.

– Ha ragione, lo metterò in borsetta.

– Ma che cattivo gusto!

– Non posso fare diversamente! – dissi ridendo.

Rimase a guardarmi di storto.

– Lei si diverte come una pazza, vero?

– Insomma, Garzón, si calmi! Alla fin fine un uccello non è poi una cosa così sacra.

Cominciava, suo malgrado, a lasciarsi sfuggire un sorriso.

– D'accordo, andiamo. Ma visto che ormai ha sdrammatizzato la situazione, penso che non le dispiacerà ascoltare qualche altra strofetta sull'argomento.

E mantenne la promessa, maledetto lui! Per tutta l'ora della pausa il suo repertorio non sembrava aver fine. Era chiaro che gli uomini avevano dedicato tempo e ispirazione a esaltare il membro virile. Be', dopotutto gli era rimasto ancora il tempo per scalare l'Everest! In fondo era una distrazione inoffensiva.

Barcellona, 28 ottobre 1998

Nota: Tutti gli argomenti sviluppati in questo romanzo provengono, per quanto possa sembrare inverosimile, dalla più assoluta realtà. La vita supera sempre la finzione.

Indice

Questo volume è stato stampato
su carta Palatina
delle Cartiere Miliani di Fabriano
nel mese di aprile 2007

Stampa: Officine Grafiche Riunite, Palermo

Legatura: LE.I.MA. s.r.l., Palermo

La memoria

1 Leonardo Sciascia. Dalle parti degli infedeli
2 Robert L. Stevenson. Il diamante del Rajà
3 Lidia Storoni Mazzolani. Il ragionamento del principe di Biscari a Madama N.N.
4 Anatole France. Il procuratore della Giudea
5 Voltaire. Memorie
6 Ivàn Turghèniev. Lo spadaccino
7 Il romanzo della volpe
8 Alberto Moravia. Cosma e i briganti
9 Napoleone Bonaparte. Clisson ed Eugénie
10 Leonardo Sciascia. Atti relativi alla morte di Raymond Roussel
11 Daniel Defoe. La vera storia di Jonathan Wild
12 Joseph S. Le Fanu. Carmilla
13 Héctor Bianciotti. La ricerca del giardino
14 Le avventure di Giuseppe Pignata fuggito dalle carceri dell'Inquisizione di Roma
15 Edmondo De Amicis. Il "Re delle bambole"
16 John M. Synge. Le isole Aran
17 Jean Giraudoux. Susanna e il Pacifico
18 Augusto Monterroso. La pecora nera e altre favole
19 André Gide. Il viaggio d'Urien
20 Madame de La Fayette. L'amor geloso
21 Rex Stout. Due rampe per l'abisso
22 Fiòdor Dostojevskij. Il villaggio di Stepàncikovo
23 Gesualdo Bufalino. Diceria dell'untore
24 Laurence Sterne. Per Eliza
25 Wolfgang Goethe. Incomincia la novella storia
26 Arrigo Boito. Il pugno chiuso
27 Alessandro Manzoni. Storia della Colonna Infame
28 Max Aub. Delitti esemplari
29 Irene Brin. Usi e costumi 1920-1940
30 Maria Messina. Casa paterna
31 Nikolàj Gògol. Il Vij
32 Andrzej Kuśniewicz. Il Re delle due Sicilie
33 Francisco Vásquez. La veridica istoria di Lope de Aguirre
34 Neera. L'indomani

35 Sofia Guglielmina margravia di Bareith. Il rosso e il rosa
36 Giuseppe Vannicola. Il veleno
37 Marco Ramperti. L'alfabeto delle stelle
38 Massimo Bontempelli. La scacchiera davanti allo specchio
39 Leonardo Sciascia. Kermesse
40 Gesualdo Bufalino. Museo d'ombre
41 Max Beerbohm. Storie fantastiche per uomini stanchi
42 Anonimo ateniese. La democrazia come violenza
43 Michele Amari. Racconto popolare del Vespro siciliano
44 Vernon Lee. Possessioni
45 Teresa d'Avila. Libro delle relazioni e delle grazie
46 Annie Messina (Gamîla Ghâli). Il mirto e la rosa
47 Narciso Feliciano Pelosini. Maestro Domenico
48 Sebastiano Addamo. Le abitudini e l'assenza
49 Crébillon fils. La notte e il momento
50 Alfredo Panzini. Grammatica italiana
51 Maria Messina. La casa nel vicolo
52 Lidia Storoni Mazzolani. Una moglie
53 Martín Luis Guzmán. ¡Que Viva Villa!
54 Joseph-Arthur de Gobineau. Mademoiselle Irnois
55 Henry James. Il patto col fantasma
56 Leonardo Sciascia. La sentenza memorabile
57 Cesare Greppi. I testimoni
58 Giovanni Verga. Le storie del castello di Trezza
59 Henryk Sienkiewicz. Quo vadis?
60 Benedetto Croce. Isabella di Morra e Diego Sandoval de Castro
61 Diodoro Siculo. La rivolta degli schiavi in Sicilia
62 George Meredith. La vicenda del generale Ople e di Lady Camper
63 Bernardino de Sahagún. Storia indiana della conquista di Messico
64 Andrzej Kuśniewicz. Lezione di lingua morta
65 Maria Luisa Aguirre D'Amico. Paesi lontani
66 Giuseppe Antonio Borgese. Le belle
67 Luisa Adorno. L'ultima provincia
68 Charles e Mary Lamb. Cinque racconti da Shakespeare
69 Prosper Mérimée. Lokis
70 Charles-Louis de Montesquieu. Storia vera
71 Antonio Tabucchi. Donna di Porto Pim
72 Luciano Canfora. Storie di oligarchi
73 Giani Stuparich. Donne nella vita di Stefano Premuda
74 Wladislaw Terlecki. In fondo alla strada
75 Antonio Fogazzaro. Eden Anto
76 Anonimo. Storia del bellissimo Giuseppe e della sua sposa Aseneth
77 Vanni e Gian Mario Beltrami. Una breve illusione
78 Giorgio Pecorini. Il milite noto
79 Giuseppe Bonaviri. L'incominciamento
80 Leonardo Sciascia. L'affaire Moro
81 Ivàn Turghèniev. Primo amore
82 Nikolàj Leskòv. L'artista del toupet
83 Aleksàndr Puškin. La solitaria casetta sull'isola di Vasilij

84 Michaìl Čulkòv. La cuoca avvenente
85 Anita Loos. I signori preferiscono le bionde
86 Anita Loos. Ma... i signori sposano le brune
87 Angelo Morino. La donna marina
88 Guglielmo Negri. Il risveglio
89 Héctor Bianciotti. L'amore non è amato
90 Joris-Karl Huysmans. Il pensionato signor Bougran
91 André Chénier. Gli altari della paura
92 Luciano Canfora. Il comunista senza partito
93 Antonio Tabucchi. Notturno indiano
94 Jules Verne. L'eterno Adamo
95 Manuel Vázquez Montalbán. Assassinio al Comitato Centrale
96 Julian Stryjkowski. Il sogno di Asril
97 Manuel Puig. Agonia di un decennio, New York '78
98 Victor Zaslavsky. Il dottor Petrov parapsicologo
99 Gesualdo Bufalino. Argo il cieco ovvero I sogni della memoria
100 Leonardo Sciascia. Cronachette
101 Enea Silvio Piccolomini. Storia di due amanti
102 Angelo Rinaldi. L'ultima festa dell'Empire
103 Luisa Adorno. Le dorate stanze
104 James M. Cain. Il bambino nella ghiacciaia
105 Enrico Job. La Palazzina di villeggiatura
106 Antonio Castelli. Passi a piedi passi a memoria
107 Wilkie Collins. Tre storie in giallo
108 Friedrich Glauser. Il grafico della febbre
109 Friedrich Glauser. Il tè delle tre vecchie signore
110 Mary Lavin. Eterna
111 Aldo Alberti. La Rotonda dei Massalongo
112 Senofonte. Le Tavole di Licurgo
113 Leonardo Sciascia. Per un ritratto dello scrittore da giovane
114 Mario Soldati. 24 ore in uno studio cinematografico
115 Denis Diderot. L'uccello bianco. Racconto blu
116 Joseph-Arthur de Gobineau. Adelaide
117 Jurij Tynjanov. Il sottotenente Summenzionato
118 Boris Hazanov. L'ora del re
119 Anatolij Mariengof. I cinici
120 I. Grekova. Parrucchiere per signora
121 Corrado Alvaro. L'Italia rinunzia?
122 Gian Gaspare Napolitano. In guerra con gli scozzesi
123 Giuseppe Antonio Borgese. La città sconosciuta
124 Antonio Aniante. La rosa di zolfo
125 Maria Luisa Aguirre D'Amico. Come si può
126 Sergio Atzeni. Apologo del giudice bandito
127 Domenico Campana. La stanza dello scirocco
128 Aldo Alberti. La Lega delle Dame per il trasferimento del Papato nelle Americhe
129 Friedrich Glauser. Il sergente Studer
130 Matthew Phipps Shiel. Il principe Zaleski
131 Ben Hecht. Delitto senza passione
132 Fernand Crommelynck. La martingala rovesciata

133 Rosa Chacel. Relazione di un architetto
134 Walter De la Mare. L'artigiano ideale
135 Ludwig Achim von Arnim. Passioni olandesi
136 Rudyard Kipling. L'uomo che volle essere Re
137 Senofonte. La tirannide
138 Plutarco. Sertorio
139 Cicerone. La repubblica luminosa
140 Luciano Canfora. La biblioteca scomparsa
141 Etiemble. Tre donne di razza
142 Marco Momigliano. Autobiografia di un Rabbino italiano
143 Irene Brin. Dizionario del successo dell'insuccesso e dei luoghi comuni
144 Giovanni Ruffini. Il dottor Antonio
145 Aleksej Tolstoj. Il conte di Cagliostro
146 Mary Lamb. La scuola della signora Leicester
147 Luigi Capuana. Tortura
148 Ljudmila Shtern. I Dodici Collegi
149 Diario di Esterina
150 Madame de Vandeul. Diderot, mio padre
151 Ortensia Mancini. I piaceri della stupidità
152 Maria Mancini. I dispiaceri del Cardinale
153 Francesco Algarotti. Saggio sopra l'Imperio degl'Incas
154 Alessandro Manzoni. Quell'innominato
155 Jerre Mangione. Ricerca nella notte
156 Friedrich Glauser. Krock & Co.
157 Cami. Le avventure di Lufock Holmes
158 Ivan Gončarov. La malattia malvagia
159 Fausto Pirandello. Piccole impertinenze
160 Vincenzo Consolo. Retablo
161 Piero Calamandrei. La burla di Primavera con altre fiabe, e prose sparse
162 Antonio Tabucchi. I volatili del Beato Angelico
163 Fazil' Iskander. La costellazione del caprotoro
164 Ramón Gómez de la Serna. Le Tre Grazie
165 Corrado Alvaro. La signora dell'isola
166 Nadežda Durova. Memorie del cavalier-pulzella
167 Boris Jampol'skij. La grande epoca
168 Vito Piazza. La valigia sotto il letto
169 Eustachy Rylski. Una provincia sulla Vistola
170 Jerzy Andrzejewski. Le porte del paradiso
171 Madame de Caylus. Souvenirs
172 Principessa Palatina. Lettere
173 Friedrich Glauser. Il Cinese
174 Friedrich Glauser. Il regno di Matto
175 Gianfranco Dioguardi. Ange Goudar contro l'Ancien régime
176 Palmiro Togliatti. Il memoriale di Yalta
177 Mohandas Karamchand Gandhi. Tempio di Verità
178 Seneca. La vita felice
179 John Fante. Una moglie per Dino Rossi
180 Antifonte. La Verità
181 Evgenij Zamjatin. Il destino di un eretico

182 Gaetano Volpi. Del furore d'aver libri
183 Domostroj ovvero La felicità domestica
184 Luigi Capuana. C'era una volta...
185 Roberto Romani. La soffitta del Trianon
186 Athos Bigongiali. Una città proletaria
187 Antoine Rivarol. Piccolo dizionario dei grandi uomini della Rivoluzione
188 Ling Shuhua. Dopo la festa
189 Plutarco. Il simposio dei sette sapienti
190 Plutarco. Anziani e politica
191 Giuseppe Scaraffia. Il mantello di Casanova
192 Enrico Deaglio. Cinque storie quasi vere
193 Aleksandr Bogdanov. La stella rossa
194 Eça de Queiroz-Ramalho Ortigão. Il mistero della strada di Sintra
195 Carlo Panella. Il verbale
196 Severino Cesari. Storie per quattro giornate
197 Charlotte Robespierre. Memorie sui miei fratelli
198 Fazil' Iskander. Oh, Marat!
199 Friedrich Glauser. I primi casi del sergente Studer
200
201 Adalbert Stifter. Pietra calcarea
202 Carlo Collodi. I ragazzi grandi
203 Valery Larbaud. Sotto la protezione di san Girolamo
204 Madame de Duras. Il segreto
205 Jurij Tomin. Magie a Leningrado
206 Enrico Morovich. I giganti marini
207 Edmondo De Amicis. Carmela
208 Luisa Adorno. Arco di luminara
209 Michele Perriera. A presto
210 Geoffrey Holiday Hall. La fine è nota
211 Teresa d'Avila. Meditazioni sul Cantico dei Cantici
212 Mary MacCarthy. Un'infanzia ottocento
213 Giuseppe Tornatore. Nuovo Cinema Paradiso
214 Adriano Sofri. Memoria
215 Carlo Lucarelli. Carta bianca
216 Ameng di Wu. La manica tagliata
217 Athos Bigongiali. Avvertimenti contro il mal di terra
218 Elvira Mancuso. Vecchia storia... inverosimile
219 Eduardo Rebulla. Carte celesti
220 Francesco Berti Arnoaldi. Viaggio con l'amico
221 Julien Benda. L'ordinazione
222 Voltaire. L'America
223 Saga di Eirik il rosso
224 Cristoforo Colombo. Lettere ai reali di Spagna
225 Bernardino de Sahagún. I colloqui dei Dodici
226 Sergio Atzeni. Il figlio di Bakunìn
227 Giuseppe Gangale. Revival
228 Alfredo Panzini. La cagna nera
229 Giovanni Boccaccio, Francesco Petrarca. Griselda
230 Adriano Sofri. L'ombra di Moro

231 Diego Novelli. Una vita sospesa
232 Ousmane Sembène. La Nera di...
233 Eugenio Battisti. Il ricordo d'un canto che non sento
234 Wilkie Collins. Il truffatore truffato
235 Carlo Lucarelli. L'estate torbida
236 Michail Kuzmin. La prodigiosa vita di Giuseppe Balsamo, conte di Cagliostro
237 Nelida Milani. Una valigia di cartone
238 David Herbert Lawrence. La volpe
239 Ghassan Kanafani. Uomini sotto il sole
240 Valentino Bompiani. La conchiglia all'orecchio
241 Franco Vegliani. Storie di animali
242 Irene Brin. Le visite
243 Jorge de Sena. La finestra d'angolo
244 Sergio Pitol. Valzer di Mefisto
245 Cesare De Marchi. Il bacio della maestra
246 Salvatore Nicosia. Il segno e la memoria
247 Ramón Pané. Relazione sulle antichità degli indiani
248 Gonzalo Fernández de Oviedo. Sommario della storia naturale delle Indie
249 Pero Vaz de Caminha. Lettera sulla scoperta del Brasile
250 Felipe Guamán Poma de Ayala. Conquista del Regno del Perù
251 Gabriel-François Coyer. Come il prospero Chinki s'immiserì per la ricchezza della nazione
252 David Hume. Il caso di Margaret, detta Peg, unica sorella legittima di John Bull
253 José Bianco. Ombre
254 Marcel Thiry. Distanze
255 Geoffrey Holiday Hall. Qualcuno alla porta
256 Eduardo Rebulla. Linea di terra
257 Igor Man. Gli ultimi cinque minuti
258 Enrico Deaglio. Il figlio della professoressa Colomba
259 Jean Rhys. Smile please
260 Pierre Drieu la Rochelle. Diario di un uomo tradito
261 J. E. Austen-Leigh. Ricordo di Jane Austen
262 Caroline Commanville. Anche mio zio Gustave Flaubert era un letterato
263 Christopher Morley. Il Parnaso ambulante
264 Christopher Morley. La libreria stregata
265 Madame de Grafigny. Lettere di una peruviana
266 Roger de Bussy-Rabutin. Storia amorosa delle Gallie
267 Antonio Tabucchi. Sogni di sogni
268 Arnold Toynbee. Il mondo e l'Occidente
269 Ugo Baduel. L'elmetto inglese
270 Apuleio. Della magia
271 Giacomo Debenedetti. 16 ottobre 1943
272 Antonio Faeti. L'archivio di Abele
273 Maria Messina. L'amore negato
274 Arnaldo Fraccaroli. Tomaso Largaspugna uomo pubblico
275 Laura Pariani. Di corno o d'oro
276 Luisa Adorno. La libertà ha un cappello a cilindro
277 Adriano Sofri. Le prigioni degli altri
278 Renzo Tomatis. Il laboratorio

279 Athos Bigongiali. Veglia irlandese
280 Michail Kuzmin. Le avventure di Aymé Leboeuf
281 Concetto Marchesi. Il libro di Tersite
282 Lorenza Mazzetti. Il cielo cade
283 Marcella Olschki. Terza liceo 1939
284 Maria Occhipinti. Una donna di Ragusa
285 Steno. Sotto le stelle del '44
286 Antonio Tosti. Cri-Kri
287 Daniel Defoe. La vita e le imprese di Sir Walter Raleigh
288 Ronan Sheehan. Il ragazzo con la ferita all'occhio
289 Marcella Cioni. La corimante
290 Marcella Cioni. Il narciso di Rembrandt
291 Colette. La gatta
292 Carl Djerassi. Il futurista e altri racconti
293 Voltaire. Lettere d'amore alla nipote
294 Tacito. La Germania
295 Friedrich Glauser. Oltre il muro
296 Louise de Vilmorin. I gioielli di Madame de ***
297 Walter De la Mare. La tromba
298 Else Lasker-Schüler. La gatta rossa
299 Cesare De Marchi. La malattia del commissario
300
301 Zlatko Dizdarević. Giornale di guerra
302 Giuseppe Di Lello. Giudici
303 Andrea Camilleri. La forma dell'acqua
304 Andrea Camilleri. La stagione della caccia
305 Robert Louis Stevenson. Lettera al dottor Hyde
306 Robert Louis Stevenson. Weir di Hermiston
307 Dashiell Hammett. La ragazza dagli occhi d'argento
308 Carlo Bini. Manoscritto di un prigioniero
309 Vittorio Alfieri. Mirandomi in appannato specchio
310 Silvio d'Amico. Regina Coeli
311 Manuel Vázquez Montalbán. Il pianista
312 Ugo Pirro. Osteria dei pittori
313 Irene Brin. Cose viste 1938-1939
314 Enrique Vila-Matas. Suicidi esemplari
315 Sergio Pitol. La vita coniugale
316 Luis G. Martín. Gli oscuri
317 William Somerset Maugham. La villa sulla collina
318 James Barlow. Torno presto
319 Israel Zangwill. Il grande mistero di Bow
320 Pierluigi Celli. Il manager avveduto
321 Renato Serra. Esame di coscienza di un letterato
322 Sulayman Fayyad. Voci
323 Alessandro Defilippi. Una lunga consuetudine
324 Giuseppe Bonaviri. Il dottor Bilob
325 Antonio Tabucchi. Gli ultimi tre giorni di Fernando Pessoa
326 Denis Diderot. Il sogno di d'Alembert. Seguito da Il sogno di una rosa di Eugenio Scalfari

327 Marc Soriano. La settimana della cometa
328 Sebastiano Addamo. Non si fa mai giorno
329 Giovanni Ferrara. Il senso della notte
330 Eduardo Rebulla. Segni di fuoco
331 Andrea Camilleri. Il birraio di Preston
332 Isabelle, Véronique e Marc Soriano. Il Testamour o dei rimedi alla malinconia
333 Maurice Druon. Il bambino dai pollici verdi
334 George Meredith. Il racconto di Cloe
335 Sergio Marzorati. Ritorno a Zagabria
336 Enrico Job. Il pittore felice
337 Laura Pariani. Il pettine
338 Marco Ferrari. Alla rivoluzione sulla Due Cavalli
339 Luisa Adorno. Come a un ballo in maschera
340 Daria Galateria. Il tè a Port-Royal
341 James Hilton. Orizzonte perduto
342 Henry Rider Haggard. Lei
343 Henry Rider Haggard. Il ritorno di Lei
344 Maurizio Valenzi. C'è Togliatti!
345 Laura Pariani. La spada e la luna
346 Michele Perriera. Delirium cordis
347 Marisa Fenoglio. Casa Fenoglio
348 Friedrich Glauser. Morfina
349 Annie Messina. La principessa e il wâlî
350 Giovanni Ferrara. La sosta
351 Romain Colomb. Stendhal, mio cugino
352 Vito Piazza. Milanesi non si nasce
353 Marco Denevi. Rosaura alle dieci
354 Robert Louis Stevenson. Ricordo di Fleeming Jenkin
355 Andrea Camilleri. Il cane di terracotta
356 Francesco Bacone. Saggi
357 Wilkie Collins. Testimone d'accusa
358 Santo Piazzese. I delitti di via Medina-Sidonia
359 Patricia Highsmith. La casa nera
360 Racconti gialli
361 L'almanacco del delitto
362 Baronessa Orczy. Il vecchio nell'angolo
363 Jean Giono. La fine degli eroi
364 Carlo Lucarelli. Via delle Oche
365 Sergio Atzeni. Bellas mariposas
366 José Martí. Il processo Guiteau
367 Marcella Olschki. Oh, America!
368 Franco Vegliani. La frontiera
369 Maria Messina. Pettini-fini
370 Maria Messina. Le briciole del destino
371 Maria Messina. Il guinzaglio
372 Gesualdo Bufalino. La luce e il lutto
373 Christopher Morley. La macchina da scrivere
374 Andrea Camilleri. Il ladro di merendine
375 Pino Di Silvestro. Le epigrafi di Leonardo Sciascia

376 Francis Scott Fitzgerald. La crociera del Rottame Vagante
377 Franz Kafka. Sogni
378 Andrea Camilleri. Un filo di fumo
379 Annie Messina. Il banchetto dell'emiro
380 Lucio Anneo Seneca. Alla madre
381 Tommaso Di Ciaula. Acque sante, acque marce
382 Giovanni Papapietro. L'amica di mia madre
383 Ignazio Buttitta. La vera storia di Salvatore Giuliano
384 Giovanni di Alta Selva. Dolopato ovvero Il re e i sette sapienti
385 Andrea Camilleri. La bolla di componenda
386 Daphne du Maurier. Non voltarti
387 Daphne du Maurier. Gli uccelli
388 Daphne du Maurier. L'alibi
389 Julia Kristeva. Una donna decapitata
390 Alessandro Perissinotto. L'anno che uccisero Rosetta
391 Maurice Leblanc. Arsène Lupin contro la Mafia
392 Carolyn G. Hart. Morte in libreria
393 Fabrizio Canfora, Gotthold Ephraim Lessing. L'educazione del genere umano
394 Maria Messina. Ragazze siciliane
395 Maria Messina. Piccoli gorghi
396 Federico De Roberto. La sorte
397 Federico De Roberto. Processi verbali
398 Andrea Camilleri. La strage dimenticata
399 Andrea Camilleri. Il gioco della mosca
400
401 Andrea Camilleri. La voce del violino
402 Goliarda Sapienza. Lettera aperta
403 Marisa Fenoglio. Vivere altrove
404 Luigi Filippo d'Amico. Il cappellino
405 Irvine Welsh. La casa di John il Sordo
406 Giovanni Ferrara. La visione
407 Andrea Camilleri. La concessione del telefono
408 Antonio Tabucchi. La gastrite di Platone
409 Giuseppe Pitrè, Leonardo Sciascia. Urla senza suono. Graffiti e disegni dei prigionieri dell'Inquisizione
410 Tullio Pinelli. La casa di Robespierre
411 Mathilde Mauté. Moglie di Verlaine
412 Maria Messina. Personcine
413 Pierluigi Celli. Addio al padre
414 Santo Piazzese. La doppia vita di M. Laurent
415 Luciano Canfora. La lista di Andocide
416 D. J. Taylor. L'accordo inglese
417 Roberto Bolaño. La letteratura nazista in America
418 Rodolfo Walsh. Variazioni in rosso
419 Penelope Fitzgerald. Il fiore azzurro
420 Gaston Leroux. La poltrona maledetta
421 Maria Messina. Dopo l'inverno
422 Maria Cristina Faraoni. I giorni delle bisce nere
423 Andrea Camilleri. Il corso delle cose

424 Anthelme Brillat-Savarin. Fisiologia del gusto
425 Friedrich Christian Delius. La passeggiata da Rostock a Siracusa
426 Penelope Fitzgerald. La libreria
427 Boris Vian. Autunno a Pechino
428 Marco Ferrari. Ti ricordi Glauber
429 Salvatore Nicosia. Peppe Radar
430 Sergej Dovlatov. Straniera
431 Marco Ferrari. I sogni di Tristan
432 Ignazio Buttitta. La mia vita vorrei scriverla cantando
433 Sergio Atzeni. Raccontar fole
434 Leonardo Sciascia. Fatti diversi di storia letteraria e civile
435 Luisa Adorno. Sebben che siamo donne...
436 Philip K. Dick. Le tre stimmate di Palmer Eldritch
437 Philip K. Dick. Tempo fuori luogo
438 Adriano Sofri. Piccola posta
439 Jorge Ibargüengoitia. Due delitti
440 Rex Stout. Il guanto
441 Marco Denevi. Assassini dei giorni di festa
442 Margaret Doody. Aristotele detective
443 Noël Calef. Ascensore per il patibolo
444 Marie Belloc Lowndes. Il pensionante
445 Celia Dale. In veste di agnello
446 Ugo Pirro. Figli di ferroviere
447 Penelope Fitzgerald. L'inizio della primavera
448 Giuseppe Pitrè. Goethe in Palermo
449 Sergej Dovlatov. La valigia
450 Giulia Alberico. Madrigale
451 Eduardo Rebulla. Sogni d'acqua
452 Maria Attanasio. Di Concetta e le sue donne
453 Giovanni Verga. Felis-Mulier
454 Friedrich Glauser. La negromante di Endor
455 Ana María Matute. Cavaliere senza ritorno
456 Roberto Bolaño. Stella distante
457 Ugo Cornia. Sulla felicità a oltranza
458 Maurizio Barbato. Thomas Jefferson o della felicità
459 Il compito di latino. Nove racconti e una modesta proposta
460 Giuliana Saladino. Romanzo civile
461 Madame d'Aulnoy. La Bella dai capelli d'oro e altre fiabe
462 Andrea Camilleri. La gita a Tindari
463 Sergej Dovlatov. Compromesso
464 Thomas Hardy. Piccole ironie della vita
465 Luciano Canfora. Un mestiere pericoloso
466 Gian Carlo Fusco. Le rose del ventennio
467 Nathaniel Hawthorne. Lo studente
468 Alberto Vigevani. La febbre dei libri
469 Dezső Kosztolányi. Allodola
470 Joan Lindsay. Picnic a Hanging Rock
471 Manuel Puig. Una frase, un rigo appena
472 Penelope Fitzgerald. Il cancello degli angeli

473 Marcello Sorgi. La testa ci fa dire. Dialogo con Andrea Camilleri
474 Pablo De Santis. Lettere e filosofia
475 Alessandro Perissinotto. La canzone di Colombano
476 Marta Franceschini. La discesa della paura
477 Margaret Doody. Aristotele e il giavellotto fatale
478 Osman Lins. L'isola nello spazio
479 Alicia Giménez-Bartlett. Giorno da cani
480 Josephine Tey. La figlia del tempo
481 Manuel Puig. The Buenos Aires Affair
482 Silvina Ocampo. Autobiografia di Irene
483 Louise de Vilmorin. La lettera in un taxi
484 Marinette Pendola. La riva lontana
485 Camilo Castelo Branco. Amore di perdizione
486 Pier Antonio Quarantotti Gambini. L'onda dell'incrociatore
487 Sergej Dovlatov. Noialtri
488 Ugo Pirro. Le soldatesse
489 Berkeley, Dorcey, Healy, Jordan, MacLaverty, McCabe, McGahern, Montague, Morrissy, Ó Cadhain, Ó Dúill, Park, Redmond. Irlandesi
490 Di Giacomo, Dossi, Moretti, Neera, Negri, Pariani, Pirandello, Prosperi, Scerbanenco, Serao, Tozzi. Maestrine. Dieci racconti e un ritratto
491 Margaret Doody. Aristotele e la giustizia poetica
492 Theodore Dreiser. Un caso di coscienza
493 Roberto Bolaño. Chiamate telefoniche
494 Aganoor, Bernardini, Contessa Lara, Guglielminetti, Jolanda, Prosperi, Regina di Luanto, Serao, Térésah, Vertua Gentile. Tra letti e salotti
495 Antonio Pizzuto. Si riparano bambole
496 Paola Pitagora. Fiato d'artista
497 Vernon Lee. Dionea e altre storie fantastiche
498 Ugo Cornia. Quasi amore
499 Luigi Settembrini. I Neoplatonici
500
501 Alessandra Lavagnino. Una granita di caffè con panna
502 Prosper Mérimée. Lettere a una sconosciuta
503 Le storie di Giufà
504 Giuliana Saladino. Terra di rapina
505 Guido Gozzano. La signorina Felicita e le poesie dei Colloqui
506 Ackworth, Forsyth, Harrington, Holding, Melyan, Moyes, Rendell, Stoker, Vickers, Wells, Woolf, Zuroy. Il gatto di miss Paisley. Dodici racconti gialli con animali
507 Andrea Camilleri. L'odore della notte
508 Dashiell Hammett. Un matrimonio d'amore
509 Augusto De Angelis. Il mistero delle tre orchidee
510 Wilkie Collins. La follia dei Monkton
511 Pablo De Santis. La traduzione